Herausgegeben von
Kathrin Hanke und Franziska Henze

# Mörderische Weihnacht überall

24 kurze Krimis
für eine spannende Weihnachtszeit

HarperCollins

1. Auflage 2025
Originalausgabe

Valentinskamp 24 · 20354 Hamburg
info@harpercollins.de
Umschlaggestaltung von Hafen Werbeagentur gsk GmbH, Reinbek
Umschlagabbildung von Hafen Werbeagentur
Gesetzt aus der Minion
von GGP Media GmbH, Pößneck
Druck und Bindung von CPI books GmbH, Leck
Printed in Germany
ISBN 978-3-365-01198-0
www.harpercollins.de



Druckprodukt mit finanziellem
Klimabeitrag
ClimatePartner.com/15109-2009-1001

FSC
MIX
Papier
FSC® C083411

# *Inhalt*

Liebe Leserinnen und Leser,
der geschmückte Tannenbaum wartet, die Plätzchen duften, und die Kinderaugen leuchten. Weihnachten ist das Fest der Feste. Doch hinter flackerndem Kerzenschein und glänzenden Christbaumkugeln verstecken sich oft Enttäuschung, Eifersucht und so manches Verbrechen.

Auch in diesem Jahr haben 24 Krimiautorinnen und -autoren spannende Weihnachtskrimis für Sie geschrieben. Es sind Geschichten, in denen Hoffnungen zerbrechen, dunkle Geheimnisse ans Licht kommen – und zuweilen nicht nur die Glocken, sondern auch die Handschellen klingen.

Ich wünsche Ihnen mörderisch spannende Weihnachten – überall.

Ihre Franziska Henze

Für Kathrin

# 1. Insel der Träume

Fynn Jacob

Es ist unwirklich, nur du und ich allein in der kleinen, einsamen Hütte. Draußen im Dämmerlicht leuchtet eine dünne Schicht frischen Schnees vor den bodentiefen Fenstern. Der Kachelofen strahlt wohlige Wärme in den einzigen Raum aus, neben der Küchenzeile steht der von dir frisch geschlagene, ungeschmückte Weihnachtsbaum. Ich rieche Tannenduft. Auf dem großen Holztisch erinnern die leere Weinflasche und die beiden halb vollen Weingläser an den gestrigen Abend, über der Rückenlehne eines Stuhls hängt, leicht windschief, mein neuer Wollpulli. Noch immer liege ich in deinem Arm, in dem ich zufrieden und erschöpft eingeschlafen bin, meine Hand auf deinem mächtigen Brustkorb, der sich im langsamen Rhythmus hebt und senkt, die Bettdecke über uns. Mein kleines Glück, unverhofft, so schön.

Und ich habe Angst.

»Sie muss sterben.« Du redest im Schlaf. Du wirfst den Kopf hin und her, deine Augen sind geschlossen, aber deine Lippen sind unentwegt in Bewegung, mit fiebriger Geschwindigkeit, leise, fast flüsternd, und mit unbarmherziger Bestimmtheit. »Ich muss es tun. Ich muss sie töten.« Immer wieder.

Zuerst habe ich mir nichts dabei gedacht, dich einfach beobachtet. Ich gebe zu, ich fand es sogar ein bisschen amüsant, einen zwei Meter großen Modellathleten zu sehen, der sich wie ein Baby wälzt, weil er von Albträumen geplagt wird. Ich habe kurz überlegt, mich vorsichtig aus deinem Arm zu winden, um das hier ansonsten nutzlose Handy aus meiner Handtasche auf der Kommode neben der Garderobe zu holen, ein Video von dir aufzunehmen und dich morgen damit ein wenig aufzuziehen. Doch das wäre irgendwie mies gewesen, also bin ich liegen geblieben. Ich wollte dich gerade aufwecken, um dich aus deinen Qualen zu erlösen, da sagtest du wieder etwas. Du hattest dich weggedreht, sodass ich deine Worte und ihre Bedeutung erst nach und nach verstand.

»Es tut mir leid. Maria! Es tut mir leid.«

Ich spüre noch immer, wie das Frösteln meine Wirbelsäule entlangwanderte. Wie ich in der Bewegung erstarrte, den Atem anhielt. Maria. Dieser Name hat alles verändert.

Ich kenne nur eine Maria, und ich weiß, du kennst sie auch. Maria studierte wie ich Biologie, und wie ich hing sie einige Semester hinterher. Braunes Haar und Haarnadeln in genau derselben Farbe. Sie und ich waren nicht unbedingt befreundet, aber wir besuchten abends die gleichen Clubs und gelegentlich auch dieselben Partys. So wie auch letztes Jahr im November, als ich zusammen mit ihr unterwegs war und wir dich kennenlernten. Ich habe dich angesprochen, und sie hat sich zu uns gesellt. Um ehrlich zu sein, hast du dich danach ziemlich schnell nur noch für sie interessiert und sie sich offensichtlich für dich. Später habe ich euch aus den Augen verloren wegen irgendeines Typen, dessen Namen ich schon wieder vergessen habe. Zu lange her, ein anderes Leben. Als ich Ende September von meiner Auszeit wieder zurückkam, war Maria nicht mehr da. Nicht auf den Partys, nicht in den Clubs, nicht im Hörsaal. Irgendwann schnappte ich auf, dass sie schon seit Längerem verschwunden war, niemand wusste etwas Genaueres.

Und jetzt das. Hier, mitten in der Einsamkeit dieser Insel irgendwo im südschwedischen Schärengarten. Ihr Name. Maria. Aus deinem Mund.

Langsam, Atemzug für Atemzug, dränge ich die Angst zurück. Keine voreiligen Schlüsse, es gibt für alles eine rationale Erklärung. Du bist der netteste und höflichste Mensch, dem ich je begegnet bin. Mit deinem neckischen Grinsen und den hellblauen Augen, die nicht falsch sein können. Es dauert ein paar Minuten, bis ich mich wieder beruhigt habe. Der Schreck geht langsam, aber er geht. Ich habe einfach nur überreagiert. Ganz bestimmt.

❄

Erst gegen zehn Uhr hat sich der Morgennebel verzogen. Es ist zwei Tage vor Heiligabend, die Sonne, die nun auch über die Wipfel der Tannen in der Nähe des Ufers linst, hat sich endlich durchgesetzt und den Schnee der Nacht geschmolzen. Nur noch wenige Wolkenreste ziehen Richtung Norden. Die Welt lacht uns an, das Dunkel der Nacht ist verschwunden. Ich kenne meine Diagnose, die Ärzte haben mir gesagt, dass diese Träume wieder auftreten können. Und ich weiß, dass ich damit umgehen kann. Außerdem haben wir gestern so einige Flaschen Wein geleert.

»Besser als Kaffee, oder? Selbst gemachter Tee, von dem, was uns die Natur hier schenkt. Weckt die Lebensgeister.« Ich nicke, du schenkst mir nach. Zum Frühstück gibt es Schwarzbrot mit gesalzener Butter, dazu Räucherlachs. Es schmeckt großartig. Der Kater lässt nach, und du gerätst ins Plaudern. Im Winter hierherzukommen ist deine Weihnachtstradition. Du erzählst, dass deine Großeltern dieses Häuschen gebaut haben und dass ihr früher mit der Familie immer die Sommerferien hier verbracht habt. Urlaub ohne Handyempfang. Schwimmen, Kanu fahren, Lagerfeuer machen. Es klingt wildromantisch.

»Mein Bruder und ich haben oft im Schlafsack draußen übernachtet. Je länger du nach oben schaust, desto mehr Sterne entdeckst du. Richtig dunkel wird es dann eigentlich gar nicht mehr.«

Ich mag deinen Akzent, der noch immer etwas hölzern klingt. Ich mag dich. Deine Haare sind verwuschelt, man sieht dir an, dass du gerade erst aus dem Bett aufgestanden bist. Es steht dir. Ich weiß, dass ich verknallt bin.

Du schlägst einen Ausflug vor. Deswegen seien wir schließlich hier, wegen der Natur. Wir gehen vor die Tür, du schließt nicht ab, niemand außer uns ist hier. Ich staune über die intensiven Farben. Am Steg schaukelt auf dem glitzernden Wasser dein offenes Motorboot, die Plane, die du gestern über den Steuerstand gezogen hast, glänzt noch feucht. Ich habe keine Ahnung, wie man das Ding fährt, geschweige denn von den Gewässern dieser Gegend. Du hast auf der Überfahrt die tückischen Felsen knapp unter der Wasseroberfläche erwähnt, die für Ortsfremde nur schwer zu erkennen sind. Der Kiesweg hinunter zur Anlegestelle führt über eine sattgrüne Wildwiese, die zum Ufer hin in Fels übergeht.

»Ich zeige dir die ganze Insel. Dauert auch nicht lange.«

Wir gehen dicht am Ufer entlang, über Gras und Felsen. Links, zum Inselinneren hin, wächst wildes Gestrüpp, zwischen Hagebuttensträuchern und Farnen erkenne ich Brennnessel, Barbarakraut, Giersch und andere Wildkräuter, dahinter erheben sich flache Nadelhölzer und ein paar Birken. Ich greife nach deiner Hand, es passiert einfach so, du lächelst mich an. Einen Augenblick lang befürchte ich, rot zu werden, deshalb wende ich den Blick nach rechts in Richtung Meer. Die nächsten beiden Inseln sind nur wenige Hundert Meter entfernt. Auf einer steht ein Haus, im gleichen leuchtenden Rot gestrichen wie das deiner Familie, aber aus dem Schornstein steigt kein Rauch auf. Schweigend gehen wir weiter. Es dauert nur zehn Minuten, dann haben wir die kleine Insel fast umrundet.

»Jetzt kommt mein Lieblingsplatz. Pass auf!«

Wir erklimmen einen letzten Felsen, auf dem malerisch eine kleine Tanne sitzt, dann öffnet sich vor dem nächsten Felsen eine winzige flache Bucht, nur wenige Meter breit.

»Und?«

»Na ja, ganz nett«, versuche ich ihn aufzuziehen. »Wenn jetzt hier noch Sandstrand wäre ...«

»Das wirst du noch büßen.« Es soll scherzhaft klingen, aber mir entgeht die darunterliegende echte Enttäuschung nicht.

Wir steigen hinab, ein breiter Stein dient uns als Sitzgelegenheit. Vor uns blaues Wasser wie aus der Werbung, natürlich zieht ein Schwarm Möwen seine Kreise, ab und zu stürzt sich eine von ihnen ins Meer. Zu schön, um wahr zu sein. Auch du schaust ihnen nach.

»Eigentlich seltsam. Menschen lieben Möwen, dabei sind sie äußerst hinterhältige Jäger. Sie können nichts dafür, es liegt nun einmal in ihrer Natur. Sie folgen nur ihrem Instinkt, wie alle Raubtiere.« Du grinst mich an. »Sie bringen den Tod.« Es soll wohl lustig klingen.

Ich erinnere mich an den frühen Morgen. Darauf muss ich dich doch ansprechen, entscheide ich und atme einmal tief durch. »Du, kann ich dich mal was fragen?«

»Klar, was immer du willst.«

Ich suche nach einem Anfang. »Als wir uns kennengelernt haben, du und ich und Maria ... Wie ist es eigentlich mit euch weitergegangen? Hast du noch Kontakt zu ihr?«

Es kommt mir vor, als ob ein Schatten über dein Gesicht huscht. Vielleicht ist es der von einer der über uns hinwegfliegenden Möwen.

»Da war nichts«, sagst du. »Nur eine Nacht. Ich habe sie nie wieder gesehen.« Dein Mundwinkel zuckt.

Ich höre förmlich die Lüge heraus. Bitter schlucke ich weitere Fragen mit einem Lächeln herunter.

Wir gehen wieder zur Hütte. Auf der Rückseite erstreckt sich eine freie Fläche bis zum Waldrand, die Bäume werfen noch immer lange Schatten, deshalb ist der Schnee hier noch nicht geschmolzen. Trotzdem kann man noch gut erkennen, dass hier früher ein Nutzgarten war, du erzählst, dass deine Oma ihn damals angelegt hat. Die mit Natursteinen eingefassten Beete sind inzwischen größtenteils überwuchert, dünnes Gras und Pflanzen, die ich nicht kenne, ragen aus den Schneeresten empor. Einige kahle Stängel erinnern mich an die Schwarze Tollkirsche. Ob du weißt, dass sie hochgiftig ist? Schon kleinste Mengen können Halluzinationen auslösen, höhere Dosen zu Lähmung und schließlich zum Tod führen. Wenn jetzt Sommer wäre und ich die Früchte sehen könnte, wäre ich mir sicher.

Ein längliches Beet fällt mir auf, rechteckig, knapp zwei Meter lang, auf dem sich weiße Christrosen gehalten haben. Ein schöner, friedlicher Ort. Ich schüttle den Kopf, um die Assoziationen zu vertreiben. Du gehst weiter zu einer Metalltonne, schöpfst klares Wasser, für den Tee. Kaminholz ist neben einem Grill unter einem schmalen Dach gegen die Hüttenwand gestapelt. Ich freue mich schon darauf, es mir wieder mit dir vor dem Kamin gemütlich zu machen.

❄

»Es liegt in meiner Natur.«

Wieder schrecke ich mitten in der Nacht hoch. Deine Augen sind geschlossen. Ich überlege, dich zu wecken, damit dieser Albtraum endet, aber mein Argwohn gewinnt. Vielleicht sagst du noch mehr. Etwas anderes als gestern, etwas, das meine Fantasie wieder einfängt. Mein Herz rast. Du flüsterst etwas, ich verstehe deine Worte nicht. Vorsichtig drehe ich mich zu dir um, warte darauf, dass du wieder etwas sagst.

»Ich muss sie töten.« Leise, aber eindringlich. »Deswegen habe ich sie doch hergebracht.«

Den Rest der Nacht kriege ich kaum ein Auge zu.

❄

Irgendwann muss ich dann doch eingeschlafen sein, jedenfalls wache ich auf, als etwas Nasses über meinen Hals kratzt. Mit einem unterdrückten Schrei schnelle ich hoch. Ich schaue in dein irritiertes Gesicht, sehe deinen Dreitagebart, deine noch leicht zu einem Kuss geformten Lippen.

»Keine gute Idee?«, fragst du und wirkst dabei ehrlich bestürzt. Ich muss grinsen. Die verschwommenen Erinnerungen an die Nacht kommen mir absurd vor. Ich habe eindeutig zu viele schlechte Romane gelesen.

Jetzt ist es hell, wir haben wieder ein fantastisches Frühstück, und ich liebe es, dich ganz für mich zu haben. Du bist ein wirklich aufmerksamer Zuhörer und ein mitreißender Erzähler, mit Augen, in denen ich mich verlieren kann, und nicht zuletzt ein leidenschaftlicher Liebhaber.

»Was ist los?« Ich wollte mich gerade wieder an dich kuscheln, da stehst du auf.

»Hast du Lust auf frische Luft?«

»Was hast du vor?«

Ob ich vielleicht angeln gehen möchte? Nein, ich lehne ab, ich verspüre nicht die geringste Lust, länger als notwendig ungeschützt im kalten Wind zu hocken. Deshalb bin ich nicht hier. Wie hattest du es formuliert? Ein paar Tage nur wir und die Natur und unsere geheimsten Fantasien. Aber ich will nicht zu schroff klingen. »Geh ruhig, wenn du magst.«

»Okay.« Du überlegst kurz, nickst dann wie zur Bestätigung. »Dann bis nachher.« Du schnappst dir einen Klappstuhl, eine Decke, die viel zu futuristisch anmutende Angelrute und einen Korb mit Zubehör und gehst hinunter zum Steg, lässt mich tatsächlich einfach sitzen.

Ich schaue dir nach. Gut, dann ist es halt so. Ich bleibe im Warmen. Ziehe mein Buch unter den Kissen hervor. Ein älteres von Mankell, eine Kommilitonin hatte es mir empfohlen, es spielt nicht weit weg von hier. Nach ein paar Zeilen breche ich ab. Mir ist einfach nicht nach Lesen.

Mein Blick schweift durch die Hütte. Keine Fotos, keine Bilder der Familie. Dabei ist das doch das Ferienhaus deiner Eltern? Ich denke an Mama und Papa. Wie wir früher Weihnachten verbracht haben, zusammen mit Onkeln und Tanten, Omas und Opas, mit Cousins und Cousinen, gemeinsamer Kirchgang. Erinnere mich an die gespannte Erwartung in Kindertagen und an Berge von Geschenken unter dem Baum. Jahr für Jahr.

Nicht in diesem Jahr. Morgen Abend wird der Platz unter der kleinen Tanne leer sein. Ich hatte keine Zeit mehr, ein Geschenk für dich zu besorgen, jedenfalls nicht, ohne dass du es gemerkt hättest. Du hattest mich gefragt, ob ich mit dir mitkommen wolle, und ich hatte sofort zugesagt. Für fast nichts war mehr Zeit gewesen, zu schnell musste alles gehen. Meine

Eltern wissen gar nicht, dass ich hier bin. Niemand weiß, dass ich hier bin. Meine Therapeutin hatte mich noch gewarnt, ich solle nichts Unüberlegtes tun. Ich bekomme einen trockenen Hals.

Auf dem Tisch steht die Thermoskanne, ich fülle meine Tasse bis zum Rand, trinke einen Schluck, der Tee ist noch warm. Ich wärme mir die Hände daran. Ich gehe zum Fenster, beobachte dich. Die Kälte scheint dir nichts auszumachen, du wirkst entspannt. Sitzt dort unbewegt am Steg, die Angelrute neben dir aufgebaut, den Blick aufs Meer gerichtet. Deine dicke Jacke lässt dich noch mächtiger erscheinen. Das hier ist deine Insel. Deine Hütte. Dein Reich. Mein Blick schweift ab, zum Waldrand. Ein Schatten fällt mir auf. Eine Gestalt? Ich meine einen Menschen zu erkennen, der mir zuwinkt. Maria? Vor Schreck stockt mir der Atem. Im nächsten Moment jagt ein Windstoß durch die Bäume und Sträucher. Nein, nur ein Schatten, nichts weiter. Natürlich. Ich atme wieder aus.

Der Tee hinterlässt ein pelziges Gefühl im Mund. Mir ist nach einem Glas Wein, du hast bestimmt nichts dagegen, wenn ich mich bediene. Ich gehe zum Weinregal, auf der Flasche, die ich auswähle, liegt Staub, dem Etikett nach ist sie vom vorletzten Jahr. Nacheinander ziehe ich die Schubladen in der Küche auf, bis ich den Korkenzieher finde. Als ich nach ihm greife, streifen meine seltsam tauben Finger ein dünnes Stück Metall. Ich hebe es hoch. Mein Herz schlägt schneller, als ich erkenne, was es ist. Eine Haarnadel. Eine dunkelbraune Haarnadel, wie Maria sie stets getragen hat. Mit einem spitzen Schrei lasse ich sie fallen, als wäre sie glühend heiß geworden. Aus der anderen Hand entgleitet mir die Weinflasche, ich realisiere es viel zu spät, greife vergeblich nach ihr, sie fällt auf den Boden, zerspringt mit einem unheilvollen Klirren. Scherben verteilen sich im Raum, der Wein bildet eine schnell größer werdende Lache, sickert in die Dielenbretter.

Ich fluche, dann mache ich mich daran, die Sauerei zu beseitigen. Die halbe Küchenrolle muss dran glauben. Fieberhaft versuche ich nachzudenken, aber ich schaffe es nicht, auch nur einen klaren Gedanken zu fassen. Beruhige dich endlich, rede ich mir selbst zu. Es gibt für alles eine normale Erklärung, hör auf, irgendwelche Geister zu sehen. Ein stechender Schmerz im Zeigefinger holt mich in die Realität zurück. Blut quillt aus einem kleinen Schnitt, eine Scherbe, natürlich. Seufzend drücke ich Papier dagegen. Was ist nur mit mir los?

Als du später, nach gefühlten Stunden, endlich wieder hereinkommst, einen weißen Plastikeimer in der linken Hand, in der ein einsamer Fisch schwimmt, zeige ich dir den roten Fleck in der Küche. »Ich weiß auch nicht, wie das passieren konnte«, versuche ich mich an einer Entschuldigung.

»Zeig mal!« Du greifst nach meiner Hand, faltest sie auf. Nimmst den Zeigefinger, führst ihn zum Mund, ein zarter Kuss, ein warmes Lächeln. Albern, aber irgendwie auch süß. »Tut es noch weh?«

Ich weiß nicht, wie mir zumute ist. Mein Herz pocht unnatürlich laut, ich frage mich, ob du es hören kannst. Sekunden vergehen. Dann spiegele ich dein Lächeln, ohne es zu wollen. »Ist schon besser, glaube ich.«

»Gut.« Du lässt meine Hand los. »Ich bereite mal die Meerforelle für unser Abendessen vor.« Noch immer schwimmt der Fisch in seinem Eimer, zieht seine Kreise in dem kleinen Gefängnis, aus dem er nicht mehr lebend entkommen wird. Hofft er noch, oder hat er bereits begriffen, dass sein Schicksal schon besiegelt, dass er eigentlich so gut wie tot ist? Dass der Angler eigentlich nur noch mit ihm spielt? Warum machst du das? Du hättest ihn auch schon unten am Steg töten können.

Du leerst den Eimer ins Spülbecken. Hilflos hüpft der Fisch darin herum, du stehst davor und schaust zu, dein Blick verfolgt jede Bewegung. Du genießt seinen Todeskampf, das kann ich deutlich erkennen. Ich will etwas sagen, aber meine Kehle ist schon wieder trocken, ich bekomme keinen Ton heraus. Die Sprünge in dem Becken werden kleiner, schwächer. Du packst endlich zu und drückst den Fisch zu Boden. Nimmst ein massives Rundholz, ein einziger dumpfer Schlag auf den Kopf genügt. Erst dann holst du ein langes Filetiermesser aus der Schublade heraus, in der ich auch die Haarnadel gefunden habe, und schneidest der Meeresforelle die Kehle durch. Es war ein langes, qualvolles Sterben.

Ich frage mich, warum ich dir dabei zugesehen habe. Dann verstehe ich es. Es ist das Töten. Es fasziniert dich. Das kann ich auf eine mir selbst unheimliche Art sogar nachvollziehen. Es kitzelt etwas Archaisches in uns Menschen hervor, dem wir uns nicht entziehen können.

Du fängst an, den Fisch auszunehmen. Deine Handgriffe sind routiniert, du arbeitest schnell und sicher. Auf eine seltsame Weise bin ich froh, als du das Messer beiseitelegst und dich an die Zubereitung machst. Du bedienst dich aus dem gut gefüllten Kräuterregal, ich erkenne Koriander, Thymian, Schnittlauch, Knoblauch, Basilikum, dazu ein, zwei Wildkräuter, die mir unbekannt sind. Du weißt, was du tust. Du kennst dich aus, liebst dieses Leben in und mit der Natur. Ich komme mir nutzlos vor.

Es dauert, bis wir endlich zu Abend essen können. Der Grill muss noch sauber gemacht werden, die Kohle herunterbrennen, bis die Glut rötlich schimmert. Du kümmerst dich um alles, ich decke den Tisch. Und bin mit meinen Gedanken beschäftigt.

»Wie kommt es, dass du hier eine Haarnadel aufbewahrst?« Ich weiß nicht, was mich dazu verleitet, diese Frage zu stellen. Vielleicht liegt es daran, dass es gerade wieder so schön ist, mit dem leckeren Essen, dem starken Tee, dem Kaminfeuer und der überhaupt so gemütlichen Atmosphäre, dass ich mir einfach wünsche, dass du eine gute Erklärung hast. Nein, weil ich mir sicher bin, dass du eine gute Erklärung für die Haarnadel hast, die genauso aussieht wie die von Maria.

»Wo hast du die denn gefunden?« Du wirkst amüsiert.

»Du weichst aus«, stelle ich fest, und es gelingt mir, selbstsicher zu wirken. Jedenfalls bilde ich mir das ein.

Mit der Gabel spießt du das letzte Stück der gegrillten Forelle auf deinem Teller auf, schiebst es in den Mund. »Wahrscheinlich von meiner Oma. Von der Farbe her könnte das hinkommen.« Du kaust genüsslich, schluckst den Bissen hinunter. »Warum fragst du?«

»Nur so«, versuche ich das Thema wieder zu beenden.

»Bist du eifersüchtig?« Du lachst, aber dieses Mal ist es nicht ansteckend, sondern selbstgefällig. Das passt so gar nicht zu dir. »Hast du Sorge, dass ich vor dir schon einmal Damenbesuch hier hatte?«

»Hey, lass das.« Ich ärgere mich darüber, dass du mich auf den Arm nimmst, und auch über mich selbst. Darüber, dass ich die Frage überhaupt gestellt habe. Über die Gedanken, die ich habe und die ich nicht vertreiben kann. Dass auf einmal alles in sich zusammenfällt. Ich will weg, einfach weg. Nach Hause. In meine eigenen grauen vier Wände, die mich wenigstens nicht auslachen, in denen ich mich verkriechen kann. Die nächsten Worte kommen einfach so aus meinem Mund, ohne dass ich es geplant hätte. »Du, können wir wieder fahren?«

»Warum?«

»Ich weiß nicht. Das hier ist vielleicht doch nichts für mich.« Ich weiche deinem Blick aus. »Ich weiß, wir hatten das anders geplant, aber … ich will nach Hause. Ist das okay für dich?« Ich schaue vom Boden auf und direkt in deine hellblauen Augen.

Du siehst mich lange an. Du bist nicht schockiert, nicht enttäuscht oder traurig, du scheinst einfach nur nachzudenken. »Nein, tut mir leid, das geht nicht mehr.«

»Was?« Meine Stimme klingt heiser.

»Es ist schon zu spät.« Du zeigst zum Fenster, hinter dem nach wenigen Metern nur noch dunkle Schattierungen von der Landschaft zu erkennen sind. »Nachts ist es zu gefährlich.«

Ich weiß, dass du recht hast. Nicke dir zu. Sage, dass es eine dumme Idee von mir war. Nach kurzem Schweigen meinst du, dass wir doch genau das wollten. Einsamkeit. Nur wir beide. Zeit für uns. Dass du mich aber morgen gerne wieder rüber auf das Festland bringst, wenn das Wetter es zulässt.

»Versprochen?« Was soll das heißen, wenn das Wetter es zulässt, frage ich mich insgeheim. Ich hoffe noch.

»Versprochen.« Du lächelst mich traurig an.

»Danke.« Ich spüre meine Erleichterung. Dann sehe ich, dass dein Mundwinkel zuckt. Erkenne dein Spiel. Und komme mir unglaublich naiv vor.

»Aber ich gebe die Hoffnung nicht auf, dass du es dir vielleicht doch noch anders überlegst.« Du ziehst mich zu dir, unsere Lippen berühren sich. Obwohl ich schwitze, ist mir kalt, mechanisch erwidere ich deine zärtlichen Küsse. Es fällt mir schwer, einen Gedanken zu fassen.

❄

Das Mondlicht lässt mich kaum mehr als Umrisse erkennen.

»Sie weiß es.« Du wirfst den Kopf auf die andere Seite des Kissens. »Sie darf nicht weg. Sie weiß alles.«

Ich schaue nach oben, an die Decke der verdammten Hütte, sehe schwarz. Ich muss hier raus, ich muss hier weg. Wieder wirfst du den Kopf herum. Ich erstarre, wage kaum zu atmen.

»Ich muss sie töten.« Dieses Mal sprichst du ganz ruhig. Keine Aufregung mehr, nur eine nüchterne Feststellung.

Dein Atem wird ruhiger, deine Muskeln entspannen sich. Du hast deinen Frieden wiedergefunden. Leise murmelst du Sätze, die ich nicht verstehe, bis du schließlich wieder verstummst. Ein dünner Schweißfilm glänzt in der Dunkelheit auf deinem Arm, erinnert an den Kampf, den du gerade mit dir selbst ausgefochten hast.

Endlich begreife ich, dass ich dir nicht mehr entkommen kann. Ich denke an den Fisch im weißen Plastikeimer. An die braune Haarnadel, an das lange Filetiermesser, an die weißen Christrosen hinter dem Haus. Meine Fingernägel kratzen tief in meinen linken Oberarm, bis der Schmerz mich endlich zur Besinnung bringt. Es hilft. Ich weigere mich, nicht länger zu glauben, dass das alles wahr sein könnte.

Nein. Nein, das darf nicht passieren. Ich werde mich nicht in mein Schicksal ergeben. Ich darf nicht darauf hoffen, dass du mich morgen einfach wieder freigibst. Die Klarheit der Erkenntnis überrascht mich. Du oder ich. Ich treffe die einzig mögliche rationale Entscheidung, die mir bleibt. Es fühlt sich nicht gut an, aber es ist notwendig.

Mir ist klar, dass ich dir körperlich unterlegen bin. Auch wenn du jetzt schläfst, einen Kampf mit dir traue ich mir nicht zu. Ich muss es anders machen. Und ich weiß auch sofort, wie ich es tun werde. Die Tollkirsche. Eine kleine Menge in deinem morgendlichen Tee wird genügen, du wirst sie nicht herausschmecken.

Du oder ich. Ich habe keine Zeit mehr zu verlieren. Vorsichtig winde ich mich aus dem Bett, stehe auf. Du liegst dort, schläfst wie ein Baby, aber ich falle nicht mehr auf dich herein. Von der Anrichte nehme ich die Dose mit deinem Kaffee-Ersatz, aus einer Schublade ein Küchenmesser. Ich werfe nicht einmal eine Jacke über, als ich leise die Tür öffne und nach draußen schlüpfe. Schnell habe ich im Mondlicht den ersten Strauch gefunden. Ich zerre einen Teil der Wurzel heraus. Während ich die Fasern zerkleinere und direkt in die Teedose schneide, weit mehr, als ich brauche, überlege ich, ob die eine oder andere Beere zufällig schon vorher in deiner Kräutermischung enthalten gewesen sein könnte. Vielleicht zufällig, vielleicht aus Unwissenheit. Was würde das bedeuten?

Aber das ist mir jetzt egal. Ich bin überrascht, dass ich so gut wie keine Skrupel habe. Du oder ich.

❄

»Beruhige dich, bitte.«

Grelles Licht, dein besorgtes Gesicht kommt in mein Sichtfeld, dahinter erkenne ich die hölzerne Decke der Hütte. »Was ist …?«

»Du redest im Schlaf, Süße.«

Ich versuche, mich in die Situation hineinzutasten. »Was … was habe ich …?« Alles kommt mir so unwirklich vor.

»Du hast dich aufgeregt.« Deine Hand streicht über meine Wange. »Du wolltest jemanden töten, fürchte ich.« Ein neckisches Grinsen huscht über dein argloses Gesicht.

»Ich … ich weiß nicht.« Ich sehe die nächtlichen Kratzspuren an meinem Arm.

»Alles okay.« Du greifst nach einer Tasse Tee, die halb voll neben dir steht, trinkst. Redest. Du sagst, dass du nachgedacht hast. Dass du es zwar erst nicht wahrhaben wolltest, aber es natürlich respektierst, wenn ich mich hier unwohl fühlen würde. Jedes Mal, wenn du nach Worten suchst, nimmst du einen weiteren Schluck. Ich komme mir vor wie betäubt. Schließlich stellst du die leere Tasse neben dir ab, wischst dir mit dem Handrücken über die Lippen. »Wir haben bestes Wetter, die See ist ruhig. Nach dem Frühstück fahren wir rüber zum Festland, dann sind wir abends wieder zu Hause.«

Deine Stimme klingt belegt, als wäre dir die Zunge zu schwer geworden. Draußen leuchtet frischer Schnee vor den bodentiefen Fenstern. Mir ist kalt, und ich habe Angst.

# 2. Nachts am Weihnachtsbaum

Heike Denzau

Hach, das Seidenpapier raschelt immer so herrlich, wenn Lily mich auswickelt. Endlich bin ich raus aus der düsteren Enge der IKEA-Kiste. Es gibt nichts Schöneres, als liebevoll betrachtet und dann an den Baum gehängt zu werden. Und spannend ist es natürlich. Wer hängt dieses Jahr wo? Das werde ich erst herausfinden, wenn Lily den Raum verlässt, denn § 1 Absatz 1 Zeile 2 des Spielzeug- und Baumschmuckgesetzes besagt, dass ich mich erst bewegen darf, wenn kein Mensch in der Nähe ist.

Also bleibt mir vorerst nur der starre Blick nach vorn, was auch nicht schlecht ist, denn die Nordmanntanne spiegelt sich im Fernseher. Auf der Baumspitze steckt bereits der Rauschgoldengel. Genau wie ich ist er antik und sehr wertvoll. Mein Holz wurde im Erzgebirge handbemalt, und der Engel hat Flügel aus echten Daunen. Er ist sogar noch zwanzig Jahre älter als ich und hat bereits eine Flucht aus Ostpreußen mitgemacht. Darum ist er auch unser Präsident. Quasi. Natürlich sind wir alle wichtig, aber einige sind nun mal wichtiger. Gäbe es eine Rangfolge, wäre ich hier der Kanzler. Der Bildschirm zeigt, dass bis auf meine rechte Hand alles in Ordnung bei mir ist. Die schwarz-goldene Majorsmütze sitzt perfekt auf meinem braunen Haar, und der Horst-Lichter-Schnauzer ist adrett gezwirbelt und lässt den lockigen Vollbart alt aussehen. Die schwarze Hose unterstreicht in ihrer Schlichtheit die Eleganz meiner roten Jacke mit dem schwarzen Gürtel und den goldenen Epauletten, und das Gewehr an meiner linken Schulter verleiht mir eine Autorität, die mir manchmal ein wenig unangenehm ist. Aber ich kann es nicht anders sagen: Ich bin fesch, attraktiv und …

»He, Großmaul!«, erklingt eine raue Stimme neben mir. »Hast du schon gecheckt, ob der Rest der Truppe vollständig ist?«

Erschrocken blicke ich mich um. Ich habe gar nicht bemerkt, dass Lily den Raum verlassen hat. Also darf ich mich nun bewegen und drehe mich. »Ja, auch schön, dich wiederzusehen«, zeige ich dem Grinch, dass Höflichkeit im vergangenen Jahr nicht aus der Mode gekommen ist. Gegen das Wort Großmaul wehre ich mich nicht mehr. Ein großer, kräftiger Mund ist nun mal das A und O für einen Nussknacker. Ich ignoriere sein hingerotztes »Blablabla« und weise ihn darauf hin, dass er in seiner kurzen Weihnachtsmannjacke über nacktem, grünfelligem Unterkörper und mit dem albernen Adventskranz in Händen mehr als dümmlich aussieht. Daraufhin zielt er fies grinsend mit dem Kranz auf meine Mütze, aber ich weiß, dass er ihn nicht werfen wird, denn die Gefahr, dass Lily zurückkommt, ist zu groß. Nicht vorstellbar, was passiert, wenn sie ihn am Baum ohne den Kranz entdeckt. Oder mich ohne Mütze. Das Gesetz der Spielzeugmagie ist unter allen Umständen zu wahren. § 1 Absatz 1 Zeile 1 SBG.

Der Baum erwacht zum Leben. Von allen Zweigen erklingen herzliche Begrüßungen, und der Rauschgoldengel lässt es zu. Er hat von oben den besten Blick und würde sehen, wenn Lily zurückkommt, denn sie hat die Tür offen gelassen. Ich schaue mich um und bin wieder einmal dankbar, dass Lilys Mann ein Faible für originellen Baumschmuck hat – übrigens das Einzige, was mir an dem ständig mies gelaunten Kerl gefällt. Lily hätte den Baum mit weiteren hirnlosen Kugeln vollgehängt, Michael hat über die Jahre Leben hineingebracht. Gut, den Grinch hätte er uns gern ersparen können, aber mit dem knuddeligen Mogwai Gizmo haben wir immer viel Spaß. Miss Piggy, ein rosa Glitzerschwein im blau glänzenden Tutu, mit goldenen Flügelchen und Krone, hängt in diesem Jahr unter mir, neben dem schnittigen Cabrio in Metallicrosa, was ihr sicherlich gefällt. Dass Miss Piggy eigentlich ein Mr. Piggy ist, habe ich entdeckt, als sie im letzten Jahr direkt über mir hing. Ja, wir lieben es bunt, frei und vielfältig, und wenn der Eber lieber eine Sau ist, ist das saugut.

Im unteren Teil des Baumes hängen überproportional viele rot-weiße Zuckerstangen – es ist der Bereich, den Sophie und Natalie erreichen. Mittlerweile müssen sie sechs und drei Jahre alt sein.

»Leute, zwei Neuzugänge!«, röhrt der Grinch aufgeregt neben mir. »Ist das 'ne Gurke?«

Tatsächlich hängt neben der roten Glitzerbohrmaschine, ganz in der hintersten Ecke, ein glänzend grünes, pickliges Ding, das in die gleiche Abteilung gehört wie die Kugeln: Hirnlose.

Der zweite Neuzugang scheint sehr viel aufregender zu sein, denn die Glitzerfee flötet mit hoher Stimme, was sie nur tut, wenn sie gefallen will. »Hallöchen, mein Schöner!«

So spricht sie doch eigentlich nur mit mir! Ich drehe mich weiter, erblicke den Grund für ihr Gesäusel und bin einen Moment lang sprachlos. Ein Zinnsoldat. Ein Exemplar der königlich britischen Garde in schwarz-roter Uniform mit

Goldknöpfen und einer Bärenfellmütze, unter der seine Augen verschwunden sind.

Na ja, mir doch egal, hängt eben noch ein schneidiger Kerl am Baum. Völlig egal.

Der Zinnsoldat wendet sich an die Glitzerfee. »Stets zu Ihren Diensten, Verehrteste.«

Was für ein Schleimbeutel!

Dann kommt Lily zurück, und wir alle erstarren wieder. Ich bin dankbar, dass den ganzen Tag über menschliches Leben im Wohnzimmer herrscht. Dann muss ich mir das Geschnatter der Fee nicht anhören. Es reicht schon, den Zinnsoldaten auf der Mattscheibe zu sehen. Er hängt direkt unter dem Rauschgoldengel. Nicht dass das seinen Rang am Baum widerspiegelt, aber … es stört mich einfach. Wenn da einer hängen sollte, dann doch wohl ich.

Am Abend wird es gemütlich. Es ist der Tag vor Heiligabend, und Lily schaltet die elektrische Lichterkette an, die sich den Platz auf den Zweigen mit roten Wachskerzen teilen muss. Die werden aber erst am Heiligabend entzündet. Ich hänge an meinem Mittelzweig mit Blick auf Fernseher und Sofa. Besser geht es nicht, denn dort spielt sich das menschliche Leben ab. Die Griswolds mag ich auch nach zwanzig Jahren noch gucken, und ich genieße es, Lily lachen zu hören. Über diesen Film amüsiert sich normalerweise auch Michael köstlich, doch er wirkt völlig weggetreten. Sind die finanziellen Probleme des Vorjahrs etwa noch nicht gelöst? Man bekommt ja so viel mit in den zwei Wochen, bis man wieder eingepackt wird. Michael hatte sich mit Aktien verspekuliert, wenn ich mich recht erinnere, und hat ständig Telefonate geführt. Zwei, drei krasse Wutanfälle mussten wir auch miterleben.

Wenn ich ihn nun genauer betrachte, fallen mir seine blassen, eingefallenen Wangen auf. Er hat abgenommen. Aus Stress? Vielleicht gibt es auch Eheprobleme, denn Lily und Michael reden kaum miteinander.

Um dreiundzwanzig Uhr steht Lily mit einem kühlen »Gute Nacht« vom Sofa auf.

»Nacht.«

Vor einem Jahr sind sie noch gemeinsam zu Bett gegangen.

Michael steht nun ebenfalls auf, bleibt aber an der geschlossenen Tür stehen und lauscht. Horcht er, ob Lily die Treppe hinaufgeht? Eigenartig. Kurz darauf öffnet er die Tür und verschwindet.

»Alles klar, meine Lieben«, gibt der Rauschgoldengel das Zeichen zum Bewegen. »Ich habe den Flur im Blick.«

Der Grinch seilt sich von seinem Zweig ab und klettert zwei Etagen höher, um mit dem Zinnsoldaten auf Augenhöhe zu sein. Wobei, das ist wohl eher metaphorisch gesprochen, denn die Soldatenaugen sind ja nicht zu sehen. »Coole Mütze, Alter.« Er stupst sie an, und der Rauschgoldengel wird energisch: »Sofort zurück an deinen Platz, Grinch! Das Handy liegt noch auf dem Tisch. Der Blödian kommt also jeden Moment zurück.« Der Rauschgoldengel verabscheut Lilys Mann zutiefst, was auf Gegenseitigkeit beruht. Michael nennt ihn »Viech« und möchte schon seit Jahren lieber eine silberne Spitze auf dem Baum.

Sofort trollt der Grinch sich und wirft dabei in die Runde: »Findet ihr nicht auch, dass Hackfresse Michi dieses Jahr richtig übel aussieht?«

Gizmo antwortet mit einem traurigen »Keine Ahnung«.

Ich verstehe seinen Frust, denn unser Mogwai hängt dieses Jahr mit dem Gesicht zur Wand. Dann müssen wir auch schon wieder erstarren, denn der Rauschgoldengel mahnt: »Still! Er kommt.«

*Frustessen*, denke ich, als Michael eine Packung Pralinen auf dem Tisch ablegt. Es sind die teuren, die, die Lily zu Weihnachten immer für ihre Mutter kauft.

Will das Ekel etwa Anne die extra für sie besorgten Leckereien wegessen? Tatsächlich nimmt er eine Praline heraus. Aber unerwarteterweise isst er sie nicht, sondern legt sie vor sich ab. Dann verlässt er erneut den Raum.

Sofort wenden der Grinch und ich uns einander zu. »Was tut er da?«, flüstere ich.

»Keine Ahnung, Knacker, aber ich habe das dumpfe Gefühl, dass wir endlich mal Action erleben werden.«

»Still!«, ertönt es über uns.

Reglos beobachten wir, wie Michael sich mit einem Bier wieder aufs Sofa setzt und einen Schluck aus der Flasche nimmt. Dann zieht er den hübsch gemusterten Weihnachtsteller in Sternform zu sich, nimmt eine Haselnuss heraus und knackt sie – mit dem lächerlichen Nussknacker in Zangenform.

Ich würde jetzt gern den Grinch anschauen. Von wegen Action. Michi snackt und trinkt sich einfach die bevorstehenden anstrengenden Weihnachtstage schön.

Doch dann wird es merkwürdig. Statt sich die Nuss in den Mund zu stecken, zieht er sein Schweizer Messer aus der Hosentasche und teilt die Nuss.

Verwirrt sehe ich zu, wie er mit der linken Hand nach der Praline und mit der rechten nach einer Nusshälfte greift. Dann streicht er mit der Nuss über die Unterseite der Praline, wieder und wieder. Ein Mysterium.

Während ich noch über Sinn und Zweck dieser Aktion nachdenke, legt er die Praline zurück in die Packung und schließt sie mit einem emotionslosen »Guten Appetit, Schwiegermama. Auf dein Erbe«.

Da fällt bei mir der Groschen. Wäre ich nicht an das Spielzeug- und Baumschmuckgesetz gebunden, würde mir jetzt vor Grauen mein mächtiger Kiefer auf- und zuklappen. Michael will Lilys Mutter um die Ecke bringen.

Es dauert endlose Minuten, bis der Mörder in spe das Wohnzimmer verlässt. Die verräterische Nuss samt Schale und die Pralinenpackung hat er mit hinausgenommen.

Statt der gewohnten fröhlichen Bewegung im Baum herrscht sekundenlang Stille. Dann ruft der Grinch aus: »Alter Falter! Der Kerl will Anne killen!«

Wir unterrichten den Baumschmuck, der die Augen nicht nach vorn gerichtet hat, darüber, was sich abgespielt hat. Den Zinnsoldaten klärt der Rauschgoldengel darüber auf, dass Anne Asthmatikerin mit Nussallergie ist und vor fünfzehn Jahren einen anaphylaktischen Schock gerade mal so überlebt hat. Seitdem isst Anne nur noch die handgeschöpfte Weihnachtsschokolade der Manufaktur ihres Vertrauens.

Aufregung pur herrscht. Dem Rauschgoldengel zittert die Stimme, als er zur Ruhe mahnt. Er kennt Anne seit ihrer Kindheit und liebt sie so sehr wie sie ihn. »Was können wir tun?«, fragt er, und wir sehen uns alle verzweifelt an. Die Bohrmaschine brummt, und das Cabrio gibt Gas, aber außer durchdrehenden Reifen hat es nichts zu bieten. Glitzerfee weint still vor sich hin, und Miss Piggy seilt sich ab, um sie tröstend in die dicken Arme zu schließen.

»Heulen bringt uns nicht weiter«, schimpft der Grinch. Er sieht mich an. »Du bist der Einzige mit einer Waffe. Tu was!«

»Witzig. Hast du vergessen, dass die Waffe nicht geladen ist? Doch selbst wenn sie es wäre, könnte ich den Abzug nicht drücken.« Ich schwenke meinen handlosen Arm.

Diesmal ist es die Glitzerfee, die den Zinnsoldaten informiert.

Über das zurückliegende Drama, das mich die Hand gekostet hat. »Klein-Sophie hat unseren Nussi vor drei Jahren vom Baum genommen und mit ihm gespielt. Dann hat sie ihn auf dem Wohnzimmerboden liegen lassen, und Annes Chihuahua Lulu hat ihm die Hand abgekaut.«

Ich nicke gelassen. Therapeutische Gespräche mit dem Rauschgoldengel und Miss Piggy haben mich das traumatische Erlebnis gut wegstecken lassen.

»Der Hund ist vielleicht die Lösung«, meint der Grinch. »Wenn die hässliche Töle die Pralinen frisst, wäre die Sache erledigt.«

Alle sind begeistert. Die Vorgehensweise steht schnell fest, denn wir kennen die Abläufe der Familie am Heiligabend genau. Lily und Michael legen die Geschenke unter den Baum, während Oma Anne mit Sophie und Natalie schon Richtung Kirche vorgeht, wo alle gemeinsam den Gottesdienst besuchen. Wenn sie zurückkommen, dürfen die Mädchen im Wohnzimmer die Geschenke bestaunen, die das Christkind in der Zwischenzeit gebracht hat. Wir haben also etwa eine Stunde, um unseren Plan in die Tat umzusetzen: runter vom Baum, das mörderische Geschenk identifizieren, denn es wird wie alle anderen liebevoll in Weihnachtspapier verpackt sein. Wir müssen es aufreißen, die Wohnzimmertür öffnen, damit der Hund hereinkann. Anschließend lassen wir den Dingen ihren Lauf. Schafft Lulu es in der verbleibenden Zeit nicht, alle Pralinen aufzufressen, verstecken wir die tödlichen Leckereien unter dem Sofa.

»Ein guter Plan für den Moment«, sagt der Zinnsoldat. »Aber wird dieser Michael es nicht wieder versuchen? Auf andere Art und Weise?«

Ich verabscheue ihn. Weil er recht hat.

»Scheiße«, fasst der Grinch die allgemeine stumme Zustimmung ins Wort und setzt nach einem Moment des Schweigens hinzu: »Wir müssen ihn abmurksen, um Anne zu retten.«

Die Glitzerfee kreischt vor Entsetzen auf, und im gleichen Moment fällt eine Kugel zu Boden. Das fürchterliche Geräusch des Zerspringens in Dutzende Scherben geht uns durch Mark und Bein. Ein grausiges Schicksal, das außer mir – ich bin ja aus Holz – allen anderen jederzeit widerfahren kann. Ich entsinne mich an den Weihnachtstag vor drei Jahren, als uns die Queen verließ, weil eine depressive Kugel sie im Fall mitriss. Ihr ständiges entrüstetes »Excuse me!« war zwar nervig, aber sie hatte Stil und sah in ihrem glänzenden türkisfarbenen Hut-Mantel-Ensemble edel aus.

Miss Piggy hat das Entsetzen über den Tötungsvorschlag des Grinchs ebenfalls vom Zweig gerissen, doch sie hat den Vorteil, dass sie Flügel hat. Sie sind zwar winzig und halten ihr Gewicht kaum, doch es reicht, um heil neben den Kugelscherben zu landen. Keuchend hangelt sie sich zurück auf ihren Platz.

Alle plappern aufgeregt, doch der Rauschgoldengel sorgt mit einem »Ruhig jetzt!« für sofortige Stille. »Du bist wohl wahnsinnig geworden«, wendet er sich an den Grinch. »Ich verbiete euch, auch nur einen einzigen Gedanken an diesen ungeheuerlichen Vorschlag zu verschwenden.« Mit einem strengen Blick setzt er ein Ausrufezeichen, und niemand widerspricht.

Am nächsten Tag sind wir alle aufgeregt, doch alles geschieht wie erhofft. Als die Geschenke unter dem Baum liegen und die Familie auf dem Weg in die Kirche ist, hangeln wir uns von den Zweigen und betrachten die Päckchen. Von der Größe her kommen drei Geschenke infrage, aber nur auf einem Kärtchen steht »Für Anne«. Mithilfe der Glitzerbohrmaschine lösen wir den Knoten der roten Schleife, zerren zu dritt die

Goldfolie von der Packung und heben den Pappdeckel an. Es sind die Pralinen.

Jetzt ist der Rauschgoldengel gefragt, denn nur er kann die Türklinke erreichen, um den Hund ins Zimmer zu lassen, der uns gehört haben muss, denn er kläfft auf dem Flur. Der Rauschgoldengel fliegt los, und im nächsten Moment geschieht das gänzlich Unerwartete. Die Tür öffnet sich, bevor der Engel die Klinke erreicht, und Michael betritt das Wohnzimmer.

Alle erstarren auf der Stelle. Der Engel fällt zu Boden. Ich liege stocksteif neben den Pralinen und sehe, dass Michael zum Sofa geht, zwischen den Kissen wühlt und schließlich sein Handy in Händen hält. Guck nicht zum Baum! Guck nicht zum Baum! Diesen Gefallen tut er uns, aber auf dem Weg nach draußen bemerkt er den Rauschgoldengel am Boden. Er bückt sich und hebt ihn auf. Mit einem verwirrten »Häh?« geht sein Blick zur Baumspitze. Was dann geschieht, ist so grauenhaft, dass ich mir wünschte, ich läge wie die anderen mit dem Gesicht zum Boden. Michael schaut in die Richtung, wo der Kaminofen bollert, dann auf den Engel in seiner Hand.

Als Michael sich in Bewegung setzt, bin ich einfach nur dankbar, dass sich der Ofen nicht in meinem Blickfeld befindet. Ich muss nicht mit ansehen, wie mein längster und innigster Vertrauter, mein Freund seit über vierzig Jahren, in Flammen aufgeht, doch das fachende Auflodern, bevor die Ofentür geschlossen wird, brennt sich in meine Gehörgänge.

Als Michael den Raum verlässt, nutzt Lulu die Gunst der Sekunde und witscht hinein, aber Michael macht sich nicht die Mühe, den Hund wieder hinauszubürsten. Er lässt die Tür einfach offen und eilt seiner Familie hinterher.

Bei Tieren ist das so eine Sache, was das SBG betrifft. Eine gesetzliche Grauzone. Ja, sie sind Lebewesen, aber sie können nichts verraten. Also dürfen wir uns bei Lebensgefahr bewegen. Und genau das tun wir. Schneller, als wir runter sind, sind wir alle wieder auf dem Baum, wobei ich nur reflexhaft handle. In meinem Holzschädel brummt es, und ich höre immer wieder das grausige Auflodern.

»Geil, alles läuft nach Plan«, freut sich der Grinch neben mir. »Seht euch die Töle an!«

Ich schaue nach unten. Lulu frisst wie ausgehungert. Die letzten beiden Stücke in der Packung bekommt sie nicht heraus, aber sie ist schlau, schnappt nach der Packung und schüttelt sie. In null Komma nichts ist die Schokolade weg.

»Super, dass du die Tür gar nicht mehr öffnen musstest, Rauschgoldengel«, erklingt Miss Piggys begeisterte Stimme. »Man muss auch mal Glück haben.« Sie blickt zur kahlen Baumspitze, dann in den Raum. »Wo steckt er denn?« Sie sieht mich an. Ich kann nicht sprechen.

»Rauschgoldengel!«, flötet die Glitzerfee. »Wo bist du?«

Mit einem wilden Aufschluchzen hangele ich mich die Zweige hinauf, vorbei an zwei goldenen Kugeln, den Wachskerzen und dem Zinnsoldaten. Aber ich sehe nicht nach links und nach rechts. Ich klettere bis ganz nach oben, klammere mich an die Baumspitze, wo noch zwei engelige Goldfäden an den Nadeln haften, und weine meinen Schmerz in die Heilige Nacht.

In Gizmos Kuschelarme geschmiegt, erzähle ich nach einer Ewigkeit, was passiert ist. Die Tanne erbebt unter dem Weinen und dem wilden Schluchzen ihres Schmucks, zwei depressive Kugeln zerbersten auf dem Laminat. Und den Grinch mal mit einem Kloß im Hals zu erleben, hätte ich mir nie träumen lassen. Was er schließlich sagt, klingt umso sicherer. »Jetzt ist das Schwein fällig.«

Der Einzige, der nun Einspruch erhoben hätte, ist zu einem Häufchen Asche verbrannt, und wir wollen Sicherheit für Anne und, man muss es beim Namen nennen, Rache.

Ratlos, was den Plan dazu betrifft, erleben wir die Rückkehr der Familie. Die freudig kreischenden Kinder übertönen den Schreckenslaut von Michael, als er sieht, was mit seinen Pralinen passiert ist. Anne ist aufgelöst, weil der Hund die für ihn in der Menge hochgiftige Schokolade gefressen hat, und telefoniert verzweifelt nach einem Tierarzt, während Lily die Scherben unter dem Baum zusammenkehrt und schließlich darüber stolpert, dass der Rauschgoldengel fehlt. Zu Recht verdächtigt sie Michael, der blass auf dem Sofa vor sich hin stiert, gegen die Anschuldigung aber energisch protestiert. Der feige Hund!

In den Tagen nach Weihnachten gibt es eine gute und eine schlechte Nachricht. Die gute: Lulu sind Herzrhythmusstörungen und Koma erspart geblieben, weil ihr rechtzeitig der Magen ausgepumpt wurde. Die schlechte: Michael hat neuen Tannenbaumschmuck gekauft. An der Stelle, an die mein liebster Freund gehört, steckt jetzt eine hirnlose silberfarbene Spitze.

Zwischen ihm und Lily herrscht Eiszeit. Sie weiß, dass er das alte Erbstück hat verschwinden lassen, auch wenn er es nicht zugibt.

Der Grinch schweigt, seit die Spitze auf der Spitze steckt. Was heckt er aus?

Wir erfahren es, als Michael lange nach Lily endlich zu Bett gegangen ist und wir uns auf den ausladenden unteren Zweigen versammeln.

Der Grinch hat mein nutzloses Gewehr genommen und benutzt es als Zeigestock. »Wir müssen es schaffen, den Weihnachtsbaum dorthin zu kippen.« Er deutet mit der Knarre auf Michaels Sofaplatz. Weil uns unser Warum wohl auf die Stirn geschrieben steht, fügt er hinzu: »Wenn er dort sitzt und eingeschlafen ist.« Als spräche er über das Wetter, führt er weiter aus: »Wenn ich mich nicht verrechnet habe, reicht die Länge des Baumes genau, um mit der silbernen Spitze sein Auge zu durchbohren. Ob sie es bis ins Hirn schafft, bleibt abzuwarten.«

Miss Piggy packt geistesgegenwärtig zu, als die Glitzerfee nach dieser Ankündigung einen schrillen Schrei ausstößt und ohnmächtig zur Seite kippt. Der Zinnsoldat bricht einen Zweig ab, was wir eigentlich nicht tun sollten, aber ich will mal gnädig sein, denn er fächelt der Fee damit Luft zu. Dieser charmante Kerl! Warum bin nicht ich auf diese Idee gekommen?

»Wenn das alles nicht hilft, haben wir immer noch ihn.« Der Grinch richtet das Gewehr auf Gizmo.

Der Mogwai begreift schneller als ich, was der Grinch von ihm will, und beginnt heftig zu zittern. »Oh nein, bitte nicht.«

»Willst du, dass Anne stirbt?«, fragt der Grinch und arbeitet dabei mit unlauteren Mitteln. »Dass unser Rauschgoldengel umsonst zu Asche verbrannt ist?«

»Also gut«, lässt sich der Mogwai erweichen. »Aber nur im äußersten Notfall. Für die liebe Anne und unseren Engel.« Tränen kullern dabei über sein süßes Gesicht.

An den nächsten beiden Abenden geht Michael zu Bett, bevor er auf dem Sofa einschläft, und wir werden nervös. Spätestens am 6. Januar wird Lily uns abschmücken. Doch am Silvesterabend ist es so weit. Michael ist betrunken und streitet sich mit Lily, die um ein Uhr nachts weinend nach oben geht. Michael öffnet sich noch ein Bier, das letzte seines Lebens, wenn unser Plan aufgeht, und nach nur drei Schlucken lehnt er sich zurück und beginnt zu schnarchen.

Wir sehen einander an, atmen tief durch, als der Grinch das Go gibt, und hangeln uns vom Baum. Nur die Fee bleibt zurück und löst die Lichterkette bis auf die letzten drei oberen Kerzen und wirft uns die lose Kette zu. Gemeinsam ziehen wir die Kette schließlich Richtung Sofa. Dann beginnt der Kraftakt. Wie ein Galeerentrommler gibt der Grinch den Takt vor: »Hauuu ruck – hauuu ruck – hauuu ruck!« Der Baum schwankt, aber es kommt nicht zum Sturz. Nun feuert Gizmo uns an. »Los, weiter!« Sein viel schnellerer Takt ist aus Angst geboren. »Hau ruck, hau ruck, hau ruck!«

Wieder neigt sich die Nordmanntanne Richtung Sofa. Wir ziehen und zerren, wir geben alles, aber es reicht nicht.

»Stopp, aufhören«, gibt der Grinch keuchend das Kommando zum Aufgeben und schüttelt Gizmo, der als Einziger weiterzieht. »Hör auf!«

Als wir alle einigermaßen wieder bei Atem sind, nimmt der Grinch Gizmo an die Hand wie eine Mutter ihr Kind und bittet die Fee, das Ende der Lichterkette auf den Tisch zu legen. Sie hangeln sich daran empor, und wir ziehen uns an die Wand zurück. Das, was kommt, kann auch für uns gefährlich werden.

Ich bewundere Gizmo für seine Tapferkeit, als er das Nussstückchen nimmt, das der Grinch vom Sternteller fischt. »Für Anne«, sagt Gizmo und isst es, ohne weiter zu zögern. Dann geht er zur Bierflasche, hüpft hoch, erreicht den Bügelverschluss und kippt die Flasche. Das Bier ergießt sich auf den Tisch. Gizmo sieht jeden von uns an. »Ich war gern euer Knuddeltier.« Während uns die Tränen laufen, hüpft er mit einem »Für unseren Engel« in die Lache und wälzt sich darin.

Dann passiert das, was passiert, wenn man einen Mogwai nach Mitternacht füttert und er nass wird. Gizmos Verwandlung in einen Gremlin hautnah mitzuerleben, ist so faszinierend wie grauenhaft. Unser pelziger Freund mutiert zu einem grauschuppigen, rotäugigen Monster mit Reißzähnen.

Der Gremlin macht kurzen Prozess. Blitzschnell wickelt er die Lichterkette um Michaels Hals und zieht mit der Kraft von hundert Mogwais.

Dann beginnt er, das Zimmer zu verwüsten, was Lily auf den Plan ruft, und wir erstarren. Dem Umstand geschuldet, dass ihr Mann mit Lichterkette um den Hals tot auf dem Sofa sitzt, sieht sie nicht zu Boden, was sich für unsere Zukunft als Glücksfall erweist, denn – es knirscht hässlich – sie zertritt dabei den Gremlin. Ihr wildes Schreien geht uns durch Glas und Holz, und wir leiden mit ihr, aber uns ist ein toter Michael lieber als eine tote Anne. Und ihr mit Sicherheit auch – sie weiß es nur nicht.

Zum Glück hat der Gremlin unseren Baum nicht umgestürzt und Lily in den folgenden Tagen andere Sorgen, als uns abzuschmücken. So kommen wir in den Genuss, zu sehen, was abgeht.

Kriminalpolizei, Spurensicherung ... die magielosen Menschen werden im Leben nicht darauf kommen, was passiert ist.

Lily zieht mit den Kindern kurzfristig zu ihrer Mutter. Es ist Anne, die Ende Januar mit der Kiste kommt, um uns von der nadelnden Tanne zu pfriemeln. Sie legt uns auf dem Tisch ab und geht noch einmal hinaus, vermutlich, um den Karton für den Tannenbaumfuß zu holen.

Ein letztes Mal in dieser Saison dürfen wir uns bewegen. Ich wende den Kopf – neben mir liegt der Zinnsoldat. Er schiebt die Mütze über den dunklen Schopf nach hinten, und ... tannengrüne Augen blicken mich an. Er lächelt, und in meinem Kopf werden imaginäre Geigenklänge von Smooth Jazz abgelöst. Ich schlucke, ohne meinen Blick aus seinem zu lösen.

Noch nie habe ich mich so sehr auf zehn Monate IKEA-Kiste gefreut.

# 3. Am Meer

Henrik Siebold

Bender mochte das Meer, im Winter sogar noch mehr als im Sommer. Es war kalt, fast null Grad. Der Sand knirschte angefroren unter seinen nackten Füßen.

Er wusste, dass er ein komisches Bild abgab. Ein nicht mehr junger, nicht mehr schlanker Mann von Anfang sechzig, der seine Anzughose hochgekrempelt hatte und nun vorsichtig einen Fuß ins eiskalte Wasser der Ostsee setzte. Dann noch einen und noch einen, bis er knietief in der Flut stand.

Dort blieb er stehen und schaute ins unendliche Grau.

Wolken und Wellen.

Himmel und Meer.

Ein paar spottende Möwen.

Das Wasser war so kalt, dass es schmerzte. Doch es konnte seinem Lächeln nichts anhaben.

Benders Hand glitt in die Tasche seines Jacketts. Ein kurzes Funkeln von Gold und Diamanten. Ohrringe. Bender führte den Schmuck an die Lippen, er küsste ihn und warf ihn in weitem Bogen ins Wasser.

»Für dich, zu Weihnachten, mein Schatz. Ich liebe dich.«

❄

*Vier Jahre zuvor.*

Bender rannte durch die Nacht, die Dienstwaffe in der Hand. Er war schon damals zu alt für solche Sachen, aber darauf nahm er keine Rücksicht. Endlich war es so weit, endlich konnte er Zinar Hossein das Handwerk legen.

»Halt! Stehen bleiben!«, schrie Bender keuchend in die Dunkelheit.

Die Antwort war ein heiseres Lachen. Dann: »Warum sollte ich?«

»Letzte Warnung! Ich schieße!«

»Mach doch, Bulle.«

Bender blieb stehen. Er stützte sich auf die Knie und war kurz davor, sich zu übergeben. Gib nicht auf, nicht jetzt, Bender! Reiß dich zusammen!

Er richtete sich auf und lauschte in die Nacht. Er hörte die fliehenden Schritte. Zinar war auch schon am Ende. Es war noch nicht verloren.

Also los! Jetzt kommt es drauf an.

Zinar Hossein war noch keine dreißig. Ein Berufskrimineller. Einbruch, Raub, schwere Körperverletzung. Mord. Hossein hatte drei Menschen erschossen, einen erstochen. Das Motiv war immer dasselbe: Es galt, die Geschäfte seiner Familie zu sichern.

Wer ihnen dabei im Weg stand, wurde bedroht, zusammengeschlagen, im Zweifel getötet.

Bender rannte weiter. Eine verlassene Einkaufsstraße. Dunkle Geschäfte, irgendwo in der Ferne hörte er eine Kehrmaschine.

Im Eingang einer Bäckerei hatte sich ein Obdachloser niedergelassen. Funkelnde Augen in einem Berg aus Decken und Lumpen.

Bender sah ihn fragend an. Der Mann hob eine schwielige Hand und zeigte stumm zu einer Toreinfahrt auf der gegenüberliegenden Straßenseite.

Bender nickte dankbar.

Der Obdachlose nickte zurück. Nützlich zu sein, das wärmte für den Rest der Nacht.

Bender überquerte die Straße und tauchte ein in die Dunkelheit der Toreinfahrt ein. Jetzt galt es. Er nahm die Waffe in Anschlag und setzte seine Schritte nun langsamer.

Schatten und Stille. Irgendwo war das atemlose Keuchen eines Mannes zu hören.

»Komm raus, Zinar! Die Hände so, dass ich sie sehen kann!«

Keine Reaktion.

Bender arbeitete sich weiter vor. Schritt um Schritt. Die Hintertür eines Ladens, eine Laderampe, ein Hof mit Tonnen, eine rückwärtige Mauer.

Plötzlich Lärm. Gerumpel, metallisches Klirren.

Zinars schmächtige Figur stand auf einem Müllcontainer, bereit, über die Mauer zu springen.

»Halt!«

Bender war keine fünfzehn Meter entfernt. Er legte an. Zinar drehte sich um.

Ihre Blicke begegneten sich.

Bender hatte den Finger am Abzug. »Komm da runter! Ganz langsam.«

Zinars Gesicht verzog sich zu einer feixenden Grimasse. »Du schießt ja doch nicht, Bender.«

»Lass es nicht darauf ankommen.«

Zinar lachte laut, sein Körper bog sich nach hinten.

Sie wussten es beide.

Bender würde nicht schießen.

Der Junge sprang auf die Mauer, balancierte kurz darauf, hangelte sich dann in die Tiefe und war verschwunden.

»Ich kriege dich, Zinar! Verlass dich drauf!«

»Lass es lieber, Bender.«

»Bestimmt nicht.«

»Ich habe dich gewarnt.«

Schritte, Stille.

Bender schob die Waffe ins Holster. Er stand lange so da und tat nichts anderes, als zu atmen.

Er war zu alt für so etwas.

❄

Zinar Hossein hatte es übertrieben, sogar nach den Maßstäben seiner eigenen Familie. Er zockte, er hurte, er nahm Drogen. Das ließ sich hinnehmen. Aber die Gewalt! Er hatte seinen eigenen Cousin ins Krankenhaus geprügelt. Er tötete, weil es ihm Freude machte.

Jedem war klar, dass es so nicht weitergehen konnte. Sogar der Familie. Das war eine Chance.

Bender bat um eine Audienz. Das Familienoberhaupt, Caki Hossein, empfing ihn in einem unscheinbaren Mietshaus im Süden der Stadt. Bender wusste nicht, ob Caki hier wohnte oder ob die Wohnung einem Mitglied der weitverzweigten Familie gehörte. Man hatte Bender einen Treffpunkt genannt, und dort war er von einer Limousine abgeholt worden. Ledersitze, getönte Scheiben, kaum ein Motorengeräusch. Ein Wagen, von dem ein Beamter wie er nur träumen konnte.

Caki Hossein bot Tee an. Er war ein alter Mann mit einem zerfurchten Gesicht. Mächtig, weise und wenn nötig rücksichtslos.

Aber eben nicht, wenn es unnötig war.

»Was kann ich für Sie tun, Kommissar?«

»Es geht um Ihren Neffen Zinar.«

Der Alte hob die Augen zur Decke. »Ich weiß. Ein schwieriger junger Mann. Er bereitet mir nicht weniger Kummer als Ihnen.«

»Das bezweifle ich.«

»Was wollen Sie, Kommissar?«

»Wir können Zinars Verhalten nicht länger dulden, Herr Hossein. Es wird sonst eng für Sie alle.«

»Ich verstehe.«

»Sie sollten ihn überreden, sich zu stellen.«

Sie tranken Tee und tauschten Höflichkeitsfloskeln aus. Bender hatte das Gefühl, dass dem Alten klar war, was auf dem Spiel stand.

»Sind wir uns einig?«, fragte er.

»Ich werde mich beraten, und wir werden eine Entscheidung treffen.«

»Danke.«

Caki Hossein stand zum Abschied nicht auf. Er nickte nur, und ein anderer junger Mann brachte Bender zur Tür. Dort erklärte er: »Mein Onkel wird eine Lösung finden. Sie können sich darauf verlassen.«

❄

Die Wochen danach. Caki Hossein hielt Wort. Er schickte eine Nachricht. Er hatte mit Zinar geredet. Es war ein schwieriges Gespräch. Aber am Ende … ja, er würde sich stellen.

Doch es geschah nicht.

Die Familie hatte die Kontrolle über ihn verloren.

Dann eben anders.

Eine Soko unter Benders Leitung. Über dreißig Beamte waren daran beteiligt. Sie überwachten all die Orte, an denen Zinar sich früher herumgetrieben hatte. Ein Bordell, eine Gaststätte, das Casino. Sie machten seine Dealer ausfindig und setzten sie unter Druck. Auch seine Freunde.

Jeder hatte die Nase voll von ihm.

Die Schlinge um Zinars Hals zog sich zu. Nur noch wenige Tage, dann würden sie ihn fassen.

Der Polizeipräsident reichte Bender sogar schon die Hand. Gut gemacht! Die Presse wird Sie feiern.

Bender beschwichtigte.

Noch haben wir ihn nicht.

❄

Dann dieser eine Abend. Ein Mittwoch.

Bender saß im Wohnzimmer. Er las die Zeitung. Der Fernseher lief ohne Ton. Karin mochte es nicht, wenn er das tat. »Das ist doch Stromverschwendung. Du siehst ja gar nicht hin.«

Aber er mochte es. Ab und zu sah er eben doch hin.

Es wurde spät. Bender sah immer wieder auf die Uhr, die auf dem Regal stand. Komisch, Karin hätte längst von ihrem Italienischkurs an der VHS zurückkehren müssen.

Wahrscheinlich ist sie mit den anderen Kursteilnehmern noch etwas trinken gegangen. Kein Grund, sich Sorgen zu machen.

Als es zehn Uhr geworden war, machte sich Bender doch Sorgen. Das Telefon klingelte. Endlich, das würde Karin sein! Er stand auf und nahm ab.

»Karin? Wo bist du denn?«

Ein heiseres Lachen war in der Leitung zu hören. Dann: »Ich habe dich gewarnt, Bender.«

Unendliche Sekunden.

Bender räusperte sich. »Zinar! Was willst du? Warum rufst du an?«

»Wenn du sie wiedersehen willst, lass mich in Ruhe. Blas alles ab.«

»Das kann ich nicht.«

»Willst du sie wiedersehen? Ja oder nein?«

Bender schloss die Augen. Kurze, ewige Sekunden, in denen er alle Möglichkeiten und Optionen bedachte.

Er hatte keine Optionen.

»Wenn du ihr auch nur ein Haar krümmst, bringe ich dich um. Hast du das verstanden?«

»Aber Kommissar, das sind hässliche Worte.«

»Ich meine es ernst.«

»Schon gut. Sind wir uns einig?«

»Ja.«

Zinar Hossein erklärte Bender, was er tun sollte. Akten, Protokolle, Beweismittel. Alles vernichten.

»Dann lässt du sie frei?«

»Sicher.«

❄

Bender tat es. Er ließ alles verschwinden. Nicht sofort, sondern nach und nach.

Die Arbeit der Soko stockte. Die Kollegen waren irritiert. Einer von ihnen sagte: »Vielleicht ist Zinar gar nicht unser Mann.«

Bender sagte: »Das glaube ich allmählich auch.«

Die Soko wurde verkleinert und schließlich aufgelöst. Es gab Unmut, es gab Misstrauen. Einige hatten Bender im Verdacht. Sie glaubten, er wäre auf der Gehaltsliste der Familie gelandet. So etwas war schon vorgekommen.

Die Wahrheit ahnte keiner.

❄

Er hatte alles getan.

Aber es hatte nichts genützt.

Man fand Karin Benders Leiche wenige Tage später. Knochenbrüche, Schnittwunden, ausgerissene Fingernägel.

Sie war gequält und schließlich erstochen worden.

Die Kollegen aus der Soko reimten sich zusammen, was passiert war.

Niemand sagte etwas.

Als die Internen Bender vorladen wollten, stellten sich die Kollegen vor ihn. »Lasst ihn in Ruhe. Jeder von uns hätte dasselbe getan.«

❄

Bender war nicht mehr derselbe. Er quittierte den Dienst. Die Rente würde mager ausfallen, aber das war ihm egal. Er konnte nicht mehr.

❄

Caki Hossein empfing Bender ein zweites Mal. Es war dieselbe Wohnung, dasselbe Zimmer wie beim ersten Mal.

Diesmal erhob sich Caki, drückte Benders Hände.

Er sagte: »Wir stehen in Ihrer Schuld, Kommissar. Nehmen Sie das als ein bescheidenes Zeichen.«

Der Alte nickte dem jungen Mann zu, der mit im Zimmer saß. Der stand auf und reichte Bender einen Umschlag.

Geld. Viel Geld. Ein Vermögen.

Bender ging.

Der Umschlag mit dem Geld blieb auf dem Tisch zurück.

❄

Das Schiff legte in Travemünde ab.

Mit an Bord waren der Kapitän und ein Besatzungsmitglied.

Benders Tochter Tine, ihr Mann Florian. Die Enkelkinder.

Er selbst, Bender.

Das Wetter war kalt, der Himmel grau. Gut so. Er hätte die Sonne nicht ertragen, er hätte sie als Hohn empfunden.

Nach einer Stunde war es so weit. Der Lärm der Schiffsmaschine verstummte.

Sanfte Wellen. Wind.

Sie standen an Deck. Bender hatte eine Rede vorbereitet. Nach wenigen Sätzen brach er ab und schwieg.

Tine stand an seiner Seite. Sie weinte für ihn. Er konnte es damals noch nicht.

Sie ließen die Urne an einem Schiffstau ins Wasser, sie versank in der dunklen Ostsee. Zurück blieben die Blumen. Zurück blieb Bender.

Der Kapitän schlug nach Seemannsbrauch die Schiffsglocke. Vier Doppelschläge.

Er sagte es leise, er sagte es im Schutz der Glockentöne.

*Ich bringe dich um, Zinar, und wenn es das Letzte ist, was ich tue.*

❄

Es dauerte zwei Jahre.

Ein Bauernhaus in der Nähe von Antalya.

Ein deutscher Urlauber, der sich verfahren hatte. Er klopfte an die Tür.

Ein junger Mann mit Vollbart und gefärbten Haaren öffnete.

Stumme Blicke.

Bender zog die Waffe, die er sich besorgt hatte. »Es hat lange gedauert … aber jetzt ist es endlich so weit, Zinar.«

»Mach keinen Scheiß, Bender. Du bist doch gar kein Bulle mehr.«

»Richtig. Ich bin kein Bulle mehr. Ich bin nur noch ein Mann, dessen Frau du umgebracht hast.«

Zinar machte sich keine Illusionen. Diesmal würde Bender schießen.

Er sprang nach vorne, wollte ihm die Waffe entreißen.

Bender drückte ab.

❄

Die Rückfahrt nach Deutschland dauerte drei Tage.

Bender saß am Steuer.

Zinar Hossein lag im Kofferraum.

Verletzt, betäubt. Aber lebend.

Als Bender den Mann durch die Tür des Präsidiums stieß, staunten die Kollegen nicht schlecht.

»Wo und wie?«, fragten sie ihn.

Bender sagte lapidar: »Er stand an der Straße. Verletzt. Ich habe ihn sofort erkannt und einkassiert.«

»Komischer Zufall, oder?«

»Ja, komischer Zufall.«

❄

Das Gericht verurteilte Zinar Hossein wegen mehrfachen Mordes zu lebenslanger Haft.

Als das Urteil fiel, wanderten alle Augen zu Bender. In seinem Gesicht war keine Regung zu sehen. Keine Erleichterung, keine Tränen.

Nichts.

Er war mit ihr gestorben.

❄

Heiligabend, Gegenwart. Bender war vom Strand aus zu Tine, seiner Tochter, gefahren. Weihnachtsessen, wie jedes Jahr.

Er saß mit ihr in der Küche. Florian war mit den Kindern nach draußen gegangen. Sobald sie zurückkamen, würde es Kaffee und Kuchen geben, dann die Bescherung.

»Du musst damit aufhören, Papa«, sagte Tine. Sie sagte es nicht streng, sondern voller Liebe.

»Womit?«

»Ach, Papa. Das weißt du genau.«

»Nein, weiß ich nicht.«

Tine stand auf, sie stellte sich hinter den Stuhl, auf dem Bender saß. Sie schmiegte sich an ihn. »Reicht es nicht, wenn du ihr Blumen mitbringst? Muss es Schmuck sein? Auch noch so teurer? Letztes Jahr war es ein Ring, davor die Kette. Was war es dieses Jahr?«

Seine Stimme war so leise, dass sie ihn kaum verstand. »Ohrringe. Sie hätten ihr gefallen.«

»Ich weiß, Papa. Aber sie ist tot. Mama ist tot.«

Schweigen. Kaffee- und Zimtduft.

Tine seufzte. »Wenn es dich glücklich macht, dann musst du nicht damit aufhören. Ich verstehe dich ja.«

❄

»Ich gehe ihnen entgegen«, sagte Bender zu seiner Tochter.

»Ist gut, Papa. Ich bereite alles vor und lege schon mal die Geschenke unter den Baum.«

Bender zog sich seinen Mantel über. Er war schon an der Tür, drehte sich dann aber noch einmal um. Ein Abstecher ins Wohnzimmer, wo die Schale mit den frisch gebackenen Keksen lag. Zimtsterne. Vanillekipferl. Makronen. Butterwölkchen.

Bender schob sich einen der Sterne in den Mund. Er schloss die Augen. Für Sekunden wieder Kind sein. Weihnachten in den frühen Sechzigern. Sein Vater Handwerker, die Mutter Hausfrau. Eine kleine Wohnung. Armut. Ja, das gab es damals. Aber Weihnachten hieß Reichtum. Alles verwandelte sich in Puderzucker und Bratenduft. Der kleine Junge, der er war, träumte schon damals davon, Polizist zu werden.

Warum nur? Hätte es nicht Feuerwehrmann sein können? Oder Müllmann? Kapitän? Pilot?

Dann würde sie noch leben.

Bender öffnete die Augen. Er küsste Tine auf die Wange. »Bis gleich, Schatz.«

»Bis gleich.«

Er stieg die zwei Treppen hinab und lief langsam die Straße hinunter.

Florian und die Kinder fand er beim Spielplatz. Die beiden Jungs tobten über den Sand. Hoch aufs Gerüst, die Rutsche runter. Immer und immer wieder.

Bender nickte Florian zu. Florian nickte zurück. Es lief nicht richtig gut zwischen ihnen.

Florian war einer von denen, die der Polizei die Schuld gaben. An allem. Ohne Polizei wäre die Welt ein besserer Ort.

Glaubte er das wirklich?

Ja.

Vielleicht stimmte es sogar.

Die Jungs entdeckten ihren Großvater und kamen gerannt. »Opa! Gibt es jetzt Geschenke?«

»Natürlich, ihr Frechdachse. Sehr bald schon. Alles liegt für euch unterm Baum. Wir müssen nur nach Hause gehen. Dann könnt ihr sie auspacken.«

»Au ja!«

Die Kinder zogen Florian von der Bank. Es konnte gar nicht schnell genug gehen. Sie lachten und schrien vor Aufregung. Was würde es wohl geben?

Bender vergaß für einen kurzen Moment all das Schwere.

❄

Weihnachtsessen.

Im Wohnzimmer duftete es nach Gänsebraten und Bratkartoffeln.

Rotkohl.

Eine schwere, fettige Sauce. Genau richtig.

Die Jungs waren selig. Eine Eisenbahn. Ein ferngesteuertes Auto. Ein Bau- und ein Zauberkasten.

Für Tine und Florian hatte Bender einen Gutschein für ein Wellness-Wochenende. Fünf Sterne.

»Ach, Papa. Das musst du doch nicht. Wir wissen doch, dass es eng ist bei dir.«

Bender strich seiner Tochter über die Wange. »Schon gut, Liebes. Lasst es euch einfach gut gehen. Ihr habt es verdient.«

Nachdem er damals ausgeschieden war, war es noch ein paar Monate gut gegangen. Dann war er zusammengebrochen. Monate in einer psychosomatischen Klinik.

Die Therapeuten hatten gesagt: »Geben Sie sich nicht die Schuld daran, Herr Bender.«

Doch, genau das tue ich. Alles andere wäre eine Lüge.

❄

Es war spät am Heiligen Abend. Eigentlich war es schon Nacht. Bender hatte lange mit Tine und Florian zusammengesessen, sie hatten Wein getrunken, hatten geredet.

Dann verabschiedete er sich, sagte, er sei müde.

Aber das stimmte nicht.

Er fuhr ein zweites Mal an den Strand. Dort stand er wie schon am Nachmittag mit nackten Beinen in der Ostsee. Das Wasser war noch kälter und schmerzte noch mehr. Alles war dunkel, der Himmel, das Meer.

Bender machte einen Schritt vorwärts, ins noch Tiefere. Seine hochgekrempelte Hose wurde nass.

Er merkte es nicht mal.

Bender ging weiter. Die Hüfte. Die Brust.

Die Sehnsucht nach Stille.

Doch dann hörte er eine Stimme: »Hallo! Was machen Sie denn da?«

Bender drehte sich um und antwortete: »Nichts.«

Am Strand stand eine Frau in seinem Alter. Sie winkte. »Tun Sie das nicht. Nicht heute – und auch an keinem anderen Tag. Kommen Sie wieder raus.«

Wenig später saßen sie zusammen in seinem Wagen. Die Heizung lief. Sie redeten.

Die Frau hieß Annette. Sie war aus demselben Grund an den Strand gekommen wie er. Der Mann, den sie geliebt hatte, war dort in den Tiefen. Sie weinten zusammen. Dann fanden sich ihre Hände.

Es war ein Anfang.

# 4. Der Wichernkranz

Anke Küpper

*Donnerstag, 4. Dezember*

Scharf schnitt der Wind Maike Martens ins Gesicht. Die Werkzeugkiste an ihrem Arm wurde mit jedem Schritt schwerer. Hätte sie doch nicht noch das Lärchenbrett daraufgeklemmt. Aber sonst hätte sie zweimal gehen müssen.

»Kann ich Ihnen wirklich nichts abnehmen?« Der zierliche junge Mann, der sie am Empfang des Rauhen Hauses abgeholt hatte, eilte neben ihr her.

»Passt schon.« Über gewundene Wege führte er sie durch den Park des Stiftungsgeländes, vorbei an einem kleinen Teich, einem mehrstöckigen Fachwerkhaus und einer Reetkate. Schön war es hier, malerisch schön. Wenn es nicht so saukalt wäre!

»Wir sind gleich da.« Hinter der nächsten Biegung stoppte der Mann und wies auf einen Holzschuppen am Rande des Geländes. »Dort ist es.«

Maike stellte den Werkzeugkasten ab und umrundete den Schuppen. Auf der Rückseite war ein Brett verfault und teilweise weggebrochen. Das musste der Schaden sein, wegen dem der Chef sie hergeschickt hatte.

Sie trat zur Tür und drückte den Griff herunter. Abgeschlossen. »Der Schlüssel?«

»Keine Ahnung. Wobei es mich wundert, dass es überhaupt verriegelt ist, meines Wissens lagern da nur ein paar Fahrradleichen.« Der Mann blickte zu ihr auf. »Können Sie das Brett nicht von außen annageln?«

»Könnte ich, aber das wäre nicht fachgerecht. Ich muss von innen ran.« Außerdem wurden ihr hier draußen langsam die Finger steif.

»Tut mir leid. Ich arbeite sonst in der Verwaltung, der Hausmeister ist Montag wieder da. Er wird den Schlüssel haben, denke ich.«

Montag? Wie stellte er sich das vor? »Die Hauptarbeit ist für heute eingeplant. Am Montag muss ich nur kurz ein zweites Mal überlackieren. Sonst kann ich gern nächstes Jahr wiederkommen.« Sie griff den Werkzeugkasten. Der Auftragskalender war dicht bis zum 24., danach waren Betriebsferien.

»Bitte!« Er stellte sich ihr in den Weg. »Wir brauchen die Rechnung noch dieses Jahr. Können Sie nicht doch von außen …«

»Nein«, unterbrach sie ihn. Aber sie erinnerte sich an die Worte des Chefs, das Rauhe Haus sei ein langjähriger guter Kunde. Sie setzte den Kasten wieder ab, fasste in die Ärmeltasche ihrer Arbeitsjacke und zog den Dietrich heraus. »Vielleicht klappt es damit. Es ist ja nur ein einfaches Bartschloss.«

»Ich habe nichts gesehen.« Er lächelte.

Sie schob den Dietrich ins Schloss und drehte ihn. Dann drückte sie den Griff herunter, zog die Tür auf – und stöhnte.

Ein paar alte Fahrräder? Ja, aber auch ein zweibeiniger Stuhl mit zersplitterter Sitzfläche. Zwei ineinandergesteckte Zinkeimer ohne Boden. Drei verwitterte Fensterrahmen mit herausgebrochenen Scheiben. Und was wohl hinter den aufgefalteten

Kartons lagerte? Sie unterdrückte einen Fluch. Dass die Leute nie vorher Platz schufen, wenn sie einen Handwerker riefen. Wie viele Fensterbänke sie schon abgeräumt hatte, bevor sie das Fenster öffnen konnte, um die Beschläge zu ölen oder die Zapfen einzustellen … Tausende?

»Werfen Sie alles hier draußen hin, ich lasse es Montag abholen – falls nichts für Sie dabei ist.« Der Mann fuhr mit den Händen über seine türkisfarbene Daunenjacke und die helle Jeans. »Ich kann Ihnen leider nicht helfen.« Plötzlich hatte er es eilig, zu verschwinden.

Kopfschüttelnd sah sie ihm hinterher. Ob sie doch einfach das Brett draußen annageln sollte, statt es von innen an den Rahmen zu schrauben? Aber dann bekäme sie Ärger mit dem Chef, und sie war noch in der Probezeit.

Sie griff sich das erste Fahrrad und warf es auf den Rasen neben dem Schuppen. Das zweite landete scheppernd obenauf, dann folgten der Stuhl, die Eimer, die Rahmen. Was für ein Gerümpel! Aber immerhin wurde ihr warm. Mit spitzen Fingern fasste sie die Kartons. Und legte ein hölzernes Wagenrad frei. Sie wollte es schon zu den anderen Sachen auf dem Haufen schmeißen, als sie innehielt. Daraus könnte sie sich einen neuen Tisch bauen. Nicht ganz der aktuelle Stil. Aber er würde zu ihrem antiken Bauernschrank passen.

## *Sonntag, 7. Dezember*

»Noch einen Roten.« Tamme Claußen reichte dem Glühweinverkäufer seinen leeren Becher.

»Mit Schuss?«

»Doppelt.« Tamme stützte sich auf den Tresen der Glühweinbude. Dieses Wochenende waren die Kinder noch bei Imke. Ausgerechnet an Nikolaus. Auch wenn er längst über die Trennung hinweg war – vor mehr als zwei Jahren war Imke endgültig ausgezogen –, vermisste er in der Vorweihnachtszeit sein heiles Familienleben beziehungsweise die Illusion davon, der er sich viel zu lange hingegeben hatte. Jetzt wohnten die Kinder im Wechsel bei ihr und bei ihm. Die ungeöffneten Türchen an den Adventskalendern schmerzten, er wollte nicht allein am Abendbrottisch sitzen, die Kerzen am Kranz anzünden, ohne dass die Gesichter der Mädchen im Licht erstrahlten.

Deshalb hatte er nur schnell das Auto vorm Haus abgestellt, den Hühnerstall verriegelt und war dann gleich weiter zum Weihnachtsmarkt gegangen, der dieses Jahr erstmals am Berner Gutspark aufgebaut war. Wobei: Markt? Die beiden einzigen Buden waren mit rohen Fichtenbrettern und traurig herunterhängenden Plastikzweigen verziert, dazwischen schien das Rostgrau der Container durch. An der einen Bude gab es Wurst und Pommes, aber das hatte er vorhin erst im Präsidium gegessen. An der anderen Glühwein.

Er legte fünf Euro auf den Tresen und nahm seine frisch gefüllte Tasse entgegen. Immerhin waren die Preise moderat. Trotzdem hatten sich außer ihm nur zwei ältere Männer und ein knutschendes Teenagerpärchen, bei dem er sich fragte, ob die beiden überhaupt schon Alkohol trinken durften, hierhin verirrt. Es war ähnlich trostlos wie zu Hause.

»Für mich bitte ohne Schuss.« Eine weibliche Stimme an seinem Ohr ließ ihn zusammenzucken. Fast hätte er den Inhalt seiner Tasse verschüttet. Er hatte nicht mitbekommen, dass jemand hinter ihn getreten war. Musste die Person ihm so auf die Pelle rücken! Als er sich umdrehte, blickte er in ein paar leuchtend grüne Augen, umrahmt von wilden roten Locken, die unter einer Kapuze hervorsprangen.

Er stockte. Das war doch nicht etwa … »Maike?«

»Tamme?«, entgegnete die Frau.

»Maike!«, rief er noch mal. Sie war es tatsächlich. Nach der Schule hatte er eine Tischlerlehre gemacht und in der Berufsschule in Husum Maike kennengelernt. Es hatte zwischen ihnen geknistert, aber Tamme war damals schon mit Imke zusammen gewesen, und Maike hatte auch einen Freund gehabt. Als er nach Hamburg gezogen war, um bei der Polizei anzufangen, hatten sie sich aus den Augen verloren.

Er stellte seine Tasse ab und wollte sie umarmen, in dem Moment trat sie einen Schritt zurück. Er ließ die Arme wieder sinken. »Wohnst du auch in Hamburg?«, fragte er.

Sie nickte.

Verstohlen musterte er ihre Hände. »Bist du immer noch Tischlerin?«

»Sicher.« Allerdings hatte ihr Betrieb in Bredstedt, in dem sie fast zwanzig Jahre gearbeitet hatte, dichtgemacht, erzählte sie. Danach hatte sie spontan beschlossen, in Hamburg neu anzufangen.

»Und sonst?«

Statt einer Antwort setzte sie ihre Tasse an und trank. Und weil er nicht die geringste Lust hatte, von seiner gescheiterten Ehe zu berichten, trank er auch.

Als er wieder absetzte, stieß sie mit ihm an. Ihr Lächeln wärmte ihn mindestens so wie der Alkohol.

»Noch einen?«, fragte er, und sie nickte.

Sie erzählte, sie sei seit knapp einem Monat bei einem kleinen Betrieb in Horn angestellt. »Zuletzt habe ich einen Schuppen ausgebessert. Im Rauhen Haus. Interessantes Gelände. Kennst du das?«

»Klar.« Mehr als einmal war er dort mit Imke und den Kindern beim Adventsmarkt gewesen. In seinem Bücherregal stand *Eine kleine Geschichte des Adventskranzes.* »Im Rauhen Haus wurde der Adventskranz erfunden. Wusstest du das?«

Sie schüttelte den Kopf, woraufhin er fortfuhr: »Der Pastor Johann Hinrich Wichern hat das Rauhe Haus gegründet, um dort den Kindern aus den Armenvierteln ein neues Zuhause zu geben.«

»Okay, und was hat das mit dem Adventskranz zu tun?« Sie verzog die Stirn.

»Wart's ab. Um den Kindern in der dunklen Jahreszeit die Frage zu beantworten, wann denn nun endlich Weihnachten sei, und um ihnen das Zählen beizubringen, brachte Wichern im Jahr 1839 auf einem hölzernen Wagenrad so viele Kerzen an, wie es Tage vom ersten Adventssonntag bis zum Heiligen Abend waren. Vier dicke weiße für jeden Sonntag und …« Er machte eine Pause und betrachtete Maikes leicht geöffnete Lippen. »… rote für die Werktage.«

Sie gähnte.

»Ich hoffe, ich langweile dich nicht.«

»Sorry, nein. Ich bin heute zu früh aufgestanden.«

Erklärbär hatte Imke ihn genannt, wenn er zu weit ausgeholt hatte. Mal mehr, mal weniger liebevoll. War es schon wieder mit ihm durchgegangen? Schnell kam er zum Ende: »Später wurde das Wagenrad durch einen Kranz mit Tannengrün ersetzt.«

»Was? Hast du gerade Wagenrad gesagt?« Maike klang plötzlich hellwach.

»Ja, Wagenrad, Kutschrad, wie du willst.«

»Ist das irgendwo ausgestellt?«

»Nein, es gilt als verschollen.« Wie würde es sich wohl anfühlen, die Linie von Maikes Lippen mit der Zunge nachzuzeichnen?

»Ich muss jetzt echt los.« Sie wendete den Kopf ab. »Ist hier irgendwo ein Taxistand?«

»Du kannst auch mit zu mir kommen«, platzte er heraus.

»Danke, aber ich muss morgen früh raus.« Sie umarmte ihn zum Abschied.

Maike! Er sah ihr hinterher, wie sie in das Taxi stieg. Manchmal nahm das Leben Kurven.

❄

Maike kniete vor dem Wagenrad, das an der Wand neben dem Fenster lehnte. Mit den Fingern strich sie über Speichen und Felge. Das Holz war verwittert, von Flechten überzogen, an einigen Stellen verwurmt, aber nirgendwo verfault. Sie entdeckte drei rostige Nägel. Waren daran die Kerzen befestigt gewesen? Auch die Metallbänder um Nabe und Felge schienen intakt. Zum Glück hatte sie das Rad noch nicht bearbeitet. Sie spürte ihren Herzschlag. Hatte sie etwa das verschollene Adventskranz-Rad entdeckt?

Sie sprang auf, setzte sich mit ihrem Laptop aufs Sofa und googelte »Adventskranz Rauhes Haus«. Es erschienen reichlich Fotos von mit Tannengrün und Zapfen geschmückten Kränzen, in denen rote und weiße Kerzen steckten. Kein Wagenrad. Sie scrollte nach unten. Da, eine alte Tuschezeichnung aus dem Betsaal zur Vorweihnachtszeit. Aber an der Decke hing ein vielarmiger Leuchter mit lauter schlanken, gleich großen Kerzen.

Eindeutig kein Wagenrad!

Hatte Tamme ihr Dumm Tüch erzählt? Er war nicht gerade nüchtern gewesen. Sie klickte zurück in die Suchergebnisse. Bei Wikipedia las sie, dass der erste Adventskranz aus einem Wagenrad bestand. Also doch. Zwar gab es auch hier kein entsprechendes Bild. Aber vielleicht war das egal, Mitte des 19. Jahrhunderts mussten Millionen an Kutschrädern existiert haben, eins sah aus wie das andere. Was das Rad in ihrem Wohnzimmer jedoch von all den anderen Rädern unterschied, war der Fundort. Sie klappte den Laptop zu.

Was es wohl wert war? 10 000 Euro? 100 000? Oder mehr? Sie hatte keine Ahnung. Sie wusste nur, dass sie dringend Geld brauchte, das sie allein durch den Verkauf ihrer alten Möbel bei eBay niemals ranschaffen könnte.

Hätte sie doch Haukes Erbe ausgeschlagen! Aber wie hätte sie ahnen können, dass ihr Mann ihr einen Berg Schulden hinterlassen hatte? Dass das Haus bis zum Anschlag beliehen war? Dass er ein Spieler gewesen war und sie nicht nur einmal betrogen hatte? Sie hatte den Dorftratsch nicht mehr ausgehalten, in der Firma gekündigt und sich für einen Neuanfang in der Anonymität der Großstadt entschieden.

Nur um dann ausgerechnet ihrem alten Schulfreund Tamme am Glühweinstand in die Arme zu laufen. Dieses Glitzern in seinen Augen, als er sie erkannt hatte! Besser, sie traf ihn nicht wieder. Mit dem Thema Männer war sie durch.

Nachdenklich betrachtete sie erneut das Wagenrad. Wie sollte sie weiter vorgehen? Sie könnte es der Kirche verkaufen. Oder irgendeinem Kunstsammler, das brachte wahrscheinlich mehr. Während sie sich ausmalte, wie das Rad in einem Container nach Übersee verschifft würde, meldete sich eine Stimme in ihrem Kopf: *Ist es überhaupt deins?* Vielleicht gehörte es noch der Kirche, und sie musste es zurückgeben, bekam, wenn überhaupt, einen Finderlohn – oder sie handelte sich sogar eine Strafe ein. Müll mitzunehmen galt als Diebstahl. Aber halt, war sie eine Diebin? »Falls nichts für Sie dabei ist«, hatte der Mann gesagt. Er konnte froh sein, dass sie sich um das ganze Gerümpel gekümmert und das Brett repariert hatte, statt ihn stehen zu lassen wie er sie.

Es ist ein Geschenk, entschied sie. Basta!

Blieb die Frage, ob es das Originalrad war oder ein x-beliebiges Kutschenrad. Sie beugte sich vor. Was klebte da in dem Ritz zwischen Metallband und Felge? Kerzenwachs?

❄

»Zum letzten Mal, Vito! Wo ist das Rad?« Der Mann in der Bomberjacke durchschritt das Wohnzimmer wie ein Tiger im Käfig. Die feuchten Sohlen seiner Stiefel quietschten über das Laminat.

»Nicht hier.« Er legte den Kopf in den Nacken und betrachtete die Flecken an der Decke. Scheißhochhaus!

»Das ist gegen unsere Vereinbarung.«

»Entspann dich! Es musste hier raus. Ich hatte einen Wasserschaden. Jemand von der Hausverwaltung ist vorbeigekommen, und dann zwei Klempner. Bevor die neugierige Fragen stellen konnten, habe ich es weggeschafft. An einen sicheren Ort. Da guckt garantiert niemand nach.«

»In einer Woche ist es wieder da, mein Lieber. Sonst …« Die Stimme des Mannes war plötzlich sanft, als spräche er zu einem Kind. Aber das Handzeichen war eindeutig.

»Yo, reg dich ab.«

## *Montag, 8. Dezember*

Maike tunkte den Pinsel in die Dose mit der Holzlasur, als sich Schritte näherten. Kurz darauf verdunkelte eine breitschultrige Silhouette den Eingang des Schuppens, und eine Männerstimme schnauzte: »Was machen Sie hier?«

Sie verkniff sich ein »Wonach sieht es denn aus?«, legte den Pinsel ab und erhob sich. Der Mann trug Arbeitsschuhe. Unter seinem grauen Kittel lugte der Kragen eines Troyers hervor.

»Sind Sie der Hausmeister vom Rauhen Haus?«

Er nickte.

»Ich repariere den Schuppen«, erklärte sie ihm das Offensichtliche. In diesem Laden wusste wohl der eine nicht, was der andere machte. Sie war froh, wieder in einem kleinen Betrieb gelandet zu sein. Ein Chef, ein Lehrling und sie als Gesellin.

»Wo sind die Sachen, die hier drin standen?«

»Da.« Sie wies auf den Gerümpelhaufen, den sie aufgeschichtet hatte. Warum war er nur so wütend? Er konnte froh sein, dass sie ihm die Arbeit abgenommen hatte.

Er trat vor den Haufen und bückte sich. Mit einem Ruck zog er den Stuhl an der Lehne heraus. Krachend rutschten die Rahmen zu Boden. »Ist das alles?« Er kickte einen Eimer zur Seite.

»Ja.«

»War da kein …« Er zögerte. »… Rad?«

»Doch, zwei sogar.«

Er schüttelte den Kopf. »Kein Fahrrad. Ein Holzrad.«

»So ein Laufrad für Kinder?« Sie legte den Kopf schief, als müsse sie nachdenken. »Nein.«

»Ach, vergessen Sie's!« So schnell, wie er gekommen war, verschwand er wieder.

Sie hockte sich in den Schuppen und griff nach dem Pinsel, als sich erneut Schritte näherten.

Der Verwaltungsmitarbeiter von Freitag. So würde sie nie fertig werden!

»Es tut mir leid, der Hausmeister ist noch länger krank. Aber Sie haben sich ja wieder zu helfen gewusst.« Er tippte auf den Dietrich in der Tür und kniff ein Auge zu.

»Er war doch gerade hier.«

»Wer?«

»Na, der Hausmeister!«

Er sah sie an, als hätte sie ihm gerade erklärt, dass zwei plus zwei fünf sei. »Ich sagte doch gerade, dass er krank ist.«

»Kurze braune Haare, eckige Hornbrille«, beschrieb sie den Mann im Kittel.

Der Verwaltungsmitarbeiter hob die Schultern. »Keine Ahnung, wer das war. Wenn er noch mal kommt, rufen Sie mich an.«

Aber es kam niemand mehr. Ungestört konnte Maike ihrer Arbeit nachgehen und dabei über das Wagenrad in ihrer Wohnung nachdenken. Wie konnte sie herausfinden, ob es sich um das Original handelte?

❄

Tamme dimmte die Lampe über dem Esstisch und zündete die ersten beiden Kerzen am Adventskranz an. Statt Tellern hatte er Pappkartons aufgedeckt. Zu mehr als einem Anruf beim Pizzaservice war er mit seinem Brummschädel nicht in der Lage gewesen. Den nächsten Glühwein trank er besser ohne Schuss. Oder er hielt sich gleich an Punsch.

Maike.

Er verscheuchte den Gedanken an ihre glänzend roten Lippen.

»Abendbrot!«, rief er ins Treppenhaus, und Sekunden später stürmten die Mädchen ins Zimmer.

»Wer war die Frau, mit der du gestern auf dem Weihnachtsmarkt warst?«, fragte Bente, seine Älteste, noch ehe sie richtig saß.

»Wie bitte?« Hatte er sich verhört?

Marit, seine Jüngste, kicherte und sang: »Ei, ei, ei, was seh ich da, ein verliebtes Ehepaar.«

Rike öffnete schweigend den Deckel des Pizzakartons.

»Woher wisst ihr überhaupt, dass ich auf dem Weihnachtsmarkt war?«, hakte er nach.

»Yagmur hat dich gesehen. ›Dein Vater hatte nur Augen für die Rothaarige‹«, imitierte Bente die Stimme ihrer Freundin. »Echt, Tamme, ich fänd's gut, wenn du auch mal wieder jemanden kennenlernst.«

Tamme! An ihrem letzten Geburtstag hatte Bente beschlossen, ihn ab jetzt beim Vornamen zu nennen.

»Du musst sie ja nicht gleich heiraten«, warf Rike ein. »Aber irgendwann ziehen wir aus, und dann bist du ganz allein.«

Was wurde das hier? Bis die Mädchen ihn verließen, dauerte es hoffentlich noch. Aber wenn sie ihn sogar darum baten: Was sprach dagegen, seine Freundschaft mit Maike aufzufrischen? Und vielleicht auch zu intensivieren …

Er nahm ein Pizzastück aus dem Karton, klappte es zusammen und biss hinein. Gleich nach dem Essen würde er sie anrufen. Gestern Abend, in der Eile des Abschieds, hatte er zwar vergessen, nach ihrer Telefonnummer zu fragen, aber er hatte sie noch in der Nacht gegoogelt. Sie verkaufte einen drei Meter langen Esstisch bei eBay, abzuholen in einem Containerlager in

Billbrook. Da würde sie wohl kaum wohnen. Aber in dem Angebot stand eine Handynummer.

❄

Maike stand am Fenster und spähte in die Dunkelheit. Als ihr Handy in der Hosentasche vibrierte, schreckte sie zusammen. Ein Interessent für ihren alten Esstisch? Sie nahm ab.

Tamme.

»Woher hast du meine Nummer?«, begrüßte sie ihn. »Aus dem Polizeicomputer?«

»Stehst du da drin?« Er lachte. »Googeln hat gereicht. Ich hoffe, du fühlst dich nicht verfolgt.«

»Nein, schon okay.«

»Ich fand es nämlich sehr schön, mit dir zu quatschen.« Tamme hüstelte. »Das würde ich gern wiederholen. Mittwochabend auf dem Weihnachtsmarkt?«

»Da habe ich leider keine Zeit.« Ein neuer Mann, auch wenn er altbekannt war, passte zurzeit nicht in ihr Leben. Außerdem wollte sie sich um das Rad kümmern. »Ich muss an dem Abend nach Bredstedt«, log sie.

»Dann am Wochenende?« Er ließ nicht locker.

»Da muss ich auch nach Bredstedt.«

Draußen auf der Straße schlug eine Autotür zu. Kurz darauf schrillte die Türklingel. Stand Tamme etwa bei ihr vorm Haus? Sofort schüttelte sie den Gedanken wieder ab. Aber wer klingelte so spät bei ihr? Während sie noch die Wohnung durchquerte, hallten bereits Schritte im Treppenhaus.

Sie kamen näher. Und stoppten auf ihrer Etage. Jemand schlug gegen die Wohnungstür. »Ich weiß, dass du da bist.«

Sie hielt die Luft an und spähte durch den Türspion. Der Typ, der sich heute Vormittag im Rauhen Haus als Hausmeister ausgegeben hatte!

»Rück das Rad raus!«, schnauzte er.

Das Rad? Er war hinter dem Wagenrad her!

»Was ist denn bei dir los?«, schallte plötzlich eine Stimme aus ihrem Handy. Fast hätte sie es fallen lassen. Tamme. Sie hatte ihn völlig vergessen.

Der Mann begann, mit den Fäusten auf die Tür einzuhämmern. »Tamme, komm schnell!«

»Jetzt?«

»Ja, jetzt! Sofort!« Das Hämmern wurde kräftiger.

»Warum?«

»Erkläre ich dir später. Komm einfach her! Bitte! Berner Heerweg 8!« Hoffentlich traf er ein, bevor der Typ die Tür aufbrach.

❄

»Der Wichernkranz?« Irritiert musterte Tamme das Wagenrad, das auf Maikes Teppich lag. Deshalb hatte er sich so beeilt? Er hatte gedacht, Maike könne es nicht erwarten, ihn wiederzusehen. Und jetzt hielt sie ihn auf Abstand, wollte, dass er ein gammeliges Holzrad statt ihres Körpers befühlte. Hatte sie Angst vor ihrer eigenen Courage bekommen? Er rieb sich den Oberarm. Im Treppenhaus war ihm ein Typ entgegengestürzt und hatte ihn angerempelt, bevor er aus dem Weg springen konnte. Hoffentlich hatte er sich nichts gezerrt.

»Aber guck mal hier, das Wachs an der Felge!«

»Wachs? Ich glaube eher, das ist Klebstoff.«

»Sicher?« Maike klang plötzlich, als würde sie gleich weinen. Was hatte er nur mit seiner Geschichte über den Adventskranz angerichtet? Aber etwas anderes weckte seine Aufmerksamkeit. »Warst du mit Werkzeug an der Felge?«

»Nein. Wie kommst du darauf?«

»Guck mal hier, die Kerben. Die könnten von einem Meißel stammen. Da hat jemand das Metallband entfernt und wieder aufgeschrumpft. Wie es aussieht, vor nicht allzu langer Zeit.«

»Aber warum?«

»Woher soll ich das wissen?« Tamme richtete das Rad auf, um auch die Unterseite zu betrachten. Ein leises Klirren ließ ihn innehalten. Hatte er sich verhört? Er fasste das Rad mit beiden Händen und bewegte es hin und her. Wieder erklang das Geräusch, wie von einem weit entfernten Glöckchen.

»Was ist das?«, murmelte Maike.

## *Freitag, 19. Dezember*

Tamme betrat das Großraumbüro am Ende des Flurs: »Wer kommt mit in die Kantine?«

»Ich«, rief seine neue Kollegin Le. »Ich fahre nur noch schnell meinen Rechner runter.«

»Keine Eile.« Tamme trat neben sie. Als er das Foto auf ihrem Monitor sah, stockte er. Der Kopf eines dunkelhaarigen Mannes, das Gesicht aufgedunsen, die Augen weit geöffnet. »Warte, wer ist das?«

»Unbekannt. Wurde Mittwochmorgen von einem Gassigänger im Öjendorfer Park gefunden. Mit einer Schusswunde im Rücken.«

»Hast du noch mehr Bilder?«

Le klickte ein Ganzkörperfoto an. Der Mann war muskelbepackt wie ein Bodybuilder, besonders seine breiten Schultern fielen auf. War er es, der Tamme am Montagabend in Maikes Treppenhaus gerammt hatte?

Maike.

Nachdem Tamme einen Babysitter für die Mädchen bestellt hatte, hatten sie sich an das Wagenrad gesetzt. Er hatte das Werkzeug aus Maikes Transporter geholt, während sie eine Decke ausgelegt hatte. Dann hatten sie das Metallband aufgeflext, die Korken aus der Felge geschnitten – und nicht schlecht gestaunt, was in den Speichen gesteckt hatte.

Andächtig hatte Maike zugesehen, wie er Kette um Kette, besetzt mit funkelnden Diamanten, hervorgezogen hatte. »Meinst du, die sind echt?«, hatte sie gefragt. Er hatte genickt.

Er hatte Maike zwingen müssen, das Rad mitsamt Inhalt noch in der Nacht bei den Kollegen abzugeben. Seitdem hatte er sie nicht wiedergesehen. Ans Telefon ging sie auch nicht mehr.

»Kennst du den Mann?« Les Stimme holte ihn zurück.

»Ich glaube, ich bin ihm schon mal begegnet.«

# 5. Klaasohm

Petra Mattfeldt

*Auf der Insel Borkum ist der »Klaasohm« in der Nacht vor dem Nikolaustag ein großer Feiertag, häufig sogar dargestellt als der Höhepunkt des Jahres. Auf Borkum wird die Herkunft des Festes meistens damit erklärt, dass die Männer, wenn sie in der kalten Jahreszeit vom Walfang auf die Inseln zurückkamen, ihre Heimkehr feiern wollten. Die Frauen hatten bis dahin aufgrund der Abwesenheit der Männer monatelang das Sagen gehabt, und aus diesem Grund hatten sie nicht an dem Fest teilnehmen dürfen. Daher sei jede Frau, die es dennoch wagte, auf die Straße zu gehen, für ihren Ungehorsam mit Schlägen bestraft worden. Der alte Brauch enthält außerdem viele Elemente der germanischen Mythologie, etwa des Gottes Wodan. 2024 stand der Brauch in der Kritik, da die mit Masken und Kostümen verkleideten Männer bis zum letzten Jahr mit Kuhhörnern Frauen auf das Gesäß schlugen, wenn diese an besagtem Abend nicht zu Hause blieben. Nach der massiven Kritik soll Klaasohm seit 2024 ohne das Schlagen der Frauen gefeiert werden.*

*Anfang 2025 hat die Staatsanwaltschaft Aurich angegeben, alle Ermittlungen wegen möglicher Übergriffe auf Frauen beim Klaasohm-Fest eingestellt zu haben. Es habe zwar 25 Anzeigen wegen gefährlicher Körperverletzung gegen Unbekannt und*

*Strafvereitelung im Amt gegeben, mögliche Geschädigte hätten jedoch keine Straftaten angezeigt. Die Anzeigen seien allein aufgrund der Berichterstattung in den Medien erfolgt.*

## *6. Dezember 2023, Borkum*

Warum war der Fußboden so kalt?

Manuela hatte darauf verzichtet, in ihre Hausschuhe zu schlüpfen, als sie zur frühmorgendlichen Stunde nur rasch zur Toilette hatte gehen wollen. Sie machte die wenigen Schritte bis zur Zimmertür ihres Sohnes, verharrte dort einen Moment. Ohne Zweifel drang eiskalte Luft unter dem Türrahmen hindurch. Hatte Nils etwa bei diesen Temperaturen sein Fenster über Nacht offen gelassen?

Ein ungutes, banges Gefühl beschlich Manuela, und sie griff zögerlich nach der Klinke und drückte sie herunter. Ganz leise, um ihren Sohn nicht zu wecken, öffnete sie die Tür. Im Zimmer war es eiskalt, und Manuelas Blick fiel auf das Fenster, das weit offen stand und vor dem die weiße Gardine im Wind wehte.

Manuela sah zum Bett, auf dem zerwühlt die Decke lag. Ihr Sohn jedoch lag nicht darin.

»Nils?« Sie eilte zum Fenster, und die Verzweiflung, die sie in diesem Moment packte, raubte ihr fast den Atem. »Nils!«, rief sie, so laut sie konnte. Doch sie erhielt keine Antwort und hörte einzig die Wellen, die in gleichmäßigen Bewegungen an den Strand schlugen.

»Was ist passiert?« Andreas, ihr Mann, war ins Zimmer geeilt und sah sie erschrocken an. Manuela war nicht in der Lage zu antworten, sah nur stumm zum Fenster und auf die im Wind wehende Gardine. Ein Gefühl, das sie nicht zulassen wollte, sagte ihr, dass etwas Furchtbares geschehen war in dieser Nacht. Es war wie eine erstickende Stimme, die ihr zuflüsterte, dass ihr Sohn, den sie vor siebzehn Jahren unter ihrem Herzen getragen hatte und der immer ein Teil von ihr sein würde, nicht mehr hier war. Nicht mehr hier im Haus, nicht mehr in ihrer Nähe. Er war gegangen und würde niemals mehr heimkehren. Nicht, weil er es nicht wollte, sondern weil er es nicht konnte. Sie taumelte, als ihr klar wurde, was das Gefühl ihr zu sagen versuchte: War ihr Sohn womöglich nicht mehr am Leben?

❄

## *5. Dezember 2024*

*»Ich werde niemals Frieden finden, ohne zu wissen, was geschehen ist.«*

Morgen war es genau ein Jahr her, dass ihr Sohn einfach verschwunden war. Ein Jahr, in dem sich alles geändert hatte. Manuela saß allein am Tisch und rührte gedankenverloren in ihrem Tee. Ein Jahr, und er war nicht gefunden worden. 31 Quadratkilometer, so groß war Borkum, und es gab hier nicht einmal 4500 Einwohner. Seit dem letzten Jahr war einer von ihnen nicht mehr da, er war einfach weg, von jetzt auf gleich, so als hätte es ihn nicht gegeben. Und das Schlimmste war für sie, dass die meisten kurz schockiert gewesen waren, dann aber einfach ihr Leben weiterlebten, als wäre nichts geschehen. Alle, bis auf sie.

Die ersten Tage und Wochen war sie mit Mitleidsbekundungen überhäuft worden, auch wenn sie immer wieder mitbekommen hatte, wie hinter ihrem Rücken spekuliert wurde, ob Nils vielleicht nicht einfach abgehauen sein könnte – oder sich ein Boot genommen hatte und gekentert war. So oder so: Monate waren vergangen, doch Manuela hatte nicht aufgehört, nach ihrem Sohn zu suchen. Wieder und wieder hatte sie sich an die Polizei gewandt, an Krankenhäuser, an jeden Einzelnen, der etwas gesehen oder gehört haben könnte.

Wie war es möglich, dass niemand ihn gesehen hatte? In dieser Nacht war schließlich stets die ganze Insel auf den Beinen. Doch die Menschen hier auf Borkum waren seit jeher verschwiegen gewesen, besonders an Klaasohm. Und sie, die damals nur wegen ihres Mannes Andreas zugezogen war, hatte nie das Gefühl gehabt, wirklich in die Gemeinschaft aufgenommen worden zu sein. Ihr sollte es recht sein, wollte sie doch mit diesen altertümlichen Bräuchen ganz sicher nichts zu tun haben. Genau aus diesem Grund hatte sie Nils auch verboten, an dem Abend rauszugehen. Er hatte erst kürzlich viel zu wenig für eine Mathearbeit gelernt und diese entsprechend vergeigt. Und Manuela hatte dies zum Anlass genommen, ihren Sohn zu Hause zu behalten. Ja, er war zuvor voller Vorfreude gewesen, und es war vielleicht zu hart gewesen, ihm die Teilnahme am Fest zu verbieten. Doch er war die letzten Wochen zuvor einfach unausstehlich gewesen. Immerzu hatte er sie, seine eigene Mutter, respektlos behandelt und sich immer weniger von ihr sagen lassen. Mehrfach hatte sie gefragt, ob ihn etwas belastete, doch er hatte stets abgeblockt. Ob etwas mit seiner Freundin war? Keine Antwort. Ob er sich beim Fußball mit jemandem gestritten hatte? Keine Antwort. Ob die Schule gut lief? Keine Antwort. Als er dann am Abend, kurz bevor er loswollte, mit der Mathearbeit rausrückte, war ihr der Kragen geplatzt.

Hätte sie das, was geschehen war, verhindern können, wenn er sich nicht rausgeschlichen hätte? Doch vor allem: Was war denn geschehen? Jeden Tag stellte sie sich diese Frage.

Ein Klingeln an der Tür riss sie aus ihren Gedanken. Sie erhob sich von ihrem Stuhl und strich kurz ihre Haare zurück, die sie mit einem Zopfgummi zusammengebunden hatte. Manuela wusste, dass sie nicht mehr genug auf ihr Äußeres achtete, seit all das geschehen und seit schließlich auch noch Andreas ausgezogen war, weil er die Situation und sie selbst, die nicht abschließen konnte, einfach nicht mehr ertragen hatte.

Sie ging zur roten Holztür und schaute durch den gläsernen, dreieckigen Ausschnitt. Ein kalter Schauer lief ihr über den Rücken, als sie Kriminalhauptkommissar Tobias Wedekamp durch die Scheibe erkannte. Sie öffnete die Tür, blickte dem Ermittler, der nicht viel größer war als sie selbst und eine leicht untersetzte Figur hatte, in die Augen. Seine Kollegin hinter ihm, die Manuela im Gegensatz zu Wedekamp noch nie gesehen hatte, senkte den Blick. Manuela schluckte.

»Frau Esser«, begrüßte sie der Kriminalkommissar. »Das ist meine Kollegin Frau Klein. Dürften wir wohl für einen Moment hereinkommen?«

»Sie haben ihn gefunden, nicht wahr?«, fragte Manuela, ohne den Gruß zu erwidern, worauf Wedekamp zögerte und dann kurz nickte.

»Bitte.« Manuela gab den Eingang frei, schloss die Tür hinter den beiden und atmete einmal tief durch. Sie hatte gewusst, dass dieser Tag kommen würde. Und sooft sie sich auch gewünscht hatte, dass die Polizei klingeln und ihr die Nachricht überbringen würde, dass Nils lebend gefunden worden sei, hatte sie doch tief in ihrem Inneren immer gewusst, dass dies nicht geschehen würde. Ihr Sohn war tot, seine Seele gegangen. Sie hatte es tief in sich gespürt, gewusst sogar, auch wenn ein kleiner Teil von ihr nie bereit gewesen war, die Hoffnung endgültig aufzugeben.

»Kann ich Ihnen einen Kaffee anbieten?«, hörte sie sich selbst fragen, als wäre sie nur eine Zuschauerin und gar nicht selbst betroffen. Sie hatte das Gefühl, jeden Moment ohnmächtig zu werden. Doch sie riss sich zusammen, so gut sie eben konnte.

»Das wäre nett, vielen Dank«, nahm Wedekamp das Angebot an, und ohne auf die Antwort seiner Kollegin zu warten, schenkte Manuela auch ihr ein und stellte die Tasse vor sie hin.

»Wo haben Sie ihn gefunden?«, kam Manuela sofort zum Punkt.

»Ein Spaziergänger, der mit seinem Hund unterwegs war, hat die Leiche in unmittelbarer Nähe des Großen Kaaps gefunden. Sie war vergraben, aber nicht allzu tief, sodass der Hund angeschlagen hat. Da das Alter der ersten Untersuchung zufolge grob mit dem Ihres Sohnes übereinstimmt, haben wir die DNA-Probe, die Sie uns zur Verfügung gestellt hatten, mit der Leiche abgeglichen, um sicherzugehen. Vor einer halben Stunde erhielten wir das Ergebnis. Der Tote ist Ihr Sohn Nils.«

»Was ist mit ihm geschehen?«

»Er hat eine schwere Kopfverletzung, die wahrscheinlich zu seinem Tode führte. Wir werden die Ermittlungen wieder aufnehmen, sobald das Fest vorbei ist.«

»Sobald das Fest vorbei ist?« Manuelas Stimme klang schrill. »Mein Sohn wurde ermordet, und die hiesige Polizei konzentriert sich lieber auf das Feiern als darauf, seinen Mörder zu finden?«

Der Kommissar hob entschuldigend die Hände. »Frau Esser, Sie müssen das verstehen. Aufgrund der Berichte über Klaasohm in sämtlichen Zeitungen sind jetzt alle Augen auf uns gerichtet. Wir müssen uns zunächst darauf konzentrieren, dass diesmal nichts schiefläuft. Wir würden nur Panik schüren, wenn wir heute Befragungen durchführen. Sie kennen doch Borkum, hier spricht sich alles unter den Bewohnern schnell herum, und im Handumdrehen weiß die ganze Insel Bescheid. Ich verspreche Ihnen aber, dass ich persönlich alle notwendigen Schritte unternehmen werde, um herauszufinden, ob ein Verbrechen vorliegt und …«

»Ob ein Verbrechen vorliegt? Sie haben doch selbst gesagt, dass mein Sohn eine schwere Kopfverletzung erlitten hat. Soll er sich die selbst zugefügt und sich dann in ein Loch gelegt haben?«

Manuela spürte, wie die Wut in ihr aufstieg und sie rot anlief.

»Frau Esser, so habe ich das nicht gemeint«, versuchte der Kommissar sie in ruhigem Tonfall zu beschwichtigen. »Wir müssen ohnehin den Bericht der Gerichtsmedizin abwarten, bevor wir handeln. Ich bitte Sie, so schwer es auch sein mag, Ruhe zu bewahren. Es tut mir wirklich leid, was geschehen ist. Haben Sie jemanden, der sich um Sie kümmert? Ihr Mann?«

»Andreas und ich haben uns getrennt, wie ich Ihnen bereits vor Monaten gesagt habe. Ich komme schon zurecht.«

»Sollten Sie etwas brauchen, rufen Sie mich bitte an, oder melden Sie sich bei den Seelsorgern, in Ordnung?«

Manuela nickte abwesend.

»Ihr Sohn trug zum Zeitpunkt seines Todes ein Klaasohm-Kostüm. Wissen Sie etwas darüber?«, sprach sie nun das erste Mal Pia Klein an.

Manuela sah auf, schüttelte den Kopf. »Ein Klaasohm-Kostüm? Das kann nicht sein. Nils konnte diesem Brauch nichts abgewinnen. Außerdem besaß er gar kein Kostüm.« Sie schaute der Polizistin in die Augen.

»Die Kostüme werden zugeteilt«, stellte Pia Klein fest und schien zu überlegen. »Ihr Sohn ist irgendwann zwischen dem späten Abend und dem frühen Morgen aus seinem Zimmer verschwunden, wie ich der Akte entnehmen konnte«, fasste die Ermittlerin den Sachverhalt zusammen.

»Das ist richtig«, bestätigte Manuela.

»Nils' Freunde und auch seine Freundin, die damals alle befragt wurden, sagten übereinstimmend aus, ihn an dem Abend nicht gesehen zu haben«, fuhr Pia Klein fort.

»Ganz recht«, bestätigte Manuela erneut.

»Pia«, drängte Kommissar Wedekamp, »lass gut sein.«

»Nein, bitte«, widersprach Manuela und sah ihn an. »Ich bin froh, dass Ihre Kollegin offenbar im Gegensatz zu Ihnen bereit ist, sich der Sache anzunehmen.«

Wedekamp zögerte, dann nickte er Pia Klein zu.

»Wir haben bei dem Toten ein Handy gefunden«, erklärte die Polizistin und sah ihren Kollegen an, worauf dieser eine Plastiktüte mit einem Handy darin hervorholte.

»Ist das das Handy Ihres Sohnes?«, fragte Pia.

Manuela nahm mit zittrigen Fingern die Tüte entgegen, betrachtete das Handy. »Ja, das ist es«, bestätigte sie.

»Es wurde offenbar beschädigt, womöglich an dem Abend«, stellte Pia fest und deutete auf das Display, das einige Risse aufwies.

»Nein«, widersprach Manuela. »Das ist nur die Folie. Ich habe Nils immer wieder gesagt, dass er sie ersetzen soll.« Manuela sah Kommissar Wedekamp an. »Darf ich es aus der Tüte nehmen?«

»Ja. Wir haben es bereits auf Spuren untersucht«, stimmte er zu, worauf Manuela das Handy herausnahm und mit dem Fingernagel am oberen Rand versuchte, die Folie anzuheben.

»Soll ich sie abziehen?«, fragte sie.

»Nein, bitte lassen Sie es so. Wenn Sie sagen, dass das Handy auch schon vorher so aussah, sollten wir es zum jetzigen Zeitpunkt nicht verändern«, fand Wedekamp.

»Wir haben das Handy aufgeladen, müssen es jedoch an einen der zuständigen Kollegen in Emden schicken, um die Daten auslesen zu lassen, wofür uns die nötige Ausrüstung fehlt. Oder kennen Sie vielleicht die PIN?«

Manuela nickte nur und schaltete das Handy ein. Es dauerte einen Moment, dann erschien auf dem Display die Aufforderung, den sechsstelligen Code einzugeben, und als Manuela das getan hatte, folgte die Frage nach der vierstelligen SIM-PIN. Auch diese tippte Manuela aus dem Gedächtnis ein.

»Sie scheinen ein sehr vertrauensvolles Verhältnis zu Ihrem Sohn gehabt zu haben, wenn Sie seine Codes kennen«, stellte Pia fest. »Das ist alles andere als selbstverständlich.«

»Wir waren sehr eng«, bestätigte Manuela und spürte, wie ihr die Tränen kamen, als sie nun das Hintergrundbild sah, das Nils mit Lisa zeigte, seiner Freundin. Die beiden waren zu dem Zeitpunkt, als Nils verschwunden war, etwa vier Monate ein Paar gewesen. Soweit Manuela wusste, hatte es immer mal wieder Streit zwischen ihnen gegeben, dann wieder hätten sie verliebter nicht sein können. Teenager eben, und Manuela wäre bestimmt nicht so weit gegangen zu behaupten, dass sie die große Liebe füreinander gewesen waren. Sie hatten einfach ihre ersten Erfahrungen miteinander gemacht. Doch Nils war glücklich mit Lisa gewesen, das stand außer Frage.

»Darf ich mal?«, bat Kommissar Wedekamp und streckte ihr seine offene Hand entgegen.

»Sicher.« Manuela reichte ihm das Handy, und Wedekamp klickte sogleich auf den Button mit den Fotos. Er legte die Stirn in Falten, als sich die Bildergalerie öffnete.

Manuela beugte sich weiter vor, um ebenfalls etwas erkennen zu können.

»Das ist Nils, nicht wahr?«, fragte Wedekamp und hielt ihr das Handy so hin, dass sie einen Blick auf das Foto werfen konnte.

Manuela legte die Hand auf ihren Mund, konnte es nicht glauben. Die Aufnahme zeigte Nils in einem weißen Kostüm mit roten Streifen, einen Tierkopf unter dem Arm haltend und die Zunge rausstreckend. Offenbar hatte er Spaß daran gefunden, in dem Klaasohm-Kostüm zu posieren. Auf Manuela wirkte die Szene, vor allem aber ihr Sohn in diesem Moment fremd. Er hatte doch immer wieder gesagt, wie rückständig und überflüssig er den Klaasohm fand. Und er hatte sich von denen distanziert, die meinten, es sei in Ordnung, wegen eines aus der Zeit gefallenen Brauchs handgreiflich zu werden und dazu noch sexistisch. Alles an dem Foto kam Manuela fremd vor, vor allem aber beschlich sie das schlechte Gefühl, ihren Sohn nicht so gut gekannt zu haben, wie sie immer geglaubt hatte.

Wedekamp scrollte weiter durch die Fotos, atmete mehrmals tief ein und aus und gab dabei ein leichtes Pfeifen von sich.

»Alle anderen tragen bereits ihre Tiermasken«, stellte er fest und blickte noch einen Moment auf das Display. Dann hielt er Manuela das Handy wieder hin. »Es gibt nur die drei Fotos von dem Abend, dieses hier stammt vom 5. Dezember.«

»Das ist Lisa Schmidtke, seine Freundin«, stellte Manuela fest. »Das Foto wurde in seinem Zimmer aufgenommen.«

Wedekamp nickte.

»Darf ich mal sehen?«, bat Pia, woraufhin der Kommissar das Handy an seine Kollegin reichte, die sich die drei Fotos des Abends in Ruhe ansah.

»Erkennen Sie einen der anderen vielleicht an der Statur?«, fragte Pia an Manuela gewandt und reichte ihr das Handy.

Manuela betrachtete das erste Foto, das Nils mit der Tiermaske in der Hand zeigte, dann die anderen, auf denen er die Maske bereits trug.

»Diese Fotos beweisen doch in jedem Fall, dass die anderen gelogen haben«, stellte sie fest und sah die beiden Ermittler an. »Nils war an dem Abend da, auch wenn alle Stein und Bein geschworen haben, ihn nicht gesehen zu haben.«

»Sie sind nicht von hier, Frau Esser«, sagte Pia in einfühlsamem Tonfall. »Wenn es um den Klaasohm geht, gibt es eine Art verschworene Gemeinschaft.« Sie schüttelte den Kopf. »Die Eltern beschützen ihre fast erwachsenen Kinder, indem sie behaupten, diese wären zu Hause gewesen. Frauen ihre Männer, Freunde sich gegenseitig.« Pia hob die Augenbrauen. »Ich bin hier aufgewachsen, Frau Esser. So läuft das hier schon immer.«

»Aber mein Sohn ist tot«, presste Manuela hervor. »Ein Jahr lang gab es keine Spur von ihm. Ein Jahr lang habe ich mir wieder und wieder anhören müssen, dass Nils wahrscheinlich einfach abgehauen sei.« Sie funkelte Wedekamp wütend an. »Auch von Ihnen.«

»Es ist nicht ungewöhnlich, dass Jugendliche sich mit ihren Eltern streiten, verschwinden und irgendwann wiederauftauchen«, versuchte sich der Kommissar zu verteidigen.

»Nur tauchen sie dann lebendig wieder auf und nicht als Leiche«, schrie Manuela ihre Verzweiflung heraus.

Die Ermittler tauschten Blicke.

»Wir sollten Sie jetzt erst einmal in Ruhe lassen«, stellte Wedekamp fest.

»Kann ich das Handy behalten?«, fragte Manuela.

»Leider nicht, solange die Ermittlungen noch nicht abgeschlossen sind«, lehnte der Kommissar ab.

»Verstehe«, räumte Manuela ein, klickte dann auf SMS an ihren eigenen Kontakt und fügte die Fotos an.

»Was wird das?«, fragte Wedekamp.

»Ich habe mir die Fotos geschickt, um sie mir noch einmal in Ruhe ansehen zu können«, gab Manuela zurück. Die Ermittler tauschten erneut einen Blick, widersprachen aber nicht.

Manuela war etwas aufgefallen, als sie das letzte Foto betrachtet hatte. Doch das würde sie sich erst genauer ansehen, wenn die Polizisten gegangen waren. Sie war so wütend auf die Polizei, die ihrer Meinung nach ein Jahr lang so gut wie nichts getan hatte, um Nils zu finden. Vor allem aber hegte sie Misstrauen, ob bei der Analyse der Fotos womöglich etwas herauskommen könnte, das unter den Teppich gekehrt werden sollte. Sie schätzte diese Pia Klein auf Ende zwanzig, womöglich auch jünger. Sie war hier aufgewachsen, wie sie soeben selbst erwähnt hatte. Wer sagte denn, dass auf den Fotos nicht Freunde oder Bekannte von ihr waren, die sie schützen wollte? Was, wenn die Fotos auf mysteriöse Weise von dem Handy verschwanden?

»Wir sollten jetzt gehen«, stellte Wedekamp fest. »Würden Sie uns die PIN notieren, damit wir jederzeit auf das Handy zugreifen können?«

»Sicher.« Manuela stand auf, schrieb die Ziffern auf einen kleinen Zettel und reichte ihn dem Kommissar.

»Hier, bitte.«

»Vielen Dank.«

Manuela begleitete die Ermittler noch zur Tür. Dann ging sie zurück in die Küche, wo ihr eigenes Handy lag, öffnete den SMS-Verlauf und lud so die Fotos herunter. Sie spürte Unruhe in sich aufsteigen, konnte sich nicht einmal setzen, so sehr hatte sie das Gefühl, unter Strom zu stehen.

Sie zog das erste Foto größer, empfand Abneigung, ihren Sohn so posieren zu sehen. Doch das war es nicht, worauf sie ihr Augenmerk richtete. Vielmehr zog sie das Foto größer, um mehr vom Hintergrund zu erkennen. Dann nahm sie sich das nächste vor, bis sie schließlich beim dritten Bild erkannte, was sie schon beim ersten Betrachten vermutet hatte.

Manuela schloss den Chat und öffnete ihre eigene Bildergalerie, um sich die Fotos anzusehen, die zu den letzten gehörten, die sie von ihrem Sohn hatte. Es war ein Detail, nach dem sie suchte, und kurz glaubte sie, nicht mehr atmen zu können, als sie auf das Bild stieß, das nur wenige Tage vor Nils' Verschwinden aufgenommen worden war.

Manuela überlief eine Gänsehaut, und sie tastete zitternd nach der Stuhllehne. Sie setzte sich. Wie lange sie so verharrte, bevor sie ins Badezimmer ging, eiskaltes Wasser in ihre Hände laufen ließ und damit mehrfach ihr Gesicht benetzte, wusste sie nicht. Sie blickte in den Spiegel, fragte sich, was sie fühlte. Ihr Sohn war tot, sie hatte Gewissheit. Wobei sie das Gefühl hatte, schon zuvor keinen Zweifel hieran gehabt zu haben. Doch nun würde sie ihn begraben können, was ihr einen gewissen Trost gab. Aber mit dem Detail auf dem Foto würde sie vor allem auch diejenigen zwingen können, ihr die Wahrheit zu sagen, die sie über all die Monate belogen hatten.

Sie zog sich Schuhe und Jacke an, schnappte ihren Autoschlüssel und fuhr los.

Während der gerade mal fünfzehnminütigen Fahrt versuchte sie, die Bilder zu verdrängen, die in ihr aufstiegen. Ihr Sohn in diesem fürchterlichen Kostüm, das sich in seinem sandigen Grab mehr und mehr zersetzte, genau wie der Körper ihres Sohnes. Kurz fragte sie sich, was wohl noch von einem Menschen übrig blieb, wenn er ein Jahr im Sand vergraben war. Doch sofort verbot sie sich, diesen Gedanken zu Ende zu führen, ahnte sie doch, dass sie diese Bilder nie mehr loswurde, wenn sie sich auch nur noch einen weiteren Moment damit beschäftigte.

Sie parkte ihren Wagen vor dem Haus, in dem Lisa, Nils' Freundin, mit ihren Eltern und ihrem Bruder wohnte, und fuhr dabei fast die Mülltonne um, die nah der Straße auf dem Bordstein stand. Dann stieg sie aus, ging zur Tür und klingelte. Stefanie Kramer, Lisas Mutter, öffnete nur einen Augenblick später.

»Manuela, das ist ja eine Überraschung«, begrüßte Stefanie sie sofort und lächelte. Doch dann versteinerte ihre Miene, als sie Manuelas Gesichtsausdruck sah. Die beiden hatten nach Nils' Verschwinden noch eine Weile eher losen Kontakt gehabt, der jedoch im letzten Vierteljahr abgebrochen war.

»Guten Tag«, grüßte Manuela knapp.

»Gibt es etwas Neues?«, fragte Stefanie und runzelte die Stirn. Manuela nickte schweigend.

»Komm erst mal rein«, entschied Stefanie und gab die Tür frei.

»Wollen wir uns setzen?«, bot sie an und deutete in Richtung Küche.

»Man hat Nils' Leiche gefunden«, sagte Manuela, worauf Stefanie den Blick senkte, einen Schritt auf sie zu machte und sie umarmte.

»Ich würde es Lisa gern selbst sagen«, teilte Manuela mit. Stefanie nickte und deutete die Treppe hinauf.

»Sie ist in ihrem Zimmer. Soll ich mitkommen?«

Manuela schüttelte den Kopf. »Wenn es dir nichts ausmacht, würde ich gern allein mit ihr sprechen.«

»Ja, natürlich.« Stefanie suchte Manuelas Blick. »Es tut mir so schrecklich leid, Manuela. Ich … wir alle hatten immer noch gehofft.«

»Danke.« Manuela ging die Treppe zu Lisas Zimmer hinauf, und mit jeder Stufe versuchte sie, sich klarer zu werden, was das alles bedeuten konnte.

Sie klopfte und trat auf Lisas Aufforderung hin ein.

»Manuela?«, fragte Lisa, die auf ihrem Bett saß und ein Buch las.

»Ja, ganz recht. Entschuldige bitte die Störung. Ich muss dir etwas sagen«, kündigte diese an.

Lisa nickte nur, presste die Lippen aufeinander.

Manuela ging zum Schreibtischstuhl und nahm Platz, während Lisa die Beine anzog und sich in den Schneidersitz brachte.

»Nils' Leiche wurde gefunden«, brachte Manuela hervor. »Von einem Spaziergänger mit Hund am Großen Kaap.«

Lisa kniff die Augen zusammen. »Am Großen Kaap?«, wiederholte sie fragend.

»Genau.« Manuela legte den Kopf schräg. »Wundert dich das?«

»Nein, natürlich nicht«, versicherte Lisa eilig. »Ich dachte nur, weil ja damals alles abgesucht wurde.«

Manuela hielt ihren Blick starr auf Lisa gerichtet. »Nein«, stellte sie fest, »das hast du nicht gedacht. Du warst nicht überrascht, *dass* man seine Leiche gefunden hat, sondern *wo*.«

Lisa schüttelte den Kopf. »Das stimmt nicht. Ich … ich …«

Manuela sprang auf, zog ihr Handy hervor und öffnete das Foto.

»Du lügst!«, schrie sie Lisa an. »Auf diesem Foto hier sieht man einen Arm.« Sie zog das Foto noch größer. »An diesem Arm ist genau das gleiche Armband, das du trägst. Es ist eine Männerhand, also nicht deine. Doch du hast es offenbar von jemandem bekommen, jemandem, der vielleicht eifersüchtig auf Nils war. Wer?« Manuelas Stimme überschlug sich, dann fasste sie Lisas Hand, schob den Ärmel ihres Pullovers zurück. »Dieses Armband hier, das du schon damals getragen hast und das offenbar ein Freundschaftsband ist. Von wem hast du es?«, brüllte sie so laut, dass nun die Tür aufgerissen wurde und Stefanie hereinkam.

»Was ist hier los?«, mischte sie sich ein.

»Deine Tochter weiß etwas. Sie weiß, wer an dem Abend dabei war. Hier!« Manuela hielt ihr das Handy entgegen und deutete auf die Hand im Hintergrund, an deren Gelenk das gleiche Armband zu sehen war, das Lisa trug.

Stefanie stockte, nahm das Handy und zog das Foto noch größer.

»Jonas?«

Manuela versuchte, das Gehörte einzuordnen, und sah nun von Stefanie zu Lisa.

»Dein Bruder?«, fragte sie Lisa und sah dann Stefanie an, der der Schock über die Erkenntnis ins Gesicht geschrieben stand.

»Das ist kein Freundschafts-, sondern ein Geschwisterarmband«, brachte Stefanie hervor.

»Also war Jonas an dem Abend dort?«, fragte Manuela, während das Motiv, von dem sie zuvor ausgegangen war, damit in sich zusammenbrach. Sie dachte, dass es aus Eifersucht einen Streit gegeben hätte. Doch wenn dieses Armband Jonas, Lisas Bruder, gehörte, kam dies nicht mehr in Betracht.

»Ich wusste nicht, dass Jonas dort war«, gab Stefanie tonlos von sich. »Er sagte mir, er sei zu Hause gewesen. Er hat bestritten, dort gewesen zu sein, und behauptete, mit seinen Freunden Videospiele gespielt zu haben.«

»Er hat gelogen, wie immer alle lügen, wenn es um den Klaasohm geht«, sagte Manuela und versuchte, ihre Wut dabei zu unterdrücken.

Lisa schluchzte auf, woraufhin Stefanie sich neben ihre Tochter aufs Bett setzte.

»Was ist an dem Abend passiert? Du weißt etwas, nicht wahr?«

»Es ist alles meine Schuld«, presste Lisa hervor. »Nils wollte mir nur helfen, und ich hätte überhaupt nicht dort sein sollen.« Sie schluchzte so heftig, dass sie kein Wort mehr herausbrachte.

Manuela setzte sich auf die andere Seite neben Lisa, die einen Moment brauchte, sich so weit zu sammeln, dass sie etwas sagen konnte.

»Nils war sauer, weil ihr Streit hattet«, begann sie stockend und sah kurz Manuela an. »Er ist aus dem Fenster und hat mich angerufen. Dann bin ich kurz raus, und wir haben gesprochen. Da kamen Jonas und die anderen vorbei, die auf dem Weg zum Treffen waren. Alle hatten schon ein bisschen vorgeglüht, also was getrunken, na ja, und sie haben Nils überredet, mitzugehen. Jonas sagte, dass ich gefälligst wieder ins Haus gehen und da auch bleiben sollte, wenn ich nicht wegen des Klaasohm verprügelt werden wollte. Also bin ich zurück ins Haus.«

»Und dann?«, fragte Manuela. »Was ist dann geschehen?«

»Weil er zusammen mit den anderen dahin gegangen ist, wurde Nils ausgewählt, genau wie Jonas. Sie sind dann durch die Straßen gezogen. Irgendwann, es muss schon so gegen halb zwei gewesen sein, hat Nils mich angerufen. Er lallte, dass sie am Großen Kaap seien, und war ziemlich betrunken und …« Sie brach ab.

»Was war dann?«, fragte Stefanie.

»Ich habe mir Sorgen gemacht«, presste Lisa hervor. »Die anderen trinken ja öfter mal einen, doch Nils eben nicht. Deshalb wollte ich dafür sorgen, dass er nach Hause kommt.«

Manuela legte den Arm um Lisa. »Erzähl uns, was dann geschehen ist«, forderte sie.

Lisa schluchzte, und diesmal dauerte es noch länger, bis sie sich wieder beruhigte.

»Als ich am Kaap ankam, waren alle total betrunken. Auch Jonas, vor allem aber Joel, Rico, Tobi und die anderen.« Sie stockte. »Nils konnte sich kaum mehr auf den Beinen halten, deshalb habe ich ihn untergehakt und wollte ihn nach Hause bringen. Es ging ihm wirklich schlecht.«

»Was ist dann geschehen?«, fragte Stefanie.

»Ich weiß nicht, wer angefangen hat«, brachte Lisa stockend hervor. »Jedenfalls erhielt ich einen Schlag und einen Stoß. Sie haben gebrüllt, dass Klaasohm sei und die Mädels es gefälligst nicht wagen sollten, an dem Tag rauszugehen.« Lisas Stimme wurde noch leiser.

»Jonas und Nils wollten mich verteidigen, da kam es zu einem Handgemenge. Nils stolperte und konnte sich nicht mehr abfangen. Er ist mit dem Kopf auf einen der großen Steine geknallt und liegen geblieben.« Lisa schluchzte und sah Manuela an. »Es tut mir so leid. Wäre ich nicht dorthin gegangen …«

Manuela schloss für einen Moment die Augen, sah dann Lisa an. »Es war also ein Unfall?«

Lisa nickte. »Wir hatten alle Angst, dass wir Ärger bekommen. Deshalb haben die Jungs ihn vergraben.« Sie erwiderte Manuelas Blick. »Es tut mir alles so leid! Ich wollte es dir sagen, doch ich dachte … ich hatte Angst, dass …«

Manuela zog sie in ihren Arm und sah dann Stefanie an, in deren Augen ebenfalls Tränen standen. Eine Weile blieben sie noch so sitzen. Dann ging Manuela schließlich. Zwar brachte es ihr den Sohn nicht zurück, doch nun, da sie die Wahrheit kannte, konnte sie einen Abschluss finden und hatte die Zuversicht, eines Tages damit leben zu können.

## *Ein Jahr später*

Sie atmete tief durch, als sie vor die Tür trat. Der Anblick der weißen Schneedecke, die sich über die Landschaft gelegt hatte, gab Manuela ein Gefühl von Ruhe.

»Hast du deine Handschuhe?«, fragte Andreas, bevor er die Tür schloss.

»Ja, in der Jackentasche.« Sie hakte sich bei ihrem Mann ein, als dieser an ihre Seite trat und sie ansah.

»Ich bin froh, dass wir die Kurve gekriegt haben«, stellte er fest und gab ihr einen Kuss.

»Ich auch.« Sie lächelte, erwiderte seinen Kuss. »Jetzt freue ich mich einfach darauf, mit dir Weihnachten zu verbringen.« Sie kuschelte sich an ihn und hatte das Gefühl, dass nun die Zeit kam, in der alles gut würde. Endlich!

# 6. Das Geständnis im Weihnachts-Podcast

Christian Sprenger

*Betreff: Ich bin ein Mörder, ich will gestehen!*

Die Mail kommt von einem mir unbekannten Account. Ob sich ein Verlag etwas ganz Besonderes ausgedacht hat, um mir für meinen wöchentlich ausgestrahlten Podcast mal wieder einen True-Crime-Thriller anzubieten? Klingt fast so, denn schließlich lässt sich ja alles gut verkaufen und vermarkten, wo True Crime draufsteht. Ob als Buch, im Fernsehen, bei Netflix und Co. oder eben im vorproduzierten Podcast. Doch schon die erste Zeile macht klar, das hier ist was anderes: »Erinnern Sie sich an den Christkindl-Mord? Ich war das, meinen richtigen Namen werde ich Ihnen nicht nennen, aber ich möchte die Tat gestehen. Anonym. Bei Ihnen. Und zwar in Ihrer ersten Live-Sendung, damit nichts, aber auch gar nichts herausgeschnitten werden kann! PS: Eine Rückverfolgung dieser Mail ist aussichtslos. Der Account ist nicht mehr aktuell, antworten Sie mir nur von Ihrem persönlichen Handy auf die beigefügte Prepaidnummer per WhatsApp.«

*Erinnern Sie sich?* Dieses Verbrechen, das sich bald jährt, kennt jeder, hat sogar jeder vor Augen: die junge, hübsche, grade mal volljährige Frau, die als Christkindl verkleidet mit einer Harfe auf der festlich geschmückten Bühne steht und plötzlich zwischen Nordmanntannen, Holztieren und Paketen zusammenbricht. Damals live gestreamt, mittlerweile millionenfach angeklickt. Eine kurze Recherche bestätigt meine Vermutung: Der eiskalte und hinterhältige Weihnachtsmarkt-Mord ist immer noch nicht aufgeklärt. Das Einzige, was die Polizei herausgefunden hat: Der Täter hat das junge Opfer aus großer Distanz erschossen. Ein einziger tödlicher Kopfschuss in die Stirn, knapp unterhalb des Ansatzes der aufwendigen Echthaarperücke. Nicht mal den Standort des Scharfschützen oder der Scharfschützin konnte die Polizei bisher ermitteln. Wobei die Profiler aufgrund der wenigen Indizien allein wegen der Statistik von einem Mann als Täter ausgehen. Trotz akribischer Suche, trotz großer Öffentlichkeit, trotz einer riesigen Sonderkommission, die immer noch besteht, wurden keinerlei Hinweise gefunden – und jetzt will der Täter ausgerechnet in meinem Special zu Weihnachten, das eh schon ein ganz anderes Konzept hat, auspacken? Glauben kann ich es nicht, aber kaum habe ich die gewünschte WhatsApp-Nachricht abgeschickt, ist auch schon die Antwort da: »Ja, ich will bei Ihnen den Mord gestehen. Sie werden sich fragen, warum ausgerechnet bei Ihnen, die Antwort sollte klar sein.« So geschmacklos sie ist, sie liegt tatsächlich auf der Hand: Mein erster Live-Podcast überhaupt soll auf einer großen Bühne stattfinden, auf der, auf der die Studentin, die als Christkindl einem gut bezahlten Nebenjob nachging, auf so schreckliche Weise geradezu hingerichtet wurde. Der Veranstalter, genauer gesagt die Stadtverwaltung, hatte sich das gewünscht – als Zeichen, dass sich niemand einschüchtern lassen soll, dass niemand wegen Verbrechen, und seien sie noch so brutal, auf gewachsene Traditionen verzichten soll. Weil der Bürgermeister meine Frau und mich getraut hat, großer Fan meines Buch-Podcasts ist und ich durch meine frühere TV-Tätigkeit ein bekanntes Kind der Stadt bin, fiel die Wahl der Moderation auf mich. Zu den Gästen, die ich befragen soll, gehören die Chefin der Sonderkommission, ein katholischer Pfarrer und, nein, nicht etwa der Bürgermeister, sondern, um dem Anlass auch vonseiten der Stadt gerecht zu werden, seine wesentlich prominentere Chefin, die parteilose Oberbürgermeisterin. Dazu kommt – vielleicht zur Auflockerung oder einfach nur, weil es zu meinem regulären Format passt – eine Buchautorin. Also eigentlich eher eine Influencerin, die auf Instagram Tausende Follower hat und deshalb jetzt ihren ersten Krimi veröffentlicht. Einen Weihnachtskrimi, der schon beim Lesen des Klappentextes ähnliche Reaktionen bei mir hervorruft wie honigsüße Zuckerwatte oder billiger Glühwein. Ein Gäste-Mix, der schon bei der Bekanntgabe für diverse Shitstorms in der virtuellen und Schlagzeilen in der echten Welt gesorgt hat. Der Vorwurf einer billigen und beschönigenden PR-Veranstaltung der Stadt, einer Reinwaschung der Behörden und einer geschmacklosen Krimipräsentation waren noch das Harmloseste. Die größte Empörung kam – wie sollte es auch anders sein – von der überregionalen Boulevardzeitung. Die Überschrift lautete reißerisch: *Weihnachtsmarkt geht über Leichen!* Die seriösen Blätter haben das Thema aufgenommen und die geplante Veranstaltung zwar weniger marktschreierisch, allerdings nicht ganz unberechtigt kritisiert: Keiner denkt an das junge Opfer! Was die Öffentlichkeit nicht weiß: Die Familie hat sich total zurückgezogen, will mit niemandem sprechen, sucht schon gar die große Bühne. Selbst mit viel Geld haben es weder bunte Blätter noch beliebte TV-Magazine geschafft, sie zu überreden. Und jetzt soll ich, der sonst komplett sein eigenes Ding macht, sich bei der Gästeauswahl nicht reinreden lässt, den Veranstaltern, die mich ja nur als Moderator verpflichtet haben, einen kaltblütigen Killer als weiteren Interviewpartner servieren? Dem Täter eine große Plattform bieten? Einem skrupellosen Mörder? Jemandem, der ohne zu zögern eine junge Frau, zudem als Christkind verkleidet, hinrichtet? Warum um Himmels willen soll ich das tun?

»Weil Sie und Ihr Podcast durch mein Geständnis an Popularität gewinnen werden. Sie werden die Charts stürmen! Weil die Menschheit endlich erfahren wird, warum ich das getan habe, warum ich keine andere Wahl hatte, warum ich das tun musste!« Zugegeben – das sind viele Gründe. Auch gute? Noch bessere wären, wenn ich den Schützen dadurch überführen und eine abscheuliche Tat aufklären könnte. Nur – wie soll ich das machen? Er will sich ja nicht zeigen, er will sich auch nicht aus einem abgedunkelten Studio hinter der Bühne oder von wo auch sonst melden: »Damit die Polizei mich dort verhaftet? Für wie blöd halten Sie mich? Noch so ein Vorschlag und ich suche mir eine andere Plattform!« Er möchte sich – so wie die Gäste in meinen regulären und aufgezeichneten Produktionen, das steht unmissverständlich in der letzten WhatsApp – über einen Link einwählen und nur zu hören sein. Mehr nicht. Wahrscheinlich noch mit verzerrter Stimme. Normalerweise ist es oft so, wenn sich alle Talkgäste nur hören, nicht sehen, dass sie erstmals Dinge erzählen, die vorher keiner wusste. Wie der berühmte Schlagzeuger einer der populärsten deutschen Bands, der in seinem frisch erworbenen Haus Panikattacken bekam und deshalb ganz schnell wieder ausgezogen ist, oder die Lektorin, die in Wahrheit hinter den Thrillern steckt, die immer auf Platz 1 der Bestsellerliste landen. Man ist schließlich unter sich. Aber: Wenn eine große Runde, zudem auf einer Bühne vor Publikum, womöglich noch lautstark diskutiert, wie soll ich dann jemanden, der nur akustisch zugeschaltet ist, dazu bekommen, sich so sicher zu fühlen, dass er vertrauensselig oder, besser gesagt, leichtsinnig wird und sich oder zumindest seinen Aufenthaltsort verrät? Ein kaltblütiger Mörder, der in die Falle eines Buch-Podcasters tappt? Da sind weiße Weihnachten – selbst in Zeiten des Klimawandels – in der Karibik wahrscheinlicher. Aber: Der Mörder muss sich ja mit dem Computer oder einem Handy einwählen. Vielleicht ist das eine Möglichkeit, ihn zu schnappen.

Es dauert, bis ich die Chefin der Soko »Christkind« am Handy habe. Erst ewig in der Warteschleife (nervig, dieses Kaufhausgedudel, aber wer hat schon wie ich seine eigene Erkennungsmelodie, und die auch noch von einem mehrfachen Grammy-Preisträger), dann die Pressestelle (noch nerviger, aber wer glaubt einem schon, wenn man die Polizei zur Mörderjagd einladen will), die Fragen nur per E-Mail entgegennimmt, bis sie sich dann doch telefonisch zurückmeldet. Allerdings nur, weil man mit mir den Live-Auftritt der Hauptkommissarin durchsprechen will. Meine Mail haben sie wohl übersehen. Irgendwann reagiert der Beamte dann doch, als ich das sechste Mal, tatsächlich dann doch etwas lauter und unwirscher, nachfrage, wie es denn am sinnvollsten ist, den Christkindl-Mörder einzubinden, damit er von der Polizei überführt werden kann. Die Soko-Chefin will mich – samt verschlüsselter Nachrichten auf meinem Handy – schließlich sofort sehen. Das bedeutet bei ihr auch quasi *sofort*. Weil mein Auto mal wieder an der Ladestation hängt, bedeutet das: meine erste Fahrt in einem Streifenwagen! Samt persönlicher Abholung durch die Kommissarin, eine sympathische Blondine Mitte fünfzig.

Ihre IT-Experten finden nichts heraus, Zurückverfolgung unmöglich. Zumindest nicht auf dem Handy. »Nein, natürlich produziere ich so nicht. Im Home-Studio nicht und auf dem Weihnachtsmarkt erst recht nicht. Da stellt die Stadt die Technik. Die wissen noch gar nichts von ihrem Glück, dass ich einen Telefongast habe. Geschweige denn welchen.« Wieder reagiert die Soko-Chefin ohne Umschweife, ruft sofort lautstark nach einer Sigrid. Im Kommandoton, der keinen Widerspruch duldet. Sie klingt, als dulde sie keinen Widerspruch. Für mich hört sich das nach der nächsten Mittfünfzigerin an. Vielleicht statt in einer Lederjacke im Angela-Merkel-Gedächtnis-Hosenanzug. Mein tiefer Seufzer hängt noch im übergroßen Plastiktannenbaum, der dem ansonsten erstaunlich modern-kalten Büro der Chefin wohl etwas Weihnachtliches verleihen soll, als eine dezent geschminkte Asiatin auftaucht. Vielleicht Anfang zwanzig, die Jeans knalleng, im Gegensatz dazu der Sweater, wohl bewusst weit geschnitten, in XXL. Sig, wie sie sich formlos und mit einem kräftigen Händedruck vorstellt, braucht nur ein kurzes Briefing. Mit erstaunlich tiefer und wohlklingender Stimme legt sie sofort los: »Wenn der Mörder sich über deine Studio-Link-Software einwählt, dann haben keine Chance. Zero. Da siehst du maximal den Provider, der könnte den Anschluss zuordnen. Aber aus Datenschutzgründen werden bei Studio-Link die IPs wohl nur gekürzt gespeichert.« Die Chefin, die ich nicht mehr so nennen soll (»Wir sind hier schließlich nicht im ZDF, ich bin die Kathrin Hanke«), verdreht resigniert die Augen, als Sig zum großen Aber ausholt. »Eine Rückverfolgung in Echtzeit mit Koordinaten wie im Film ist reine Show, technisch: wieder null Chance. Wenn die allerdings durch das Endgerät selbst weitergegeben werden, dann ist es total easy.« Der Groschen fällt bei mir schneller, als ich auf das förmliche Sie umschalten kann, dafür ist mir Sig einfach auch altersmäßig zu nah: »Du meinst, ich soll ihm einen Trojaner unterjubeln?«

Kommissarin Hanke schüttelt den Kopf: »Ich kann doch keinen bundesweiten Großalarm ausrufen, schon gar nicht, wenn alle eh schon wegen der Weihnachtsmärkte eingeplant sind. Stell dir vor, dann sitzt er in irgendeinem Kaff tief im Westen. Bis das Sondereinsatzkommando da ist, ist der weg. Ich kann da nicht nur zwei Leute hinschicken, wir reden schließlich über einen Mörder und – bei dem, was er da jetzt plant – wohl auch einen Psychopathen! Wenn die Kavallerie eintrifft, ist die Live-Show dreimal gelaufen. Dann ist der Täter längst über alle Berge.« Frau Hanke kennt augenscheinlich genauso wenig die Dauer des geplanten Live-Talks oder von meinen regulären Podcasts wie ich die Dienstwege bei der Polizei. Sig zwinkert mir anerkennend – oder ist es verschwörerisch? – zu und fährt unbeeindruckt fort: »Kathrin, Trojaner ist ja nicht Trojaner. Ich werde das Ding so programmieren, dass der Kerl sich damit nur an einem ganz bestimmten Ort einwählen kann. Und damit meine ich jetzt keine Stadt, keinen Ort, sondern eine Stelle ganz nah an der Bühne, auf der du sitzt. Wie heißt es so schön? Die Täter kommen immer wieder zurück an den Tatort. Genau da bringen wir ihn hin.«

Diese Sig sieht nicht nur gut aus, die hat es auch drauf, die kann Spannung erzeugen. Ich komme mir vor wie damals als kleiner Junge, wenn an Heiligabend das Glöckchen läutete und ich nicht wusste, was auf mich zukam. Auch die Chefin guckt so, als hätte der Papst neben dem Weihnachtssegen die Aufhebung des Zölibats verkündet. Sig strahlt, als hätte sie extra Weihnachtsgeld bekommen, und schaut uns herausfordernd an. »Passt auf, ihr denkt nach, ich hole kurz was von meinem Schreibtisch. Also, was beginnt noch gleich mit dem Buchstaben W – außer Weihnachtsmann?«

Cliffhanger kann sie also auch noch. Wir haben keine Idee, blicken ratlos auf das Gerät, mit dem sie kurz darauf zurückkommt.

»W für WLAN natürlich. Wir schicken dem Mörder einen Link zu einem WLAN, das nur in unmittelbarer Nähe eurer Bühne funktioniert. Wir können das auf den Meter exakt festlegen. Also du, Kathrin. Wenn du sagst, zwanzig Meter, kriegst du zwanzig Meter, wenn du fünfzig oder hundert haben willst, kriegst du die.«

Genial, wirklich genial. Nur ob der Täter so doof und leichtsinnig ist, sich darauf einzulassen, sich in unmittelbarer Nähe von uns einzuloggen? Kathrin Hanke kann wohl Gedanken lesen: »Das ist genial, Sigrid. So, wie der tickt, so, wie der die Öffentlichkeit sucht, wird er sich darauf einlassen. Zumal du recht hast damit, dass Mörder gerne an den Tatort zurückkommen.«

Dann habe ich den nächsten Gedankenblitz: »Hat man damals die Gondeln des Riesenrads überprüft, gab es da irgendwelche Hinweise, Spuren?« Es gab keine, nichts. Keine Kugel, keine Auffälligkeiten, und DNA-Proben auf einem Weihnachtsmarkt-Riesenrad zu nehmen, ist ungefähr so zielführend, wie mit einem E-Auto bei Minusgraden über die Autobahn zu rasen. Aber, und das will die Chefin erstmals der Öffentlichkeit verkünden: Die Polizei geht tatsächlich davon aus, dass der Schuss aus einer Gondel des 120 Meter hohen Riesenrades kam. Leider gab es dort keine Kameras. Damals. Diesmal wird es sie geben – und das, was Sig in der Hand hält: spezielle WLAN-Verstärker, sogenannte Repeater, die für ein schnelles und garantiert stabiles Internet sorgen und vor allem exakt lokalisierbar sind. Wenn ich alles richtig verstanden habe, sind wir dann gleich doppelt abgesichert: durch Router und das eigene Netzwerk. Jetzt muss ich also »nur« noch den Mörder davon überzeugen, dass er sich genau da auch einwählt. Wie kommuniziert man mit einem kaltblütigen Killer? Ich habe keine Ahnung, weiß ja nicht einmal, wie ich ihn in der Bühnenshow ansprechen soll. Nur weiß ich jetzt: Ich will ihn definitiv dabeihaben. Nicht wegen der Downloads und der Aufmerksamkeit, sondern weil ich helfen kann, ein Verbrechen aufzuklären, der Familie, Freunden und vielen anderen Betroffenen vielleicht ein angenehmeres Weihnachtsfest damit beschere. Letzteres wird auch dafür sorgen, dass der Veranstalter, die Stadt samt Oberbürgermeisterin, zustimmt. Den Part übernimmt dankenswerterweise Frau Hanke. Viele Worte wird sie nicht gebrauchen und definitiv keinen Widerspruch zulassen.

Ich mache es auch kurz und knapp, ganz formlos: »Geht klar.« Mehr schreibe ich erst mal nicht in die Textnachricht, die ich wieder per WhatsApp schicke. An das Handy, das die Polizei wie erwartet nicht zuordnen kann. Die kleinen Punkte signalisieren mir, die Antwort wird nicht lange dauern: »Ich wusste, dass Sie nicht werden widerstehen können. Eine bessere PR gibt es ja nicht, und ich kann der Welt endlich mein Motiv verraten.« Die Bedingung nimmt er schneller an als gedacht, da hat Chefin Hanke die Eitelkeit und Geltungssucht richtig eingeschätzt: »Natürlich wähle ich mich gerne in das WLAN vor Ort ein. So kann ich diese Bühnenshow nicht nur akustisch verfolgen, sondern auch sehen, wie diese unfähigen Menschen, die sich da präsentieren, auf mein Geständnis reagieren. Ob sie dann endlich verstehen, dass ich gar keine andere Wahl hatte, als diese schlechte Schauspielerin, dieses vermeintliche Christkindl zu erschießen.« Überrascht aufgrund der langen Antwort, der schnellen Zusage ohne weitere Bedingungen, überlege ich, ob es für die Polizei noch einfacher wird als gedacht. Die Euphorie-Bremse kommt keine Minute später: »Falls Sie die Polizei einschalten, machen Sie sich keine Hoffnungen. Die werden mich nicht erkennen, von meiner Sorte werden viele auf dem Weihnachtsmarkt unterwegs sein, und mein Telefon ist mehrfach verschlüsselt! Ich werde mich über einen ausländischen Provider einwählen. Denken Sie also erst gar nicht darüber nach, mich auf diese Weise lokalisieren zu können. Ich bin nicht dumm. Aber das wissen Sie ja.« Vielleicht aber doch weniger schlau als gedacht, Überheblichkeit hat schließlich schon berühmte und gefürchtete Serientäter ins Gefängnis gebracht. Die sogenannte VPN-Verschlüsselung wird diesem Verbrecher nicht helfen, nicht bei dem verseuchten Link, den ich ihm zusende und den er, so Expertin Sig, niemals entschlüsseln kann. Dazu reicht kein Studium, das ist Software, wie sie sonst nur gut ausgestattete Geheimdienste nutzen, hat sie mir mehrfach versichert, und da der Mörder meinen Podcast nachweislich kennt, weiß er, dass jeder Gast zur Aufzeichnung einen Link zugeschickt bekommt, über den er sich dann einwählt. Dass er bei seiner vermeintlich eigenen ganz großen, zudem noch live übertragenen Show der einzige Empfänger ist, macht keinen Unterschied. Die SoKo-Leiterin klatscht beim nächsten Meeting vor Freude in die Hände, für sie ist jetzt schon Bescherung: »Wir werden den Weihnachtsmarkt großräumig überwachen, mit Kameras und Personal. Sogar mit verkleideten Polizisten. Denn wer achtet schon auf einen Weihnachtsmann?« Dass auch der Täter sich ein rotes Kostüm samt Rauschebart kaufen kann, darauf kommt erst mal niemand. Also ich zumindest nicht. Bis kurz vor der Live-Show Die Gäste sind alle pünktlich erschienen. Kathrin Hanke, die Chefin der SoKo, wirkt weniger nervös und aufgeregt, oder besser gesagt aufgedreht, als die Influencerin. Die stellt ihre vermeintlichen Vorzüge derart zur Schau, dass nicht nur die teuren Klamotten, die sie für viel Geld bewirbt, billig aussehen. Obendrein erwähnt sie schon im Vorgespräch öfter den Titel ihres dünnen Buches, als *Last Christmas* am benachbarten Glühweinstand dudelt. Der katholische Pfarrer – kein Joke, er erinnert aufgrund der kurzen Haare und des Vollbarts wirklich an den späten George Michael – zeigt sich erstaunlicherweise sehr weltoffen und nimmt der jungen Tontechnikerin gekonnt routiniert und mit einem gewinnenden Lächeln die Scheu vorm Anbringen des Mikrofons an seinem Kollar: »Den weißen Kragen trage ich doch nur, damit jeder in mir den Pfarrer und nicht den verstorbenen Schnulzensänger sieht!« Er weiß also tatsächlich um die Ähnlichkeit.

Um ihre Wirkung weiß auch die Oberbürgermeisterin. Sie trägt einen eleganten dunkelblauen Kaschmirmantel über dem strahlend weißen Wollrollkragenpullover, der ihrer Oberweite schmeichelt. Dass sie eingeweiht ist, merkt niemand. Ihr Pokerface samt Politikerlächeln ist das Geheimnis ihres großen Erfolges, ihrer Karriere. SoKo-Leiterin Hanke verzieht bei ihrer Begrüßung ebenfalls keine Miene, bleibt sogar ganz cool, als es im hinteren Zuschauerbereich plötzlich laut wird. Ein Nikolaus brüllt wild gestikulierend zwei uniformierte Polizistinnen an und zeigt ihnen gleich mehrfach den Vogel. »Der hat wohl keine Einladung erhalten«, kichert die Influencerin, während Kommissarin Hanke mir einen wissenden Blick zuwirft. Bevor ich erstmals über meinen Knopf im Ohr Sig »Fehlalarm« sagen höre, wird mir klar, dass die Polizei in der Nachricht des Killers mehr gelesen hat als ich: »Von meiner Sorte werden viele auf dem Weihnachtsmarkt unterwegs sein.« Wow, daran habe ich wirklich nicht gedacht. Natürlich will sie den Mörder vor dem Live-Event fassen. Schließlich möchte ihm niemand die große

Showbühne geben, keiner will in der Öffentlichkeit vorgeführt werden. Schon gar nicht die Polizei. Ehrlicherweise muss ich zugeben, dass ich im Zwiespalt bin. Wegen des großen Polizeiaufgebots habe ich keinerlei Angst. Eine Live-Verhaftung sorgt zudem für größere Aufmerksamkeit, mehr Publicity und anschließende Downloads. Immerhin blinkt auf meinem Laptop, kaum dass wir auf den Hockern sitzen, die mit Tüll und Glitzerpapier wie große Geschenke aussehen, *Eingehender Anruf*. Der Anrufer versteckt sich hinter einer nur auf den ersten Blick zufälligen Zahlenkombination. Dabei steht die 3 747 837 ganz einfach für: Er ist es. Ein Insider, den sich Sig ausgedacht hat: Guckt einfach auf die Handytastatur, dann wisst ihr, was die Zahlen bedeuten, Doch bevor ich den Live-Gästen erklärt habe, dass wir noch jemanden telefonisch in die Runde dazuschalten, ist der Anrufer verschwunden. Die Anzeige leer. Während Hanke den Kopf unauffällig zur Seite dreht, höre ich von Sig nur »Es geht los«. Allerdings kein Zugriff, kein Tumult oder lautes Schreien, stattdessen kommt pünktlich auf die Minute mein Intro, wunderbare Klaviermusik schallt über den Platz, ich habe keine Ahnung, was los ist, begrüße aber danach routiniert und freundlich das Publikum vor Ort und überall da, wo es zuhört. Besprochen wurde, dass ich nach der Oberbürgermeisterin und dem Pfarrer die SoKo-Chefin begrüße, damit die erwartbaren Pfiffe und Buhrufe vom Applaus für die berühmte Influencerin schnell übertönt werden. Sig sagt mir, als sei sie keine Expertin für Cybercrime, sondern eine gestandene Redakteurin, die im Hintergrund die Sendung leitet, kurz und prägnant aufs Ohr: »Überraschung, Kathrin bitte zuletzt!« Also dann! Die Influencerin nimmt das Kreischen und Pfeifen ihrer Fans zum Anlass, sich zu erheben und gönnerhaft wie einst die Queen ins Publikum zu winken. Ich erhebe mich ebenfalls, gehe zum Bühnenrand und mache klar, jetzt bin ich erst mal dran: »Wir wollen bei aller Begeisterung für BellaSuBella nicht vergessen, warum wir hier sind. Wir wollen hier des Opfers eines furchtbaren Mordes gedenken, der vor genau einem Jahr an dieser Stelle passiert ist. Deshalb halten wir alle kurz inne und schweigen eine Minute.« Es funktioniert, es ist tatsächlich andächtiger als bei der Christmette im Dom, auch an den umliegenden Ständen herrscht absolute Stille, sogar das Riesenrad dreht sich nicht mehr. Die Gondeln schaukeln beinahe tonlos. Kein Windhauch ist zu spüren. Die Szenerie wirkt wie eingefroren. Passend zur klirrenden Kälte. Nicht eine Sekunde denke ich in dem Moment an den Killer, an das, was wir vorhaben. Deshalb bin ich vollkommen perplex, als nach der Schweigeminute Kathrin Hanke das Wort ergreift. »Liebe Gäste hier vor Ort, liebe Zuhörende wo auch immer. Vor allem liebe Angehörige Ann-Sophies, unseres Christkinds, das vor einem Jahr genau hier an dieser Stelle kaltblütig ermordet wurde. Ich weiß, wie Sie sich fühlen, und ich möchte Ihnen heute den größten mir möglichen Trost spenden.« Sie macht das wirklich großartig, selbst in der kurzen Pause, die sie – ich habe keine Idee, warum – einlegt, gibt es keine Pfiffe. Doch dann bricht plötzlich der Bann – der ganze Platz tobt vor Begeisterung. Wildfremde Menschen liegen einander in den Armen, auf der Bühne überstrahlt das Lächeln der Gäste die Weihnachtsbeleuchtung, die Oberbürgermeisterin fällt dem Pfarrer um den Hals, BellaSuBella weint hemmungslos. Hat Hanke wirklich gerade gesagt: »Wir haben ihn«? Vielmehr: »Wir haben sie«? Ja, das hat sie wohl. Ich kann es genauso wenig fassen wie die Massen. So dämlich habe ich zuletzt als Kind geguckt, als ich meine Mutter mit dem Weihnachtsglöckchen entdeckt habe – von wegen, das Christkind hat geläutet.

Einmal durchatmen. Tief und kollektiv. Dann die etwas brüchige Aufforderung an alle, Ruhe zu bewahren. Die Menschen drängen sich an die Bühne. Plötzlich schallt aus allen Lautsprechern des Weihnachtsmarktes die klare Stimme von Hauptkommissarin Kathrin Hanke, der Leiterin der Sonderkommission Christkind: »Ja, sie haben alle richtig gehört. Wir haben die Täterin gefasst. Wie, das spielt momentan keine Rolle, wichtig ist nur: Wir haben sie gefasst. Auf dem Riesenrad gleich nebenan, so viel kann ich verraten. Niemand hier war in Gefahr. Zu keiner Zeit. Anders als im Vorjahr war die junge Frau unbewaffnet. Unser Zugriff erfolgte, als sie aus der Gondel mit der Nummer 16 ausgestiegen ist, innerhalb von wenigen Sekunden war sie überwältigt. Sie alle werden sich fragen: Warum erst jetzt? Auch dazu später mehr, jetzt möchte ich Ihnen allen, uns allen, nur die wichtigste Frage beantworten: Warum bringt eine junge Frau eine Gleichaltrige um? Die Antwort ist einfach, wenn man weiß, dass die Täterin offensichtlich geistig verwirrt ist und unter einer dissoziativen Identitätsstörung leidet. Früher hat man das multiple Persönlichkeit genannt. Sie ist tatsächlich der Meinung, dass sie, und zwar nur sie, das Christkind ist. Niemand darf sie kopieren. Geschweige denn ihre Rolle spielen. Niemals und schon gar nicht in ihrer Heimatstadt. Das ist ihr im Vorjahr erstmals klar geworden. Nur aus diesem Grund hat sie Ann-Sophie getötet. Wir alle können unserer Oberbürgermeisterin danken, die mit dem alten Brauch gegen viele Widerstände gebrochen hat. Sonst hätte die Täterin auch in diesem Jahr wieder zugeschlagen. Sie wollte hier und heute nicht nur ihre schreckliche Tat gestehen, sie wollte auch weitere ankündigen. Nichts von beidem ist geschehen – dank der Arbeit meiner Kolleginnen und Kollegen und dank Ihrem und eurem Moderator und Podcaster.«

Echt jetzt? Und das, obwohl ich bis grade noch an einen eiskalten und profilierungssüchtigen Mörder gedacht und nicht ein einziges Wort mit dieser augenscheinlich kranken Täterin gewechselt habe? Manchmal zahlt sich eben auch Schweigen aus. Sogar vor großem Publikum. Auch in der Ausgabe, die wir jetzt live auf dem Weihnachtsmarkt produzieren, wo Kommissarin Kathrin Hanke noch mal detailliert darüber spricht, wie das abgelaufen ist mit dem Geständnis im Weihnachtspodcast.

# 7. Alte Freunde

Marie-Christin Fuchs

Lotte Hansen lehnte sich zufrieden in ihrem Lehnsessel zurück. An den Füßen trug sie ein neues Paar besonders bunter Turnschuhe. Sie blickte auf die Gesichter ihrer Freunde. Auf Sofa und Sessel verteilt, saßen sie vor dem Kaminfeuer: Ute hatte den roten Seidenschal schon begeistert um ihren Hals geschlungen, neben ihr blätterte Harald, der emeritierte Professor, glücklich etwas vor sich hin murmelnd, in einem Fotoband über die Inseln Vanuatus. Und Chris Christiansen, der Schauspieler, hatte sein Geschenk, eine Flasche edlen Brandy, sofort und ohne zu zögern mit seinen Freunden geteilt.

Nur Lottes Mann Hannes stand alleine neben dem Fenster, sein Glas mit Brandy vergessen in der einen und sein Geschenk, ein neues Fernglas zur Vogelbobachtung, in der anderen Hand. Über den Park von Schloss Bucheneck hatte sich schon längst die dunkle Nacht gesenkt, aber Hannes schien wie so oft in letzter Zeit in seinen eigenen Welten verschwunden zu sein. Lotte fragte sich, welche Geister er wohl hinter den blinden Scheiben sehen mochte, und hoffte inständig, dass es gute waren.

Es war Heiligabend. Am Tag hatte sich das Wetter verschlechtert, und aus dem Regen war nach und nach Graupel und dann nasser grauer Schnee geworden. Ein eisiger Wind von Osten drückte gegen die Fensterscheiben des Schlosses und ließ die Flammen im Kamin tanzen. Eigentlich hatten sie alle Karten für ein Weihnachtskonzert im nahen Rostock gehabt, aber der Zustand der Straßen zwang sie, daheim zu bleiben. Daheim – das hieß für Lotte und ihre Freunde Schloss Bucheneck, wo sie jeweils eine der seniorengerecht ausgebauten Wohnungen ihr Eigen nannten.

»Lasst uns reihum eine Geschichte erzählen.«

Der Professor hatte wohl Lottes besorgten Blick bemerkt und versuchte nun, Hannes aus dem Schweigen zurück in ihren Kreis zu holen.

»Die einzigen Bedingungen sind, dass die Geschichte absolut wahr ist …« Sein Blick fand den Utes, die ein unschuldiges Gesicht machte. »… und mit Weihnachten zu tun hat. Wer die beste Geschichte erzählt, darf morgen beim Weihnachtsessen am weitesten entfernt von der Freifrau sitzen. Ich fange an.«

Freifrau Sandra von Sonneborn, die Besitzerin des Schlosses, lud am ersten Weihnachtsfeiertag traditionell zu einem gemeinsamen Weihnachtsessen ein. Und die fünf Freunde stritten sich ebenso traditionell darum, wer neben ihr sitzen und sich mit ihr unterhalten musste. Denn die Freifrau hatte ungefähr so viel Humor wie eine Auster, und ihre Lieblingsthemen waren ihre Pferde und die Eskapaden ihres notorisch untreuen Ehemannes Hubert.

Der Professor wollte sich gerade im Sofa aufrichten, als Ute den Kopf schüttelte und ihm ihre schlanke Hand mit den langen Fingern auf die Schulter legte.

»Oh nein, mein Lieber. Nein, nein und nein. Du hast es vorgeschlagen, weil du wahrscheinlich eine deiner Abenteuergeschichten à la ›damals im Dschungel von Borneo‹ parat hast, und wenn du die dann als Erste erzählst, haben wir anderen danach keine Chance mehr, auch nur einen Blumentopf zu gewinnen.«

Ute drückte den Professor sanft, aber bestimmt zurück ins Sofa.

»Ich fange auch nicht an, weil ihr dann wieder alle behauptet, die Geschichte sei eh nur erfunden. Ich brauche noch einen Moment, um mir …«, sie räusperte sich, »… um mich an eine besonders wahre Geschichte zu erinnern.«

Lotte lachte leise und sah dann ihren Mann an.

»Hannes? Eine Geschichte? Eine wahre Weihnachtsgeschichte?«

Aber Hannes war noch immer in seinen eigenen Welten verschwunden und reagierte nicht auf sie.

»Ich habe eine Geschichte.«

Chris Christiansen schwenkte die bernsteinfarbene Flüssigkeit in seinem Glas und räusperte sich.

»Ich habe eine wahre Geschichte. Also eine wirklich wahre Geschichte, keine Räuberpistole wie die, die die anderen immerzu erzählen …«

Ute und der Professor protestierten lautstark, aber Chris winkte ab.

»Wie viele wahre Geschichten ist sie nicht nur besinnlich und friedlich, sondern auch grausam und tragisch. Aber das ist die Geschichte, wegen der wir und viele andere Menschen auf der Welt hier heute sitzen und zusammen essen und trinken, ja auch, oder?«

Für Chris, der sonst eher für eine schnelle, augenzwinkernde Anekdote zu haben war, waren das ungewöhnlich philosophische Gedanken. Viele, die ihn nicht so gut kannten wie Lotte, hielten ihn oft für oberflächlich oder sogar naiv. Er hatte mit

Mitte zwanzig die Rolle des Dr. Himmel in der Fernsehserie *Dem Himmel sei Dank* bekommen und diese über dreißig Jahre lang ausgefüllt. Wenn man jemanden in Deutschland fragte, wie der perfekte Arzt aussehe, würden viele das Gesicht von Chris beschreiben. Und dabei die Titelmelodie der Serie summen. Aber viele vergaßen auch, dass der Arzt eben nur eine Rolle war, die Chris mit Leben gefüllt hatte. Bevor Chris Dr. Himmel geworden war, bevor er überhaupt Chris Christiansen geworden war, denn er hieß mit bürgerlichem Namen schlicht Christian Oelschläger, ein Umstand den wahrscheinlich außer Lotte, Hannes und Ute niemand mehr wusste, hatte er in Hamburg die Schauspielschule besucht und erste vielversprechende Rollen am Theater gehabt. Doch er hatte die Bühnen gegen das Fernsehen eingetauscht. Aber nun erhob er seine Stimme zu einem lauten Donnern, das jeder Bühne gerecht geworden wäre.

»Hannes, du alter Halunke, komm her, ich erzähle eine Geschichte! Du wirst auch darin vorkommen, also bewege deinen knochigen Hintern zu uns an den Kamin und setz dich zu deiner Frau. Bevor ich sie dir ausspanne!«

Hannes sah auf, und Lotte beobachtete, wie er sich mühsam wieder in die Gegenwart kämpfte. Dann lachte ihr Mann laut, und ihr Herz ging auf.

»Keule – das hast du vor fünfzig Jahren nicht geschafft und wirst es auch heute nicht. Lotte hat einfach Geschmack und ist nicht so dumm, auf einen Schmierenkomödianten wie dich hereinzufallen.«

Keule war der Spitzname, den Chris seit seiner Jugend trug. Wie bei so vielen Spitznamen war sein Ursprung mit der Zeit in Vergessenheit geraten. Aber in den letzten Monaten war Chris für Hannes immer öfters wieder zu Keule geworden. Die

Zeit drehte sich für Hannes zurück, und sein Kopf begann, die Gegenwart mehr und mehr zu vergessen. Chris lächelte nur.

»Auch Lotte und Ute werden in der Geschichte vorkommen, wenn auch nur kurz.«

»Ich nicht?«

Der Professor sah mit gespielter Beleidigung auf.

»Nein, Harald, du nicht, denn damals kannten wir dich noch nicht. Meine Geschichte spielt Weihnachten 1971.«

Der Professor legte die Stirn in Falten.

»1971? Ich glaube, da war ich gerade zusammen mit der Uschi in Berlin. Wir hatten ein Haus in Kreuzberg besetzt. Sie hatten uns natürlich Strom und Gas abgedreht. Daher mussten wir uns wohl oder übel aneinander wärmen …«

»Sei still, du alter Revoluzzer. Ich glaube dir eh kein Wort. Außerdem erzähle ich jetzt!«

Chris schaute in die Runde, bis alle still waren.

»Heiligabend 1971: Das Kleeblatt, wie sie uns nannten, war wieder zusammen unterwegs. So wie heute zusammen, nur saßen wir nicht mit weißen Haaren und müden Knochen am Kamin …«

»He!«

Ute strich sich die dunklen Haare, die zu einem akkuraten Pagenkopf geschnitten waren, aus dem Gesicht.

Chris ignorierte sie.

»… sondern standen mit deutlich jüngeren, aber auch deutlich kälteren Knochen vor dem Grünspan und hofften, hineingelassen zu werden.«

Lotte seufzte, als die Erinnerungen auf sie einströmten: der Kiez. Hamburg-St. Pauli bei Nacht. Der Duft des Kaminfeuers, der Tannenzweige und des teuren Brandys wurde innerhalb weniger Augenblicke überlagert von dem Geruch nach Dieselmotoren, Leder, nassen Mänteln, Patschuli, Zigaretten und abgestandenem Bier. Es war dieser Geruch, der sich immer einige Straßen vor der Reeperbahn durchsetzte und die ansonsten vom Wind so sauber gepüsterte Hamburger Luft durchdrang. Auch den Hafen roch man auf St. Pauli – und hörte das Tuten der Schiffe, die Sirenen der Peterwagen, das Klappern der hohen Absätze und die immer wieder auf die Straße gespülten Fetzen von Musik und Gelächter. Die Rufe der Koberer, die vor den Clubs standen und in der Menge nach den richtigen Fischen angelten. Das Kichern der jungen Mädchen, die in ihren kurzen, sehr kurzen Röcken und mit ihrem dicken Lidstrich versuchten, erwachsen auszusehen. Matrosen, denen das Heimweh wie ein schwerer Umhang auf den Schultern lag, hatte es 1971 auf dem Kiez auch noch gegeben. Und sie mittendrin, an der Seite von Hannes, immer an der Seite von Hannes. Vor sich Ute und Chris, die beide mit ihrer Ausstrahlung und Körpergröße kein Problem damit hatten, durch die Menge zu kommen. Chris hatte erst wenige Monate zuvor eine kleine Rolle im damals noch neuen »Tatort« bekommen. Lotte erinnerte sich, dass ihr Freund heimlich hoffte, von irgendjemandem erkannt zu werden.

»1971, Lottchen! Du hattest damals dieses kurze blaue Kleid an, das deine Mutter dir genäht hatte.«

»Ja, und das ich dann heimlich um weitere fünf Zentimeter gekürzt habe.«

Hannes stand nun endlich neben ihrem Sessel, seine Hand warm und fest auf ihrer Schulter und seine Stimme wach und neugierig. Er hatte die Geister der Vergangenheit also für einen Moment abschütteln können.

»Oh ja. Heiligabend 1971 – irgendjemand hat uns erzählt, es würde einen geheimen Auftritt der Kinks geben, und Ute hier wollte unbedingt dorthin.«

Ute lachte.

»Oh, die Kinks! Ja, ich wollte sie unbedingt sehen. Aber sie waren nicht da. Ich habe sie erst Jahre später bei ihrem Auftritt in …«

Sie brach ab und schüttelte den Kopf.

»Diese Geschichte spare ich mir für ein anderes Mal auf. Chris – war das nicht der Abend, an dem du für einige Stunden verschwunden warst und plötzlich nur in Mantel und Unterwäsche und ohne Geld wiederaufgetaucht bist? Du hast nie erzählt, was passiert ist, aber Stein und Bein geschworen, dass es kein Überfall war. Wir haben dich gelöchert, aber du hast geschwiegen wie ein Grab. Ungewöhnlich für dich Plappermaul …«

Hannes lachte.

»Ah, das Weihnachten. Wahrscheinlich war es etwas total Peinliches. Hattest du deine Sachen an irgendeinen Straßenkünstler mit seinen Hütchen verloren? Oder an eine der Damen aus der Herbertstraße?«

Chris schnaubte.

»Ich habe nie …«

Der Professor gluckste in sein mittlerweile leeres Glas.

»Nackt waren wir auch ständig …«

Chris hob die Hand, eine Geste, die einem Bischof auf der Kanzel oder einem Präsidenten alle Ehre gemacht hätte. Immer die große Geste …

»Ich denke, heute ist der Tag, an dem ich es euch erzählen werde …«

Ute beugte sich zum Professor und flüsterte ihm so laut, dass alle es hören konnten, »einmal Schauspieler, immer Schauspieler« ins Ohr. Dafür erntete sie einen bösen Blick von Chris.

»Wollt ihr alle jetzt gefälligst einmal still sein? Ihr seid ja schlimmer als das Publikum im Sonntagsnachmittags-Abo.«

Er räusperte sich erneut.

»Auf jeden Fall wollten wir ins Grünspan und stellten uns in die Reihe der Wartenden. Aber ich hatte vorher das eine oder andere Bier und musste pissen.«

Er machte eine Pause, und Ute sah ihn fragend an.

»Wartest du darauf, dass Lotte oder ich uns über das Wort pissen aufregen? Dafür hättest du die Freifrau gebraucht. Sag es morgen beim Essen dreimal hintereinander zu ihr, und ich schenke dir noch so eine Flasche Brandy.«

Hannes schnaubte amüsiert.

»Für eine solche Flasche Brandy sage ich dir noch ganz andere Sachen, liebe Ute.«

Lotte lachte vor Freude, weil ihr wunderbar frecher und schlagfertiger Mann wieder bei ihr war, laut auf. Wenn auch wahrscheinlich nicht für lange. Aber sie hatte schon vor Wochen beschlossen, sich nicht von dem Gespenst einer möglichen Zukunft die Gegenwart vermiesen zu lassen.

»Ruhe, verdammt noch mal!«

Chris sah jetzt ernsthaft wütend aus.

»Ich musste also, ging ein Stück die Straße runter und bog in einen der Hinterhöfe ab. Nicht die feine Art, aber es war dringend.«

Ute konnte es nicht lassen.

»Wenn das deine Fans wüssten – der unfehlbare Dr. Himmel pisst in einen Hinterhof.«

Der Professor richtete sich auf.

»Ist das jetzt die ganze Geschichte? Wie Chris in einen Hinterhof pisst? Dann will ich mein Eintrittsgeld zurück. Oder mehr Alkohol. Am besten beides.«

Lotte seufzte. Sie kannte Chris schon so lange und sah, dass er mit sich rang. Das, was er jetzt erzählen wollte, war ihm wichtig.

»Seid doch endlich still und lasst Chris seine Geschichte erzählen!«

Wie immer hörte die Truppe auf Lotte.

»Im Hinterhof angekommen, tat ich, was ich tun musste, und wollte gerade wieder gehen, als ich etwas sah. Da lehnte jemand halb bewusstlos an der hinteren Mauer.«

Chris holte tief Luft und sprach dann ungewohnt leise weiter.

»Später, viel später sagte sie mir, ich könne sie Lola nennen.«

»So wie im Song der Kinks? Lola, lololo lo Lola?«

Ein böser Blick Lottes ließ Ute verstummen.

»Sie sah schlimm aus. Das Auge schwoll zu, die Lippe aufgeplatzt, die Strumpfhose und Bluse zerrissen, und vor ihr, da … lag ein Mann auf dem Boden. Er trug eine auffällige rote Lederjacke, ein helles Hemd. Eine dicke Goldkette. Er musste … gestolpert und mit dem Kopf auf das Pflaster geschlagen sein. Seine Augen waren offen und starr. Ich suchte seinen Puls, wusste aber schon vorher, dass es vergeblich sein würde. Lola hatte sich mittlerweile aufgerappelt. Sie drückte sich mit dem Rücken an die Wand und sah mich einfach nur an. Ich habe noch nie zuvor so viel Angst gesehen. Von der Straße war Gelächter zu hören, ab und zu eine Sirene, Musik, aber in der Gasse war es still. Als ich auf sie zuging, langsam, sagte sie zum ersten Mal etwas. ›Geh, hau ab. Es ist gefährlich. Sie suchen ihn sicher schon …‹ Sie versuchte, sich ganz aufzurichten, und ich konnte hören, wie sie dabei vor Schmerz die Luft anhielt. Der Kerl musste ihr die Rippen gebrochen haben. Sie war groß, noch größer als ich. Ich blieb stehen und sagte ihr, dass ich einen Arzt rufen könnte. Aber sie wurde wieder panisch. Keine

Polizei. Kein Arzt. Ich sollte sie einfach alleine lassen und gehen. So tun, als hätte ich nichts gesehen, als sei nichts passiert. Das sei das Beste. Ich wüsste ja gar nicht, worauf ich mich einlasse.«

Lotte, die bei der Beschreibung des Toten aufgeschaut hatte, unterbrach Chris.

»Aber du wusstest es ganz genau, oder? Du hast den Toten erkannt?«

Denn bei ihr waren bei Chris' Beschreibung auch nach über fünfzig Jahren noch alle Alarmglocken angegangen. Chris richtete sich auf und nickte ihr zu.

»Ja, ich hatte den Mann mit seiner roten Lederjacke erkannt und wusste, dass Lola in Schwierigkeiten steckte. Jeder, der auf dem Kiez unterwegs war oder die *Hamburger Morgenpost* las, kannte sein Gesicht. Mustang-Jonny, Kiezgröße, Lude, berüchtigter Schläger und Anführer einer der mächtigsten Banden auf St. Pauli. Wenn er gefunden worden wäre – und einige Leute hatten gesehen, wie er mit Lola weggegangen war … sie wäre nirgends mehr sicher gewesen. Ich wusste nicht, was ich tun sollte. Die Polizei war keine Möglichkeit, da wäre sie damals vom Regen in die Traufe gekommen. Aber sie brauchte einen Arzt, und wir konnten den Mann ja nicht im Hinterhof liegen lassen. Sie hatten ihn mit Lola zusammen gesehen, wenn seine Freunde eins und eins zusammenzählten, würden sie nicht lange fackeln. Wir mussten seine Leiche wegschaffen, weit genug weg, damit keiner eine Verbindung zu Lola herstellen würde. Am besten wäre, wenn wir ihn in die Elbe werfen könnten. Mit Glück würden Ebbe und Flut noch ein wenig mit der Leiche spielen und Lola Zeit verschaffen, zu verschwinden. Aber wie sollten wir eine Leiche von 90 Kilo quer über den Kiez bis ans Wasser schaffen? Die Straßen waren voller Leute; Lolas

Auge schwoll zu, und Mustang-Jonny war bekannt wie ein bunter Hund.«

Chris starrte ins Feuer. Im Raum war es mucksmäuschenstill, Ute hatte die Hand des Professors gegriffen, Lotte lehnte sich gegen Hannes.

»Wie habt ihr es geschafft, Chris?«

»Ich hatte eine Idee. Kennt ihr *Immer Ärger mit Harvey*?«

Der Professor zuckte mit den Schultern, und auch Lotte wusste nicht, was Chris meinte. Nur Ute, deren Leidenschaft für Filme der Fünfziger- und Sechzigerjahre riesig war, machte große Augen.

»Ihr habt doch nicht etwa …?«

»Es war nicht schön, aber es war das Einzige, was mir einfiel, um Lola zu helfen. Sie war groß genug. Sie zog sich aus und ich den Mann. In der Ecke hatte ich eine Schubkarre gesehen. Ich zog dem Mann Lolas Klamotten über, so gut ich es schaffte. Lola holte einen Lippenstift aus ihrer Handtasche und malte ihm rote Lippen. Und dann zog sie ihre Perücke vom Kopf. Darunter hatte sie dunkle, kurze Haare. Wir setzten ihm die Perücke auf. Sie verdeckte die Wunde und einen Teil seines Gesichts. Eine leere Schnapsflasche, die wir ihm in die Hand drückten, war im Hinterhof schnell zu finden. Lola sollte dann seine Sachen anziehen, aber ich konnte sehen, wie sehr sie das anekelte. Also tauschten wir auch. Ich gab ihr meine Hose und mein Hemd, schlüpfte in seine Sachen. Die Lederjacke, Jonnys Markenzeichen, schoben wir unter ihn in die Schubkarre. Sie wäre zu auffällig gewesen. Seine Schuhe passten mir, Lola konnte in meinen Stiefeln gerade so laufen. Ihm zogen wir ihre hohen Glitzerstiefel mühsam über. Ihr Gesicht sah schlimm aus. Sie wischte es notdürftig sauber und setzte dann meine Sonnenbrille auf, um die Schwellung am Auge zu verbergen.

Zum Glück waren damals diese Fliegerbrillen modern, und die Hälfte aller Typen auf dem Kiez hatten auch nachts ihre Sonnenbrille auf. Es war eben 1971. Ich holte tief Luft. Dann schoben wir den Toten in Lolas Klamotten laut singend in der Schubkarre aus der Gasse. Die Leute lachten, als sie uns sahen. Zwei betrunkene Männer, die einen sturzbetrunkenen, halb nackten Freund, der sich als Frau verkleidet hatte, durch die Gassen schoben. Nichts Ungewöhnliches. Wahrscheinlich die letzten Überbleibsel eines Junggesellenabschieds. Schließlich waren wir auf St. Pauli, in der Nacht vor Weihnachten. Wir waren wirklich nicht das Auffälligste, was die Leute an jenem Abend zu sehen bekamen. Alle sahen uns, aber keiner sah uns genauer an. Auch später hat wohl niemand einen Gedanken an die drei betrunkenen Kerle verschwendet.«

Der Professor nickte.

»Poes Brief.«

»Was?«

»Eine Geschichte von Edgar Allen Poe. Es geht darum, dass manchmal das am besten versteckt ist, was sich am wenigsten versteckt. Wärt ihr geschlichen, wärt ihr möglichst unauffällig vorgegangen, hätten die Leute euch gesehen und sich eure Gesichter gemerkt. So wart ihr einfach ein verrücktes Trio unter unzähligen, die den Kiez an dem Abend unsicher gemacht haben.«

»Genau das hatte ich gehofft. Wir haben die Schubkarre an den Rand des Hafenbeckens geschoben. Bis hinter Harrys Hafenbasar. Da war es dunkel, und der Wind pfiff die Elbe hinauf. Ostwind. Wir hatten Angst, dass uns jemand sehen würde, wie wir die Schubkarre an die Kaimauer schoben. Aber das Glück war mit uns. Es fiel plötzlich Schnee, und alles war in dieses weiße Rauschen getaucht. Die Geräusche waren seltsam verzerrt. Das Wasser, das an die Kaimauern schlug, klang dumpf zu uns herauf. Lola und ich schoben die Schubkarre mit Kraft an und ließen den Kerl in die Elbe fallen. In die Lederjacke wickelten wir mehrere Pflastersteine, damit sie unterging und unten blieb. Ich war mittlerweile sehr durchgefroren, und wir mussten weg. Die Schubkarre stellte ich an einer Baustelle ab. Die würden sich freuen und sicherlich nicht nach dem Besitzer fragen. Aber es war klar, dass Lola schnell so weit wie möglich wegmusste. Für mich war es am besten, wieder zu meinen Freunden zu gehen und ihnen eine abenteuerliche Geschichte darüber zu erzählen, wie ich meinen Mantel und meine Geldbörse verloren hatte.«

»Du hast uns aber nie eine Geschichte erzählt, du hast nur geschwiegen.«

»Weil die Geschichten, die ihr euch für mich ausgedacht habt, um Längen besser waren als alles, was ich mir hätte ausdenken können. Indem ich schwieg, brachte ich euch dazu, immer schrägere Geschichten zu erfinden, und eine wahre Geschichte versteckt man am besten so wie Poe diesen Brief.«

»Inmitten vieler erfundener Geschichten, oder?«

»Da Lola meine Sachen anhatte und wir etwa gleich groß waren, gab ich ihr meinen Ausweis, mein Geld und meine Autoschlüssel. Sie hatte Freunde in Amsterdam und wollte so schnell wie möglich über die Grenze, um dort dann zum Arzt zu gehen.«

»Deine Autoschlüssel? Für den Wagen, den du von deiner ersten Fernsehgage gekauft hast? Du hast das Auto geliebt. Uns hast du damals erzählt, du hättest es verkauft, um deine Schulden zu bezahlen.«

Alle sahen Chris an, der nur mit den Schultern zuckte.

»Ich bin halt ein guter Schauspieler.«

Ute beugte sich vor.

»Wie ging es weiter?«

»Die Elbe war uns wohlgesonnen und hat ihn für ganze vier Tage vor der Welt verborgen. Schlussendlich ging man von einem Unfall aus. Er sei betrunken in die Elbe gestürzt. Geglaubt hat's wohl keiner, aber niemand wollte den Ärger haben. Seine Leute schienen selbst gar nicht so unglücklich zu sein, dass ihr Boss nicht mehr da war.«

Lotte nickte.

»Ja. Ich erinnere mich. Es gab Schlagzeilen. *Jonnys letzte Reise.*«

Es wurde leise im Raum. Lotte betrachtete ihre Freunde. Wie jung und naiv sie alle damals gewesen waren. St. Pauli und der Kiez bedeuteten für sie eine Menge Spaß, Feiern, Konzerte. Was alles noch dazugehörte an Gewalt und Verbrechen, hatten sie zwar irgendwie gewusst, aber ausgeblendet. Wie oft waren sie nach dieser Nacht noch zusammen die Straßen St. Paulis entlanggezogen? Die Große Freiheit hinauf, den Hamburger Berg hinab? Irgendwann war Ute nach Wiesbaden gezogen, Chris hatte seine Rolle als Dr. Himmel angenommen, und Hannes und sie hatten geheiratet und ihr erstes Geschäft aufgebaut.

Im Feuer sprang ein großes Holzscheit auseinander, und das Geräusch riss sie und die anderen aus ihren Gedanken.

Chris räusperte sich und holte ein abgegriffenes Foto aus seiner Geldbörse.

»Das ist Lola. Sie hat es geschafft und lebt mittlerweile seit gut dreißig Jahren in New York. Sie schreibt mir jedes Weihnachten eine Karte.« Auf dem Bild war eine Frau in einem eleganten blauen Kostüm zu sehen, die vor einem Kamin stand, an dem mehrere Weihnachtsstrümpfe hingen. Neben ihr stand ein groß gewachsener Mann mit dunklen Haaren, die von grauen Strähnen durchzogen waren. Beide lächelten in die Kamera.

Der Professor, dessen Augen verdächtig schimmerten, hob sein Glas.

»Auf Lola und auf Chris – der schon immer eine gute Inszenierung zu schätzen wusste.«

Etwas später, als die anderen damit beschäftigt waren, dem mittlerweile ziemlich beschwipsten Professor Poker beizubringen, setzte sich Lotte neben Chris auf das Sofa und lehnte sich an ihn.

»Das war damals das Richtige, Chris.«

»War es das?«

Lotte nickte. Sie erinnerte sich daran, dass Chris zwar wirklich ohne Hemd und Hose, nur in seinen Mantel gehüllt wiedergekommen war, aber auch an die Abschürfungen an seinem rechten Handknöchel. Von alleine war Mustang-Jonny nicht zu Boden gegangen.

»Ja.«

Sie griff nach jener Hand, die jetzt von Altersflecken und Falten überzogen war, hob sie an und küsste sie sanft.

# 8. Gefrierbrand am Deich

Anja Goerz

Es war einer dieser frostigen Dezembermorgen in Nordfriesland, an denen einem der Wind an der Küste die Tränen ins Gesicht trieb. Das Grau hing wie ein verwaschenes Laken über dem Deich, es regnete nicht richtig, war aber auch nicht trocken. Wetter in Nordfriesland eben.

Dorfpolizistin Senna Hansen wischte sich die Feuchtigkeit mit dem Jackenärmel aus dem Gesicht und sehnte sich, wie an jedem einzelnen Morgen seit Anfang November, nach einem Job auf den Malediven oder jedenfalls den Kanaren. Sie konnte den Wind nicht ausstehen und die Kälte erst recht nicht.

Natürlich war der Anruf gekommen, als sie sich gerade mit einem frisch aufgebrühten schwarzen Kaffee gemütlich an den Schreibtisch setzen wollte, um ein paar Weihnachtskarten zu schreiben.

Jeder Schritt auf dem weiß gefrorenen Gras des Deiches knirschte, die Horizontlinie verschwamm mit Himmel und Meer, Fifty Shades of Grey, nur ohne sexy zu sein.

Die Nordsee hatte auch keine Lust auf Winter und war irgendwo weit dahinten am Ende der Welt oder kurz vor Föhr und Amrum.

Sowohl das dunkelgraue Watt als auch der nackte Leichnam

und sein strahlend weißer Hintern, der bereits von Weitem auf dem Deich erkennbar war, zahlten auf Sennas Schlechte-Laune-Konto ein.

»Jo, dor lecht he, ik heft em glix sehn, as ik mi dor boven in min Gaststuv an de Fenster stellt har.« Für einen Nordfriesen war er … Wie hieß er noch? Senna überlegte. Sören, Sönke? Egal, irgendwas mit S jedenfalls und dann Ingwersen, und dieser S. Ingwersen war ganz schön gesprächig für einen, der hier geboren und aufgewachsen war. Er hatte sie um ihre gemütliche Kaffeestunde gebracht.

Ein toter Mann auf dem Deich, hatte er am Telefon gesagt. Nackt, hatte er gesagt. Ohne Blut oder so, hatte er auch gesagt.

Nun standen sie hier in der Eiseskälte, der Eigentümer des Strandhotels, dem dieser nackte Kerl die Aussicht verdorben hatte beim Blick aus dem Fenster seiner Gaststube, und sie selbst in einer viel zu dünnen Uniform. »Kennen Sie den denn?«

»Ob ik em dor kennen do?«

Senna war zwar in Nordfriesland aufgewachsen, aber nach dem Abi weggegangen und erst kürzlich, nach vielen Jahren, nach Hause zurückgekommen.

Plattdeutsch beherrschte sie einigermaßen, auf jeden Fall genug, um zu verstehen, dass der dicke, große Mann in kurzen Hosen und Norwegerpulli ihre Frage einfach wiederholt hatte. Kurze Hosen im Dezember, die Menschen hier hatten so gar kein Kälteempfinden.

S. wie auch immer Ingwersen scannte den leblosen Körper von oben bis unten, ging leicht in die Knie, um einen Blick ins Gesicht des Toten zu werfen, stöhnte, räusperte sich.

»Nicht anfassen!« Senna versuchte, ihre Arbeit zu machen, konnte sich aber nicht richtig konzentrieren, weil ihre Zähne so klapperten.

Der Mann war splitterfasernackt. Er war vermutlich irgendwo zwischen Mitte vierzig und Mitte fünfzig, eher unsportlich. Nur eine Vermutung, aber die teigigen Ränder um seine Körpermitte erzählten eher von Nächten in der Kneipe als von Marathon oder Radrennen.

Die Haut des Toten war so weiß, dass sie leicht bläulich schimmerte. Unterhalb des rechten Schulterblatts ein kleiner Leberfleck. Keine sichtbaren Verletzungen, Tätowierungen oder andere sogenannte »unverwechselbaren Merkmale«. Die noch vorhandenen blonden Haare lockten sich in einem engelsgleichen Kranz auf Höhe der Ohren um den Kopf, den er auf einem Unterarm abgelegt hatte, als würde er einfach nur ein Nickerchen machen. Seine Augen starrten ins Nichts, die rote, dicke Nase erzählte die Fortsetzung der Kneipengeschichte, die am Bauch begonnen hatte. Senna beugte sich vor, schnüffelte, aber es lagen weder Bittermandelaroma, das auf Gift hingedeutet hätte, noch Rauch in der Luft. Sie richtete sich wieder auf und schaute sich auf dem Deich um.

Kein Kleidungsstück weit und breit. Auch kein Brief, in dem so etwas stand wie: Sorry, bin mal eben erfroren.

Senna seufzte und warf ihrem Gegenüber einen auffordernden Blick zu.

S. Ingwersen stand leicht vorgebeugt, die kräftigen Hände auf die Oberschenkel gestützt. Schwer atmend reckte er sich zu ganzer Größe auf. Er schob seine Pudelmütze ein Stück aus der Stirn und sagte: »Jo.«

»Jo was?«

Der Typ nickte, schob seine Hände in die Taschen der kurzen Arbeitshose.

»Jo«, wiederholte er.

»Also, Sie kennen den? Können Sie mir dann bitte sagen, um wen es sich handelt?«

»Dat is Manni.«

»Manni? Manni wer?«

Diese friesische Einsilbigkeit würde sie irgendwann in nicht allzu ferner Zukunft wahrscheinlich noch dazu bringen, so richtig zu explodieren.

Senna hielt sich eigentlich für nervlich relativ stabil, aber zu dieser Einschätzung war sie gekommen, bevor sie hier als Dorfpolizistin jeden Tag aufs Neue Menschen jede noch so kleine Information buchstäblich aus der Nase ziehen musste.

»Manfred heet he.« S. Ingwersen sah irgendwie traurig aus, wie er da so stand, den Blick Richtung Horizont gerichtet, unter seiner Nase sammelte sich ein Tropfen.

»Manfred und weiter?« Trotz seiner sichtbaren Betroffenheit fiel es Senna schwer, freundlich zu bleiben, und das verstand offenbar auch dieser sture Friese.

»Manfred Jappsen, de Wirt vun de Dörpskrog is dat.«

»Also der Besitzer des Dorfkrugs, und der ist hier wegen einer kleinen Weihnachtsfeier? Oder was?« Senna deutete auf den menschenleeren Deich. »Da macht der Manni hier kurz vor Weihnachten eine Party und ist so festlich drauf, dass er sich nackt auszieht und so lange tanzt, bis er tot zusammenbricht? Fehlt ja nur noch jemand, der ihm eine Kerze zwischen die Pobacken klemmt und ›Kling Glöckchen‹ singt, oder?«

Ingwersen sah sich nervös um. Er hatte weder eine Antwort, noch wusste er mit Sennas Ausbruch umzugehen.

»Vielleicht sollten wir Manni erst mal eine Hose besorgen, oder jedenfalls eine Decke, noch besser eine große Folie, denn wenn ich das richtig einschätze, wird's nicht mehr lange dauern, bis das örtliche Klatschblatt hier auftaucht. Ich nehme an, den schnellen Didi haben Sie gleich nach mir angerufen?«

Jetzt wurde der Mann im Norwegerpulli blass, der Tropfen unter der Nase verschwand durch einen schnellen Wischer mit dem Unterarm irgendwo in der Pulloverwolle.

Senna kannte die Leute hier, und die kannten sich alle untereinander. Dieter Reusse, einziger Mann der örtlichen Tageszeitung, traf regelmäßig kurz nach ihr am Ort des jeweiligen Geschehens ein. Der hatte überall seine Informanten sitzen.

»Ihr Freund Manni hier hätte sicher ein Problem damit, als *Der eiskalte Hintern vom Deich* im *Tageblatt* zu landen, oder? Vielleicht bewegen Sie also endlich mal Ihren Hintern und holen was zum Zudecken.«

Ingwersen kratzte sich am Kopf, nickte dann und stapfte wortlos in Richtung seines Hotels davon, sehr darum bemüht, nicht noch einen Blick auf die Leiche zu werfen.

Senna ging wieder in die Knie und betrachtete den Toten aus der Nähe.

Was war mit dem Mann passiert?

Wo waren seine Sachen?

Unterkühlung wäre eine Möglichkeit, dachte sie. Aber wer stirbt denn mitten im Winter am Deich an Erfrieren, ohne dass ihm jemand die Jacke leiht? Der Kerl hätte doch mindestens sein Handy dabeihaben müssen, um jemandem mitzuteilen, dass ihm kalt ist, wenn er aus irgendeinem Grund hier nicht wegkonnte. Andererseits sahen seine Beine komplett in Ordnung aus. Also wieso sollte er nicht einfach die paar Meter bis zum Hotel weitergehen und sich da ins Warme retten?

Sennas Füße fühlten sich inzwischen wie Eisblöcke an. Sie zog das Handy aus der Tasche und machte einige Aufnahmen.

Bis die Kollegen der Spurensicherung aus Flensburg hier einträfen, würde es noch dauern. Sie musste einen Teil des Deiches absperren, ein paar Leute zur Unterstützung anfordern, den Bestatter anrufen.

»Vielleicht war's Selbstmord?« Ingwersen war schneller zurück, als sie gedacht hatte, überraschte sie nicht nur mit seinem Satz auf Hochdeutsch, sondern auch mit einem Arm voller Decken und Plastikfolie, die er ein paar Meter neben der Leiche fallen ließ. Aus der Hosentasche zog er eine Handvoll Bodenheringe, wie man sie auch zum Zeltaufbau nutzte.

»Wie kommen Sie auf Selbstmord?«

»Gerüchte. Im Ort wird geredet. Hat Schulden gehabt. Läuft ja nicht mehr so in der Kneipe. Leute gehen nicht mehr aus. Alles so teuer geworden.«

»Ach, sicher. Ein Mann, der sich ausgerechnet hier ...«, Senna malte mit den Armen einen großen Kreis um das Szenario, »... umbringt? Keine Klamotten – und das bei dem Wetter. Ja, möglich, vielleicht wollte er auf dem Deich liegen und in den klaren Sternenhimmel gucken, mal sehen, ob er den Weihnachtsstern findet, während er langsam einschläft und nie wieder aufwacht? Aber dann dreht er sich im letzten Moment doch noch auf den Bauch, weil es sich so gemütlicher stirbt? Nee, Ingwersen, das hier ist kein Ort, den man sich aussucht, wenn man Schluss machen will, und erfrieren ist sicher auch nicht das Mittel der Wahl, wenn jemand seinem Leben ein Ende setzen will.«

Ingwersen zuckte mit den Schultern und deutete wortlos auf den mitgebrachten Haufen Stoff und Plastik.

»Wir nehmen die Folie. Fassen Sie mal mit an.«

Es dauerte nur wenige Minuten, die grüne Hülle, die sonst

Gartenmöbel vor Schnee und Eis schützte, über den nackten Manni zu ziehen. Fachmännisch, fast liebevoll, befestigte Ingwersen die Folie mit den Heringen, sodass der Wind Mühe hatte, überhaupt Bewegung in das Bild zu bringen.

Senna allerdings brannte sich dieses surreale Szenario fest ins Hirn ein.

Zwei Tage später saß Senna in der einbrechenden Dunkelheit in ihrem kleinen Büro und starrte auf den Ausdruck des Autopsieberichtes. »Unterkühlung, ja. Und sonst? Nada.« Es müssten weitere Tests erfolgen, bevor Vergiftung und Herzinfarkt als Todesursache gänzlich ausgeschlossen werden könnten, stand da. Sie hatte überhaupt nichts Auffälliges in den vorliegenden Informationen über den Toten gefunden. Manfred Jappsen war 44 Jahre alt geworden, nie verheiratet gewesen, keine Kinder. Seine einzige Schwester lebte in Süddeutschland und hatte die Todesnachricht »zur Kenntnis genommen«. Das jedenfalls war wörtlich ihr Kommentar gewesen, als Senna sie angerufen hatte.

Karin, die gleichzeitig Sekretärin und Mädchen für alles in der kleinen Polizeistation war, reichte Senna einen Becher Kaffee. »Hier am Schreibtisch wirst du nicht herausfinden, was passiert ist, das ist dir doch klar?«

»Sondern? Soll ich in die Rechtsmedizin fahren und selbst mal ein paar Proben unters Mikroskop legen?« Sie verbrannte sich die Zunge am kochend heißen Kaffee. »Vielleicht ist er einfach nur krank gewesen, irgendetwas, das die bei der rechtsmedizinischen Untersuchung noch nicht entdeckt haben. Angeblich war sein Herz nicht das stärkste, ein Herzinfarkt ist also noch nicht ausgeschlossen worden.« Aber Senna spürte, dass sie daran selbst nicht glauben konnte. Irgendetwas störte sie an der ganzen Geschichte. Es geht ja niemand im Winter nackt an den Deich und bekommt dann eine Herzattacke.

»Du musst in den Dorfkrug, da reden sie ganz sicher über nichts anderes.«

»Da ist offen?« Beim Dorfkrug handelte es sich um die angeblich verschuldete Kneipe des Toten mit dem eiskalten Hintern, die einzige Gaststätte im Ort.

Karin nickte. »Um an Manni zu erinnern, haben Oke von der Bäckerei und ein paar seiner Skatbrüder gestern Abend aufgemacht. Mit dem Geld für die Getränke wollen sie die Beerdigung finanzieren. Seine Schwester hat offenbar sehr deutlich gemacht, dass sie nicht dafür aufkommen wird.«

Der Kaffee war Senna sowieso zu heiß, also schob sie die Papiere zu einem Stapel zusammen und griff nach ihrer Jacke. »Kommst du mit?«

»Auf keinen Fall.« Karin lachte. »Erstens habe ich noch zu tun, und zweitens habe ich keine Lust auf Oke und seine Kumpane.« Sie warf Senna einen prüfenden Blick zu. »Ich würde an deiner Stelle die Uniformjacke gegen was Flotteres austauschen, dann wird's leichter, ins Gespräch zu kommen. Vertrau mir.«

Die Gaststätte lag, wie so viele Dorfkneipen, zwischen der Kirche und dem kleinen Laden, in dem man alles für den täglichen Gebrauch einkaufen konnte. In der hereinbrechenden Dämmerung sah das gelbliche Licht, das aus den Sprossenfenstern des Reetdachhauses auf das Kopfsteinpflaster fiel, recht einladend aus. Trotzdem wäre Senna am liebsten gleich wieder gegangen, als sie die Tür öffnete. Schon am Eingang war deutlich das Brummen dessen zu hören, was Karin gern als Schnapsgequatsche bezeichnete. Und es lag sofort der typische Geruch von altem Holz und Bier in der Luft, garniert mit dem leichten Hauch eines kräftigen Reinigungsmittels und einer rauchigen Note.

Ein paar Männer hockten an einem Tisch rechts von der Bar, redeten aufeinander ein, ihre Gesichter rötlich von der Hitze und dem Alkohol.

Der Kerl, der heute den Wirt spielte, war ein kleiner, gedrungener Mann mit einem Bart, der an den Almöhi aus *Heidi* erinnerte. Senna glaubte, ihn schon einmal in der Poststelle gesehen zu haben. Er war gerade dabei, ein Glas zu polieren, hielt aber inne, als Senna eintrat.

»Was kann ich für dich tun?«

»Ich nehme ein Bier, bitte.«

Der Dicke polierte in Ruhe den Bierkrug fertig, hielt ihn prüfend gegen das Licht, bevor er ihn unter den Zapfhahn stellte. Dabei schaute er Senna mit einer irritierenden Intensität in die Augen.

»Zehn Euro«, sagte er und stellte den Krug mit einer prächtigen Schaumkrone und einen Schnaps vor ihr auf den Tresen. »Wir haben die Preise erhöht, sammeln für die Beerdigung von Manni.«

Senna nickte und legte einen Zwanziger auf den Tresen. »Stimmt so.«

»Was willst du hier?« Einer der rotgesichtigen Kerle mit Schnauzer, Piratenohrring und langem grauem Bart, der mit einem Zopfgummi zusammengebunden war, stellte sich neben Senna, das Gespräch am Tisch war verstummt, alle Aufmerksamkeit richtete sich auf die Dorfpolizistin und die beiden Männer am Tresen.

Senna trank einen kräftigen Schluck aus ihrem Glas und versuchte, sich ihre Nervosität nicht anmerken zu lassen. »Ich dachte, ich kann vielleicht ein bisschen mehr darüber erfahren, was für ein Mensch Manfred war. Wer seine Freunde waren, was ihn beschäftigt hat, ob es im Bereich des Möglichen liegt, dass er Suizid begangen hat.«

»Sui…was?« Der Dicke polierte wieder Gläser, starrte sie aber weiter an.

»Selbstmord, meint sie.« Ein dürrer, langer Kerl mit Glatze stellte sich auf die andere Seite neben Senna.

»Selbstmord? Manni? Nie im Leben.« Zopfbart schüttelte heftig den Kopf. »Den habe ich selten so gut gelaunt erlebt wie in den vergangenen Wochen. Wenn ich das nicht besser wüsste, würde ich sagen, der war verliebt.«

Großes Gelächter links und hinter dem Tresen sowie am Tisch bei den verbliebenen Kumpanen.

»Was ist daran so komisch?«, traute sich Senna zu fragen.

Der Postbote, der heute den Wirt spielte, legte das Poliertuch zur Seite. »Wenn deine Kollegen keine Plastikpuppe in Mannis Nachlass gefunden haben, dann frage ich mich, wer diese große neue Liebe wohl sein soll.«

»Verstehe ich nicht.«

»Kann ich dir erklären, min Deern.« Der Dürre trat einen Schritt näher an Senna heran. Er roch unangenehm nach Wäsche, die feucht in den Schrank gelegt worden war, vielleicht war es auch ein nasser Hund, der sich an ihm gerieben hatte. »Manni war ab mittags bis tief in die Nacht hier hinterm Tresen. Morgens ist er manchmal nach Flensburg in den Großmarkt gefahren, hat Bürokram erledigt oder sich mit Sievert auf einen Kaffee getroffen. Die beiden kannten sich schon seit der Grundschule.«

Sievert. Natürlich. Sievert Ingwersen hieß der Typ vom Hotel am Deich.

Der Dürre war noch nicht fertig mit seinem Vortrag. »Was ich damit sagen will: Manni war eigentlich immer hier. Wenn der 'ne Frau kennengelernt hätte, dann wär die ja wohl irgendwann mal aufgetaucht.«

Zopfbart brummte zustimmend, orderte Kurze für die gesamte Runde und hob sein Glas, als alle versorgt waren. Sein »Auf Manni« echote aus allen Ecken, und Senna kippte mit Schwung den scharfen Schnaps herunter.

Als sie wenig später das Lokal wieder verließ, musste Senna sich einen Moment am Türrahmen abstützen, als ihr die klirrende Kälte ins Gesicht schlug. Ein positiver Nebeneffekt der Temperatur war, dass sie schlagartig wieder nüchtern war. Trotzdem geriet sie leicht ins Schwanken, als sie ihre Taschen nach dem klingelnden Handy abtastete.

»Ja, hallo?«

»Hier ist Karin. Wo steckst du denn?«

»Ich komme gerade aus der Kneipe. Frag nicht.«

Karin lachte, und Senna hörte im Hintergrund die vertraute Geräuschkulisse ihrer Dienststelle. Das Knacken des Funks, das Radio, das leise Weihnachtslieder plärrte, das Röcheln der alten Kaffeemaschine, die gerade die letzten Tropfen Wasser in den Filter spuckte. »Wolltest du nicht Feierabend machen? Wieso kochst du noch mal Kaffee?«

»Senna, ich denke, das solltest du wissen.« Karin machte eine drastische Pause, blätterte in Papieren. »Warte, ich hab's gleich. Ich habe mir die Unterlagen zu dem Toten am Deich noch mal angesehen, von vorne bis hinten und zurück, und dabei ist mir was aufgefallen.«

»Es ist hier arschkalt, Karin, ich wäre nicht böse, wenn's ein bisschen schneller geht.«

»Da! Also, du weißt ja, dass ich erst hierhergezogen bin, als mein Mann zurück nach Nordfriesland wollte, kurz nach der Geburt unserer Tochter.«

»Karin, ich friere. Sag, was du sagen willst.«

»Ich habe mir alte Bilder angesehen. Manfred Jappsen war ein wirklich attraktiver Mann früher.«

»Wird das hier jetzt ein Gespräch über Männer, die sich gehen lassen, wenn sie erst eine Frau an Land gezogen haben? Wenn es länger dauert, dann gehe ich lieber wieder rein in den Dorfkrug.«

»Nein, warte!« Karin wurde laut. Ein Zeichen dafür, dass sie etwas wirklich Wichtiges zu berichten hatte.

»Erinnerst du dich an die persönlichen Infos? Der Mann war 44 Jahre alt, hatte keine Kinder und war nie verheiratet. Es gibt nicht die Spur einer Beziehung in seinem Leben. Wie kann es sein, dass jemand, der aussieht wie der junge George Clooney, nie eine Freundin hatte?«

»Woher willst du das wissen?«

»Glaub mir, das wüsste ich!«, versicherte Karin bestimmt. »Du glaubst doch nicht, dass jemand hier aus dem Dorf, noch dazu jemand, der selbstständig ist und in der Öffentlichkeit steht, sich unbeobachtet mit einer Frau treffen kann? Das, liebe Senna, ist in etwa so wahrscheinlich wie die These, dass der Weihnachtsmann eine Affäre mit dem Osterhasen hat.«

»Aber die freundlichen jungen Herren hier in der Kneipe, die haben mir gerade berichtet, dass sich offenbar das Liebesleben des Herrn J. gerade in jüngster Zeit deutlich verbessert haben soll.«

Am anderen Ende der Leitung waren Schritte zu hören, zufallende Schranktüren, das Klappern von Porzellan. »Aber das ist es ja gerade, genau darüber wollte ich mit dir reden. Hätte mir denken können, dass du schon von alleine draufgekommen bist.« Während im Büro Kaffee in einen Becher gegossen wurde, schlossen sich in Sennas Hirn verschiedene Informationen zu einem Geistesblitz zusammen.

»Danke, Karin, ich melde mich wieder.« Plötzlich war ihr gar nicht mehr kalt.

Das Hotel am Deich lag, wenig überraschend, oben auf dem grasbewachsenen Damm, der das Landesinnere vor Sturmfluten schützen sollte. Aus den oberen Zimmern hatte man nach hinten heraus Blick auf die Deichwiesen, Großparkplätze und den Ort. Aus den vorderen Fenstern konnte man bei guter Sicht die Halligen und die Nordfriesischen Inseln sehen, die, mal mehr, mal weniger Raum einnehmend, am Horizont aufgereiht waren. In diese Richtung lag auch die Gaststube, früher einmal Restaurant, inzwischen nur noch Frühstücksraum für die Gäste des Hotels. Wohl deshalb war es jetzt am Abend auch nur wenig wärmer als draußen in dem großen Raum. Senna fragte sich, wer hier seinen Urlaub verbringen wollte. Es sei denn, man liebte die Ursprünglichkeit der Landschaft, die raue Nordsee.

Das Hotel hatte schon deutlich bessere Zeiten gesehen. Die Tische und Stühle, braunes Holz und wild gemusterte Samt-Sitzflächen in Auberginetönen, stammten vermutlich noch aus dem Eröffnungsjahr in den Siebzigern. Düstere Sturmlandschaften in Öl und das grelle Neonlicht machten den Raum auch nicht gerade gemütlicher, und ein gelblicher Wasserfleck an der Ecke über dem Eingang gab dem Eindruck den Rest.

Sievert Ingwersen trug wieder die Shorts und dazu ein buntes Hemd aus Seide mit einem bunten Paisleymuster. Senna spürte Bier und Schnaps wieder, als sie auf die wilden, grellen Farben starrte. Sie saßen sich gegenüber an einem der Tische, die bereits fürs Frühstück eingedeckt waren.

Sievert machte einen deutlich schlechteren Eindruck als noch vor zwei Tagen. Dunkle Schatten unter den Augen, der Dreitagebart sah nicht gewollt aus, und bei genauerem Hinsehen hatte das Hemd rechts unter dem Kragen einen großen Fleck.

Senna hatte dem Hotelbesitzer von der Theorie der Männer in der Dorfkneipe berichtet und wartete auf seine Antwort. Sieverts Augen irrlichterten durch den Raum, als suche er nach einer Antwort. Schließlich wandte er sich ihr zu: »Wie kommen Sie darauf, dass ich wissen könnte, ob Manni eine Freundin hatte?«

»Das ist sehr einfach, Herr Ingwersen, Sie sind offenbar der einzige richtige Freund, den Ihr Manni hatte. Jedenfalls der einzige Mensch hier im Ort, mit dem er sich regelmäßig getroffen hat, wenn man mal von den Kneipenbesuchern absieht.«

Ingwersen schluckte und schob sich vom Stuhl. »Möchten Sie etwas trinken?«

»Auf keinen Fall.«

Ingwersen nickte, drehte ihr weiterhin den Rücken zu und stellte sich mit dem Gesicht zum Fenster.

»Es gibt ein paar Dinge, die mir erst nicht aufgefallen sind, die aber einen Sinn ergeben, wenn man sie in Zusammenhang bringt.« Der Rücken bewegte sich nicht. »Zum einen, wie traurig Sie waren, als wir uns vor zwei Tagen am Deich gesehen haben, aber da war auch noch so eine Abgeklärtheit. Wie selbstverständlich haben Sie auf den nackten Manni geguckt. Dieser nackte Körper war für Sie selbstverständlich.«

Ingwersens Züge spiegelten sich in der Scheibe. Er wischte sich mit der Hand über die Augen, als Senna sich ans andere Fenster stellte.

»Sie haben gesagt, hier haben Sie gestanden, als Sie die Leiche entdeckt haben?«

Ingwersen nickte.

»Sie waren nicht einfach nur Freunde, oder?«

Das Schluchzen reichte ihr als Antwort.

Senna schirmte die Augen mit der Handfläche ab, als sie sich weit vorbeugte und auf den Deich hinausschaute. Fast unwirklich lag die weiß gefrorene Fläche vor ihr, angeleuchtet von einem Vollmond, der alles in ein weißes Licht tauchte.

»Kommen Sie mal bitte her.«

Ingwersen wischte sich erneut mit dem Ärmel über die Augen, trat dann aber einen Schritt näher an Senna heran. Sie deutete nach draußen.

»Was sehen Sie da?«

»Das Meer.«

»Was noch?«

»Den Deich … und den DLRG-Turm.«

Senna legte dem immer noch leise weinenden Mann eine Hand auf die Schulter.

»Ich weiß, es ist alles nicht so leicht gerade, aber wenn Sie sich ganz doll konzentrieren, dann kommen Sie vielleicht drauf. Was sehen Sie denn nicht von hier aus?«

Sievert Ingwersen fing jetzt richtig an zu weinen.

»Ich helfe Ihnen mal: Die Stelle, an der Sie Manni von hier aus gesehen haben wollen, ist vom Aussichtsturm der Rettungsschwimmer verdeckt«, stellte sie fest. »Wollen Sie mir jetzt erzählen, was wirklich passiert ist?«

»Ich wollte das nicht, aber was sollte ich denn tun, ich musste doch dafür sorgen, dass es nicht noch schlechtes Gerede gibt, wenn das herausgekommen wäre, also, und dann war er doch sowieso schon tot und deshalb …«

Senna zog einen Stuhl heran und schob den weinenden Mann sanft darauf, reichte ihm eine der Servietten vom Frühstückstisch. Sie lehnte sich mit dem Rücken gegen die Scheibe und wartete, bis Ingwersen sich laut geschnäuzt hatte.

»Wir kannten uns schon aus der Schule, und irgendwie wussten wir schon immer, dass wir füreinander bestimmt sind. Aber ich konnte das nicht, als ich …«

»Sie wollten als Jugendlicher nicht, dass es Gequatsche gibt, weil Sie homosexuell sind?«

Ingwersen nickte, schluckte neue Tränen herunter. »Dieses Hotel hat schon meinen Eltern gehört, und mein Vater hätte mich totgeschlagen, wenn …« Er hielt inne und schnäuzte sich erneut, schaute auf seine Hände, während er weitersprach. »Meine Frau hat mich nach knapp zwei Jahren Ehe verlassen. Aber wir mochten uns, deswegen war sie damit einverstanden, dass ich allen erzähle, sie habe sich bei einer Kur in einen anderen verliebt.«

»Was ist vor zwei Tagen passiert? Wieso lag Manni nackt auf dem Deich?«

Neue Tränen, es dauerte gefühlt Stunden, bis Sievert Ingwersen in der Lage war, den Rest der Geschichte zu erzählen. »Wir haben uns erst wirklich nur zum Kaffeetrinken und Reden getroffen. Manni hat mich getröstet, als meine Frau wegging, dann wurde irgendwann mehr daraus und wir hatten eine richtige Beziehung. Ich habe ihn geliebt!«

Senna beugte sich vor, sah Ingwersen in die Augen. »Was. Ist. Mit. Ihm. Passiert?«

»Er ist einfach so zusammengebrochen. Eben hat er mich noch geküsst, und dann plötzlich wurden seine Augen ganz dunkel und …« Der Hotelbesitzer sank in sich zusammen, und sein Schluchzen ging Senna den ganzen nächsten Tag nicht mehr aus dem Kopf.

»Ich hatte immer schon so eine Ahnung. Der war einfach viel zu schön für uns hier.« Karin stellte Senna einen Becher Kaffee auf den Tisch.

»Das ist doch bloß ein blödes Vorurteil. Als ob hier nur hässliche Vögel rumflattern würden.«

»So meine ich das nicht«, sagte Karin und setzte sich mit dem halben Hintern auf die Schreibtischkante. »Aber der hätte doch irgendwann mal eine Freundin oder Frau gehabt.«

»In gewisser Weise hatte er das ja. Ich hatte schon den Eindruck, dass Sievert und er einander wirklich geliebt haben.«

»Ach Gott, das ist alles so tragisch.« Karin seufzte in ihre Kaffeetasse. »Jetzt wissen es natürlich alle, genau das, was Sievert verhindern wollte.«

»Es war aber vielleicht auch nicht so klug, den toten Liebhaber im Winter auf den Deich zu schleppen und mir dann auch noch vorzulügen, er hätte die Leiche aus dem Fenster seines Hotels entdeckt.«

»Ist er denn nun an einem Herzinfarkt gestorben? Oder an Unterkühlung?«

»Das, liebe Karin, werden die Fachleute herausfinden müssen. Und so wie ich das hier deute«, Senna zeigte auf die E-Mail, die gerade aus der Rechtsmedizin eingetroffen war, »… ist es nicht ganz so einfach, zu sagen, ob Manfred Jappsen wirklich schon tot war, als er auf den Deich gelegt wurde, oder ob man ihn noch hätte retten können.«

»Schrecklich«, urteilte Karin, während sie in Richtung Empfang zurückging. »Aber jedenfalls können wir dafür sorgen, dass er nicht noch nackt beerdigt werden muss. Die Sammlung in der Kneipe hat schon ordentlich was eingebracht, und die Jungs wollen ihm einen schicken Designeranzug besorgen.«

Der Fall war gelöst, der Körper des armen Manni also bald endlich bekleidet. Im Dorf würde es Gerede geben. Alles fast wie immer.

»Schöne Weihnachten, Senna«, murmelte sie in sich hinein, griff nach ihrem Kaffeebecher und vertiefte sich in den Bericht aus der Pathologie.

# *9. Sandra & Claus*

Ben Westphal

Gedankenverloren sitzt Sandra am Esstisch im Wintergarten ihres Hauses. Über ihr prasselt der Regen auf das Glasdach, statt dass es schneit. Sie betrachtet das flackernde Licht der drei brennenden Kerzen auf dem Adventskranz, den sie bereits Mitte November selbst gesteckt hatte. Die letzten beiden Tage hat sie sich freigenommen und ausschließlich darauf verwendet, das Haus weihnachtlich zu schmücken, Kekse zu backen und Geschenke zu besorgen. Sie hat Schneebilder sorgfältig auf die Fenster geklebt und Weihnachtsmänner aus Holz, Ton und Porzellan auf den verschiedenen Anrichten, Fensterbänken und Schränken drapiert. Jedes Jahr bekommt sie neue Figuren geschenkt, denn ihre Freundinnen wissen, wie sehr sie das Fest und die ganze Dekoration liebt. Ein antikes Krippenspiel steht auf einem kleinen Beistelltisch. Jahr für Jahr baut sie sorgsam das Erbstück ihrer Großmutter auf. So vorsichtig, dass es noch ewig erhalten bleibt. Es bildet das Zentrum des Wintergartens und steht unmittelbar unter dem großen Adventskranz, der über der Krippe von der Decke hinabhängt.

Sandra schaut zu den beiden gemütlichen Sesseln, in denen sie früher gerne mit ihrem Mann saß, wenn er von der Arbeit nach Hause kam. Die langen Geschäftsreisen haben ihm schon immer zugesetzt. Umso mehr genossen sie die Zeit, die sie in ihrem Glaspalast miteinander verbringen konnten. Bei einem guten Wein schauten sie durch die Fenster in den Garten hinaus und philosophierten über das Weltgeschehen, nachdem Sandra aus ihrem Alltag die neuesten Geschichten über ihren Sohn berichtet hatte, damit Claus wenigstens aus Erzählungen heraus ein wenig am Familienleben teilnehmen konnte.

Inzwischen ist Ole erwachsen, studiert weit weg von zu Hause Erziehungswissenschaften und wird auch an diesem Wochenende nicht zum traditionellen Adventskaffee bei seinen Eltern vorbeischauen.

Sandra bleibt nur ihr Mann, der sich, seitdem Ole ausgezogen ist, in seiner Arbeit verliert, jeden Tag Überstunden schiebt und auch heute mal wieder auf sich warten lässt.

»Wo bleibst du denn bloß?«, ärgert sich Sandra, erhebt sich aus ihrem Stuhl und geht zum Küchenfenster, aus dem sie den Vorgarten beobachten kann. Niemand ist zu sehen. Enttäuscht schlendert sie zurück ins Wohnzimmer, greift nach einem Holzscheit und wirft es in das Feuer des Kamins, das wild tanzt und dabei die Flammen in sämtliche Richtungen schlagen lässt.

Kurz darauf hört Sandra, wie der Schlüssel ins Schloss der Haustür gesteckt wird. »Na endlich«, freut sie sich, geht zum Flur und öffnet die Tür zum Treppenhaus. Claus ist gerade dabei, seine dicken Stiefel auszuziehen. Die Winterjacke hängt bereits in der Garderobe, obwohl sie triefend nass ist vom Regenwetter.

»Claus, die musst du im Badezimmer aufhängen oder im Heizungsraum. Ansonsten wird die bis morgen früh nicht trocken. Du musst außerdem noch einkaufen. Für deine Eltern haben wir auch bislang gar kein Geschenk besorgt.«

Ohne seine Frau zu beachten, geht Claus durch den Flur ins Wohnzimmer. Er legt sein Handy aus der Hosentasche auf den Couchtisch und will sich gerade auf das Sofa fallen lassen, als seine Frau ihn am Ärmel zupft.

»Warte mal, Claus. Bevor du den Abend mal wieder vor der Glotze verbringst, musst du bitte die Lichterkette draußen in die große Tanne hängen. Morgen soll es endlich schneien. Da hast du bestimmt keine Lust mehr, und zum vierten Advent wollen wir sie doch endlich im Baum hängen haben, oder?«

»Wir wollen das?«, nörgelt Claus. »Es regnet in Strömen.«

»Dann zieh deine triefnasse Jacke halt wieder an. Du bist doch nicht aus Zucker.«

Claus verdreht nur wortlos die Augen, zieht seine Schuhe an und wirft sich die Jacke über die Schultern. Er greift nach der Lichterkette, die Sandra ihm bereits auf die Treppe gelegt hat, und geht nach draußen.

Sandra legt in der Zwischenzeit ihre Lieblingsplatte mit den beliebtesten Weihnachtsliedern auf, startet die Kaffeemaschine, die sie bereits vor Stunden vorbereitet hat, und schneidet den frisch gebackenen Weihnachtsstollen auf, den sie extra ohne Marzipanfüllung gemacht hat, weil Claus die Füllung verabscheut, die sie seit ihrer Kindheit in Lübeck so sehr liebt.

Es ruckelt an der Tür. Schwere Stiefel poltern auf den Boden. Die Jacke wirft Claus hastig auf die Treppe und marschiert schnurstracks zum Sofa, wo er die Fernbedienung ergreift.

»Claus, ich habe Stollen und Kaffee bereits vorbereitet. Willst du nicht zu mir in unseren Wintergarten kommen?«, wirft Sandra ein, während sie mit dem Teller und der Kanne in der Hand an ihrem Mann vorbeigeht. »Aber untersteh dich, dass du dich mit den dreckigen Klamotten auf die Couch setzt. Ich habe heute erst die neue Tagesdecke mit den hellblauen Schneeflocken aufgezogen, und so eine weihnachtliche Decke habe ich nur ein Mal. Die soll bitte für den Rest der Feiertage sauber bleiben.«

Schnaufend lässt Claus seinen übergewichtigen Körper auf das Sofa fallen und schaut Sandra hochmütig entgegen. »Ups. Tut mir leid«, erwidert er. Er erhebt sich süffisant grinsend und ächzend mit den knackenden Knien, richtet sich wieder auf und betrachtet schulterzuckend die grünen und erdigen Flecken, die er auf der Decke hinterlassen hat. Er blickt zu seiner Frau, die aus dem Wintergarten zurückgekommen und im Türrahmen stehen geblieben ist. »Dann gehe ich erst mal duschen. Anschließend will ich aber Fußball gucken.«

Sandra bleibt vor Wut wie angewurzelt im Wohnzimmer stehen und schaut ihrem Mann hinterher. Kein Wort der Dankbarkeit für ihre Mühen. Er scheint die Dekoration nicht einmal wahrgenommen zu haben, und dann setzt er sich auch noch mit den dreckigen Klamotten provozierend aufs Sofa. »Das war bösartig«, murmelt Sandra mit bebender Stimme vor sich hin. Sie geht in die Küche, schnappt sich einen sauberen Lappen samt Eimer mit Wasser. Mühsam versucht sie, die grünen Flecken aus der Decke zu reiben, doch es wird eher schlimmer als besser. Das Handy ihres Mannes beginnt hinter Sandra zu vibrieren. Entschlossen greift sie nach dem Telefon und will es gerade in ihren Eimer mit Dreckwasser fallen lassen, als sie auf dem Display eine Nachricht von *Conchita* entdeckt, die sich wie ein Stich in ihr Herz anfühlt.

*War sehr gut heute. Bis nächsten Freitag*

»Conchita? Wer ist denn Conchita? Nächsten Freitag? Ist das sein Ernst?« Sandra wird knallrot vor Wut. Sie läuft in die Küche, stützt sich auf der Arbeitsplatte ab und versucht, ihre Gedanken zu ordnen, die ihr wild durch den Kopf wirbeln.

Während sie kräftig ein- und ausatmet, fällt ihr Blick auf die Tablettenpackungen ihres Mannes, die er mal wieder nicht in den Küchenschrank geräumt hat. Finstere Fantasien schlagen sich in ihren Augen nieder. »Ich mache alles für dich, putze, schmücke, backe, und du betrügst mich gleichzeitig? Aber nicht mit mir. Jetzt reicht's.« Sie geht zur Vitrine und nimmt ein großes Bierglas heraus. Anschließend greift sie nach einem dunklen Mörser, der in einem weißen Regal steht, stellt beides auf der Arbeitsfläche ab und beginnt hektisch, die Blutdrucktabletten ihres Mannes aus dem Tablettenblister in den Mörser zu drücken. Nach der achten Tablette hält sie abschätzend für einen kurzen Moment inne. Sie drückt zwei weitere hinein und zermahlt sie anschließend in dem Gefäß mit dem kleinen steinernen Schlegel. Zufrieden mit ihrem Werk, kippt sie das weiße Pulver in das Bierglas und füllt vorsichtig eine Flasche Bier ein, die sie zuvor aus dem Kühlschrank genommen hat. Sandra stellt das Bier auf einem Untersetzer auf dem Couchtisch ab, schaltet den Fernseher für ihren Mann ein, damit er gleich das Spiel schauen kann, wenn er mit dem Duschen fertig ist, und geht anschließend in den Wintergarten. In ihrer Vorstellung bricht ihr Mann japsend zusammen, mit hochrotem Kopf, wild atmend nach Luft ringend und unfähig, sich selbst zu helfen. Winselnd liegt er vor ihr, Sandra um Hilfe anflehend, aber sie steht einfach da, ohne einen Anflug von Mitgefühl oder Erbarmen.

Das Prasseln der Dusche verstummt. Sandra setzt sich an den Tisch, schenkt sich Kaffee ein und legt sich zwei Scheiben Stollen auf den Teller. Jetzt muss sie nur noch warten, denkt sie sich und lehnt sich zufrieden zurück. Die Badezimmertür öffnet sich quietschend. Sandra ärgert sich, weil Claus die Scharniere längst geölt haben wollte. Aber es stört sie heute nicht, dass er sich für sein Vorhaben mal wieder keine Zeit genommen hat. Es ist der letzte Moment ihrer Ehe, aber warum trinkt sie eigentlich Kaffee? Sandra springt aus dem Stuhl, läuft in den Keller hinab, wo sie erschrocken stehen bleibt, als sie ihren Mann lautstark schimpfen hört.

»Verdammt noch mal. Was hast du dir dabei gedacht? So eine Scheiße«, hört Sandra ihren Mann brüllen. Sie zählt bis fünf, greift nach der Champagnerflasche, die sie seit Monaten für einen besonderen Moment im Kühlschrank stehen hat, und springt die Treppe zwei Stufen auf einmal nehmend hinauf. Dabei stößt sie unachtsam gegen Claus, der plötzlich auf einer der obersten Treppenstufen vor ihr steht und sie mit beiden Händen kraftvoll von sich stößt. Sie prallt zurück, verliert das Gleichgewicht und schließt die Augen in Erwartung der Schmerzen, die sie haben wird, wenn sie auf den kantigen Steinstufen aufschlägt. *Hat er mich wirklich von sich weggestoßen? Will er mich umbringen?* In diesem Augenblick zerrt plötzlich etwas an ihrem Arm. Es ist Claus, der sie gepackt hat und an sich heranzieht. »Das hätte schiefgehen können. Was willst du denn mit dem Schampus?«

»Ich, ähm … Du trinkst doch auch ein Bier.«

»Ich wollte gerade schauen, ob ich noch eins im Keller finde.«

»Hast du das andere schon ausgetrunken?«, hakt Sandra zögerlich nach.

»Nee, natürlich nicht. Da war keine Schaumkrone drauf. Das Auge trinkt schließlich mit. Bier ohne weiße Krone schmeckt doch nicht. Ohne sieht es doch aus wie eine Apfelschorle oder abgestandene Plörre. Überlass das Eingießen mal lieber dem Profi, Bärchen. Deinen kläglichen Versuch habe ich weggekippt.«

Enttäuschung macht sich in Sandra breit, aber auch Erleichterung. Immerhin hat Claus ihr soeben vielleicht das Leben gerettet, zumindest aber einen schmerzhaften Treppensturz verhindert. Sie bleibt im Flur stehen, betrachtet Claus dabei, wie er in der Küche konzentriert ein neues Bier einfüllt und am Ende, mit vor Stolz erfüllten Augen, auf sie zukommt. »Siehst du, Bärchen. So muss das aussehen. Aber lass in Zukunft die Finger von meinem Bier.« Claus geht zum Sofa, stellt das Bier direkt auf der Tischplatte ab und lässt sich erneut auf das Sofa fallen. »Was gibt es eigentlich zu essen? Ich habe Hunger. Immerhin musste ich die ganze Woche arbeiten. Was hast du eigentlich die letzten Tage so getrieben? Oder hast du nur den ganzen Weihnachtsramsch aufgestellt? Etwa auch wieder diese schäbige, alte Krippe?«

Sandra macht wortlos kehrt, geht wutschnaubend die Treppe hinab in den Keller. Der Appetit auf Champagner ist ihr soeben vergangen. Im Keller angekommen, fällt ihr Blick auf die Werkzeugbank, die im Haushaltskeller unmittelbar neben ihrem zweiten Kühl- und Gefrierschrank steht. Sie greift nach dem Wagenkreuz und läuft die Treppe hinauf. Claus pöbelt im Wohnzimmer bereits mit den Spielern im Fernseher, die allesamt nicht auf seine Kommandos hören wollen. Sandra schiebt währenddessen ihre Füße in ihre Gartenschuhe, öffnet die Haustür und geht das Treppenpodest hinab. Es hat aufgehört zu regnen. Der Mond schimmert durch die Wolkendecke hindurch. Sie folgt dem Steinweg bis in ihr Carport, in dem der Dienstwagen ihres Mannes steht, den er auch privat nutzen darf.

Mit dem Wagenkreuz in der Hand bleibt sie vor dem Auto stehen. Sie schaut sich um. Keiner der Nachbarn ist draußen. Der Wind pfeift eisig kalt um ihre Beine. Die Luft ist klar und frostig. Doch Sandras Wut ist heißblütig und kaum zu bändigen. Sie geht um den Wagen herum und lockert die Schrauben des rechten Vorderrads, bis sie beinahe von alleine herausfallen. Auch am Hinterreifen dreht sie die Schrauben hinaus.

Dann steht sie auf, stemmt die eiskalten Hände in die Hüften und schaut abschätzend auf die Räder. Sie nickt einmal zustimmend, geht zurück ins Haus und bringt das Wagenkreuz zurück in den Keller. Mit einem entsetzten Gesichtsausdruck kommt sie ins Wohnzimmer.

»Claus, das Wasser ist alle. Holst du schnell ein paar Kisten beim Getränkemarkt?«

»Jetzt?«, fragt Claus genervt.

»Wäre schön.«

»Aber das Spiel läuft schon.«

»In der Halbzeit vielleicht? Du kannst ja ein wenig schneller fahren. Dann bist du rechtzeitig wieder zurück.«

»Ich habe schon ein ganzes Bier getrunken.«

»Ach, da passiert doch nichts. Außerdem musst du bis zum Getränkemarkt doch nur ein paar Minuten über die Landstraße düsen. Mit hundertzwanzig bist du doch gleich schon wieder auf der Couch.«

»Nee, Bärchen. Heute echt nicht mehr. Die Woche war lang. Morgen früh direkt nach dem Aufstehen. Versprochen. Dann trinke ich heute halt ausschließlich Bier. Du kannst ja ausnahmsweise Leitungswasser trinken. Oder deinen Schampus.«

»Soll ich etwa verkalken? Nein, danke. Ich gehe ins Bett.« Wutschnaubend verlässt Sandra das Wohnzimmer, macht sich bettfertig und lässt sich anschließend in die Kissen fallen. Ihre wilden Gedanken und Vorstellungen lassen sie jedoch nicht einschlafen. Mehrere Stunden später kommt auch ihr Mann ins Bett und schnarcht bereits nach wenigen Minuten lauthals. Noch lauter als sonst, wie immer, wenn er Alkohol getrunken hat. Offenkundig sind es einige Biere mehr geworden.

❄

Am nächsten Morgen erwacht Sandra von einem groben Kratzgeräusch. Sie schlägt die Augen auf. Neben ihr liegt nur die wild aufgeschlagene Bettdecke sowie das zerknautschte Kopfkissen ihres Mannes. Sandra verdreht die Augen, macht das Bett und schleicht die Treppenstufen hinab. Die Helligkeit von draußen zwingt sie zum Blinzeln. Große Mengen Schnee liegen auf den Ästen und Zweigen ihrer Sträucher und Bäume im Garten. Die Welt ist über Nacht in ein Winterwunderland verwandelt worden, das ihr ein Lächeln auf die Lippen zaubert. Sandra öffnet die Haustür und tritt in Hausschuhen und Schlafanzug hinaus. Sie sieht ihren Atem vor sich aufsteigen.

»Guten Morgen«, ertönt die schroffe, fast wütend klingende Begrüßung ihres Mannes von der Seite. »Es hat geschneit.«

»Ach was. Das habe ich gar nicht bemerkt.« Sandra verdreht die Augen und will wieder ins Haus gehen, dann fällt ihr ein, dass ihr Mann eigentlich etwas vorhatte. »Wolltest du nicht Wasser kaufen gehen?«

»Ich schippe Schnee. Siehst du doch. Wie wäre es, wenn du fährst? Wenn du zurückkommst, helfe ich dir beim Ausladen und Reintragen.«

»Ich soll fahren und Wasserkisten holen?«

»Ja, nimm dir gerne meinen Wagen. Da passt viel mehr in den Kofferraum, und der ist nicht so wackelig auf der Straße wie deine kleine Karre.«

»Meine kleine Knutschkugel fährt wunderbar.«

»Geknutscht wurde darin schon lange nicht mehr«, entgegnet Claus und wirft die nächste Schippe Schnee auf einen großen Haufen. »Außerdem hast du nur Sommerreifen. Damit kannst du jetzt nicht fahren. Nimm ruhig meinen Wagen. Hier, die Schlüssel.« Claus zieht aus seiner Jacke einen kleinen Schlüsselbund und wirft ihn Sandra entgegen. Die fängt ihn reflexartig auf, steckt ihn in die Jackentasche und schaut Claus unwillig an. Hat sie soeben ein dunkles Funkeln in seinen Augen gesehen, als er zu ihr aufschaute?

»Claus, ich kann momentan nichts Schweres heben. Ich habe Rückenschmerzen.«

»Seit wann das denn?«

»Ich muss mich heute Nacht verlegen haben. Aber schipp du ruhig den Schnee fertig und fahr anschließend zum Getränkemarkt. Dann kannst du nebenan auch gleich einen Tannenbaum kaufen. Da ist doch dieser Christbaumverkäufer auf der Grünfläche, wo im Sommer immer der Zirkus sein Zelt aufschlägt.«

Claus schippt zwei Schaufeln Schnee beiseite, stellt die Schaufel auf und stützt sich mit beiden Händen auf dem Griff ab. »Wie wäre es denn, wenn wir zusammen in den Wald gehen und einen Baum schlagen? Es liegt so viel Schnee, wir könnten ihn auf einem Schlitten nach Hause ziehen.«

»Kaufen geht schneller«, wendet Sandra ein.

»Aber selber schlagen ist romantischer. Zu zweit ganz alleine im Wald. Man hört keine Menschenseele, man sieht niemanden. Endlich nur wir zwei.« Da ist es wieder: dieses Funkeln in den Augen ihres Mannes. Sandra zittert unmerklich am ganzen Körper. Ihr Magen zieht sich zusammen, und auf ihren Armen bildet sich eine Gänsehaut. Jede Zelle ihres Körpers wehrt sich gegen den Vorschlag ihres Mannes. Sie muss mehrfach Luft holen, um antworten zu können. »Ja, klar«, hört sie sich selber mit zerbrechlicher Stimme sagen und will sich dabei am liebsten auf die Lippen beißen.

»Schön. Ich hole den Schlitten und die Axt. Zieh dir etwas Warmes an. Wir müssen tief in den Wald, um zu den Tannen zu gelangen. Aber der Spaziergang wird deinem Rücken sicherlich guttun. Den Schmerz wirst du am Ende gar nicht mehr spüren.«

Claus wendet sich ab und geht zu ihrem Schuppen, der am Ende des Gartens unter hohen Tannen steht und völlig von Efeu zugewachsen ist. Sandra fällt das Atmen schwer. Wie soll sie bloß mitgehen und sich ihre Ängste nicht anmerken lassen? Warum glaubt sie eigentlich, dass er ihr schaden will? Ist es ihre eigene Bösartigkeit, die sie in diese unbegründeten Sorgen treibt? Ihr schlechtes Gewissen gegenüber ihrem Ehemann, dass sie ihn einfach um die Ecke bringen wollte? Sandra schüttelt vehement mit dem Kopf, ganz so, als könne sie damit die trüben Gedanken aus der eigenen Ideenwelt vertreiben. Sie geht ins Bad, zieht sich ihre Kleidung vom Vortag an, steigt in ihre Winterstiefel, wirft sich ihren langen Mantel über und will gerade rausgehen, als ihr ungutes Bauchgefühl sich zurückmeldet. Sandra geht schnell in die Küche und zieht ein Messer aus dem Holzblock auf der Arbeitsfläche. Sie steckt es in die rechte Jackentasche und stülpt ihren Ärmel über das Griffstück, das sie fest umgreift. Dann verlässt sie das Haus.

❄

Eine gute halbe Stunde später stapft Sandra an der Seite ihres Mannes durch den Wald. Ihre Winterstiefel knatschen im weißen Pulverschnee, der knöchelhoch liegt. Claus zieht einen langen Schlitten hinter sich her, auf dem er mit einem Seil eine Axt und einen Spaten festgebunden hat. Warum er einen Spaten zum Fällen eines Baumes mitnimmt, konnte Claus seiner Frau nicht plausibel beantworten. Er stammelte etwas von dem Weg, den sie sich zum schönsten Baum freischaufeln müssten, aber er war bei seiner Erklärung zittrig in der Stimme. Sandra war irritiert von der Unsicherheit ihres Mannes, die sie überhaupt nicht von ihm kannte.

Beide schweigen, seit sie losgelaufen sind. Stille liegt über dem Wald. Der Himmel ist langsam wieder zugezogen, sieht nicht mehr so freundlich aus wie vor einer Dreiviertelstunde, als das Sonnenlicht durchs Fenster auf Sandras Gesicht im Bett fiel. Sanft rieseln leichte Schneeflocken zum Boden hinab und legen sich auf den Schnee. Sie werden binnen Minuten immer größer, und der Schneefall wird dichter. Der Wind frischt auf und schlägt Sandra eiskalt ins Gesicht, wo die dicken Schneeflocken auf ihren warmen Wangen sofort schmelzen. Immer mehr kleine Tannenbäume ragen aus dem schneebedeckten Boden links und rechts vom Wegesrand.

»Wie weit müssen wir denn noch?«, fragt Sandra und schaut sich um. Ihre Spuren verschwinden im dichten Schneetreiben.

»Bis wir da sind.«

»Kannst du mir bitte einmal vernünftig antworten?«

»Wie wäre es, wenn du mich einfach mal machen lässt?«

»Wie soll ich das denn verstehen?«

Claus lässt das Seil des Schlittens in den Schnee fallen. Die stumpfen Kufen, schon Ewigkeiten nicht mehr geschliffen und rötlich braun vom Rost, halten umgehend. Claus beugt sich vor, nimmt die Axt vom Schlitten und bleibt vor Sandra stehen. Die schluckt schwer.

»So, wie ich es meine. Immer musst du alles an dich reißen.

Jedes Jahr schmückst du das Haus zur Weihnachtszeit, wenn ich nicht da bin. Nie fragst du mich, ob ich vielleicht einmal etwas anders haben möchte. Und dann dieser jedes Jahr wiederkehrende trockene Christstollen mit Marzipan. Ich hasse Marzipan. Ich kann Rosinen nicht leiden und ersticke schon beim Gedanken an den Stollen, den ich nur mühsam mit viel Kaffee runterbekomme. Es ist mir völlig egal, dass es ein Geheimrezept deiner Mutter ist, denn niemand will diesen Stollen essen.«

»Ich habe dieses Jahr extra auf das Marzipan verzichtet.« Sandra verschränkt trotzig die Arme vor ihrem Oberkörper. »Warum hast du mir von alldem nie etwas gesagt?«

»Weil ich dir nicht wehtun wollte. Ich sehe doch, wie wichtig dir das alles ist. Außerdem hatte ich immer die Hoffnung, dass du von alleine auf die Idee kommst, dass ich mich mal einbringen darf. Vielleicht mal andere Kugeln kaufen, kein zotteliges Lametta in den Baum hängen oder einfach mal eine Lichterkette statt echter Kerzen verwenden. Ich würde gerne einfach irgendwas mal anders machen als wie jedes Jahr.«

»Ich dachte, du magst unser Weihnachten?«

»Ja, ich liebe die gemeinsamen, besinnlichen Stunden, aber dafür brauche ich den ganzen anderen Kram nicht. Ich mag deinen Kartoffelsalat, und ich liebe deine Mousse au Chocolat, aber es muss doch nicht immer alles gleich sein.«

»Ach so, und was ist den Rest des Jahres über? Immer ins selbe Hotel im Frühjahr und im Sommer dann Jahr für Jahr im Wechsel an die Nord- und Ostsee. Immer wieder auf dieselben Campingplätze. Wie wäre es mal mit einem schönen Hotel auf den Kanarischen Inseln? Wellness zusammen in den Alpen? Oder einfach einem richtigen Abenteuer? Ich wünsche mir seit Jahren, nach Südamerika zu reisen, um durch den Urwald zu streifen, in den Anden zu wandern, durch den Panamakanal zu fahren oder die Maya-Stätten in Mexiko zu besuchen. Wenigstens einen Cocktail am Strand von Acapulco zu genießen oder mit Schildkröten auf den Galapagosinseln zu schnorcheln. Ich möchte einfach Zeit mit dir verbringen und nicht nur darauf warten, dass der feine Herr nach Hause kommt und sich vor die Glotze hängt und Fußball schaut.«

»Bevor wir das ganz große Rad drehen: Vielleicht könnten wir einfach mal damit beginnen, zusammen den Baum zu schmücken.«

»Du willst schmücken? Du bist doch nie da. Soll ich bis Heiligabend auf dich warten? Bis du Zeit findest, hat der Baum keine Nadeln mehr.«

»Entschuldige, dass ich arbeiten muss, um unseren Alltag und unsere Träume zu finanzieren.«

»Arbeiten. Ha, dass ich nicht lache. Arbeiten. Du triffst dich hinter meinem Rücken mit deiner Conchita. Leugne es nicht. Ich weiß, dass es so ist. Du Schwein!« Tränen der Wut sammeln sich in Sandras Augen. »Und jetzt lockst du mich hier in den tiefsten Wald, um mich mit der Axt zu erschlagen und im Wald zu vergraben. Ich hasse dich dafür, dass du mich derart hintergehst.« Sandra umgreift das Messer in ihren Händen mit aller Kraft. Claus tritt mit der Axt in den Händen noch einen Schritt näher an sie heran. Jetzt müsste sie es nur aus der Tasche ziehen und zustechen. Niemand würde es mitbekommen. Die aufblitzende, scharfe Schneide der Axt in der Hand ihres Mannes lässt sie jedoch zögern.

»Conchita? Bist du eifersüchtig? Auf Conchita?«

»Bist du eifersüchtig auf Conchita«, äfft Sandra ihren Mann nach. »Was meinst du denn? Ob ich eifersüchtig auf Conchita bin? Hier ist meine Antwort«, brüllt Sandra und zieht das

Küchenmesser aus der Manteltasche. Sie holt aus, und ihr Mann erstarrt beim Anblick der Klinge vor Schreck. Claus versucht zu atmen, tief zu atmen, doch er bekommt keine Luft. Japsend taumelt er zurück, fasst sich an die Brust. Sein Gesicht wird knallrot, verliert wieder seine Farbe, bis er kalkweiß ist. Claus schwindet offenbar die Kraft, seinen wulstigen Körper auf den Beinen zu halten. Er fällt auf die Knie, dann auf die Seite und rollt nach Luft schnappend auf den Rücken.

»Claus? Claus? Was ist los, Claus?« Sandra lässt zunächst das Messer und dann sich selbst neben ihren Mann in den Schnee fallen. »Claus? Bleib bei mir! Bitte. Ich flehe dich an. Hilfe! Hilfe!«, brüllt Sandra herzzerreißend, sie fühlt am Hals ihres Mannes nach dessen Puls.

»Ich bin noch da«, ächzt Claus. »Aber hier hört uns niemand. Hier hilft uns auch niemand.« Auf dem Rücken liegend, kommt Claus langsam zu sich, doch seine Stimme bleibt kraftlos. Er bekommt gerade eben ausreichend Luft und schaut Sandra in die Augen. »Bärchen, du weißt doch, dass ich mich nicht wohlfühle, wenn wir in einem Land sind, in dem ich mich nicht verständigen kann.«

»Claus, das ist doch jetzt nicht wichtig. Du brauchst einen Arzt.«

»Nein, hör mir zu. Falls ich es nicht schaffe. Conchita ist meine Lehrerin. Ich lerne Spanisch bei ihr, weil ich dir deinen Lebenstraum erfüllen möchte. Das ist mein Weihnachtsgeschenk für dich in diesem Jahr. Ab Februar nehme ich eine Auszeit auf der Arbeit, und wir reisen nach Südamerika. Dafür waren all die Überstunden der letzten Monate.«

»Claus, ich verstehe gar nichts mehr.« Tränen steigen Sandra in die Augen, während sie ihren Mann betrachtet.

»Falls ich es nicht schaffe, dann mach die Reise ohne mich.«

»Das kannst du vergessen.«

»Was?«

»Dass du hier und jetzt den Abgang machst. Rauf auf den Schlitten.«

»Bitte was?«

»Du sollst auf den Schlitten klettern, und halt dich gut fest.«

Claus kennt diesen Tonfall nur zu gut. Sosehr seine Brust auch schmerzt, er weiß, dass seine Frau bei diesem Tonfall keine Widerrede duldet. Kaum sitzt er auf dem Schlitten, beginnt sie kräftig an dem Seil zu ziehen, sodass sich der Schlitten in Bewegung setzt. Sandra rennt, hat alles, was in den Stunden vor ihrem Gang in den Wald passiert ist, vergessen. Sie will nur das Leben ihres Mannes retten, das sie vor Kurzem eigentlich beenden wollte.

Der Rückweg durch den Wald wirkt nahezu endlos, das dämmrige Sonnenlicht, das sich durch die dicken Wolken quält, zeigt ihr die Richtung. Schritt für Schritt kommt sie ihrem Haus näher. Claus röchelt hinter ihr nur vor sich hin. Ihre Sorge schenkt ihr die Kraft, weiterzulaufen, nicht aufzugeben, was ihre Muskeln längst machen wollen. Sie schmerzen vor Anstrengung, ihre Lunge brennt von der kalten, frostigen Winterluft.

Am Carport angekommen, wuchtet Sandra ihren Mann vom Schlitten auf die Rückbank seines Wagens, dessen Schlüssel sie glücklicherweise in ihrer Jackentasche hat. Sie verzichtet darauf, ihn mühsam anzuschnallen. Keine Sekunde will sie verlieren. Sein Puls ist nur noch flach vorhanden, ebenso wie seine Atmung.

Sandra steigt ein, startet den Motor und gibt Gas. Nach wenigen Kurven kommt sie auf die Landstraße, die sie direkt zum Krankenhaus führen wird. Sandra beschleunigt den Wagen ins gefühlt Unermessliche. Die Bäume der Allee fliegen geradezu an ihnen vorbei. Sie schaut über die Schulter zu Claus, hört nichts von ihm. Kein Atmen, kein Schnaufen. Nichts.

»Claus, ich werde dich niemals verlassen. Es tut mir alles so leid. Wir hätten einfach früher miteinander sprechen sollen. Dem anderen mal zuhören müssen. Das darf uns nie wieder passieren. Wir bleiben für immer zusammen, Claus. Claus? Hörst du mich?«

Ein lautes Knacken von der rechten Seite des Wagens durchbricht die Stille im Fahrzeug. Sandra denkt an die Radmuttern, die sie gelöst hatte. Der Schreck ist kurz, dann ist alles dunkel und still.

# *10. Helfender Engel*

Franziska Henze

Ganz rechts steht die Kanne mit dem Kamillentee, daneben der Becher mit dem Snoopy-Aufdruck. Ein Notizblock und zwei Stifte. Das Telefon links. Alles muss griffbereit sein. Es ist ähnlich wie im OP. Dort bereitet sie das Besteck vor, bevor der Chirurg zum ersten Schnitt ansetzt. Sie lässt sich auf den viel zu niedrig eingestellten Schreibtischstuhl fallen. Der Tisch reicht ihr bis zur Brust. Das ist immer so, wenn sie die Schicht nach Roberto antritt. Sie bedient die Höhenverstellung, loggt sich am PC ein, atmet dreimal tief durch. Punkt 19 Uhr. Es kann losgehen.

Einen Atemzug später klingelt das Telefon.

»Telefonseelsorge. Hallo?«, spricht sie in den Hörer.

»Ja, hallo!«, antwortet jemand am anderen Ende. Ein Mann, notiert sie und schweigt. Sie wartet ab.

»Mein Name ist Pascal.« Seine Stimme wirkt gehetzt. »Wie soll ich anfangen?«

»Fangen Sie damit an, was Sie am meisten beschäftigt, Pascal«, leitet sie das Gespräch mit warmer Stimme ein, wie sie es gelernt hat. Gesprächsbereitschaft zeigen. Den Leuten Raum geben, das zu erzählen, was sie loswerden wollen.

»Ich habe keine Kraft mehr. Ich will nicht mehr leben«, presst der Mann am anderen Ende der Leitung hervor. »Es ist alles kaputt.«

»Erzählen Sie von Anfang an«, sagt sie. Ihr Herz stolpert kurz aus dem Takt, dann notiert sie das Wort »*Suizidandrohung*«. Sie wird den Anrufer retten. Das kann sie gut, darin hat sie Übung. Schon als Kind hat sie ihrer Mutter mit Gesprächen geholfen, als die mit einer Depression wochenlang auf dem Sofa lag. »Wenn ich dich nicht hätte, hätte ich mir längst einen Strick genommen«, hat ihre Mutter immer gesagt.

»Ja, also, ich … wie heißen Sie? Es würde mir das Gespräch einfacher machen, wenn ich wüsste, wie Sie heißen.«

»Nennen Sie mich gern Angela.« Sie knipst den Lichterbogen auf der Fensterbank an. Ein bisschen Vorweihnachtszeit hier drinnen.

»Angela, wie Engel, ja? Das ist nicht Ihr richtiger Name, oder?«

»Wie kann ich Ihnen helfen?«, übergeht sie seine Frage. Sie darf ihren echten Namen nicht nennen, so sind die Vorschriften bei der Telefonseelsorge. Anonymität wird großgeschrieben.

»Meine Tochter ist gestorben. Meine Freundin hat mich verlassen. Dann habe ich meinen Job verloren. Mein altes Leben bekomme ich nie zurück. Da ist nichts mehr, wofür es sich es zu leben lohnt. Ich bin ganz allein, und ich will nicht mehr. Kennen Sie dieses Gefühl?«

»Möchten Sie mir erzählen, was passiert ist?«, fragt sie und notiert »*Kindsverlust*«.

»Nein, das erzähle ich der Frau gleich. Ich mache das alles der Reihe nach, sonst versteht die das nicht«, sagt er plötzlich, als spräche er mit jemandem im Hintergrund.

»Ist da noch jemand bei Ihnen?«, fragt sie und malt zwei Fragezeichen auf den Zettel.

»Nein, ich sagte doch schon, ich bin allein«, antwortet er ungehalten. »Hören Sie mir nun zu oder nicht?«

»Selbstverständlich. Ich bin für Sie da.« Ruhig bleiben, empathisch bleiben. Ihm zur Seite stehen.

»Vor einem Jahr hat Lotti im Kindergarten etwas getöpfert für uns zu Weihnachten. Eine kleine Schale mit Sternen drauf. Sie hatte sich so gefreut, uns diese Überraschung unter den Baum zu legen. Aber dann war von einem Tag auf den anderen alles anders. Können Sie sich vorstellen, was das für ein Gefühl ist, im Kindergarten das Schälchen abzuholen? Alle Kinder kamen auf mich zugestürmt und haben nach Lotti gefragt.«

Sie hält sein Schluchzen aus, während sie *»Lotti«* auf ihrem Zettel notiert.

»Schon im November hatte sie angefangen zu singen«, fährt er fort. *»In der Weihnachtsbäckerei* in Dauerschleife. Gleich morgens, wenn sie aus dem Bett geklettert war. *Zwischen Mehl und Milch macht so mancher Knilch eine riesengroße Kleckerei.* Kennen Sie das Lied?« Pascal wartet ihre Antwort nicht ab. »Ich höre ständig Lottis Stimme. Aus ihrem Kinderzimmer oder von draußen. Oder einfach so in meinen Ohren. Ihr Singen, ihr Lachen wie ein Echo.« Er weint.

Lottis Stimme also. Es ist nicht ungewöhnlich, dass Menschen, die einen nahen Angehörigen verloren haben, mit diesem sprechen und manchmal sogar glauben, ihn zu hören.

»Solche Erinnerungen wie an das Singen sind unheimlich wertvoll«, sagt sie.

»Wertvoll?«, braust der Mann auf. »Meine Lotti ist tot. Ich sehe sie immer da liegen, den ganzen Schaum vorm Mund und die Augen starr, so starr.«

Sie lässt den Stift sinken. Die Suizid-Anrufe seien schwer auszuhalten, hatte ihr Ausbilder gesagt, traumatisierte Eltern, die wegen des Verlusts ihrer Kinder anrufen, beinahe noch mehr. »Das tut mir sehr leid.« Am liebsten würde sie ihn in die Arme nehmen.

»Ich will ihr Scheißmitleid nicht.«

Sie sieht aus dem Fenster. Auf der gegenüberliegenden Straßenseite sind eine Frau und ein Kind damit beschäftigt, übergroße Fensterbilder auf die Glasscheiben zu kleben. Den Weihnachtsmann mit seinem Schlitten, ein paar Rentiere und einen Schneemann. Sie kann ihre glücklichen Gesichter deutlich erkennen. Vielleicht hören sie dabei dieselben Weihnachtslieder wie die Tochter des Anrufers? »Wie alt war Ihre Lotti?«

»Fünf.«

»Dann war sie sicher voller Vorfreude auf Weihnachten.«

»Ja. Kennen Sie den Weihnachtsmarkt in der Gernotstraße?«

»Na klar. Der schönste Weihnachtsmarkt der Stadt, wenn Sie mich fragen.« Die Gernotstraße ist nur einen Katzensprung von dem Büro der Telefonseelsorge entfernt und liegt direkt auf ihrem Nachhauseweg. Aber das darf sie ihm nicht sagen. Wenn Anrufer wüssten, wo das Büro ist, würden sie vielleicht persönlich vorbeikommen.

»Der Weihnachtsmarkt ist direkt bei uns vorm Haus. Ich war an dem Tag, als es passierte, mit ihr da. Runde um Runde haben Lotti und ich auf dem alten Pferdekarussell aus Holz gedreht. Sie musste unbedingt auf dem Schimmel mit dem goldenen Sattel sitzen, ich auf dem Rappen daneben. Anschließend haben wir uns einen Liebesapfel geteilt. Hätte ich geahnt, dass sie am nächsten Tag weg ist, hätte ich ihr auch die rosaroten Liebesperlen gekauft, die sie unbedingt danach haben wollte. Nicht noch mehr süßes Zeug, habe ich geschimpft, das ist schlecht für die Zähne. Verdammter Scheiß. Ich wünschte, ihre letzte Erinnerung an mich wäre eine schöne gewesen statt die an ihren Ärger über mein Verbot.« Er macht eine kurze Pause, fährt dann fort. »Ich bereue das unheimlich, wissen Sie? Was ist schon ein bisschen Zucker im Vergleich zu dem Lächeln meiner Tochter? Gibt es etwas, was Sie auch so sehr bereuen?«

Ihr kommt ihre gescheiterte Ehe mit Harald in den Sinn. Statt ihr dankbar dafür zu sein, dass sie für ihn wusch und kochte, sein Auto zum TÜV brachte, sogar seinen Arbeitgeber anrief, als dieser Harald ungerechtfertigt gemaßregelt hatte, hatte ihr Mann sich eingeengt gefühlt. Ich ertrage es nicht, dass du mir ständig ungefragt deine Hilfe überstülpst, hatte er gesagt und war schließlich gegangen. Doch würde sie es heute anders machen? Nein. Wenn man verheiratet ist, hilft man einander. Nur dass sie keine Kinder hat, das bedauert sie wirklich. »Natürlich gibt es Dinge, die ich in meinem Leben bereue«, sagt sie vage.

»Ich meine nicht *irgendwelche* Dinge«, fährt der Anrufer sie an, »ich meine Sachen, für die Sie Ihr Leben geben würden, um sie ungeschehen zu machen.«

»Nein«, gibt sie zu, »vermutlich nicht. Ich glaube, alles, was wir tun oder lassen, ist zu etwas gut.«

Mutter und Kind auf der anderen Seite haben inzwischen damit begonnen, die restliche Scheibe mit Sprühschnee zu bearbeiten.

»Das glauben Sie wirklich?«, bohrt er nach. Als sie nicht antwortet, fährt er fort: »Jedenfalls ist es heute Abend so weit. Ich werde mich umbringen, und niemand wird mich aufhalten. Dann bin ich endlich wieder bei meiner Lotti.«

»Das ist eine schwerwiegende Entscheidung.« Ihre Stimme zittert. Baue eine Beziehung zu dem Anrufer auf, so steht es im Leitfaden, Beziehungen wirken antisuizidal. Also zeig ihm, dass du für ihn da bist und ihn ernst nimmst. Das gelingt besser, wenn man die Person mit ihrem Namen anspricht. »Pascal, haben Sie mal versucht, sich Hilfe zu holen? Ärztliche oder therapeutische Unterstützung? So ein Verlust ist eine schlimme Sache. Ich kann verstehen, dass man da verzweifelt ist.« Hör zu, zeig Verständnis und vor allem: Rede, sagt sie zu sich selbst. Von wegen Schweigen ist Gold. Wie viel Schlimmes hätte verhindert werden können, wenn die Menschen rechtzeitig miteinander geredet hätten!

»Pah, die Götter in Weiß drehen einem doch immer nur Pillen an. Schluck dies, schluck das. Hinterher zuckst du mit den Beinen, bekommst keinen mehr hoch oder wirst fett und fühlst gar nichts mehr. Die Schlimmsten sind die Seelenklempner. Die haben keine Ahnung. Stell dich deinen Ängsten, sagen sie, halte sie aus! Damit ist jetzt Schluss. Manches lässt sich nicht aushalten.« Er hustet.

*War bereits in Behandlung*, notiert sie. »Was ist mit den Menschen in Ihrem Umfeld? Freunde? Verwandte? Ihre Frau?« Gib ihm das Gefühl, dass es immer Dinge gibt, für die es sich zu leben lohnt. Trotz allem.

»Kathleen? Die ist sofort ausgezogen, nachdem das mit Lotti passiert ist. Sie war schneller weg, als man Weihnachten sagen kann.« Ein sanftes Zischen dringt durch den Hörer. Vermutlich hat er sich eine Zigarette angezündet. »Meine Tochter war das beste Mädchen überhaupt. Ich bin Papas Prinzessin, hat sie immer gesagt. Erst durch Lotti habe ich mein Leben auf die Reihe gekriegt, alles hat plötzlich Sinn ergeben.« Er redet in schnellem Stakkato. »Ich hatte einen Job, ein Kind, eine Wohnung, eine Freundin. War super eingestellt mit meinen Pillen. Ich hatte ein Leben wie die ganzen Normalos.«

*Super eingestellt.* Das bedeutet also, er war bereits in Behandlung, als Lotti auf die Welt kam, und nicht erst nach ihrem Tod. Vermutlich hat dieses tragische Ereignis alte Wunden wieder aufgerissen. Der arme Kerl.

»Ich habe mir eine Pistole besorgt.«

Sie schluckt. Eine Waffe. Er scheint es ernst zu meinen. So weit ist bisher keiner ihrer Anrufer gegangen. Viele haben von traurigen Situationen berichtet, von der Verzweiflung, wenn eine Beziehung in die Brüche ging, oder der Angst vor Armut nach dem Verlust des Jobs. Aber so entschieden wie dieser Pascal hat keiner geklungen.

»Eine Pistole«, wiederholt sie tonlos. Ihr Mund ist trocken. Leise schraubt sie den Deckel ihrer Thermoskanne auf, schenkt sich Kamillentee ein und trinkt einen Schluck. »Wollen Sie es sich nicht noch mal überlegen? Eine Nacht drüber schlafen? Am nächsten Tag sieht alles meist nicht mehr ganz so schlimm aus.« Sie merkt selbst, wie blöd das klingt. Was soll am nächsten Tag besser sein, wenn das eigene Kind tot ist? Andererseits lassen viele von ihrem Vorhaben ab, wenn ein weiterer Tag geschafft ist. Und dann noch einer. »Schinde Zeit«, hat ihr Ausbilder immer gesagt, »zumindest das.« Roberto ist ein großer Meister darin. Als sie bei seinen Gesprächen zuhörte, konnte er mehrere Menschen von einem weiteren Gespräch am Folgetag überzeugen. Sie wünschte, er wäre jetzt hier.

Gegenüber zieht die Mutter jetzt die Vorhänge zu. Auf der Straße unten brausen die Autos vorbei, und die Lichter der Scheinwerfer tanzen im Dunkeln.

»Wozu soll ich meinen Tod aufschieben? Heute vor einem

Jahr ist das mit Lotti passiert. Es gibt nichts mehr, wofür es sich zu leben lohnt.«

Sie kann ihn doch nicht einfach so gewähren lassen, vor allem nicht so kurz vor Weihnachten. Sie kratzt sich am Kopf. Was soll sie tun? Die Polizei hinschicken? Sie öffnet auf dem PC die Liste mit den Telefonnummern der Psychiatrie und des nächsten Polizeireviers.

»Wenn Sie mir einen Psychodoc vorbeischicken oder gar die Polizei auf den Hals hetzen, knall ich die zuerst ab, das schwör ich Ihnen.«

Er scheint ihre Gedanken lesen zu können. Oder hat sie gerade laut gedacht? »Nein, das würde ich nicht machen. Wenn Sie Ihr Leben beenden wollen, dann ist das so.« Man muss auch solche Entscheidungen akzeptieren können, heißt es im Leitfaden. Mit diesem Punkt ist sie nicht einverstanden, aber sie hätte einen Teufel getan, das während der Ausbildung zuzugeben. »Haben Sie gar keine Wünsche mehr?«, fragt sie. »Irgendetwas, das sie noch erleben möchten, bevor …«

»Wenn ich noch mal mit einem Freund reden könnte, jemandem, der mich kurz in den Arm nimmt. Aber ich habe niemanden. So bleiben wohl nur Sie mir am Telefon, um der Welt Lebwohl zu sagen.« Er klingt bedrückt, als läge eine tonnenschwere Last auf seinen Schultern.

*Du musst ihn aufhalten*, sagt sie zu sich selbst. Sie wirft einen Blick aufs Telefondisplay. Siebenunddreißig Minuten dauert der Anruf bereits. Zumindest wartet niemand anderes in der Leitung. *Gib ihm das Gefühl, dass er nicht allein ist.* »Du musst Beraterin sein, keine Retterin«, hatte ihr Ausbilder immer gesagt. Aber vielleicht kann sie heute Abend doch jemanden retten. »Möchten Sie mir ein wenig mehr von Ihrer Tochter erzählen?«

»Was soll ich sagen?« Er wirkt ehrlich verwirrt.

»Was hat Lotti Freude bereitet außer dem Singen? Wie haben Sie beide gemeinsam Zeit verbracht?« Sie holt ihr Handy aus der Handtasche und legt es vor sich auf den Schreibtisch.

»Wir waren oft auf dem Spielplatz bei uns im Hof. Manchmal sind wir aus Spaß über den Balkon unserer Wohnung im Hochparterre direkt in den Hof geklettert, statt durchs Treppenhaus zu gehen.« Ein Seufzen. »Ja, Lottimaus, da hast du gelacht, nicht wahr? Wenn ich dich auf der Schaukel angeschubst habe. Höher, höher, hast du gerufen.« Wieder scheint er mit seiner toten Tochter zu reden. Während er weiterspricht, leitet sie über das Display den Anruf-Transfer ein. Behutsam legt sie den Hörer auf, ergreift nun ihr Handy und stellt ihr Mikrofon aus. »… hoch in die Luft«, sagt Pascal gerade. Es hat geklappt. Sie nimmt ihre Jacke vom Haken und verlässt das Büro. Sie hat alle Informationen, die sie benötigt. Gernotstraße beim Weihnachtsmarkt, Wohnung im Hochparterre, nach hinten raus ein Innenhof mit Spielplatz. Während sie das Handy fest ans Ohr presst, lauscht sie weiterhin Pascals Worten, der sich an sein letztes Weihnachtsfest mit Lotti erinnert. Er hat bislang nicht bemerkt, dass sie nur noch in knappen Worten antwortet, für die sie jeweils kurz das Mikrofon anstellt. Nicht dass er etwas von dem Straßenlärm mitbekommt. Fünf Minuten später steht sie vor dem roten Backsteinhaus. Soll sie klingeln? Hallo, hier ist Angela von der Telefonseelsorge, ich dachte, Sie bringen sich vielleicht doch nicht um, wenn ich kurz vorbeischaue? Nachher schießt er auf sie, weil er denkt, es sei die Polizei. Sie beschließt, sich telefonisch anzukündigen. Mit kalt gefrorenen Fingern aktiviert sie ihr Mikro. Im selben Augenblick kündigt der Betreiber des Karussells lautstark eine neue Runde an.

»Angela?«, fragt Pascal. »Was ist da los bei Ihnen? Wo sind Sie?«

»Ich stehe bei Ihnen vor der Tür, Pascal. Würden Sie mich hereinlassen?« Sie hält die Luft an. Hinter ihr setzen sich die Holzpferde in Bewegung, aufgeregte Kinderhände lassen die kleinen Glocken am Zaumzeug klingen.

»Na gut.« Er zögert. »Läuten Sie bei Fischer.«

Einen Augenblick später steht sie in seiner Küche. Die Spüle ist vollgepackt mit Tellern und Essensresten. Er deutet auf den Küchenstuhl, über dessen Lehne ein löchriges Geschirrtuch hängt. Sie schiebt das Handy in die Tasche ihrer Jacke und setzt sich.

»Was wollen Sie hier?« Pascal sieht viel jünger aus, als er am Telefon geklungen hat, beinahe selbst noch ein Kind.

»Sie haben sich ein echtes Gespräch gewünscht. Hier bin ich.« War es schlau, herzukommen? Ein Selbstmordkandidat wird sein Vorhaben nicht ändern, nur weil sie jetzt in seiner Küche hockt. »Abgrenzung ist oberstes Gebot«, sagt ihr Ausbilder in ihrem Kopf, »ihr müsst euch in jeder Sekunde von dem Fall distanzieren können.« Was sie hier tut, ist das genaue Gegenteil. »Wir könnten gemeinsam versuchen, eine Perspektive für Sie zu finden.«

Er sieht sie an, als wäre sie irre. Dann greift er nach der Pistole, die zwischen dem dreckigen Geschirr auf dem Küchentisch liegt. »Mein Schätzchen hier«, säuselt er, während er über den Lauf der Waffe streicht, »wird mir helfen, Erlösung zu finden.«

Plötzlich ertönt erst ein Rufen, dann Gesang aus dem Nachbarzimmer. *»Spongebob Schwammkopf, Spongebob Schwammkopf!«*, singen Kinderstimmen, dann Kinderlachen. Was zum Teufel …? Hat er ein weiteres Kind? Ist er gar nicht allein in der Wohnung?

Pascal legt die Waffe wieder auf den Tisch, holt eine Tüte Tabak und Blättchen aus der Küchenschublade und dreht sich eine Zigarette. »Da hat Lotti gelegen«, sagt er und zeigt auf den Flickenteppich vorm Kühlschrank, »und dann, zack, das war's!« Lautlose Tränen rinnen seine Wangen hinab, dann wendet er sich ihr zu. Unangenehm bohrt sich sein Blick in sie hinein.

Sie versucht, Zuversicht auszustrahlen. »Ich könnte Ihnen einen Therapieplatz besorgen, stationär im Krankenhaus. Ich habe da Kontakte. Dort wird man Ihnen helfen, Ihre Gedanken zu ordnen, und dann ...« Sie führt den Satz nicht zu Ende, als er vehement den Kopf schüttelt.

Er lässt die Zigarette sinken, packt erneut seine Waffe und richtet den Lauf auf sie. Mit zusammengekniffenen Augen visiert er über die Kimme. »Peng!«, ruft er, imitiert den Rückstoß der Waffe und grinst.

Augenblicklich schnellt ihr Puls in die Höhe. Was ist in ihn gefahren? Es war ein Fehler, herzukommen. Sie hat sich selbst in Gefahr gebracht. Aber wenn sie jetzt geht, wird er sich sofort umbringen. Sie erhebt sich. »Dürfte ich bei Ihnen kurz auf die Toilette?«, fragt sie.

»Zweite Tür links.« Er bleibt sitzen.

Während sie den Flur betritt, hört sie erneut das Lachen. Vorsichtig öffnet sie die Tür zu dem Raum. Es ist das Kinderzimmer. Das Bett ist mit Eiskönigin-Bettwäsche bezogen, ein weißer Plüschhund liegt auf dem Kissen. Auf der Decke ist der Abdruck eines Körpers zu sehen, als habe bis vor Kurzem jemand da gelegen. War es Pascal, in dem Versuch, seiner Tochter nah zu sein? Auf dem Fernseher in der Ecke läuft eine Zeichentricksendung, immer wieder ist Kinderlachen zu hören. Sie zieht die Tür wieder zu und geht ins Badezimmer. Es riecht muffig, als sei länger nicht gelüftet worden. Erst dreht sie den Wasserhahn voll auf, dann holt sie ihr Telefon aus der Tasche und wählt die 110. Sie hätte es längst tun sollen. »Ein junger Mann will sich umbringen, er hat eine Waffe. Bitte kommen Sie schnell, Gernotstraße 12, bei Fischer, die Wohnung im Hochparterre. Ich mache die Tür auf. Bringen Sie bitte einen Rettungswagen mit.« Sie beendet den Anruf und dreht den Wasserhahn wieder zu. Gerade will sie das Badezimmer verlassen, überlegt es sich anders und öffnet den Spiegelschrank. Unzählige ungeöffnete Packungen Haldol und Risperidon. Von ihrer Arbeit im Krankenhaus weiß sie, dass man damit Psychosen behandelt. Aber so wie es aussieht, nimmt Pascal die Tabletten nicht. Es wird Zeit, dass er Hilfe bekommt. Richtige Hilfe. So leise wie möglich schleicht sie zur Haustür und zieht diese einen Spalt weit auf. Es wird nur wenige Minuten dauern, bis die Polizei kommt.

Dann geht sie zurück in die Küche. Pascal steht mit dem Rücken zu ihr an der Spüle. »Warum hast du das getan?«, fragt er. Er dreht sich immer noch nicht um.

»Ich bin hier, weil Sie Hilfe brauchen«, sagt sie ruhig.

»Das meine ich nicht«, antwortet er.

Er wirbelt herum, greift sich die Waffe vom Tisch und zielt auf sie. Dann dirigiert er sie zurück auf den Küchenstuhl. »Ach, Angela. Oder soll ich dich doch besser Viola nennen?« Sein Blick ist stechend.

Hitze schießt ihr ins Gesicht. Woher kennt er ihren echten Namen?

»Du weißt nicht, wer ich bin, oder? Das solltest du aber! Zumindest an meine Tochter solltest du dich erinnern.«

»Ich kenne keine Lotti.«

»Nein? Das solltest du aber! Ich habe sie in der Nacht zu euch ins Krankenhaus gebracht, und du hast sie sterben lassen!

Du hattest gerade deine Schicht begonnen, ich habe gehört, wie du deiner Kollegin erzählt hast, du hättest Kopfschmerzen vom Glühweintrinken. Wenn du nüchtern gewesen wärst, hättest du ihr helfen können. Doch jetzt ist sie tot. Tot! Du bist schuld!« Er jault wie ein verletztes Tier.

»Aber …«, sagt Viola und erinnert sich plötzlich, wo sie den Mann schon einmal gesehen hat: letztes Jahr am Bett der kleinen Carlotta. Damals trug er lange Haare und eine Brille.

»Kein Wort mehr! Du hättest sie retten können!« Er fuchtelt mit der Waffe vor ihr herum.

Im selben Moment sind Schritte im Treppenhaus zu hören. »Herr Fischer? Hier ist die Polizei. Wir kommen jetzt langsam rein.«

Viola erkennt die Panik in den Augen des Mannes. »Es wird alles gut! Ihre Tochter …«

Sie spricht mit ihrer beruhigenden Krankenschwesterstimme.

»Mörderin!« Pascal Fischer legt den Finger an den Abzug, zielt auf sie. »Das ist für Carlotta!« Er drückt ab. Der Rückstoß lässt die Waffe aus seiner Hand gleiten, der Mann sackt schluchzend auf dem Flickenteppich zusammen. Nebenan ertönt erneut das Lied von Spongebob. Viola fasst sich an den Bauch, da klafft ein Loch in ihrer Jacke und Blut. So viel Blut und kein Schmerz. Das muss der Schock sein.

Fest presst sie die Hand auf die Wunde, steht auf und schleppt sich in den Flur. Sekunden später wird die Tür aufgestoßen. Mehrere uniformierte Polizisten in schusssicheren Westen stürmen herein, alle die Hände an der Waffe. »Wir brauchen einen RTW und einen Notarzt in die Gernotstraße«, spricht er in sein Funkgerät.

»Nehmen Sie die Hände hinter den Rücken«, schreit sein Kollege aus der Küche. Kurz darauf schiebt er Pascal mit Handschellen aus dem Zimmer in den Flur.

»Die Hexe«, ruft Pascal und nickt in Violas Richtung. »Die Hexe hat mein Kind getötet! Ich habe sie hergelockt, um mich zu rächen.«

»Was ist hier los? Schatz?« Eine junge Frau in leuchtend gelber Winterjacke steht plötzlich im Eingang, an der Hand ein kleines Mädchen. »Lassen Sie mich rein. Was ist mit meinem Mann?«

»Kathleen? Lottimaus?« Ungläubig starrt Pascal Mutter und Kind an. »Wie kann das sein?«

»Papa!« Die Kleine springt auf den Vater zu, scheint weder die Handschellen noch die Polizisten zu bemerken. »Das Wochenende bei Omi war toll! Wir haben Plätzchen gebacken.« Dann entdeckt das Kind Viola, die gerade von den Sanitätern auf einer Trage aus der Küche getragen wird. »Hallo, Schwester Viola, was machst du denn hier?« Das Mädchen schaut auf Violas Hand, die sie weiterhin auf ihren Bauch presst. »Hast du auch von Papas Liebesperlen genascht?«

»Hallo, Carlotta!« Viola lächelt schwach.

Natürlich erinnert sie sich an das Mädchen, auch wenn es heute kein Elsa-Kleid trägt und die wilden Locken zu einem Pferdeschwanz gebunden sind. Ein Jahr ist es her, seit die Kleine in die Notaufnahme gebracht wurde, nachdem sie eine ganze Packung der Tabletten ihres Vaters geschluckt hatte. Sie hatten ihr sofort den Magen ausgepumpt. Im Schwesternzimmer hängt seitdem das Bild, das sie ihnen zum Dank gemalt hat.

»Mit Oma Kekse gebacken!«, wiederholt Pascal. Er sinkt auf die Knie, lehnt den Kopf an das Kind.

Unsanft packen die Uniformierten ihn, zu zweit zerren sie ihn weg von seiner Tochter. Die Sanitäter heben die Trage mit Viola durchs Treppenhaus, dann in den RTW. Nachdem sie Viola angeschnallt hat, legt die Notärztin einen Zugang in deren rechten Arm. Erst vor wenigen Stunden haben sie sich an der Schleuse zur Chirurgie gesehen, als die Ärztin eine Rentnerin mit offenem Beinbruch im Krankenhaus abgeliefert hat. »Viola, Sie müssen sofort in den OP.«

Als sie mit Blaulicht losrasen, klingelt das Handy in Violas Jackentasche. Einmal, zweimal, dann tastet Viola danach und drückt reflexartig die Annahmetaste.

»Ja« ist alles, was sie hervorbringt.

»Hallo?«, fragt eine zaghafte Stimme. »Ist da die Telefonseelsorge? Ich muss dringend mit jemandem reden, ich brauche Hilfe …«

# *11. Ave Maria*

Sunil Mann

Die Kälte weckt mich früh. Sie hat Decke und Schlafsack klamm werden lassen und dringt durch jede undichte Stelle. Meine Zehen sind taub, meine Finger steif. Das Gesicht spüre ich kaum noch. Feuchter Raureif überzieht mit jedem Atemzug den Oberlippenbart. Mit einem leisen Stöhnen öffne ich den Reißverschluss, und augenblicklich krallt sich eisiger Frost in meine Kleider.

Ich habe wieder geträumt, wie jede Nacht. Immer derselbe Traum, dieselben Bildabfolgen. Kurze Sequenzen voller Blut und Geschrei, Menschen, die um ihr Leben rennen. Marianne, die auf Knien unter den Konferenztisch kriecht und doch nicht schnell genug ist. Schüsse krachen, so nah, dass meine Ohren augenblicklich wieder taub werden. Der Ablauf so chaotisch, dass später niemand in der Lage war, die Geschehnisse zu rekonstruieren, sie chronologisch zu ordnen. Noch immer wirken sie auf mich erschreckend real. So real, als wäre die Tragödie erst gestern geschehen und nicht vor zwölf Jahren.

Nicht daran denken, nur so kann ich überleben. Mir keine Vorwürfe mehr darüber machen, was ich hätte verhindern können und was ich nicht verhindert habe. Theoretisch macht das Sinn. Praktisch ist es unmöglich. Die Ereignisse dieses Tages werden mich bis zum Ende meines Lebens verfolgen.

Ausatmend schlage ich Schlafsack und Decke zurück und strecke mich fröstelnd. Dampfwolken entweichen meinem Mund und verlieren sich in der morgendlichen Dunkelheit. Ich zünde mir eine Zigarette an, lehne mich an die Brüstung und nehme einen ersten tiefen Zug.

Einer der schönsten Schlafplätze, sagt man. Mitten in der Stadt. Nur einen Steinwurf von der Bahnhofstrasse entfernt, der Einkaufsmeile mit den vermutlich höchsten Mietpreisen Europas, Zürichs Hauptbahnhof ist in sechs Gehminuten erreichbar.

Eine breite Sandsteinbank unter einem Vordach, wo ich vor Regen und Schnee geschützt bin, geradezu pittoresk gelegen neben dem Amtshaus IV, mit Blick auf die Urania-Sternwarte auf der einen Seite, die an der Altstadt vorbeifließende Limmat auf der anderen. Darüber thront das nachts hell erleuchtete Universitätsgebäude, in nächster Nähe und ähnlich pompös die Eidgenössische Technische Hochschule.

Ein ruhiger Schlafplatz auch. Nach Feierabend versiegt der Verkehr, und unter der Brücke, die das Amtshaus mit dem Hochbaudepartement verbindet – beides massive Jugendstilbauten aus dem frühen 20. Jahrhundert –, kehrt Stille ein. Den Aufstieg hier hoch nimmt nach Sonnenuntergang kaum noch jemand in Angriff. Selten schlendern vereinzelte Touristen auf dem Weg zum Lindenhof vorbei, einem lauschigen, mit Bäumen bepflanzten Park, von wo aus man einen grandiosen Ausblick auf die Altstadt und den Fluss hat. Im Sommer verirren sich hin und wieder betrunkene Jugendliche in diese Gegend. Vor ihnen muss man sich in Acht nehmen, weil man nie weiß, ob sie gerade aggressiv drauf sind. Manchmal kommt es zu brutalen Übergriffen, doch wir haben gelernt, uns zu wehren. Meist sind sie jedoch harmlos und wollen bloß ungestört ihren Joint rauchen. In besonders kalten Winternächten fahren die Sozialdienstler in ihren kleinen Bussen vor, bringen heißen Tee in Thermosflaschen und verteilen Wolldecken, weil sie aus Erfahrung wissen, dass sich keiner von uns überreden lässt, in einer Notschlafstelle zu übernachten. Zu riskant. Am nächsten Morgen wäre der hart erkämpfte Schlafplatz garantiert von jemand anderem besetzt.

Zwölf Jahre auf der Straße, zwölf Jahre obdachlos, und um nichts in der Welt hätte ich daran etwas ändern wollen. Ich habe der Gesellschaft mit Absicht den Rücken zugedreht und alles hinter mir gelassen. Mein ganzes früheres Leben. Wenigstens eine Entscheidung, die ich nicht bereue. Verstehen tut das keiner, aber mittlerweile muss ich mich auch nicht mehr erklären. Hier fragt keiner nach deiner Vergangenheit, denn sie zählt nicht mehr. Wenn man etwas aus seinem Leben preisgibt, macht man es aus freien Stücken. Man ist nur noch der Mensch, der man in diesem Moment ist, wer man früher war, spielt keine Rolle, und was sein wird, weiß ohnehin keiner.

Ich drücke die Zigarette aus, werfe sie in den Aschenbecher, der neben dem Eingang des Amtshauses an die Wand montiert ist. Ich bin ordentlich, war es schon immer. Dann packe ich die wichtigsten Sachen in meinen Rucksack und mache mich auf den Weg.

Die Stadt schläft noch. Beinahe leer fahren Straßenbahnen an mir vorbei; als ich die Brücke bei der Gessnerallee überquere, kommt mir ein grell blinkendes Straßenreinigungsfahrzeug entgegen. Heute fühlt es sich wieder einmal an, als würde mich das tonnenschwere Gewicht meiner Schuld zu Boden drücken, jeder Schritt fällt schwer, der Morgen erscheint mir dunkel und hoffnungslos.

Das Gassencafé liegt in der Nähe der Langstrasse, einst Zürichs verruchtes Rotlichtviertel, heute *die* Ausgehmeile für das Jungvolk aus der Provinz. Das Lokal ist rudimentär eingerichtet und bereits gut besetzt, die Kälte hat etliche Randständige in die Wärme getrieben. Warmes Licht und große Fenster, grobe Holztische und bunt zusammengewürfelte Stühle, ein Ficus zur Begrünung. Die meisten Gäste sitzen allein an einem Tisch, die Hände um eine dampfende Tasse Kaffee oder Tee gelegt, und starren ins Leere. Keiner redet, leise läuft Weihnachtsmusik im Hintergrund, es herrscht eine entspannte Stille. Das wird sich im Verlauf des Vormittags ändern, sobald die lärmigen Schnapsnasen auftauchen. Doch die liegen zu dieser frühen Stunde noch im Koma, etliche sind vermutlich im Verlauf der Nacht von den Sozialdienstlern eingesammelt worden, damit sie im Freien nicht erfrieren.

Nuria hat Frühschicht, ich mag sie. Eine etwa fünfzigjährige Frau mit dunkler Haut und widerspenstigen Locken, die sie mit einem Haarreif zu bändigen versucht. Woher sie kommt, habe ich sie noch nie gefragt. Sie gibt sich kurz angebunden, beinahe schroff, dafür lässt sie einen in Ruhe. Nicht wie andere Mitarbeiter, die sich ungefragt zu einem hinsetzen, wenn gerade nichts zu tun ist, und einen dann volllabern. Sie denken, wir sind einsam. Was an sich richtig ist, aber in manchen Fällen ist die Einsamkeit gewollt.

Ich bestelle einen Milchkaffee und ein Butterbrot, und während Nuria mein Frühstück zubereitet, gehe ich auf die Toilette. Klo, Zähne putzen, Katzenwäsche. Danach schnappe ich mir eine Zeitung, setze mich an einen freien Tisch und blättere mich durch die neuesten Nachrichten, bis mir Nuria den Kaffee und die Stulle bringt. Für einen kurzen Moment verflüchtigen sich die düsteren Gedanken, die seit dem Aufstehen in meinem Hinterkopf dräuen. Ich hebe die Tasse an und will einen Schluck nehmen, als jemand die Tür aufreißt. Sadie. Die hat mir gerade noch gefehlt.

Sie ist bis zur Unkenntlichkeit vermummt, ich erkenne sie nur am Gang. Ihre stampfenden Schritte, die stets ein wenig trotzig klingen und von einer Sekunde zur nächsten in ein Tänzeln übergehen können.

»Du lebst immer noch«, stößt sie atemlos hervor, nachdem sie sich auf den Stuhl mir gegenüber hat fallen lassen.

»Tut mir leid, dich zu enttäuschen«, brumme ich mürrisch.

Ich wäre jetzt lieber allein, aber die Bedürfnisse anderer kümmern Sadie nicht im Geringsten, das weiß ich aus Erfahrung.

»Hab' gehofft, dein Schlafplatz wird endlich frei.« Umständlich schält sie sich aus den diversen Kleidungsschichten und stapelt sie auf dem Tisch.

»Darauf spekulieren schon andere.«

»Aber du vermachst ihn doch mir, oder? Hatten wir so vereinbart, erinnerst du dich?«

Genervt schaue ich von meiner Tasse auf.

»Okay, okay«, beschwichtigt sie mich mit erhobenen Händen. »Ich halte schon den Mund.«

»Leere Versprechungen, wie immer.«

»Heute extra griesgrämig?«

»Du hast mich noch nie griesgrämig erlebt.«

Abwartend knetet sie ihre Unterlippe und starrt mich dabei unentwegt an, während ich vorgebe, es nicht zu bemerken. Sie will mir unbedingt etwas mitteilen, ich kann es förmlich spüren, ermuntern will ich sie aber auf keinen Fall. Früher oder später wird sie ohnehin damit herausplatzen.

Sadie heißt nicht wirklich Sadie, aber wenn sie so genannt werden will, ist mir das recht. Ihren wahren Namen kennt keiner. Sie ist jung, zwei- oder dreiundzwanzig vielleicht, hat dunkle Locken und ein schmales, blasses Gesicht. Gäbe es eine Parallelwelt und sie würde sich in einem gutbürgerlichen Umfeld bewegen, wäre sie zweifelsohne sehr attraktiv gewesen. In dieser Welt hier haben sich die Entbehrungen und Verletzungen, die das Leben auf der Straße gerade für eine junge Frau mit sich bringen, in ihre Züge eingraviert. Sie wirkt müde und erschöpft, isst zu wenig und ungesund, ihre Haut ist unrein und hat einen gräulichen Stich. Die Augen liegen zu tief in den Höhlen, die Schatten darunter erinnern an verwischte Kohlestriche.

Sie flüstert mir etwas zu, so leise, dass ich es erst gar nicht mitbekomme.

Erst als sie mit einem »Hey, alter Mann!« auf sich aufmerksam macht, höre ich hin.

»Was?«, frage ich ungehalten. Bei Sadie weiß man nie, woran man ist. Manchmal redet sie einfach Unsinn.

»Ich muss dir was zeigen.«

»Dann zeig es mir und mach nicht so ein Theater.«

Sie verdreht die Augen. »Nicht hier. Am Bahnhof.«

»Ach so.«

»Schaffst du es zu Fuß dorthin? In deinem Alter? Sind zehn enorm anstrengende Minuten über absolut flaches, asphaltiertes Terrain. Oder soll ich ein Taxi rufen?«

Jetzt ist es an mir, mit den Augen zu rollen. »Lass mich in Ruhe meinen Kaffee trinken, okay?«

Sadie lächelt, ihr Gesicht erhellt sich, und unvermittelt sitzt mir die junge Frau gegenüber, die sie hätte sein können, wenn ihr Leben anders verlaufen wäre.

Zwei Stunden später lehnen wir am Geländer des Rolltreppenschachts, der in den Untergrund des Zürcher Hauptbahnhofs führt, und ziehen an unseren Zigaretten. Gegenüber ein Spielwarenladen.

»Wir müssen abwarten«, sagt Sadie und stößt Rauch aus.

Sobald meine Kaffeetasse leer war, kam ihr in den Sinn, dass sie doch etwas essen möchte. Einen Schokoriegel. Sie ließ sich Zeit mit ihrem Frühstück, kaute bedächtig, machte lange Pausen zwischen den einzelnen Bissen. Dann verschwand sie eine gefühlte Ewigkeit auf der Toilette, um sich »frisch zu machen«, wie sie erklärte, doch als sie zurückkam, war sie so aufgekratzt, dass ich misstrauisch wurde. Die stecknadelgroßen Pupillen verrieten mir unmissverständlich, dass ihre Interpretation von »frisch machen« sich grundlegend von der herkömmlichen Bedeutung unterschied. Fentanyl, befürchtete ich, das ist billig, und kleinste Dosen sorgen schon für stundenlange Euphorie.

Sie wiegt sich in den Hüften und summt eine Melodie, während ich auf das Geschäft vis-à-vis starre. Die Schaufenster überbordend mit Spielsachen und Weihnachtskram, das offensichtliche Zuviel scheint beim Einrichten niemanden gestört zu haben.

Seltsam und dunkel sind sie, diese Tage kurz vor Weihnachten. Jedes Jahr um diese Zeit verschiebt sich irgendetwas, eine winzige Erschütterung im Universum, ein seismografisch nicht messbares Beben, ohne dass irgendjemand benennen könnte, was genau es ist. Man kann es jedoch deutlich spüren, der Einfluss dieser minimalen Verschiebung ist allgegenwärtig und unbestreitbar. Alles verändert sich, man selbst verändert sich, auch wenn man nicht gläubig ist und einem religiöse Festtage schon lange nichts mehr bedeuten.

Es ist, als hätte die gesamte Bevölkerung zeitgleich einen Adrenalinstoß bekommen. Plötzlich laufen die Leute noch eiliger durch die Bahnhofstrasse, stürzen kopflos in die hell erleuchteten Geschäfte, ohne einen Blick für die glitzernde Dekoration übrigzuhaben, hetzen auf der Suche nach einem weiteren sinnlosen Geschenk hektisch an Regalen vorbei, Rolltreppen rauf und runter, bis sie am Ende etwas kaufen, das sie genauso wenig ausstehen können wie später die beschenkte Person. Frust und Wut liegen in der Luft, allgegenwärtige Aggressionen, die sich beim nichtigsten Anlass entflammen wie explosives Gas. Die Nerven liegen blank, alle sind gestresst und schreien sich grundlos an, Geduld kennt keiner mehr. Die Zivilisation ist bloß eine hauchdünne Membran, unter der die Anarchie lauert.

Für uns sind es trotzdem gute Tage. Das schlechte Gewissen und die traditionelle Verschiebung im universellen Gefüge sorgen dafür, dass unsere Pappbecher sich mehrmals am Tag füllen. Natürlich leeren wir sie sofort, sobald ein paar Münzen drinliegen, die Illusion muss aufrechterhalten werden. Volle Behälter sind schlecht fürs Geschäft. Lernt man schnell. Auch, welches die einträglichsten Ecken sind, vor welchen Läden die meisten Leute gern etwas Kleingeld lockermachen und wo sie eher knausrig sind.

Faustregel: Je teurer der Laden, desto höher die Einnahmen. Allerdings nur während der Weihnachtszeit, danach lässt die Spendierfreude rapide nach. Die Gehsteige vor Boutiquen sind in diesen Wochen ausgezeichnete Territorien, *Prime Locations* sozusagen, Juweliere auch, wenn man ein bisschen auf sich und seine Kleidung achtgibt und nicht zu verwahrlost wirkt. Man will die Leute ja nicht erschrecken, sondern so aussehen, dass ihnen bewusst wird, dass es auch sie treffen könnte, dass sie gar nicht so viel von unserer Situation trennt. Eine teure Scheidung, ein Burn-out, irrlichternde Börsenkurse oder eine weitere insolvente Bank. Reicht alles aus.

Geldspenden sind immer auch Absolution. Mit einer großzügigen Spende hofft man, das Schicksal gnädig zu stimmen, sich freizukaufen von möglichem Unheil. 2025, künstliche Intelligenz, Bitcoin und weiß der Kuckuck was alles noch, aber der alte Zauber wirkt nach wie vor.

Dass Kaufhäuser und Supermärkte dagegen eher weniger lukrative Orte sind, liegt auf der Hand. Da kauft die Mittelschicht ein. Doch selbst da summiert sich das Kleingeld. Leer geht um diese Jahreszeit keiner aus.

»Jetzt«, flüstert Sadie und deutet mit einer knappen Kinnbewegung zur anderen Straßenseite.

Ein schlaksiger junger Mann ist vor dem Spielwarenladen aufgetaucht. Er trägt eine Kapuzenjacke, weite Jeans und ausgelatschte Sneaker, ich schätze ihn auf Anfang zwanzig. Ein ausgemergeltes, leichenblasses Gesicht, die dunkelblonden Haare strähnig. Auch einer von der Schattenseite, selbst wenn er noch nicht ganz so tief gesunken ist wie wir.

»Das war's?« Ich wende mich Sadie zu.

»Warte«, flüstert sie, ohne den Kerl aus den Augen zu lassen.

Sie summt leise weiter, und endlich erkenne ich die Melodie. *Ave Maria.*

Klar. Weihnachten erwischt jeden, denke ich, während ich den jungen Mann beobachte.

Unruhig tigert er vor dem Laden auf und ab, während er offenbar abcheckt, was drinnen vor sich geht.

Zwei Tage vor Heiligabend. Mittlerweile ist es fast zehn Uhr, doch noch befindet sich kaum Kundschaft im Laden. Sie wird später einfallen, in Scharen, gehetzt und nervlich am Ende. Als wäre Weihnachten in diesem Jahr völlig überraschend gekommen.

»Was soll daran spannend sein?«, frage ich nach einer Weile.

Sie wirft mir einen genervten Blick zu. »Sei nicht so ungeduldig!«

»Der steht doch nur rum!«, argumentiere ich heftiger als beabsichtigt.

Ich sollte längst vor der Designerboutique an der Bahnhofstrasse sitzen, den Pappbecher vor mir, die leidende Miene aufgesetzt. Schließlich habe ich mir das Privileg, an dieser enorm einträglichen Stelle zu betteln, hart erkämpft. Tauche ich nicht auf, übernimmt kurzerhand jemand anders.

»Das ist schon der dritte Tag, an dem er hier aufkreuzt«, sagt Sadie. »Vorgestern ist er mir zum ersten Mal aufgefallen.« Sie macht eine vage Bewegung Richtung Gleise, die sich direkt hinter uns befinden. Vermutlich ist ihr Schlafplatz eine der Sitzbänke auf den Plattformen. Wobei es in den Zwischengeschossen im Bahnhofsuntergrund deutlich wärmer ist als im Freien.

»Da habe ich mir noch nichts dabei gedacht«, fährt sie fort. »Aber gestern stand er wieder vor dem Laden. Stundenlang.«

»Haut er die Leute um Kleingeld an?«

»Nein. Er steht nur da und schaut durch die Schaufenster in den Laden hinein.«

»Geht er auch rein?«

»Bis jetzt nicht.«

»Vielleicht kundschaftet er die Lage aus?«

Sie reißt die Augen auf. »Glaubst du?«

»Mir fällt kein anderer Grund ein, weshalb er sonst stundenlang vor dem Laden stehen sollte.«

Sie schürzt die Lippen und schaut nachdenklich zu dem jungen Mann hinüber. »Aber wozu? Was hat er vor?«

Ich zucke mit den Schultern. »Vielleicht gefällt ihm ein Spielzeug, das er sich nicht leisten kann, und er bewundert es aus der Ferne.«

»Auf so eine bescheuerte Erklärung kommt kein Mensch. Außer dir.«

Unwillkürlich muss ich lachen. Das schafft Sadie manchmal: mich aufzuheitern, sodass sich alles Dunkle in mir für ein paar Sekunden auflöst. »Oder er hat vor, den Laden auszurauben.«

»So? Indem er vor dem Eingang herumsteht? Schlau geht anders.«

»Danach sieht er nun wirklich nicht aus«, sage ich.

Sie grinst und stößt mir den Ellbogen in die Seite.

Plötzlich setzt sich der Typ in Bewegung und marschiert durch die elektronischen Schiebetüren.

»Los!«, ruft Sadie und rennt über die Straße.

Kopfschüttelnd folge ich ihr. Als ich drüben ankomme, steht sie bereits dicht an der Scheibe und späht in den Laden hinein.

»Er schaut sich um«, zischt sie mir zu. »Aber zwischendurch sucht er ziemlich auffällig die Decke ab.«

»Er will herausfinden, ob es Überwachungskameras gibt«, mutmaße ich.

»Kann ich mir nicht vorstellen. Ist ja keine Bank.«

Ich gebe ein zustimmendes Brummen von mir.

Endlich entdecke ich den jungen Mann. Zwischen all den aufgetürmten Kisten mit Gesellschaftsspielen, den auf Regalen sich reihenden Puppen und einem gigantischen Weihnachtsbaum, der mitten im Eingangsbereich steht, ist das gar nicht so einfach.

In diesem Moment kommt eine Verkäuferin auf ihn zu, eine

etwas ältere Frau in einem dicken Strickpullover, auf dem Nikoläuse Purzelbäume schlagen. Der Typ versucht, ihr auszuweichen, was ihm nicht gelingt. Dazu ist sie definitiv zu entschlossen. Mit einem aufgesetzten Lächeln spricht sie ihn an, worauf er den Kopf schüttelt und vage auf eine Ecke mit ferngesteuerten Autos zeigt. Sie macht einen Schritt in die von ihm angedeutete Richtung, langt nach einem der Fahrzeuge und reicht es ihm. Widerstrebend nimmt er es entgegen, dreht es eine Weile in den Händen und gibt es ihr schließlich zurück. Bedauernd verzieht sie die Mundwinkel, während er sich mit einem Nicken bedankt, noch zehn Sekunden herumschlendert, um dann zielstrebig Richtung Ausgang zu schreiten.

Sofort setzen Sadie und ich uns auf den Gehsteig, ziehen die Pappbecher aus den Jackentaschen und stellen sie vor uns.

»Alles abgecheckt«, sagt der junge Mann, als er aus dem Laden tritt, das Handy am Ohr. »Keine Überwachungskameras. Das wird ein Sonntagsspaziergang.«

Er schweigt und lauscht, dann meint er: »Wie besprochen. Rein, raus, Weihnachten feiern. Aber richtig!« Er stößt ein meckerndes Lachen aus.

Es scheint, als hätte ich mit meiner Vermutung recht gehabt. Der Typ will den Laden ausrauben. Gemeinsam mit einem Kumpel, sonst würde er den Überfall wohl kaum so offenherzig am Telefon besprechen. Uns nimmt er gar nicht wahr, aber das sind wir gewohnt. Viele Passanten sehen uns nicht, sie blenden uns aus, weil wir nicht ins Bild dieser reichen, gutbürgerlichen Stadt passen und schon gar nicht in diese auf Hochglanz polierte Einkaufsgegend, für sie sind wir unsichtbar, nicht existent.

»Hast du alles?«, will er wissen. »Skimasken, Spielzeugknarren, Rucksack?«

Er lauscht wieder, wobei er direkt vor uns auf und ab marschiert.

»Nein, die Pistolen kaufe ich nicht hier!«, schreit er plötzlich, wütend und fassungslos zugleich. »Bist du blöd, oder was?«

Er greift sich an die Stirn.

»Kümmere dich darum, und zwar sofort«, knurrt er und beendet den Anruf.

»Was jetzt?«, fragt Sadie, sobald er außer Hörweite ist.

»Reingehen und ihnen erzählen, was wir mitbekommen haben?«

Sadie lacht leise. »Die glauben uns doch sowieso kein Wort. Schau uns doch an. Zwei Obdachlose, die etwas von einem Überfall erzählen. Sie würden uns in null Komma nichts rausschmeißen.«

Wo sie recht hat, hat sie recht. Außerdem haben wir keine Beweise, kein Datum, keine genaue Uhrzeit, nichts. Außer unseren vagen Annahmen, die auf einem mitgehörten Telefongespräch basieren. Wir könnten unsere Warnung nicht ansatzweise mit Fakten belegen.

»Was schlägst du vor?«, frage ich.

Sadie wiegt den Kopf. »Wir machen es so: Wir positionieren uns die nächsten Tage über vor dem Laden. Der Überfall findet definitiv vor Weihnachten statt. Es sei denn, die beiden Typen sind noch bescheuerter, als wir annehmen.« Sie kichert.

Ich deute mit einer Armbewegung auf den Juwelier. »Aber …«

»Hier geht auch Kundschaft ein und aus«, beschwichtigt sie mich, »und wer Kinder mag, hat sicher auch ein Herz für Obdachlose.« Sie setzt einen treuherzigen Hundeblick auf, was mich erneut zum Lachen bringt.

»Genau, und dann verhindern wir den Überfall und werden zu Helden!«

»Toller Plan«, murmle ich.

»Spielzeugknarren«, hält sie dagegen. »Du hast es selbst gehört. Die halten uns nicht auf.«

Ich schrecke aus meinem unruhigen Schlummer auf, weil mich jemand an der Schulter packt und schüttelt. Sadie beugt sich über mich, ihr Gesicht nah an meinem.

»Der Überfall findet am 23. Dezember statt«, verkündet sie. »Kurz vor sieben Uhr abends.«

Ächzend richte ich mich auf. »Wie kommst du darauf?«

»Das ist der Tag, an dem die Leute am meisten einkaufen. Davor läuft es auch gut, aber am 23. ist so richtig die Hölle los. An Heiligabend hingegen weniger, weil da viele Leute zu Hause bleiben, um das Fest vorzubereiten.«

»Hast du mal im Verkauf gearbeitet?«

Für den Bruchteil einer Sekunde sieht sie mich ausdruckslos an, dann richtet sie sich ruckartig auf.

»Viel Kohle werden sie eh nicht ergaunern«, gebe ich zu bedenken. »Im besten Fall ein paar Tausend Franken.«

»An einem Weihnachtsverkaufstag kommt schon einiges zusammen«, meint sie. »Spielwaren sind nicht billig, und gerade an Weihnachten sind viele ältere Leute unterwegs. Die bezahlen oft noch in bar und nicht mit Karte. Außerdem ist es weit weniger riskant, einen Spielzeugladen auszurauben, als ein Schmuckgeschäft oder eine Bank.«

»Das kriegen sogar Volldeppen hin, meinst du?«

Amüsiert verzieht sie die Mundwinkel.

»Heute ist der Dreiundzwanzigste.«

»Darum bin ich ja hier. Wir gehen da jetzt hin und verhindern den Überfall.« Sie schlendert zur Brüstung hinüber und zieht dabei eine Schachtel Zigaretten aus der Jackentasche.

»Na dann«, sage ich und schlüpfe aus dem Schlafsack.

»Du hast übrigens im Schlaf geschrien«, bemerkt sie über die Schulter und zündet sich einen Glimmstängel an.

»Wie lange bist du schon hier?«

»Lange genug.« Sie inhaliert den Rauch. »Willst du darüber reden?«

Für einen Moment bin ich versucht, ihr von dem Amoklauf im Gemeindehaus zu erzählen. Von diesem Mann, der mehrmals in meinem Büro aufgetaucht ist, um sich über seinen Steuerbescheid zu beklagen, der angeblich viel zu hoch sei. Den er unmöglich bezahlen könne. Nichts Ungewöhnliches, solche Gespräche führt man als Beamter tagtäglich. Man sieht sich die Sache kurz an, findet keinen Fehler, bietet eine Ratenzahlung an und schickt den Besucher unverrichteter Dinge wieder nach Hause. Kein Anlass zur Beunruhigung. Der Typ kam vier Mal vorbei, bei jedem Besuch verzweifelter. Vier Mal habe ich ihn abgewimmelt, beim fünften Mal hatte er ein Militärgewehr dabei.

Sadie sieht mich erwartungsvoll an, ich jedoch senke den Kopf. Irgendwann vielleicht, aber heute nicht. Das ist definitiv keine Weihnachtsgeschichte.

Der Tag kommt mir endlos vor, die Zeit vergeht kaum. Dafür klingelt es unablässig in unseren Bechern, andauernd müssen wir sie leeren, unsere Jackentaschen sind vollgestopft mit Kleingeld und sogar ein paar Scheinen. Wie Sadie prophezeit hat, ist im Spielwarenladen die Hölle los. Die Leute stehen Schlange vor der Kasse, die Regale leeren sich zusehends.

»Da sind sie!«, zischt mir Sadie kurz vor sieben Uhr zu.

Zwei Typen sind gerade um die Ecke gebogen. Der eine ist der ausgemergelte Blonde, sein Kumpel hat kurze rote Haare, ist einen Kopf kleiner und wesentlich korpulenter. Sie halten inne und geben vor, sich die Schaufenster anzugucken. Nervös sind sie beide, das ist offensichtlich, eindeutig ihr erster Überfall. Noch befindet sich viel Kundschaft im Geschäft, obschon es in wenigen Minuten schließt. Die beiden Jungs schlendern an uns vorbei, halten aber an der nächsten Straßenecke an. Sadie wirkt angespannt, beinahe vergisst sie, sich für die nach wie vor in den Becher fallenden Münzen zu bedanken. Wieder summt sie ihr *Ave Maria*. Wir haben uns darauf geeinigt, dass wir die beiden beim Verlassen des Ladens aufhalten, uns nach Möglichkeit den Rucksack mit dem erbeuteten Geld schnappen, um ihn dann an den Spielwarenladen zurückzugeben. Eine exaktere Planung ist uns nicht möglich, da wir nicht wissen, wie genau die beiden Typen den Raubüberfall durchziehen wollen. Nach dem mitgehörten Telefongespräch gehen wir aber von keiner allzu komplexen Vorgehensweise aus.

Mittlerweile ist nur noch eine Kundin im Geschäft, gerade lässt sie sich eine überdimensionierte, in Geschenkpapier verpackte Kiste aushändigen, die sie anschließend umständlich in ihre mitgebrachte Tasche schiebt. Kurz darauf steuert sie auf die elektronische Schiebetür zu. Die ältere Verkäuferin, die am Eingang steht, trägt heute einen anderen Weihnachtspullover, einen mit lustigen Rentieren. Mit einem müden Lächeln verabschiedet sie die letzte Kundin. In der Hand hält sie einen Schlüsselbund und wartet ab, bis die Frau ins Freie getreten ist und sich die Scheiben hinter ihr komplett geschlossen haben. Dann sucht sie einen der Schlüssel heraus, begibt sich zur Wand daneben und will gerade den Öffnungsmechanismus ausschalten, wie ich annehme, als die Jungs vor dem Eingang auftauchen. Beide tragen Skimasken. Die Tür öffnet sich wieder. Die Verkäuferin verdreht kurz die Augen und macht einen Schritt auf die jungen Männer zu, um sie vermutlich darauf hinzuweisen, dass geschlossen ist. Doch ehe sie etwas sagen kann, sieht sie die Masken und die eine Pistole, die auf sie gerichtet ist. Ihr Mund klappt auf, doch kein Laut dringt heraus. Der Rothaarige, unschwer an seiner Statur zu erkennen, packt sie am Arm und schubst sie vor sich her, quer durch den Laden bis zur Kasse. Die beiden Verkäuferinnen, die dort stehen, reißen entsetzt die Augen auf und erstarren, danach geht alles sehr schnell. Der Blonde wirft ihnen einen Rucksack zu, während er mit der Plastikknarre in ihre Richtung fuchtelt, sein Kollege hält weiterhin die ältere Frau in Schach. Kassen werden geöffnet, Geldscheine in den Rucksack gepackt, und nach gefühlten zwanzig Sekunden rennen die beiden Kerle bereits wieder Richtung Ausgang.

Sadie und ich tauschen einen Blick aus, wir sind bereit. Wir haben uns auf je einer Seite der Schiebetür positioniert. Kaum stürmen die beiden Typen aus dem Laden, werfe ich mich mit meinem ganzen Gewicht gegen denjenigen, der näher zu mir steht. Zweifelsohne der Blonde. Er stößt einen verblüfften Fluch aus, während er gegen seinen Kumpel prallt, der wiederum das Gleichgewicht verliert und auf den Gehsteig knallt. Der Blonde stolpert über seine Beine und fällt auch hin. Blitzschnell schnappe ich mir den Rucksack, den er sich an die Brust gepresst und beim Fallen losgelassen hat, und werfe ihn Sadie zu, die bereits losgerannt ist. In den Laden zu fliehen, ist keine gute Idee, darin waren wir uns bei der Planung einig, Plastikknarren hin oder her. Es wäre eine Sackgasse. Wir können nicht abschätzen, wozu die beiden Kerle fähig sind. Sadie fängt das Gepäckstück auf und hetzt über die Straße, während ich dem Blonden, der sich gerade wieder aufrappelt, einen weiteren Stoß versetze. Das verschafft mir einen winzigen Vorsprung. Keine Ahnung, wann ich zum letzten Mal gerannt bin. Schon nach wenigen Metern rebelliert meine Lunge mit einem Stechen, doch ich ignoriere es.

Sadie ist ein gutes Stück voraus, sie einzuholen, ist schier unmöglich, was mich nicht daran hindert, es trotzdem zu versuchen. Keuchend hetze ich am Bahnhof entlang, die Strecke erscheint mir endlos. Meine Komplizin steuert direkt auf die Europaallee zu, die sonst etwas steril wirkende, von modernen Hochhäusern gesäumte Einkaufsstraße entlang der Gleise. In der Adventszeit findet hier einer der vielen städtischen Weihnachtsmärkte statt. Überall Verkaufsstände, Bars und Pavillons, ein riesiger Christbaum steht mittendrin, Weihnachtssongs dudeln, und es riecht nach Glühwein und Frittieröl.

Ich werfe einen Blick zurück. Die Typen sind mir dicht auf den Fersen, der Blonde hat mich fast eingeholt, der Rothaarige ist deutlich langsamer. Irritiert stelle ich fest, dass sie die Skimasken abgenommen haben.

Ehe mir klar wird, was sie vorhaben, schreit der Blonde: »Haltet die Diebin! Sie hat meinen Rucksack geklaut!«

Ich beschleunige meine Schritte und stürze mich ins Getümmel des Weihnachtsmarktes. Die Leute stehen dicht an dicht, ein Durchkommen ist kaum möglich. Sadie ist bereits in der Menge untergetaucht, der Blonde hört nicht auf herumzubrüllen. Mittlerweile unterstützt von seinem Kumpel, der aufgeholt hat. Ächzend kämpfe ich mich durch die Menschenmassen, doch unsere Verfolger kommen immer näher. Jetzt reagieren die ersten Leute auf das Geheul, dank des Glühweins, den sie intus haben, glücklicherweise mit Verzögerung. Ich sehe, dass ein Typ etwas tollpatschig versucht, Sadie festzuhalten, sie entwindet sich jedoch geschickt seinem Griff. Aber es ist nur eine Frage der Zeit, bis es jemand schafft, sie zu stoppen.

Zu meiner Linken bemerke ich eine Unruhe, irgendetwas bringt die Menge in Bewegung. Ich wende den Kopf und sehe, wie die Leute versuchen, den Polizisten Platz zu machen, die, sich grob durch die Besucher drängend, in unsere Richtung streben.

Ich muss Sadie warnen. Hektisch halte ich nach ihr Ausschau, kann sie aber nicht entdecken.

Gut, denke ich erleichtert, doch da taucht sie wieder auf, eine resolut wirkende Frau klammert sich an ihrem Arm fest. Ich werfe mich vorwärts, schiebe einen jungen Mann rücksichtslos zur Seite, schlängle mich an einem Paar vorbei, den Blick immer auf Sadie gerichtet.

Noch lacht sie, das Ganze scheint ihr einen Riesenspaß zu bereiten.

»Wir müssen hier weg«, rufe ich ihr zu.

»Klar«, antwortet sie lachend. »Ich verabschiede mich nur noch schnell von meiner neuen Freundin.«

Sie scheint den Ernst der Lage nicht zu begreifen.

»Bullen!«, zische ich ihr zu, als ich sie fast erreicht habe.

Sie hebt den Kopf und entdeckt die Polizisten. Schlagartig gefriert ihre Miene.

»Scheiße!«, entfährt es ihr.

Sie versetzt der Frau, die immer noch ihren Arm festhält, einen heftigen Stoß.

»Ich hab' sie!«, schreit diese Zetermordio. »Die Diebin! Hier ist sie!«

Mir wird klar, dass wir festsitzen. Vor uns stehen die Leute eng wie bei einem Popkonzert. Links und rechts riegeln Verkaufsstände jeden Fluchtweg ab, und von hinten nähern sich nicht nur die Polizisten, sondern auch die beiden Typen. Uns bleiben nur Sekunden.

Zwei Obdachlose mit einem Rucksack voller gestohlenem Geld. Sieht richtig beschissen aus für uns.

Ich suche Sadies Blick. Wir sehen einander an. Mit einem Grinsen nickt sie. Im nächsten Augenblick streift sie den Rucksack von der Schulter, öffnet den Reißverschluss und langt hinein. Als sie ihre Hand herauszieht, umklammern ihre Finger ein dickes Bündel Banknoten. Mit einem Jauchzen wirft sie es in die Luft. Greift erneut durch den Schlitz und holt noch mehr Scheine heraus.

Es dauert einen Moment, bis die Leute um uns herum reagieren. Als Erste begreift die resolute Dame, was vor sich geht. Sie stürzt sich auf die herabsegelnden Noten, gleich darauf tut es ihr ein weiterer Weihnachtsmarktbesucher gleich. Jemand schreit erstaunt auf, und schon rangeln sich die Ersten um die Scheine, die mittlerweile im Schneematsch liegen.

Wir nutzen das ausbrechende Chaos und machen uns aus dem Staub. Ich greife nach Sadies Hand und ziehe sie hinter mir her. Als wir uns gegen den Strom durch die herandrängelnde Menge kämpfen, lacht sie plötzlich auf. Als ich sie fragend anschaue, schüttelt sie bloß den Kopf und summt ihr *Ave Maria*. Ich falle mit ein, wir summen gemeinsam, und mir wird bewusst, dass ich mich schon lange nicht mehr so lebendig gefühlt habe wie heute.

# 12. Weihnachtsabend

Claudia Rikl

Hinter ihm verebbt der Motorenlärm des Taxis, das ihn am Neustädter Markt abgesetzt hat. Er steht da und lauscht und schaut. Wenn man nach fünfzehn Jahren das erste Mal wieder in der Stadt ist, muss man sortieren: Geräusche, Gerüche, Farben. Und für eine Weile auf dem Abstand zwischen sich und der Welt bestehen, sicherheitshalber.

Komisch, denkt er. *Die Stadt hat eine Stimme.* Ein Rauschen, es schwillt an und ab. Ein Hupen mischt sich darunter, Metall kreischt, zwei, drei Takte eines Rocksongs fallen aus einem Laden, jedes Mal, wenn die Tür aufgeht. Aber alles in allem ist es ein gleichmäßiges, lang gezogenes Sprechen. Vielleicht ein Seufzen. In jedem Fall weit genug weg. Und über allem Schneegeriesel, richtig schön ist das.

Erleichtert setzt er sich in Bewegung, auf die Innenstadt zu. Auf der Brandenburger Straße kommt ihm eine Menschenmasse in bunten Steppjacken entgegen, nagelneue Plastiktüten in den Händen. *Galeria Karstadt wünscht frohe Weihnachten.* Er holt Luft, bis nichts mehr reingeht, konzentriert sich aufs Ausatmen. Immer schön gleichmäßig. Es klappt, der Drang, die angewinkelten Arme nach den Seiten rauszustrecken, um sich Platz zu verschaffen, lässt nach. Bloß kalt ist ihm, besonders an den Füßen, seine Schuhe haben papierdünne Sohlen.

Am Georgentor steht ein Einkaufszentrum, da bleibt er stehen. Er hat mit dran gebaut, damals, bevor er der Wut erlaubt hat, von ihm Besitz zu ergreifen. An jenem Tag hatten sie das Flachdach gegossen. Jetzt sind die Wände meterhoch mit Dreck bestäubt.

Wie sein Haus wohl aussehen wird? Seine Hand fährt in seine Jackentasche, schließt sich fest um den Schlüssel, der dort bereitliegt. Er denkt an sein himmelblaues Schlafzimmer, an die Frau, die neben ihm im Bett lag. Sandra. Ob sie zwischen denselben himmelblauen Wänden geträumt hat all die Jahre? Wie oft er sich das vorgestellt hat. Diese Wände, Sandra mit ihren blonden Strubbellocken und wie die kreuz und quer auf dem Kopfkissen verteilt liegen.

Er lässt den Schlüssel los, der einen tiefen Abdruck in seinem Fleisch hinterlassen hat. Himmel, er weiß ja nicht mal, ob sie dort wohnen geblieben ist. Könnte allerdings sein, die Mieten sollen ja enorm gestiegen sein. Und wäre doch blöd, wenn sie noch mehr zu knapsen hätte, das wollte er nie, und wenn sie ihn hundertmal verlassen hat.

Aus einem Telefonladen gleißt weißes Licht, das die Sachen im Schaufenster aussehen lässt wie Spiegel, manche sind schwarz, auf anderen schillern Bilder in allen Farben, gestochen scharf. Er kann nicht anders, er wird einfach hineingezogen.

»Was kostet das?«, fragt er einen jungen Verkäufer, der zu viele Muskeln hat wie jemand, der im Bau war und nicht wusste, wohin mit seiner Zeit, aber vorsorgen will für was auch immer. Er weicht einen Schritt zurück, kann plötzlich nicht ertragen, dass der Mann ihm zu nahe kommt, und deutet auf das Ding, das etwa so groß ist wie ein Buch.

»Ähm«, sagt der Verkäufer, seine Augenbrauen hüpfen. »Das ist das iPad pro, elf Zoll, fünf Komma eins Zentimeter dick. 1.199 Euro.«

*Heilige Scheiße.* Was kann das denn alles, will er fragen, etwa auch Geld drucken, lässt es aber. Vielleicht haben Sandra und Anne so eins zu Hause und können es ihm erklären. Wäre ein gutes Thema für den Anfang. Unverfänglich. Er dreht sich um, muss raus, weg von dem Verkäufer und seinem Gemisch aus vier, fünf Gerüchen, Haargel, Parfüm, Weichspüler, Handcreme und werweißwasnoch, auf jeden Fall penetrant.

Draußen schlägt der Dezemberwind Beulen in seine dünne Jacke, Kälte kriecht ihm den Rücken hoch. Also läuft er dorthin, wo die Musik so laut ist, so als würde die in seinem Kopf gespielt. Sie bereitet ihm hämmernde Schmerzen, aber er schafft es, einen knallgrünen Anorak anzuprobieren. An der Kasse fischt er sein Geldpäckchen aus der Hosentasche, macht den Schnipsgummi ab, legt hin, was er hat. Zwanzig Euro bleiben übrig.

In der Jacke wird ihm sofort warm. Er ist jetzt ein weiterer bunter Fleck in dem Farbgewimmel und traut sich, ein paar Leuten ins Gesicht zu gucken. Niemand guckt zurück, die Leute haben die Köpfe gesenkt, glotzen auf ihre Handys. Sogar das junge Paar im Restaurant, das dicht an der Glasscheibe an einem kleinen Tischchen hockt. Frisch geduscht, super Klamotten, sie total aufgedonnert, erstes Treffen wahrscheinlich. Mannomann.

Eine Bremse quietscht, er zuckt zusammen, steht mitten auf der Straße. Das schwarz getönte Fenster eines riesigen Autos sirrt nach unten, ein Kopf mit Schiebermütze kommt zum Vorschein. Zwei aufgerissene Augen. »Pass doch auf, Arschloch!« Seine Füße bohren sich in den Asphalt, die Fäuste schnellen aus seinen Jackentaschen. Als er nach vorn stürzt, ist das Auto seitlich an ihm vorbei. Beschämt steckt er die Hände wieder in die Taschen. Was war das denn jetzt? Ein Test, den er schon mal nicht bestanden hat? *Scheiße.*

Bis zum Halleschen Tor schafft er es, ohne stehen zu bleiben. Die Bewegung tut gut, die frische Luft spült seinen Kopf aus. Er guckt sich um. Keine Haltestelle. Mit der Schuhspitze scharrt er im Schnee nach den Gleisen, bestimmt zehn Zentimeter liegen hier, obwohl die Straße geräumt wurde, an ihren Rändern liegen weiße Haufen.

»Was soll'n das werden?« Eine dicke Frau im hellblauen Mantel wackelt an ihm vorbei, eine kleine Tasche baumelt an ihrer Hand, sie hat Mühe, auf ihren kurzen Beinen voranzukommen. »Die Drei fährt jetzt um die Ecke. Meine Güte, lesen die Leute keene Zeitung mehr!«, schnauft sie.

Er geht hinterher. Wie alt wird die sein, fragt er sich. Legt die Hand auf den Schritt. Nichts. Drin ist es ihm ständig passiert, und jetzt, wo er tun und lassen kann, was er will, nichts. Ob Sandra in der Zwischenzeit jemanden hatte? Anne hat nichts dergleichen gesagt. Er tastet nach dem Päckchen in seinem Rucksack, ja, es ist noch da. Darin ist die Kette, die er in der Ergotherapie gemacht hat. Lauter kleine Perlen mit winzigen Löchern auf eine dünne Schnur gefädelt und angemalt, nach einer alten Tradition aus Mittelamerika. Matze und Groppi haben ihn ausgelacht, es war ihm egal.

Eine Weile noch steht er neben der Dicken an der Haltestelle, dann fragt er. Erfährt: Wittgendorf ist jetzt die letzte Station, den Fahrschein für die Langstrecke bekommt er am Automaten in der Bahn. Ja, der nimmt auch Scheine.

In der Bahn ist es warm. Er stellt sich direkt neben eine Sitzgruppe und greift nach der Haltestange, im Nu sind die Gespräche um ihn herum verstummt. Direkt gegenüber sitzt eine Mutter mit Kind, beide in roten Mänteln. »Mami, warum hat der sein Gesicht bemalt?«, quakt die Kleine, »Fasching ist doch noch nicht.« Die Mutter zieht ihre Tochter zurück auf den Sitz. »Erzähl Mami noch mal, was du dir vom Christkind gewünscht hast, ja?« Die Kleine plappert los, er ist vergessen. Die anderen Fahrgäste gucken dankbar aus den Fenstern, ein paar lächeln sogar. Weihnachtsfrieden. Unter den Sitzen bläst warme Luft raus, gegen die drückt er seine Beine, in denen eisige Feuer brennen.

In nicht mal einer halben Stunde wird er vor ihnen stehen, vor Sandra und Anne. Sie werden überrascht sein, ihn anstaunen. Sandra in einer Küchenschürze überm Kleid, sicher in Weinrot, ihrer Lieblingsfarbe, in der Hand ein kleines Messer, weil sie noch die frischen Schnittlauchröllchen in den Kartoffelsalat schneidet, damit sie da drin noch zwei, drei Stunden durchziehen können bis zum Abend. Sie steht in der Tür wie früher seine Oma und bittet ihn in das Haus, das er mit seinen eigenen Händen ausgebaut und renoviert hat. Gute Hände waren das mal.

Die letzten beiden Stationen sitzt er allein im Wagen. Zeit, sich zu überlegen, wie er anfangen wird. Es tut mir leid? Auf jeden Fall wird er reden, so viel ist klar, schließlich hat er geübt, mit der Zellenwand. Klang ganz vernünftig, für seine Ohren. Wenn nur sein Herz nicht rumspringen würde wie auf Speed, weil er sich ständig fragt, ob Sandra ihm überhaupt Guten Tag sagen würde.

Erst mal nicht verrückt machen, denkt er, als die Bahn anhält, immer schön mit der Ruhe.

Die letzten Meter zum Haus ziehen sich. Schnee fällt in langen, schweren Bahnen, die Flocken sehen aus, als würde ein

Kind sie mit einem zu großen Pinsel auf Papier klecksen. Schön eigentlich. Wenn er nur bessere Schuhe hätte, Scheißdinger sind das, seine Zehen sind patschnass.

Im Vorgarten steht ein Schneemann, sie haben ihm eine Lichterkette um den Hals gelegt. Das machen sie also immer noch. Beherzt geht er durch die Pforte, Schnee türmt sich an den Wegrändern, die Sträucher haben dicke Hauben, und er sieht, dass die ordentlich zurückgeschnitten sind. Die Haustür ist jetzt knallrot, das gefällt ihm nicht, aber er war ja lange nicht da. Sieht ihr ähnlich, denkt er. Sachen tun, die getan werden müssen, und nicht lang rumreden. Sein verfrorener Zeigefinger bewegt sich auf den Klingelknopf zu, er stutzt.

*Hier wohnt Familie Mondschein* steht da, in eine selbst getöpferte Tonplatte geritzt. Sekunden vergehen, Minuten vielleicht, während ihm die Knie tief und tiefer sacken. Mondschein, nicht Bornschein. Jonas, Jakob, Thomas. Sandra.

Der Schneemann, so einen baut man mit Kindern. Mit Anne hat er einen gebaut, da ging sie in den Kindergarten. Alle Gedanken in seinem Kopf sind wie weggeblasen, er hat keine Ahnung, was er tun soll, sein Finger hängt starr in der Luft. Nur sein Herz pumpt wie blöd, peitscht Hitze durch seine Adern. Ungute Hitze.

Mit einem Klacken springt die Außenbeleuchtung an. Er stolpert nach hinten, rums liegt er im Schnee, verschwindet auf allen vieren rückwärts hinter einem Busch.

»Bis übermorgen!«, sagt eine weiche Stimme, die wie Gesang in seinen Ohren klingt. Anne. Sie hat ihn das letzte Mal im Sommer besucht, ein langes Kleid, wehende Haare, ein weißer Sonnenhut. Jetzt ist sie unter dicken Kleiderschichten versteckt. Die Tür klappt zu, im Flur drinnen geht das Licht wieder aus.

Er kommt vorsichtig hinter dem Busch vor und stellt sich unter die Laterne am Haus, damit sie keine Angst bekommt. Trotzdem schreit sie auf.

»Jochen?«

Jochen, nicht Papa. Dass er sich daran immer noch nicht gewöhnt hat. Es ist auch doppelt falsch, hier, in seinem eigenen Garten. Doppelt schlimm.

»Was machst du hier? Ich meine …« Sie streicht sich eine Haarsträhne hinters Ohr. »Ich wusste nicht, dass …«

»Schon gut.«

»Du hättest Bescheid sagen können.«

»Hätte ich.«

Sie schiebt sich vor das Tonschild und versucht zu lächeln, ein schiefes, unsicheres Lächeln.

Er schluckt, öffnet die Hände, bewegt die klammen Finger. »Ich weiß es schon. Musst dich nicht schämen.«

»Tu ich nicht.«

Aber sie nestelt schon wieder an ihren Haaren. Schöne Haare. Lang und schwarz wie die Nacht. Das Gesicht mittendrin schmal, mit länglichen Augen, wie Mandeln. Seine Anne. Sein Herz donnert gegen die Rippen, als wollte es raus. »Hättest ruhig was sagen können. Ist doch verständlich.«

»Hab versucht anzurufen und eine SMS geschrieben«, sagt sie.

Umständlich fischt er das Handy aus dem Rucksack, das sie ihm vor einer Woche vorbeigebracht hat, und gibt es ihr. Sie tippt darauf herum und zeigt es ihm.

Er guckt weg, muss wegsehen, wenn er das jetzt rausbringen will. Sich gegen die Antwort wappnen. »Ist er es?«

»Nein, ein anderer.«

Bloß gut. Bloß gut!

»Vorletztes Jahr im März, bevor die Zwillinge kamen, haben sie geheiratet.«

Ihm ist furchtbar kalt. Als hätten die letzten Minuten hier das letzte bisschen Wärme in seinem Inneren gefressen. Etwas bewegt sich rasend schnell auf ihn zu. Das Haus, die Menschen darin. Er möchte sie alle rauszerren, das Haus anzünden und sich mit.

»Soll ich fragen?«, sagt sie und zeigt mit dem Daumen hinter sich.

Er gräbt die Hände tief in die Hosentaschen und kneift sich durch den dünnen Stoff, um zur Besinnung zu kommen. »Nee, lass, ich find' was. Die haben mir 'ne Adresse gegeben.«

Sie setzt sich den Helm auf die nassen Haare. »Dann nehme ich dich gleich mit in die Stadt«, sagt sie entschlossen, und er gehorcht.

Gleich darauf sitzen sie beide auf der alten Java Sport seines Vaters. »Ich liebe sie«, brüllt Anne durch den Helm nach hinten. Sie ist so schmal, dass er mit dem Arm einmal ganz um sie rumkommt. Und sie riecht nach dem Weichspüler, den Sandra immer genommen hat, am liebsten würde er sich darin auflösen.

Der Schnee hat so weit nachgelassen, dass man die Bäume am Straßenrand wieder sehen kann. Langsam zuckeln sie hinter einem Räumfahrzeug her, ein paar Lichtkegel zittern ihnen ab und zu entgegen, aber still ist es, der Schnee frisst alle Geräusche, nur ein leises Brummen ist zu hören, wie von ganz weit her. Schön ist das, richtig friedlich.

An der Kreuzung Liebfrauenkirche fährt sie rechts ran, und er muss raus aus dem Kokon ihrer duftenden Nähe.

»Ich wohne bei meinem Freund. Wir feiern mit seinen Eltern.« Seine Anne löst eine Hand vom Lenker und streckt sie nach ihm aus. »Weißt du auch wirklich, wo du hinkannst?«

Er dreht sich weg, in seinen Augen brennt es, und er möchte nicht nach Erklärungen suchen müssen. »Es gibt jemanden«, lügt er.

»Fein. Ich rufe dich morgen früh an. Bis dahin!«

Sie sagt noch was, aber das hört er nicht mehr richtig, er presst die Fäuste auf die Ohren und steuert auf die Kirche zu.

Die Tür ist offen, er geht hinein. Ein Mann zündet Kerzen auf einem großen Tisch am vorderen Ende an. Langsam geht er hin, stellt sich auf einen Luftschacht vor den Treppenstufen, aus dem Warmluft strömt. Eine Krippe ist neben dem Tisch aufgebaut, ein paar gesichtslose Figuren, groß wie Puppen, scharen sich um einen Futtertrog, in dem das Kind liegt. Ein Baby, auch ohne Gesicht, mit Lappen umwickelt. Er stellt sich ein Bett vor, mit einer dicken Daunendecke und einer richtigen Matratze.

»Kalt heute, was?«, wird er angesprochen. Der Mann mit der Lunte kommt auf ihn zu. »Und ein Haufen Schnee. Hab Sorge, dass ich die Türen nicht freigeschippt kriege, wenn das noch mal losgeht. Dann wären wir alle hier drin eingesperrt.«

Er dreht sich um, will sofort hier raus. Die Kirche füllt sich gerade. Leute verstopfen die Gänge, rücken in den Bänken zusammen, flüstern, strahlen, es schnürt ihm die Luft ab.

Da hat er eine Hand am Arm, wie eine Klammer. Der Mann mit der Lunte. »Würden Sie mir helfen, die Liedzettel auszuteilen? Ich wär' froh, wenn Sie dablieben, dann könnten Sie mir hinterher auch mit dem Schnee …«

»Finger weg«, stößt er aus. Viel zu laut, ein paar Leute gucken ihn erschrocken an.

»Wo wollen Sie denn sonst hin?«, hört er noch, während er sich durch den Gang nach hinten drängelt, zur Tür, weil er keine Luft mehr kriegt. Draußen geht es gleich besser, nur das blöde Herz klopft und trommelt.

In seiner Jackentasche sind Ausweis, Telefon, eine Adresse. Und der Zwanzigeuroschein. Dafür kriegt man vier bis sechs Schnäpse, hat er sich sagen lassen. Scheiß drauf, dass er trocken ist. Oder lässt er das besser? Er überlegt, schichtet die Argumente auf zwei Haufen, einer davon ist sehr klein. Also stapft er los.

An der nächsten Ecke, in Herberts Kneipe, die jetzt was mit Bayern heißt, empfängt ihn warmer Dunst. Nach dem dritten Klaren ist die Panik weg, und er erzählt, zwei junge Kerle in dicken schwarzen Kapuzensweatshirts haben es an seinem Gesicht abgelesen und nicht lockergelassen. »Totschlag«, sagt er, während draußen die Glocken anfangen zu läuten. »Hat meine Frau flachgelegt, bin dazugekommen.«

Verständnisvolles Nicken, eine Hand auf seiner Schulter, diesmal lässt er sie liegen. Nach dem fünften Schnaps pulsiert Blei in seinen Oberschenkeln. Mein Haus, rauscht es ihm durch den Schädel. Meine Frau, alles weg. Weil man sich ein Mal nicht im Griff hat. Dabei hat er den Typen bloß wegstoßen wollen, ohne dass der mit dem Hinterkopf gleich gegen die Steinkante vom Fensterbrett knallt, und knack ist das Genick gebrochen. Als die Polizei gefragt hat, ob er töten wollte, hat er dann doch Ja gesagt. Hat einstehen wollen. Schön blöd.

Er leckt den letzten Rest aus dem Glas, legt den Schein auf den Tisch, steht auf. Man müsste mal wissen, was das für ein Kerl ist, der einfach anstolziert und sich bedient. Na, das wird er sich angucken. Scheiß auf Weihnachten. Scheiß auf alles.

Draußen schwankt er zurück zur Kirche und lässt sich auf die Stufen fallen, sein Kopf ist bleischwer. Wie lange noch, fragt er sich. Zehn Jahre, fünf? Wenn er an ausreichend Alkohol rankommt, nur zwei bis drei, ehe die Leber hinüber ist, bei seiner Vorgeschichte. Egal, ob er bis dahin noch mal was anstellt. Sie hat jemanden und hat ihm nie was gesagt. Alles ist weg.

Die Wirkung des Alkohols lässt langsam nach, die Kälte kriecht zurück in seinen Körper. O Tannenbaum, lallt er, während er losläuft, auf die Straße zu und zur Innenstadt, eine Hand immer schön an einer Hauswand, damit er sich abfangen kann.

Aus einem Gasthaus tragen Leute Bänke raus. »Ich kann helfen. Zehn Euro?«, sagt er zu einem Typen mit Weihnachtsmannmütze. »Dawai«, brüllt der, sofort kommt noch einer aus dem Lkw gesprungen. Mit erhobenen Händen taumelt er rückwärts, tritt mit dem Fuß gegen was Hartes, tastet mit der Hand danach. Ein Stein. Den hebt er auf, steckt ihn ein. Da fangen die beiden an, noch lauter zu brüllen, und er rennt los.

Als er japsend stehen bleibt, schlägt die Rathausglocke sieben Mal. Um ihn herum Schmuckgeschäfte, Schuhe. Ein Blumenladen. Nein, er braucht was zu essen, ihm ist speiübel. Es dauert, bis er aus der hell erleuchteten Innenstadt raus ist, wo es kein einziges Lebensmittelgeschäft mehr gibt, und im Gewirr der Nebenstraßen eins findet. Kleiner Laden, bisschen ärmlich, kein Licht, sicher keine Alarmanlage, *Späti* steht auf einem selbst gemalten Holzschild über der Tür, solche Leute beklaut man nicht. Er holt den Stein raus, macht die Augen zu und wirft, Glas splittert, die Scheibe fällt klirrend auf den geräumten Gehweg. Er sieht sich hektisch um. Niemand auf der Straße, die Laterne funktioniert nicht, also holt er noch mal aus und schlägt ein paar spitze Zacken aus dem Rahmen. Dann steigt er ein und bedient sich. Wurst, Käse, Dauerbrot, Kekse. Zwei Flaschen Schnaps, die steckt er in den Rucksack, zwischen Schlafanzug und zwei Paar grauer Wechselwäsche.

In der Bahn ist nicht viel los. Am Fester sitzt ein Pärchen, ein alter Mann schwankt im Stehen hin und her. Niemanden interessiert, dass er eine Wurstpackung aufreißt und sich den Inhalt in den Mund stopft, dann ein paar Kekse und ein bisschen Pumpernickel. Immer im Wechsel mit dem Schnaps. Als er aussteigt, ist eine Flasche leer.

Federnd tritt er auf die Straße, sein Kopf ist angenehm leicht. Na bitte. Eilig geht er die Straße runter, ziemlich genau hundert Meter, dann nach links, zweimal rechts abbiegen. Seine Füße haben den Weg für alle Zeiten eingespeichert.

Er steigt über den niedrigen Zaun und ist mit drei Schritten an der Tür. Hier wohnt Familie Mondschein. Ein Schlag mit der Faust, und das Ding ist Geschichte. Wieder tastet er nach dem Klingelknopf. Ehe er ihn drücken kann, geht oben das Licht an. Wieder drückt er sich hinter den Busch.

Hinter dem Fenster steht Sandra. Rund ist sie geworden, nicht mehr so schlank wie früher, die Haare jetzt kurz, aber genauso lockig. Warum bleibt sie stehen und sieht hinaus? Weiß sie, dass er gekommen ist? Sie haben sich blind verstanden, früher. Bis alles kaputtgegangen ist.

»Und ob ich dich geliebt habe«, hat sie gesagt, »ich war bloß dumm, ein dummer Fehler, aber ich muss damit abschließen und nach vorne schauen.« Das war am Ende seines vierten Jahres, Anne war in der zweiten Klasse und hatte Lernschwierigkeiten. Weinend hatte Sandra im Besucherzimmer gesessen und Schluss gemacht. Hinterher hatte ein Stuhl dran glauben müssen, danach hat er mit der Therapie angefangen.

Oben geht das Fenster auf, Sandra läuft zurück ins Zimmer und kommt mit einem Kind auf dem Arm zurück. Es hat einen furchtbaren Husten, tief und hohl, wie aus einem Bergwerksschacht. Klingt beinahe, als würde das Kind dran ersticken. Das anzuhören, drückt hinter den Augen, gegen Kinder hat er nichts, im Gegenteil. Instinktiv tritt er einen Schritt vor, hört, wie Sandra auf das Kind einredet, versteht nicht, was sie sagt, aber es scheint zu funktionieren. Das Kleine hört auf zu zappeln. Da sieht er schwarze Haare, sie sehen aus wie Annes, als sie in dem Alter war. Als Sandra zu singen anfängt, vergräbt er das Gesicht in den Händen.

Die Glut in seinen Eingeweiden ist mit einem Schlag weg. Da ist nur noch Traurigkeit, die liegt überall auf ihm, in ihm, wie nasse Erde. Er dreht sich um und geht in die Knie. Scheibt sich auf allen vieren über den Weg durch den Vorgarten, auf einen riesigen Schneehaufen zu. Der hat einen Eingang, durch den zwängt er sich. Den Boden haben sie mit Fellen ausgelegt. Als er sich umdreht, stößt er mit dem Kopf ein Stück Dach weg. In dem Loch blüht ein zartrosa Himmel, Mann, ist der schön. Er streckt sich der Länge nach aus und guckt ihn an. Fingert die zweite Flasche aus dem Rucksack und dreht sie auf. Der Wodka legt eine Feuerspur in seiner Kehle, eine heiße Straße, die sich durch seinen Körper windet, er kann den Weg mitverfolgen, so kalt ist ihm.

Er schüttet nach, immer wieder, während er in die helle Nacht hinausschaut. Hat ein Gefühl wie im Bau. Eingeschlossen, die Wände dicht an ihm dran. Sicher vor der Welt und die vor ihm.

Als die Flasche zur Neige geht, werden seine Gedanken langsamer. Da ist bald nur noch Licht, in das er reinstarrt. Er wollte sich vor irgendwas warnen, das weiß er noch. Was war das nur? Seine Hand tastet nach dem Fell unter sich. Komisch, er spürt das Borstige daran gar nicht. Ist bestimmt nur die Müdigkeit. Müdigkeit?

Zum Glück ist ihm nicht kalt, überhaupt nicht. Er spürt seinen Körper gar nicht. Nur eine freundliche Ruhe und das sanfte Licht, das über ihm aufgespannt ist. Bis auch das ganz langsam verschwindet.

## 13. Stille im Advent

Thomas Becker

Du hast längst die Kontrolle über deinen Körper verloren. Dein Gehirn überflutet dich mit Oxytocin – dem Hormon, das die Wehen antreibt. Deine Gebärmutter krampft, zieht sich zusammen, gibt kurz nach, nur um die nächste Welle anzukündigen. Dein Muttermund ist geöffnet, und du spürst, wie sich dein Kind Zentimeter um Zentimeter durch den Geburtskanal schiebt.

Die Wehen rollen über dich hinweg, hoch und unerbittlich, reißen dich mit. Deine Augen flackern. Sekundenlang siehst du nichts. Ein Moment der Leere – bist du bewusstlos? Dann der metallische Geruch von Eisen, plötzlich durchsetzt von etwas Schwererem: Schwefelwasserstoff, Ammoniak, Methan. Ein beißender Geruch. Scham durchzuckt dich. Die Hebamme bleibt diskret, doch du weißt es instinktiv – die letzte Wehe hat deinen Darm geleert.

Du suchst Halt, findest den Blick der Hebamme, dann den der Arzthelferin, die deine Hand hält. Die Maske verdeckt ihren Mund, aber ihre Stimme bleibt ruhig, bestärkend. »Gleich ist es geschafft. Nur noch ein kleines Stück.«

Ein Moment des Glücks blitzt auf. Du nickst, lächelst, sammelst deine letzten Kräfte. Deine Augen pressen sich zusammen, dein Körper spannt sich, du drückst. Du spürst es.

*Gleich ist es geschafft. Noch ein kleines Stück.*

Du suchst den Blick der Arzthelferin, und dann trifft sie dich.

Die Erinnerung.

Schlagartig.

Du schreist.

Der Schrei des Kindes reißt Marlene aus ihrer Erinnerung. Ihr Handgelenk zuckt, das Papier rutscht unter ihren Fingernagel – und die Kante schneidet in ihre Haut. Ein stechender Schmerz durchfährt ihren Zeigefinger.

»Fuck!«

Sie hebt den Blick. Die Mutter zerrt ihr schreiendes Kind von der Kuscheltierpyramide weg, während genervte Blicke aus der Schlange auf sie niedergehen. Marlene steckt den brennenden Finger in den Mund, schmeckt Blut.

»Den Preis haben Sie aber entfernt, oder?«

Die Stimme des alten Mannes klingt freundlich, doch in seinen Augen liegt leiser Zweifel.

Marlene nimmt den Finger aus dem Mund, betrachtet den feinen Schnitt dicht am Nagel und atmet durch. Diese Frage – sie wird sie nie verstehen. Nach Dutzenden, nein, Hunderten Geschenkverpackungen in der Vorweihnachtszeit ist das Abziehen des Etiketts so selbstverständlich wie das Binden einer Schleife.

Sie hebt den Kopf, zwingt sich zu einem Lächeln. Ihre Stimme klingt ruhig, fast heiter. »Aber sicher.«

Während der goldschimmernde Sternen-Sticker das Geschenk vollendet, dringt eine Stimme von der Nebenkasse an Marlenes Ohr. Monika, eine der Weihnachtsaushilfen, sieht unsicher aus – sie lässt sich leicht von Kundinnen verunsichern.

»Beim Scan-Code auf dem Buch steht aber 12 Euro!«

Marlene überreicht ihrem Kunden das eingepackte Geschenk und dreht sich zu Monika um. Ihre Kollegin wirft ihr einen Hilfe suchenden Blick zu. Gerade will Marlene eine Erklärung geben, da ertönt erneut das laute Schreien des Kindes.

Die Schlange an der Kasse reagiert sofort. Köpfe drehen sich, Blicke werden gewechselt, Augen gerollt. Wieder so eine Mutter, die ihren Nachwuchs nicht im Griff hat. Wer schleppt sein Kleinkind an einem Adventssamstag in ein überfülltes Einkaufszentrum, und dann ausgerechnet in eine Buchhandlung?

»Da ist wohl jemand müde«, sagt eine Frau zu ihrem Mann, schüttelt den Kopf und wendet sich wieder der Schlange zu.

Der hagere Mann im Anzug vor Marlene schenkt dem Tumult keine Beachtung. Stattdessen tippt er erneut auf den Preis über dem Scan-Code auf der Buchrückseite.

Marlene atmet ein. Ruhig bleiben.

»Tut mir leid, die Verlage erhöhen manchmal die Preise, und mit der Menge an Büchern und dem wenigen Personal schaffen wir es nicht immer, alle rechtzeitig umzuzeichnen. Ich korrigiere das in der Kasse – Sie zahlen den alten Preis.«

Kein Dank. Kein Nicken. Nur ein gemurmeltes »Das will ich aber auch meinen« und ein triumphierender Blick über die Schulter zu der Schlange hinter ihm.

Während Marlene die Eingabe am Kassendisplay vornimmt, spricht eine Kundin sie von der Seite an.

»Wo haben Sie denn Lesezeichen?«

Marlene tippt die zwölf Euro ins Zahlenfeld, bestätigt die Eingabe und tritt zur Seite, damit Monika weiter kassieren kann.

»Ich zeige sie Ihnen gerne.«

Sie setzt sich in Bewegung, führt die Kundin durch den Laden zu der Stele mit den Lesezeichen. Ein weiterer plötzlicher Kinderschrei lässt sie zusammenzucken. Meine Güte, hat denn heute niemand seine Kinder im Griff?

Am Eingang kniet ein Mann vor seinem Sohn, der sich in einen Schreianfall hineinsteigert. Marlene beobachtet, wie der Vater ruhig auf ihn einredet – leise, aber bestimmt. Wenigstens schreit er nicht zurück. Nicht selten erlebt sie, wie Eltern sich mit ihren Kindern regelrechte Duelle liefern.

Marlene bleibt vor dem Aufsteller mit den Lesezeichen stehen und deutet darauf.

»Hier haben wir eine schöne Auswahl. Manche mit Band, andere magnetisch. Bestimmt finden Sie etwas Passendes.«

Die Kundin beachtet sie kaum. Stattdessen dreht sie sich um und ruft in den Laden: »Richard, komm her, ich habe die Lesezeichen gefunden!«

Marlene blinzelt.

*Na ja, eigentlich habe ich sie gefunden.*

Hat sie das gerade gedacht oder gesagt? Sie versucht ein Lächeln, die Kundin schaut sie ausdruckslos an.

Marlene lässt sie stehen.

Als Marlene wieder in den vorderen Bereich des Ladens geht, fällt ihr der Mann mit dem Jungen erneut auf. Das Kind ist nach wie vor völlig aufgelöst. Es schreit unaufhörlich, und jedes Mal, wenn es Luft holt, zittert es.

Wie alt mag der Kleine sein? Zwei Jahre? Er steht schon allein und versucht immer wieder davonzulaufen, was sein Vater verhindern muss, indem er ihn am Arm festhält. Was hat ihn so aufgebracht? Und wo ist die Mutter?

Der Gedanke an einen entspannten Vater-Sohn-Tag ruft in Marlene eine unerwartete Wehmut hervor. Ihr eigenes Kind hätte ohne einen Vater aufwachsen müssen. Oder hätte sie Peter irgendwann erzählt, dass sie von ihm schwanger war? Dass der kleine Knirps im Kinderwagen, im Tragetuch, ihr Kind ist – und auch seines?

Der Junge tobt weiter, seine kleinen Fäuste wirbeln durch die Luft, seine Beine treten ins Leere. Der Mann hält ihn mit einer Hand am Oberarm fest, redet leise auf ihn ein.

Kinder toben eben, wenn sie müde sind.

Marlene wendet sich ab, greift nach einem Buch, das jemand achtlos quer auf die anderen gelegt hat. Aber irgendetwas hält sie davon ab, die Szene völlig zu vergessen.

Der Mann wirkt … anders. Nicht genervt oder erschöpft, wie es gestresste Eltern oft sind. Sondern angespannt. Sein Blick wandert unruhig durch die Menge. Sucht er nach seiner Frau, die das Kind vielleicht besser beruhigen könnte?

Dann durchbricht der Schrei des Jungen den Lärm des Einkaufszentrums.

»Ich will zu meiner Mama!«

Marlene erstarrt. Das ist kein quengelndes »Ich will aber!«. Kein beleidigtes »Du bist gemein!«. Das ist Panik.

Langsam nähert sie sich von der Seite, bleibt an einem Regal stehen, nur wenige Schritte von den beiden entfernt.

»Alles gut, komm, wir gehen jetzt, ja?« Die Stimme des Mannes ist sanft, gleichzeitig bohren sich seine Finger tiefer in den kleinen Arm.

Der Junge windet sich, strampelt. »Ich will zu meiner Mama! Ich will nach Hause!«

In Marlene zieht sich etwas zusammen.

Kein »Papa«. Kein Name.

Nur Angst.

Der Mann beugt sich vor.

»Wenn du jetzt nicht aufhörst …« Dann ein Lächeln – zu schnell, zu gehetzt. Seine Augen zucken von links nach rechts.

Niemand reagiert.

Marlene mustert den Jungen genauer. Tränen rinnen über seine Wangen. Auch er sieht sich um, hektisch, suchend.

»Mama!« Sein schriller Schrei durchdringt das Stimmengewirr.

Der Mann packt ihn fester, zieht ihn mit sich.

Marlene spürt, wie ihr Mund trocken wird.

Du weißt nicht, welcher Wochentag heute ist. Du schläfst, wenn du müde bist – und das bist du oft. Tage, vielleicht Wochen verschwimmen zu einem einzigen Dämmerzustand. Du isst und trinkst kaum, deshalb musst du selten auf die Toilette. Dein Körper funktioniert auf Sparflamme, aber du beobachtest ihn genau. Die Ärzte haben dir erklärt, dass die Nachwehen und Blutungen normal sind, dass sie weniger werden. Und du hoffst, dass mit den Schmerzen auch die Leere in dir vergeht.

Ein paarmal hast du daran gedacht, Peter anzurufen. Du willst den Verlust mit ihm teilen, ihn auch offiziell zu seinem machen. Vielleicht würde es leichter werden, wenn du die Last nicht allein trägst. Aber du weißt, dass das eine Illusion ist. Ein Kind bringt manche Paare näher zusammen – euch hätte es endgültig auseinandergerissen.

Du erinnerst dich an seinen Blick, als er begriff, dass ihr zu weit gegangen wart. Als er verstand, dass du dich in ihn verliebt hattest. Als er spürte, dass du erwartetest, dass er seine Frau verlässt.

»Es ist alles so schwierig mit dir.«

Wo du am Anfang Liebe vermutet hast, blieb am Ende nur noch Ablehnung. Du hast gemeinsame Orte gemieden, nachdem Peter dir in einem letzten Gespräch gesagt hatte, dass er dich nicht mehr sehen will. Er müsse seine Ehe retten – und das könne er nicht, wenn du weiterhin Teil seines Lebens bist.

»Du bist wie Krebs, du breitest dich überall aus.«

Zuerst warst du stolz darauf, dass er dich nicht einfach vergessen konnte. Dass du zu seiner Welt gehörtest, obwohl er das nicht wollte. Doch dann war der Schwangerschaftstest positiv – und du hast begonnen, dich zurückzuziehen.

Du würdest Peter nicht vermissen. Er wäre sowieso immer da.

Mit einer fließenden Bewegung nimmt der Mann den kleinen Jungen auf den Arm und geht zügig los. Keine Zeit mehr zum Zögern. Marlene muss handeln.

Sie wirft einen kurzen Blick in den Laden. Eine Kundin kommt auf sie zu, hebt fragend die Hand. Wenn sie jetzt stehen bleibt, verliert sie den Mann aus den Augen. Vielleicht könnte sie noch Monika an der Kasse informieren, sie bitten, den Sicherheitsdienst zu rufen. Doch die steckt mitten in der nächsten Diskussion mit einer Kundin, während sich die Schlange an der Kasse weiter staut. Keine Chance.

Marlene trifft ihre Entscheidung. Ohne weiter nachzudenken, dreht sie sich um und eilt dem Mann hinterher.

An der Rolltreppe hält sie kurz inne, schaut sich um. Wo ist er? Ist er nach unten gefahren, oder ist er auf dieser Ebene geblieben? Sie zwingt sich, sich zu erinnern. Der Trenchcoat. Beige, lang, über den Boden schleifend, als er vor dem Jungen hockte. Der Stoff würde auf den Fliesen Dreck aufsammeln.

Kein Trenchcoat in Sicht.

Er muss unten sein.

Marlene geht schnellen Schrittes zur Rolltreppe und fährt hinunter. Ihr Herz klopft heftig.

Marlene erreicht das untere Stockwerk, aber der Mann ist nirgends zu sehen. Hat sie sich geirrt? Ist er doch oben geblieben?

Sie dreht sich um, geht ein paar Schritte zurück, unsicher, ob sie die falsche Entscheidung getroffen hat. Ihr Puls rast.

Plötzlich … ein Griff um ihren Arm.

»Suchen Sie jemanden?«

Eine tiefe Stimme, zu nah an ihrem Ohr.

Marlene erstarrt. Ihr erster Impuls ist, sich loszureißen, doch die Finger um ihr Handgelenk sind fest, nicht grob, aber bestimmt. Als sie sich umdreht, sieht sie in das Gesicht eines Fremden. Dunkle Augen, kühler Blick. Nicht der Mann mit dem Kind. Aber jemand, der sie beobachtet hat. Jemand, der weiß, dass sie hinterhergegangen ist.

»Nein«, sagt sie automatisch, aber ihre Stimme klingt zu hoch, zu angespannt.

Er lässt ihren Arm los, aber sein Blick bleibt auf ihr haften. »Sind Sie sicher?« Seine Stimme ist ruhig, fast freundlich. Doch etwas daran jagt ihr eine Gänsehaut über den Rücken.

Marlene schluckt. Ihr Instinkt sagt ihr, dass etwas nicht stimmt. Gehört er zu dem Mann mit dem Kind? Marlene entscheidet sich für die Wahrheit.

»Da ist ein Mann. Er hat einen kleinen Jungen auf dem Arm. Ich glaube, der ist dabei, den Kleinen zu entführen.«

Hektisch sieht sie sich noch einmal nach den beiden um, bevor sie sich wieder dem Fremden vor ihr zuwendet. Der lässt sic los.

»Du meine Güte, soll ich die Polizei rufen?«

Er greift in seine Jackentasche und zieht sein Handy hervor.

»Ich weiß es nicht.« Marlene schaut sich verzweifelt um. Was, wenn es doch der Vater des Kindes ist? Gerade eben war sie sich noch sicher gewesen, dass etwas nicht stimmt.

Der Fremde vor ihr sieht sie fragend an, doch sie hat keine Zeit, ihm ihr Bauchgefühl zu erklären. Sie muss den Mann mit dem Jungen wiederfinden. Noch einmal scannt sie die Umgebung – und dann sieht sie ihn. Den beigen Trenchcoat. Ganz am Ende der Ladenstraße. Wieder hockt der Mann vor dem Kind, redet eindringlich auf es ein.

Marlene zögert keine Sekunde. Sie lässt den Fremden einfach stehen und setzt sich in Bewegung. Wenn sie ihn erreicht, wird sie ihn direkt ansprechen. Fragen, ob es sein Sohn sei, und wenn er bejaht, wird sie sich bei dem Kind rückversichern. Oder sollte sie es gleich direkt ansprechen, bevor der Mann Einfluss auf dessen Antwort nehmen kann?

Doch das Gedränge im Einkaufszentrum hält sie auf. Adventssamstag. Alle sind auf der Jagd nach Geschenken, Familien ziehen gemeinsam durch die Läden. Marlene drängt sich an einer Familie vorbei, bleibt dann hinter einem Jugendlichen stecken, der auf sein Handy starrt und nur im Schneckentempo vorankommt. Menschen strömen ihr entgegen – kein Durchkommen.

Sie sieht, wie der Mann sich aufrichtet. Den Jungen auf den Arm nimmt. Ihre Panik schnürt ihr die Kehle zu. Sie muss ihn erreichen, bevor er das Einkaufszentrum verlässt. Wenn er ein Auto in der Nähe geparkt hat, wird es ungleich schwerer, ihn aufzuspüren.

»Entschuldigung, darf ich?« Sie schiebt sich an dem Jugendlichen vorbei, setzt zum Spurt an.

Zu spät. Der Mann biegt nach rechts ab und verschwindet. Ist er in eines der Geschäfte gegangen? Marlene rennt. Doch als sie die Stelle erreicht, an der er noch vor Sekunden war, begreift sie: ein Zwischengang.

Die Doppeltür ist unscheinbar, öffnet sich nicht automatisch, fällt den meisten Kunden gar nicht auf. Aber sie weiß, wohin sie führt – in das verwinkelte System hinter den Läden: Personalräume, Müllanlagen, Notausgänge. Wer hier hineinwill, muss das Einkaufszentrum gut kennen.

Marlene drückt den Berührungssensor an der Wand. Die Türen öffnen sich träge. Während sie hindurchschlüpft, durchzuckt sie ein Gedanke: Der Mann muss sich hier auskennen. Doch das heißt nicht zwangsläufig, dass er ein Mitarbeiter ist. Oft genug hat sie Jugendliche aus den Zwischengängen vertrieben, die sich dort zum Spielen trafen. Die Gänge sind nicht gesichert. Jeder kann den Sensor nutzen. Jeder, der sein Geheimnis kennt.

Marlene rennt durch den Zwischengang, ihr Atem geht schnell. Der Mann ist nirgends zu sehen. Hat sie ihn verloren?

Dann ein leises *Pling*!

Sie dreht ruckartig den Kopf. Am Ende des Ganges, ein paar Meter entfernt, öffnen sich die silbernen Türen eines Lastenaufzugs. Und da steht er. Der Mann im beigen Trenchcoat. Den Jungen auf dem Arm, den Blick wachsam, fast gehetzt.

Er will mit dem Aufzug verschwinden.

Marlene bleibt abrupt stehen. Sie hat keine Chance, ihn rechtzeitig zu erreichen – wenn sich die Türen schließen, ist er weg. Ein Fluchtweg, direkt nach draußen oder ins Parkdeck.

Ihr Blick fliegt durch den Gang. Denk nach, schnell!

Dann sieht sie es. Ein rot gerahmter Kasten an der Wand, keine zwei Meter entfernt. Feueralarm.

Marlene zögert keine Sekunde. Mit dem Ellbogen schlägt sie gegen die Scheibe. Ein dumpfes Knirschen, dann ein stechender Schmerz in ihrem Arm. Das Glas splittert, sie streckt die Hand aus, drückt den Alarmknopf.

Für einen Moment scheint nichts zu passieren. Kein schrilles Sirenengeheul, keine blinkenden Lichter. Doch Marlene weiß es besser.

Plötzlich erklingt eine dezente Durchsage aus den Lautsprechern des Einkaufszentrums: »Neptun 2000.«

Kaum jemand wird darauf reagieren. Die meisten Kunden werden es nicht einmal bemerken, nur ein leises Hintergrundrauschen zwischen der Weihnachtsmusik. Doch Marlene weiß, was es bedeutet.

Feueralarm. Noch nicht bestätigt.

Jedes Jahr, wenn sie die Brandschutzunterweisung im Einkaufszentrum mitmacht, erklärt der Sicherheitsdienst die Abläufe. Der erste Alarm wird immer als »Neptun 2000« über die Lautsprecher ausgegeben – ein Code, den nur die Mitarbeiter kennen. Er bedeutet: Jemand hat einen Feueralarm ausgelöst, aber er ist noch nicht bestätigt.

Erst wenn ein Mitarbeiter des Sicherheitsteams die Lage überprüft und das Feuer bestätigt, beginnt die tatsächliche Evakuierung. Dann würden Sirenen losgehen, Notausgänge entriegelt und Rolltreppen gestoppt werden.

Doch eines passiert sofort: Die Aufzüge werden deaktiviert.

Marlene sieht, wie der Mann mehrmals auf den Knopf drückt. Doch die Türen bleiben offen, die Kabine reglos. Der Aufzug hat seinen Betrieb eingestellt.

Einen Moment lang steht der Mann wie erstarrt da. Dann schießt sein Blick durch den Gang – er sucht eine Alternative. Ein Fluchtweg, bevor jemand ihn aufhält.

Marlene spürt, wie ihr Puls in den Ohren hämmert. Jetzt oder nie.

Sie setzt sich wieder in Bewegung.

Der Mann zögert einige Sekunden, dann tritt er aus der Aufzugkabine. Marlene sieht, wie er sich umsieht, dann zielstrebig auf die nächste Doppeltür am Ende des Zwischengangs zusteuert. Sie weiß genau, wohin sie führt: zurück ins Einkaufszentrum.

»Hey, warten Sie!«

Sie sprintet los, doch die Tür fällt bereits ins Schloss, als sie das Ende des Ganges erreicht. Marlene reißt die Tür auf und stürzt in die Einkaufspassage. Wieder ist sie mitten im Getümmel. Die Atmosphäre des Einkaufszentrums hat sich verändert. Während die Durchsage »Neptun 2000« weiter in einer dezenten, aber hörbaren Lautstärke in regelmäßigen Abständen wiederholt wird, tauschen die Angestellten in den Läden Blicke. Einige begeben sich an die Ausgänge der Geschäfte, sehen nach, ob etwas auf der Passage darauf hindeutet, dass es wirklich brennt. Doch für die Kunden läuft der Shoppingtrubel weiter, als wäre nichts geschehen.

Marlene dreht sich ruckartig um die eigene Achse. Wo ist er?

Dann entdeckt sie ihn.

Er bewegt sich schnell, weicht geschickt den Menschenmassen aus, während er den Jungen weiterhin auf dem Arm hält. Sein Trenchcoat flattert hinter ihm her. Marlene presst die Lippen zusammen. Er versucht, irgendwo unterzutauchen.

Sie drängt sich an einer Gruppe Teenager vorbei, die mit ihren Tüten herumalbern. Wieder verliert sie kurz den Mann aus den Augen, doch dann sieht sie ihn – er geht in einen Laden.

Marlene hält inne. Sie kennt diesen Trick. Anstatt weiter durch die Gänge zu hetzen, versteckt er sich zwischen den Regalen. Ihr Blick bleibt fest auf den Ladeneingang gerichtet, während sie entschlossen darauf zusteuert.

Drinnen entdeckt sie die beiden sofort. Der Junge steht vor einem Regal mit kleinen Dinosauriern, seine Schultern zucken bei jedem leisen Schluchzen. Der Mann spricht mit einer Verkäuferin. Vielleicht fragt er nach einem Hinterausgang?

Marlene zieht den kleinen Jungen an sich, hebt ihn hoch und drückt ihn fest an ihre Brust.

Du warst nicht beunruhigt, als du gemerkt hast, dass sich dein Kind schon länger nicht mehr bewegte. Du hattest gelesen, dass die Bewegungen gegen Ende der Schwangerschaft nachlassen – weniger Platz, weniger Raum für Tritte und Stöße. Also machtest du dir keine Sorgen. Bis es dich völlig unerwartet traf.

Der Blick deiner Ärztin, das Hereinrufen einer Kollegin. Konzentrierte Mienen, die die Besorgnis nicht mehr verbergen konnten. Dann schwappte sie über, diese Besorgnis, kroch in dich hinein. Du hast gefragt. Ob alles in Ordnung sei. Ob es deinem kleinen Jungen gut ginge.

Im Nachhinein kannst du nicht mehr sagen, wie lange das Schweigen gedauert hat. Wahrscheinlich nur Sekunden. Aber es fühlte sich an wie eine Ewigkeit. Du erinnerst dich an den Moment, in dem sie Luft holte, um etwas zu sagen – und ihr die Stimme versagte. Ein Räuspern, ein kurzes Sammeln. Vielleicht war es ihr erstes Kind ohne Herzschlag.

»Ich sehe keinen Herzschlag.«

Vier einfache Worte, und doch brauchte es eine Weile, bis du sie wirklich verstanden hast. Als hätten deine Ohren den Ton abgestellt, nichts drang mehr zu dir durch. Nur diese vier Worte hallten wider, immer und immer wieder.

»Ich sehe keinen Herzschlag.«

Man riet dir, dein Kind auf natürlichem Weg zu gebären. Dein Körper war längst dabei, sich auf die Geburt vorzubereiten. Man ließ dir die Wahl: abwarten oder einleiten. Aber du hattest Angst. Angst, dass du, wenn du jetzt nach Hause gingest, mit deinem toten Kind im Bauch, nicht mehr zurückkehren würdest. Und so hast du dich entschieden.

Nach der Geburt war nichts mehr wie vorher. Der Weg zurück in den Alltag fiel dir schwer. Jedes Kinderlachen, jedes Schreien in der Buchhandlung erinnerte dich daran, dass dein Kind nie geschrien hat. Da war nur Stille.

Der Körper des kleinen Jungen ist warm, ein wenig schwer, aber Marlene hält ihn sicher. Sein Herz pocht spürbar gegen ihre Rippen.

»Alles ist gut«, murmelt sie und dreht sich zurück in die Passage des Einkaufszentrums, weg von dem Mann. »Ich bringe dich in Sicherheit.«

Er rührt sich kaum, vielleicht zu überrascht, vielleicht noch nicht fähig zu begreifen, was geschieht. Arme und Beine baumeln etwas steif an ihr herunter, seine kleinen Finger klammern sich unsicher an den Stoff ihres Pullovers. Sie nimmt seinen Geruch wahr – nach süßem Shampoo und etwas, das sie nicht greifen kann.

Marlene eilt durch die verborgenen Korridore des Einkaufszentrums. Sie kennt sie auswendig, weiß genau, wo die Treppen zur Tiefgarage sind. Der Parkbereich für Mitarbeiter des Alstertal Einkaufszentrums liegt abgelegen – mit jedem Schritt, den sie sich von dem Mann entfernt, das Kind fest auf dem Arm, wächst ihre Panik. Er darf sie nicht erwischen. Nicht jetzt, nicht auf dem Weg zum Auto.

Ein Moment des Glücks blitzt auf. Sie sieht den mintgrünen Mini Cooper ein paar Meter vor sich. Marlene nickt, lächelt, sammelt ihre letzten Kräfte. Sie spürt es.

*Gleich ist es geschafft. Nur noch ein kleines Stück.*

Seit man ihrer Kollegin den Autoschlüssel aus dem Spint geklaut hat, trägt sie ihren immer bei sich. Der Komfortzugang funktioniert und entriegelt das Fahrzeug. Marlene reißt die Beifahrertür auf und hebt den Jungen hastig ins Auto. »Schnell, setz dich hin«, flüstert sie, während sie immer wieder hektisch zum Eingang der Tiefgarage blickt. Ihre Hände zittern, als sie nach dem Sicherheitsgurt greift.

»Ich will nach Hause«, sagt der Junge leise.

»Ja, ich weiß. Ich weiß«, murmelt sie und zieht den Gurt über seinen kleinen Körper. Doch er ist zu klein. Der Gurt verläuft quer über sein Gesicht, viel zu hoch, drückt gegen seine Wange.

»Das tut weh«, jammert er und zappelt.

Marlene beißt sich auf die Lippe, zieht den Gurt tiefer. Sie kann ihn nicht so lassen. Wo soll sie so schnell einen Kindersitz herbekommen?

Ein Auto fährt vorbei, das Licht der Scheinwerfer flackert über ihr Armaturenbrett. Sie hat keine Zeit. Keine Wahl. Sie löst den Gurt wieder, legt eine Hand auf seine Brust. »Bleib einfach sitzen und halt dich fest, ja?«

Der Junge nickt zögerlich.

Kaum ist Marlene eingestiegen, startet sie auch schon den Motor.

Routiniert lenkt sie den Wagen aus dem Parkhaus, ihre Finger umklammern das Lenkrad so fest, dass ihre Knöchel weiß hervortreten. Ihr Blick springt von den Seitenspiegeln zur Frontscheibe, immer wieder zurück. Jeder Scheinwerfer, jede Bewegung in ihrem Sichtfeld lässt ihr Herz schneller schlagen.

Der Verkehr verschluckt sie. Autos, Ampeln, Passanten. Alles fühlt sich unwirklich an. Sie reiht sich ein, fährt weiter,

Richtung Stadtrand. Ihr Atem ist flach, ihr Brustkorb eng. Erst als sie die ersten Bäume der Landstraße sieht, den Asphalt, der sich frei vor ihr ausbreitet, wagt sie es, tiefer durchzuatmen. Sie beschleunigt. Der Motor brummt leise, das Licht der Straßenlaternen wird seltener.

Neben ihr atmet der Junge hörbar aus. Sie spürt seinen Blick, dreht den Kopf. Seine kleinen Hände liegen reglos in seinem Schoß, seine Beine ragen über den Rand des Sitzes. Seine Augen sind zu groß für sein Gesicht, starren sie an.

»Wo ist Papa?«, fragt er.

Marlene schluckt. »Er … er kommt später«, sagt sie.

Der Junge sagt nichts mehr. Er schaut sie an, als würde er nach einer Antwort suchen, die sie ihm nicht geben kann.

Ihr Blick fällt in den Rückspiegel. Weit hinter ihr sieht sie flackerndes Blaulicht.

Ihr ist flau im Magen. Sie hebt eine Hand, streicht ihm sanft über den Kopf. »Alles ist gut«, flüstert sie.

Dann gibt sie Gas.

# 14. Das Weihnachtsfest des siebten Jahrtausends

Michael Römling

Der Chef ist genial. Wie er das am Weihnachtstag eingestielt hat, das wäre Stoff für Lehrbücher und Lobeshymnen gleichermaßen. Aber leider hat er mir aus verständlichen Gründen verboten, alles so aufzuschreiben, wie es sich wirklich zugetragen hat.

Weshalb der vorliegende Bericht erst mal unter Verschluss bleiben muss. Nicht auszudenken, was passiert, wenn ihn jemand zu unseren Lebzeiten findet und gegen uns verwendet. Und nicht auszudenken, was der Chef mit mir macht, wenn er herausfindet, dass ich es war, der das hier aufgeschrieben hat.

Andererseits: Irgendeiner muss es ja für die Nachwelt festhalten, und wer sollte das tun, wenn nicht ich? Schließlich gehört das zu meiner Stellenbeschreibung. Die offizielle Version, die jetzt schon jeder kennt, stammt schließlich auch aus meiner Feder. Aber wer die Musikanten bezahlt, bestimmt, was gespielt wird, also der Chef, weshalb ich zuerst überlegt habe, diesen Bericht so zu formulieren, dass keine Rückschlüsse auf mich möglich sind. Doch vielleicht kommt ja irgendwann eine Zeit, in der man solche Taten nach ihren Ergebnissen bewerten wird und nicht nach den Mitteln, die man zu deren Erzielung ergriffen hat. Vielleicht darf ich schon mal ein paar Vorschläge machen, wie man das dann in eine griffige Formel packen könnte: *Der Zweck heiligt die Mittel* zum Beispiel, oder: *Wo gehobelt wird, fallen Späne.* Man könnte so ein Zitat dann Seneca unterschieben oder besser noch Marc Aurel, dann hätte es passenderweise gleich einen kaiserlichen Segen.

Wenn eine solche Zeit wirklich einmal kommen sollte, dann wäre es doch ärgerlich, wenn die Wahrheit nicht mit meinem Namen in Verbindung gebracht würde.

Also gut. Ich bin Einhard. Man kennt mich als Verfasser der Lebensbeschreibung des Chefs.

Um die Ereignisse verständlich zu machen, auf die ich gleich kommen werde, muss ich etwas weiter ausholen und mehr als anderthalb Jahre zurückgehen.

In Rom saß seit einiger Zeit ein gewisser Leo auf dem Stuhl des heiligen Petrus. Nach allem, was man so über ihn hörte, war Leo ein ausgemachter Raffzahn und Hurenbock, womit er das Amt in guter Tradition seines Vorgängers Hadrian weiterführte. Leo verjagte Hadrians Verwandte von den einträglichen Posten an der Kurie und ersetzte sie durch seine eigenen, genau wie Hadrian es zuvor mit denen seines Vorgängers Stefan gemacht hatte. Nun hatte Hadrian das Amt über zwanzig Jahre lang bekleidet, und seine Schwäger und Schwippschwäger, Neffen und Großneffen und all die anderen Parasiten aus seiner Sippschaft hatten sich dermaßen an das Lotterleben gewöhnt, dass sie ihre Vertreibung von den Fleischtöpfen nicht hinnehmen wollten und auf Rache sannen. Bei einer Prozession fielen sie über Leo her und versuchten, ihn durch Ausstechen der Augen und Herausreißen der Zunge amtsunfähig zu machen, was aber von seinen Leibwächtern vereitelt wurde. Dennoch brachten sie ihn in ihre Gewalt, schleppten ihn in ein

Verlies und bereiteten eine Anklage wegen Unzucht, Meineid und Amtsmissbrauch vor. Vielleicht waren auch noch Unterschlagung und Rechtsbeugung dabei, genau erinnere ich mich nicht mehr.

Aber Leo entkam. Er floh aus dem Kerker, seilte sich über die Stadtmauer ab und machte sich auf den Weg über die Alpen, um dem Chef sein Leid zu klagen. Der war gerade wieder damit beschäftigt, den Sachsen ein paar hinter die Löffel zu geben.

Sie trafen sich in Paderborn. Ich erinnere mich noch genau an diese Begegnung.

Leo sah fürchterlich aus. Die Attentäter hatten ihr Ziel zwar verfehlt, aber das wilde Hauen und Stechen auf offener Straße hatte Spuren in seinem Gesicht hinterlassen: schlecht verheilte Narben an der linken Schläfe und auf der Stirn, ein halb abgeschnittenes Ohr und eine gebrochene und schief wieder zusammengewachsene Nase. Die fehlenden Schneidezähne hatte man durch grob zurechtgefeilte und mit Golddrähten befestigte Kälberzähne ersetzt, die beim Sprechen wackelten.

Obwohl er mit seiner zerschundenen Visage eher aussah wie ein Trunkenbold nach einer Kneipenschlägerei als wie der oberste Hirte der Christenheit, sagte der Chef ihm seine Hilfe zu. Er ließ Leo von einer bewaffneten Eskorte nach Rom zurückbringen und schickte ein paar Grafen mit, die die Vorwürfe gegen ihn untersuchen sollten.

»Mal angenommen, sie finden keine Beweise«, sagte der Chef am Vorabend der Abreise zu Leo.

»Natürlich finden sie keine«, sagte Leo in gespielter Empörung.

»Schon klar. So oder so schuldest du mir was.«

Leo brummelte etwas in seinen Bart.

»Eines Tages werde ich kommen und dich um einen Gefallen bitten«, insistierte der Chef.

»Was immer du willst«, sagte Leo devot.

Damals, in Paderborn, fraß er dem Chef noch aus der Hand. Als die Grafen ihn in Rom wieder in den Sattel gesetzt hatten, bekam er erneut Oberwasser, wie wir gleich sehen werden.

Während der Chef sich weiter mit den Sachsen herumschlug, stellten die Komputisten an seinem Hof ein paar Berechnungen an und kamen zu interessanten Ergebnissen. Folgte man nämlich Eusebius von Caesarea, nach dessen Angaben Christus fünftausendzweihundert Jahre nach der Erschaffung der Welt geboren worden war, dann ergab sich, dass am ersten Tag des achthundertersten Jahres nach der Geburt des Erlösers, also am Weihnachtstag, das siebte Millennium seit der Erschaffung der Welt anbrechen würde. Ging man ferner mit dem zweiten Petrusbrief davon aus, dass vor dem Herrn tausend Jahre wie ein Tag waren, dann wäre dieser Weihnachtstag der Weltensabbat, an dem nach den Weissagungen eines gewissen Methodios, die damals unter den Gelehrten mit viel Geraune herumgereicht wurden, ein neuer Kaiser in Erscheinung treten würde, der seinen Sitz in Jerusalem nehmen und die Christenheit in ein neues Zeitalter der Glückseligkeit führen würde.

Mir kam die Aufgabe zu, dem Chef diese Zusammenhänge darzulegen, und er begriff sofort, welche Gelegenheit sich da bot.

Also legten wir los. Die Weissagungen des Methodios wurden ebenso fleißig kopiert und verbreitet wie die Schauergeschichten über die Zustände in Rom, wo Bandenkämpfe, Raubüberfälle und Kirchenschändungen angeblich nach einer ordnenden Hand schrien. Gleichzeitig ließen wir die Reise über die Alpen vorbereiten und schrieben Leo, dass die Zeit gekommen sei, sich für die in Paderborn gewährte Unterstützung erkenntlich zu zeigen. Der Herrscher des siebten Millenniums, der neue Augustus und Kaiser des wiedererstandenen Imperiums – wo anders hätte er schließlich seine Krone empfangen können als in Rom? Die Griechen würden keinen Ärger machen: Konstantin, der letzte Spross dieser verlotterten Sippe, war von seiner eigenen Mutter umgebracht worden. Irene, so hieß sie, herrschte zwar in Konstantinopel, aber die Rechtsgelehrten waren sich einig, dass eine Frau die Krone nicht tragen durfte. Der Kaiserthron war also vakant. Und der Papst fraß uns, wie gesagt, aus der Hand.

Das dachten wir jedenfalls.

Als wir in Rom ankamen, lief zunächst alles nach Plan. Leo kam uns mit Posaunenchören und allem Tamtam entgegen. Er quartierte uns in einem Gästehaus direkt gegenüber der Petersbasilika ein und ließ es uns an nichts fehlen: Austern, Falerner, Tänzerinnen, das ganze Programm. Aber dann fingen die Schwierigkeiten an.

Es begann damit, dass Leo beim Begrüßungsessen im Triclinium des Lateranpalastes gleich am ersten Abend darauf hinwies, dass es sich bei seiner Errettung und Wiedereinsetzung nach dem Attentat um ein Wunder gehandelt habe.

Der Chef verschluckte sich fast an seiner Auster. Er beugte sich zu Leo hinüber und murmelte so leise, dass nur ich es verstand: »Es war kein Wunder. Wir haben dir den Arsch gerettet.«

Leo grinste nur überheblich.

Bald wurde klar, warum er so selbstbewusst auftrat: Die Winkeladvokaten der Kurie vertraten einhellig die Ansicht, dass der Papst von niemandem gerichtet werden durfte, und die paar Bischöfe, die wir mitgebracht hatten, kamen gegen diese mit allen Wassern gewaschenen Schlaumeier nicht an.

Eigentlich hatten wir geplant, dass der Chef den Papst öffentlich von den Vorwürfen freisprechen und damit seine Wiedereinsetzung besiegeln sollte. Das war damit vom Tisch. Leo war der Ansicht, dass er uns gar nichts mehr schuldete.

Die rettende Idee kam Angilbert von Saint-Riquier. Angilbert verdankte seine Stellung am Hof zwar vor allem dem Umstand, dass er die Tochter des Chefs vögelte und diesen mit Lobgedichten bei Laune hielt, aber nichtsdestotrotz war er ein kluger Kopf.

»Leistet der Heilige Vater den Eid, jubilieret die Christenheit«, sagte er, als wir wieder in unserer Unterkunft waren und einen Absacker tranken.

Der Chef verdrehte die Augen. »Geht's ausnahmsweise mal nicht in Versen?«

Angilbert, hohlwangig und bärtig wie ein griechischer Philosoph, hob leicht beleidigt das Kinn.

»Ein Reinigungseid«, sagte er. »Damit verantwortet er sich nur vor Gott. Die Form ist gewahrt, er gilt als unschuldig, und wir müssen uns nicht weiter herumstreiten. Keine Seite verliert das Gesicht. Nichts kann schiefgehen.«

Wie gesagt, die Idee war gut. Aber Leo wand sich weiter. Seine Juristen wedelten uns mit einer Urkunde vor der Nase herum, nach deren Wortlaut der römische Kaiser Konstantin Leos Amtsvorgänger Silvester fast fünfhundert Jahre zuvor angeblich kaiserlichen Rang eingeräumt und sich ihm untergeordnet hatte. Mithilfe dieses Schriftstücks versuchte Leo nun, die Verhandlungen um die Formel für den Eid in die Länge zu ziehen, bis der Weihnachtstermin verstrichen war. Alle wussten, was wir vorhatten, und alle wussten, dass dieser Wisch von Konstantin eine Fälschung war. Aber gegen den Widerstand des Papstes, der nach der Ausschaltung seiner Gegner einen guten Teil des städtischen Adels auf seiner Seite hatte, war an eine triumphale Verwirklichung unseres Projekts nicht zu denken. Wenn man bedachte, dass Leo uns seinen Thron verdankte, war das eine ziemliche Frechheit. Aber was sollten wir machen?

Zwei Tage vor Weihnachten löste sich der Knoten, und das verdankten wir ausgerechnet den Griechen, die, wie sich herausstellte, eigentlich auch Ärger machen wollten.

Aber das ging nach hinten los.

An diesem Nachmittag erschien nämlich ein öliger Typ bei uns im Gästehaus, der sich als Cosmas vorstellte, ein Gesandter Irenes.

Etwa ein Dutzend Personen waren im Speisesaal anwesend, als der Grieche eintrat: der Chef, Angilbert von Saint-Riquier, Erzbischof Arn von Salzburg, meine Wenigkeit sowie ein paar Rechtsgelehrte und Grafen. Die Stimmung war gereizt, umso mehr, als wir während des Essens ein von drei griechischen Schauspielern vorgetragenes Stück über uns hatten ergehen lassen müssen – eine alte Kamelle von einem Kerl namens Sophokles, deren lateinische Übersetzung genauso lausig gewesen war wie die Darbietung selbst.

Als Cosmas seine Chefin als Kaiserin titulierte, fiel Angilbert von Saint-Riquier ihm augenblicklich ins Wort.

»Irene ist keine Kaiserin. Eine Frau kann diesen Titel nicht tragen. Der Thron ist vakant.«

Cosmas schloss die Augen wie ein Märtyrer, dem die Peitschenhiebe seiner Peiniger nichts anhaben können. Dann fuhr er fort. Irene sei bereit, dem Chef den Kaisertitel zuzuerkennen. Unter gewissen Bedingungen.

»Soll ich die alte Schachtel heiraten, oder was?«, fragte der.

Wieder schloss Cosmas die Augen. »Ihr sollt ihre Oberhoheit anerkennen und ein Bündnis mit ihr schließen.«

»Läuft auf das Gleiche hinaus«, brummte der Chef.

»Stellt ihr euch das so vor, du und der *Heilige Vater*, oder was?«, schaltete Arn von Salzburg sich ein, der seine besonders tiefe Verachtung für den Papst dadurch zum Ausdruck brachte, dass er dessen Titel spöttisch in die Länge zog.

»Nein«, sagte Cosmas hochmütig. »Leo ist nicht eingeweiht. Ich bin zuerst zu euch gekommen. Es wäre eine Abmachung zwischen Kaiserin Irene und dem König der Franken.«

»Bist du taub, oder was?«, knurrte Roland, einer der Grafen. »Irene ist keine Kaiserin.«

»Und wer bist du, dass du das beurteilen könntest?«, fragte Cosmas.

Das hätte er besser nicht gesagt. Er glaubte wohl, dass sein Gesandtenstatus ihn unangreifbar machte, zumal in Anwesenheit des Chefs, aber Roland war ein aufbrausender Typ, der schon im nüchternen Zustand keinem Ärger aus dem Weg ging, und an diesem Nachmittag hatte er reichlich getrunken, um die Aufführung dieses unsäglichen Theaterstücks überhaupt ertragen zu können.

»Graf Roland aus dem Emsgau«, zischte er.

Der Grieche, der sich, obwohl Diplomat, auch nicht gern anschnauzen ließ, setzte ein spöttisches Grinsen auf.

»Dann schlage ich vor, Graf Roland aus dem Emsgau, dass du die Erörterung der Fragen von Titulatur und Rang denen überlässt, die etwas davon verstehen«, sagte er, und dann ergänzte er noch etwas auf Griechisch, das natürlich keiner der anderen verstand. Auch meine Kenntnisse dieser Sprache sind rudimentär, aber es reichte, um herauszuhören, dass es irgendetwas mit Schweinehüten zu tun hatte, und der arrogante Ton tat ein Übriges.

Roland sprang auf, zog sein Schwert, und bevor einer der

Anwesenden ihn daran hindern konnte, stieß er es dem Griechen in den Bauch. Arn von Salzburg sprang entsetzt auf, die Rechtsgelehrten rissen die Münder auf, die Grafen grinsten. Roland hatte hier gerade auch ihre Ehre verteidigt.

Cosmas röchelte kurz, senkte den Blick, starrte fassungslos auf den Blutfleck, der sich auf seinem eierschalenfarbenen Seidengewand ausbreitete, dann klappte er zusammen.

»Man muss sich auch nicht alles bieten lassen«, sagte der Chef und nahm sich die nächste Auster.

»Echt nicht«, pflichtete ihm Roland bei und steckte sein Schwert wieder weg.

Ich glaubte zuerst, nicht richtig gehört zu haben. Aber dann begriff ich. *Leo ist nicht eingeweiht.* Cosmas war zu uns gekommen, weil Konstantinopel von unserer Reise nach Rom und unseren Absichten erfahren hatte. Irene hatte sich mit dem Chef über Leos Kopf hinweg einigen wollen. Der Papst wusste gar nicht, dass Cosmas in Rom war. Keiner würde ihn hier vermissen.

Und dann zeigte der Chef, warum er der Chef war.

Er schickte den ersten Grafen vor die Tür, um die Diener draußen zu halten.

Den zweiten Grafen schickte er in die Stadt, um bei einem Tischler einen Sarg zu besorgen.

Den dritten Grafen schickte er hinter den drei griechischen Schauspielern her.

Den vierten Grafen schickte er die Krone holen, die wir vorbereitet hatten.

Nachdem die Grafen gegangen waren, wandte er sich an Angilbert, Arn und mich.

»Ihr kennt doch die Martyrologien. Nennt mir mal ein paar Missionare, die Rom uns geschickt hat.«

Ich begriff, was er vorhatte.

»Bonifatius«, antwortete Angilbert.

»Zu bekannt«, meinte der Chef. »Das kaufen sie uns nicht ab.«

»Willibrord«, sagte Arn.

»Jeder weiß, dass Echternach den nicht rausrücken würde.«

»Wunibald«, schlug ich vor.

»Wer?«, fragte der Chef.

»Willibalds Bruder.«

»Gott im Himmel, wer soll die denn auseinanderhalten?«

»Keiner«, sagte ich. »Das ist ja der Witz.«

Der Chef grinste anerkennend. »Gut, dann also Wunibald. Wie lange braucht ihr, um die Heiligenvita zu frisieren? Wundersame Auffindung des unverwesten Leichnams am Ort des Martyriums und so weiter?«

»Bis übermorgen stinkt er«, gab Angilbert zu bedenken.

Der Chef verdrehte die Augen. »Dann sprenkelt ein bisschen Rosenwasser drüber und stellt ihn raus, sobald er in der Kiste liegt. Draußen ist es kalt genug. Wir haben Dezember.«

Gesagt, getan. Als der Graf mit der Kiste zurückkam, wuchteten wir den Griechen hinein, kippten drei Phiolen mit Duftwässerchen über dem Toten aus und falteten ihm die Hände über dem Bauch, was wegen der einsetzenden Leichenstarre mit einigem Herumgezerre verbunden war. Weil wir verschiedene Parfüms verwendet hatten, stank die Leiche wie ein Bordell, aber bis zum Weihnachtstag würde es den Verwesungsgeruch übertünchen.

Nachdem wir den Deckel auf den Sarg gelegt hatten, ließ der Chef die Schauspieler hereinrufen und sagte ihnen, was sie zu tun hatten.

Es wurde ein ausgelassener Abend. Wir machten ein paar

Trinkspiele, die Tänzerinnen verrenkten sich auf den Tischen, und Angilbert von Saint-Riquier zauberte eine kleine Harfe hervor und trug aus dem Stegreif eine Ode auf den heiligen Wunibald vor.

Zwei Tage später war es so weit.

Halb Rom hatte sich am Weihnachtsmorgen zur Messe in der Petersbasilika eingefunden. Die Menschenmenge schwirrte wie ein Bienenschwarm. Das Gesumme hallte von den Wänden wider, umwaberte die massigen Säulen und hüllte den Baldachin über dem Petersgrab ein. Die Kerzen flackerten. Die Weihrauchschwenker pendelten und spuckten dichte Wolken von Qualm aus. Ein Chor sang das Kyrie zur Orgelbegleitung.

Als wir eintraten, bildete die Gemeinde wie von selbst eine Gasse, durch die wir zum Altar schritten: der Chef voran, dicht hinter ihm Arn von Salzburg als ranghöchster Geistlicher unserer Delegation, direkt dahinter Angilbert und ich, gefolgt von vier Trägern mit dem Sarg des heiligen Wunibald und einem Rattenschwanz aus Grafen und Rittern, mindestens dreihundert Männer in voller Rüstung, aber ohne Waffen. Schließlich war das immer noch eine Kirche.

Leo erwartete uns vor dem Baldachin, flankiert von römischen Herren, Priestern und Diakonen in Seidengewändern mit kostbaren Gürteln. Als er den Sarg erblickte, kniff er die Augen zusammen. Ich sah, wie es in seinem Kopf arbeitete. Er witterte, dass wir etwas im Schilde führten, und ahnte, worauf es hinauslaufen würde.

Die Träger stellten den Sarg vor ihm auf den Boden und hoben den Deckel ab. Eine Duftwolke aus Moschus, Lavendel, Amber, Jasmin und Zedernholz wallte empor und verdrängte den Weihrauchgeruch. Ein Raunen ging durch die Menge. Alle reckten die Hälse.

Cosmas lag friedlich da. Auf seiner Brust ruhte die Krone, die wir dort platziert hatten. Deutlicher ging es nicht.

Leo biss die Zähne zusammen, als der Chef auf ihn zutrat und ihm den Friedenskuss entbot. Dabei flüsterte er ihm etwas ins Ohr.

Ich trat vor, wie wir es besprochen hatten.

»Karl, der erhabene König der Franken, entbietet dir seine Grüße«, sagte ich laut. »Als Zeichen seiner Hochachtung verehrt er deiner Kirche den unversehrten Leichnam eines überaus heiligen Mannes.«

Leo rang sich ein verkniffenes Lächeln ab, während ich die Legende des Heiligen zusammenfasste, der durch die Rückkehr von der Stätte seines Wirkens an den Ort seiner Ausbildung gleichsam die ewige Verbundenheit des fränkischen Königtums mit dem römischen Priestertum symbolisiere und so weiter und so fort. Ich kam richtig in Fahrt, wich von meinem vorbereiteten Text ab und erfand gleich noch ein paar Wunder dazu.

»Ein wahrhaft kaiserliches Geschenk!«, rief Angilbert von Saint-Riquier. Noch so ein Wink mit dem Zaunpfahl.

Unsere Männer, die sich in der ganzen Kirche verteilt hatten, begannen zu johlen und zu klatschen, und bald griff die Begeisterung auf die ganze Kirche über. Niemand konnte sich diesem Jubel entziehen.

Während des ganzen Vortrags hatte der Chef neben dem säuerlich lächelnden Leo gestanden, den Arm um dessen Schulter gelegt wie eine Schraubzwinge.

Ich trat vor, kniete vor Leo nieder und reichte ihm das Büchlein mit der Heiligenvita, die wir in der Nacht zuvor zusammengeschrieben hatten. Dann erhob ich mich und stellte mich neben den Chef, den Blick zum Portal der Kirche gewandt, wo das Spektakel gleich weitergehen würde.

Und tatsächlich lief alles nach Plan.

Die beiden Flügel des Portals schwangen auf, und das Licht der Morgensonne flutete herein. Vor dem goldenen Schein hoben sich drei Gestalten mit weiten Gewändern wie Scherenschnitte ab. Sie rannten durch das Mittelschiff der Kirche auf uns zu, vorbei an Hunderten von verdutzten Gesichtern, vorbei am Sarg des heiligen Wunibald. Dann warfen sie sich vor dem Chef zu Boden.

»Erhabener Herrscher«, keuchte der Mittlere. »Man sagte uns, wir würden Euch hier in der Kirche des Apostels vorfinden. Wir sind den ganzen Weg über gerannt.«

»Der Patriarch von Jerusalem entbietet Euch seine Grüße«, japste der Rechte.

»Er empfiehlt sich Eurem Schutz an und lädt Euch ein, Euren Sitz an der Geburtsstätte des Herrn zu nehmen«, schnaufte der Linke.

Einen Augenblick lang war es totenstill in der Kirche. Die Weihrauchschwaden wirbelten durcheinander. Atemwolken stiegen aus offenen Mündern auf.

»Die Prophezeiung des Methodios«, sagte Angilbert mit bebender Stimme.

»Es lebe der Herrscher des siebten Millenniums!«, schrie jemand aus der Menge.

»Ein Hoch auf den Imperator!«, ließ sich ein anderer vernehmen.

»Leben und Sieg dem neuen Augustus!«, brüllte ein Dritter.

Der Papst bebte vor Wut. Natürlich erkannte er die Schauspieler, die er zwei Tage zuvor zu unserer Unterhaltung ins Gästehaus geschickt hatte. Aber ihr Auftritt mit der Sonne im Rücken war so effektvoll, der Einsatz so punktgenau und ihr Sprüchlein so passend zum ganzen Arrangement, dass Leo nur hilflos den Mund auf und zu klappen konnte, wobei seine Kälberzähne verrutschten, während der Jubel um uns herum sich zu einem Orkan steigerte.

Als der Applaus langsam abebbte, zog der Chef den Papst noch ein Stück näher zu sich heran und beugte sich zu ihm hinunter.

»Und jetzt nimmst du die verdammte Krone und setzt sie mir auf«, sagte er durch die Zähne, ohne Leo anzusehen. Sein Blick schweifte wohlwollend über die berauschte Menge, und während er weitersprach, bewegte er kaum die Lippen, wie ein Bauchredner. »Oder ich mache es selbst.«

»Du bist so ein Arschloch«, zischte Leo, ebenfalls ohne die Lippen zu bewegen.

»Mach es einfach.«

»Aber du kniest.«

»Ich knie nicht vor dir.«

»Du bist zu groß.«

Das stimmte. Der Chef war ein Riese. Er überragte den Heiligen Vater um eine Elle. Eine Krönung auf Zehenspitzen hätte vielleicht etwas lächerlich ausgesehen und somit die Würde der Zeremonie geschmälert. Nach kurzem Zögern sah das auch der Chef ein.

»Ich beuge mich ein Stück vor.«

Leo fügte sich zähneknirschend. Die Wochen, die er mit uns über die Protokollfragen hätte verhandeln können, hatte er mit Wortklaubereien über die Eidesformel vertan. Jetzt, im Schraubzwingengriff des Chefs, war in weniger als einer Minute alles geklärt.

Als alle wieder still waren, trat Leo vor, beugte sich über den Sarg, nahm die Krone von der Brust des heiligen Wunibald und wandte sich dem Chef zu. Der neigte den Kopf ein kleines

Stück, gerade so, dass Leo sich zwar strecken, aber nicht auf die Zehenspitzen stellen musste.

Als die Krone sich auf den Kopf des Chefs senkte, explodierte der Jubel noch lauter als zuvor. Alle fielen sich in die Arme, klatschten und johlten, der Chor begann wieder zu singen, die Orgel setzte ein.

Das Kaisertum des Westens war zurück. Der Chef war der neue Augustus und der neue Konstantin. Wir hatten unser Ziel erreicht.

Den Rest der Messe erlebte ich wie im Rausch. Leo riss sich zusammen und zelebrierte mit zusammengebissenen Zähnen, assistiert von Arn von Salzburg. Nach der Konsekrierung nahm Arn ihm die Hostie aus der Hand und reichte sie dem Chef, der bereitwillig vor dem Erzbischof niederkniete und Leo dabei fröhlich zuzwinkerte. Die Krone strahlte.

Am Abend stand ich mit dem Chef an einem Fenster des Speisesaals im Gästehaus und blickte zur Petersbasilika hinüber. Ihre Silhouette hob sich vor der tief stehenden Sonne ab wie ein riesiges Tier, das sich zum Schlafen hingelegt hat.

»Das haben wir sauber hingekriegt«, sagte der Chef.

»Allerdings«, bestätigte ich.

»Aber für die Nachwelt müssen wir es ein bisschen anders darstellen.«

»Versteht sich von selbst.«

Er legte die Stirn in Falten.

»Mach dir mal ein paar Notizen«, befahl er.

So ist er, der Chef. Sein Verstand arbeitet die ganze Zeit, nie kann er sich auf dem Erreichten ausruhen, immer denkt er schon einen Schritt weiter.

»Schreib, dass es Leos Idee war«, sagte er, nachdem ich Wachstafel und Griffel zur Hand genommen hatte. »Schreib, dass ich die Kirche nicht betreten hätte, wenn ich gewusst hätte, was er vorhatte.«

»Kirche … nicht betreten … vorhatte«, murmelte ich, während ich notierte. »Warum?«

»Damit es nicht so aussieht, als hätte ich ihn um diese Krone gebeten. Sonst kommt er noch auf die Idee, dass mit seinem Amt so etwas wie ein Krönungsrecht verbunden ist. Und dann müssen meine Nachfolger jedes Mal nach Rom ziehen, um Kaiser zu werden. So weit kommt's noch.«

Der Chef rekelte sich, dass die Gelenke knackten.

»Ich will zurück nach Aachen«, brummte er. »Die verdammte Gicht setzt mir immer mehr zu.«

Irgendwo in den Gassen sangen ein paar Betrunkene ein Weihnachtslied.

»Frohe Weihnachten, Chef«, sagte ich.

»Frohe Weihnachten, Einhard.«

# *15. Nussknacker a. D.*

Ivonne Keller

Leiendecker trommelte im Zuschauerraum des Frankfurter Schauspielhauses auf die Lehne seines mit rotem Samt bezogenen Sitzplatzes. Wie lange wollte Nolte ihn eigentlich noch warten lassen? Seine Frage zu beantworten, hätte doch keine zwei Minuten gedauert! Außer seinem Freund und dessen Regieassistentin saßen nur noch der Bühnenbildner und sein Assistent zwei Reihen hinter ihm. Er kannte die beiden von einer Premierenfeier, zu der Nolte ihn und Marianne mal eingeladen hatte. Wenn wenigstens gerade etwas Spannendes geprobt würde … So was wie *Macbeth* oder *Dracula*. Stattdessen zeigte das Bühnenbild ein Sechzigerjahre-Wohnzimmer mit üppig geschmücktem Weihnachtsbaum und Esstisch in Eiche rustikal.

Egal. Leiendecker war bereit, Noltes moderne Inszenierung des *Nussknackers* in den allerhöchsten Tönen zu loben, wenn der dafür herausrückte, was er so dringend brauchte: ein Nikolauskostüm. Er musste nämlich für seine Enkeltochter Evi den Nikolaus geben. Heute. Genauer gesagt: in anderthalb Stunden. Hoffentlich gab es im Fundus eines, in das er hineinpasste. Seit seiner Pensionierung hatte er leider etwas zugelegt. Was auch an den vielen Erdnüssen lag, die er täglich für sich und Evi knackte.

Auf der Bühne hatten das Mädchen Clara und sein Bruder gerade eine Auseinandersetzung am Esstisch. Es ging um eine Holzfigur, die ein gewisser Drosselmeier Clara geschenkt hatte. Verstohlen blätterte Leiendecker in dem Programm, das Nolte ihm zugesteckt hatte, bevor er ihn zum Warten auf diesen Platz hier verwies. Dieser hölzerne Nussknacker würde sich in Claras Traum in einen lebendigen Prinzen verwandeln. Der kämpfte dann gegen den Mäusekönig und führte sie ins Zauberreich. Evi hätte an dieser Aufführung wahrscheinlich ihre Freude gehabt, aber als er Marianne vorschlug, Nolte um ein paar Premierentickets anzuhauen, hatte sie eingewandt, vor dem Mäusekönig würde die Kleine sich zu sehr gruseln.

»Vorm Nikolaus etwa nicht?«, hatte er sie gefragt.

»Ach was, du bist doch ein ganz Lieber.«

Ein ganz Lieber! Zum Glück würden die Ex-Kollegen vom K11 davon niemals etwas erfahren. Sonst würden sie sich auf die Schenkel klopfen. Allen voran sein Nachfolger Brunner, diese Pfeife. Trug einen Schnauzer wie in einem schlechten Siebzigerjahre-Porno.

Leiendeckers Blase drückte. Umständlich schlängelte er sich durch die Reihe, eilte die Treppe nach unten ins Foyer zu den Toiletten. Der Geruch nach einem starken Parfüm schlug ihm entgegen. Er hielt die Luft an und erleichterte sich. Anschließend versuchte er vor dem Spiegel, sein krauses Haar zu bändigen. Auf der Ablage lag ein gebundener Zettelhaufen, ziemlich zerfleddert. Leiendecker griff danach und ließ den Daumen zwischen den Seiten hindurchgleiten. Das Ding war über und über mit handschriftlichen Notizen versehen. Regieanweisungen offenbar. Vielleicht gehörte es Nolte? Aber nein, auf dem Deckblatt stand ein anderer Name. *Matthias Grunewald in der Besetzung des Mäusekönigs.*

Was hatte das Ding hier verloren, besaß das Ensemble etwa keine eigene Toilette? Leiendecker klemmte es sich unter den Arm und ging zurück. Er konnte jetzt nicht mehr länger warten. Nolte musste ihn einfach anhören. Bei der Gelegenheit würde er ihm auch das Textbuch übergeben. Doch schon als er sich näherte, wedelte sein Freund ihn fort wie eine lästige Fliege. »Dauert nicht mehr lange!«, raunte er und rückte sich die rote Schirmmütze zurecht, sein Markenzeichen.

Leiendecker setzte sich wieder auf seinen Platz und verstaute das Heft unter dem Sitz. Auf der Bühne hatte gerade eine Fee ihren Auftritt. Auch das noch. Er tastete in seiner Jackentasche nach der fast leeren Tüte Erdnüsse. Leise fischte er eine heraus und knackte sie.

»Sschh!«, ertönte es von drei Reihen hinter ihm. Leiendecker wandte den Kopf und hob entschuldigend die Hände, steckte sich die beiden Nüsschen in den Mund. Der krause weiße Bart des Bühnenbildners leuchtete selbst in der Dunkelheit.

Allzu interessiert an der Aufführung schienen auch er und sein Assistent nicht zu sein, denn wenig später drangen Wortfetzen an sein Ohr. »Wenn … beiden … Mord und Totschlag.«

Leiendeckers Kopf fuhr herum. *Was?* Ach so, wahrscheinlich ging es um irgendein Stück. Er sah auf die Uhr. Spätestens in einer halben Stunde musste er sich auf den Weg machen. Zur Not musste er eben noch schnell beim Kaufhof ein Kostüm besorgen. Zu blöd, dass Amazon nicht wie versprochen geliefert hatte.

Auf der Bühne wurde jetzt getanzt. Leiendecker schloss die Augen.

Ein gellender Schrei ließ ihn zusammenfahren. Blinzelnd rappelte er sich zum Sitzen auf. Das Bühnenbild hatte in den Zauberwald gewechselt. Die in weißen Tüll gekleideten Tänzerinnen verharrten wie eingefroren in einer Drehung, obwohl weiterhin Musik spielte. Das Mädchen Clara saß mit vor Panik geweiteten Augen auf den Planken, um sie herum Schneegestöber. Die flirrenden Reflexionen stammten von einer riesigen Discokugel. Sie presste die Hände an die Wangen. »O Gott!«, kreischte sie. »O Gott, Gruni!« Dann schrie sie wieder. Es klang vollkommen hysterisch.

Leiendecker griff zum Programmheft und blätterte darin. Von diesem Twist stand hier gar nichts. Die Tänzerinnen lösten sich aus ihrer Starre, huschten auf Zehenspitzen zu Clara hinüber und starrten hinter ihr zu Boden. Gejammer erklang.

»Hey!« Nolte und seine Assistentin hatten sich erhoben. »Was ist denn los mit euch?«

»Wir brauchen einen Ersthelfer! Es ist alles voller Blut!«

Leiendecker stand hektisch auf, zog sein Handy aus der Hosentasche und wählte die 112, nannte seinen Namen und den Ort, dann informierte er die Polizei.

»Mach doch mal jemand Licht!«, schrie Nolte. Er zischte seiner Assistentin etwas zu, sie schob sich an ihm vorbei. Unter ihrem Arm klemmte ein Bündel Papiere, ähnlich dem, das Leiendecker auf dem Klo gefunden hatte. Scheinwerfer flackerten auf. Leiendecker hetzte durch die Reihen, war hin- und hergerissen, ob er nicht auch zu den anderen auf die Bühne sollte, aber Nolte sah aus, als würde er jede Sekunde umkippen. Der Knabe konnte kein Blut sehen, schon zu Bundeswehrzeiten nicht. Die Assistentin huschte unterdessen auf der Bühne zum Ort des Geschehens, wo inzwischen auch ein Bühnentechniker mit einem Sanitätskasten aufgetaucht war. Kurz darauf trat sie zu ihnen an den Bühnenrand. Ihr Gesicht war kreidebleich. Wegen des Tohuwabohus auf der Bühne war sie kaum zu verstehen. Leiendecker schnappte nur die Worte »Unfall« und »Gitter« auf.

»Aber was ist mit ihm?«, brüllte Nolte gegen den Lärm an. »Jetzt lass dir doch nicht alles aus der Nase ziehen, Bettina!«

»Er wurde unter einem der Gitter zerquetscht, als das Podest hochfuhr!« Sie brach in Tränen aus. »Wieso hat er sich da druntergelegt? Davon war nie die Rede!«

»Ist er etwa tot?«, rief Nolte.

»Davon gehe ich aus!«

Leiendecker griff abermals zum Handy und klingelte beim Kriminaldauerdienst durch, die würden alles Weitere – Gutachter, Spusi – in die Wege leiten.

Nolte riss die Augen auf. »Aber du hast es doch gehört, das war ein Unfall!«

»Das kann ein Sachverständiger besser beurteilen«, widersprach er. »Du kümmerst dich jetzt bitte mal um deine Leute, okay? Alle müssen von der Bühne und sich für die Polizei bereithalten. Du übrigens auch. Jeder hier ist ein potenzieller Zeuge – falls es doch kein Unfall war.«

Nolte hielt inne, als denke er darüber nach, wie seine Probe noch zu retten wäre, dann klatschte er in die Hände. »Alle mal herhören! Wir brauchen Platz für die Rettungskräfte! Setzt euch hier unten hin, wir müssen Ruhe bewahren!« Er wandte sich wieder an Bettina, die von der Bühne aus noch immer auf sie herabsah. Die Papiere in ihrer Hand zitterten genauso wie die riesigen Kreolen an ihren Ohren.

Nolte blaffte: »Wo kriegen wir denn jetzt so schnell eine Zweitbesetzung her?« Schon stach er mit dem Finger in die Luft. »Ruf sofort Friedrich an! Der wollte die Rolle doch sowieso. Lass ihm das Textbuch zukommen, wir brauchen ihn hier ASAP. In einer Woche ist Premiere!«

Die Assistentin sperrte den Mund auf.

»Jetzt glotz nicht so, wir haben keine Zeit für Drama!«

Leiendecker musterte Nolte. Bisher hatte er seinen Freund noch nie live bei der Arbeit erlebt. Wobei, Arbeit – das hier war der absolute Ausnahmezustand. Er wandte sich zum Bühnenaufgang. Höchste Zeit, sich selbst ein Bild von der Lage zu machen, ehe der Notarzt kam.

Beim Blick in die geöffnete Luke verstand er endlich, wovon die Regieassistentin gesprochen hatte. Die Bühne verfügte über einen doppelten Boden, der in meterbreite Abschnitte aufgeteilt war. Diese konnten jeweils nach oben und unten gefahren werden. Zwischen diesen Podesten gab es einfache Gitter – eine Art Fahrradständer – als Sturzsicherung. Unter den Streben zweier dieser Gitter lag der als Mäusekönig verkleidete Schauspieler. Als eines der Podeste hochgefahren war – wahrscheinlich, um ihn so auf die Bühne zu bringen –, war Grunewald unter dem anderen eingeklemmt und zerquetscht worden. Das aus seinem Mund gequollene Blut hatte sich in einem dunklen Strom um seinen Kopf ausgebreitet. Leiendecker schluckte. In dem Mann war kein Fünkchen Leben mehr.

Unterhalb der Bühne klangen Stimmen zu ihm herauf. Der Ersthelfer wies dem Notarzt von dort den Weg.

Jemand tippte Leiendecker auf die Schulter. »Sorry, mal ganz kurz, Bettina meinte, Sie wären von der Polizei?«

Leiendecker richtete sich auf. Die Ohren des ganz in Schwarz gekleideten jungen Mannes waren mit einem Dutzend Ringen und Steckern durchbohrt. Das Haar thronte zu einem unordentlichen Dutt gebunden auf seinem Kopf. In einer Hand hielt er einen Schminkpinsel. »Ich bin der Marcel, hallo, ich wollte nur sagen, ich bin gleich noch auf dem Weihnachtsmarkt verabredet. Könnte ich Ihnen kurz meinen Ausweis zeigen, dann hätten Sie meine Personalien schon mal. Marcel Kaschinski.«

»Waren Sie hier im Theater, als es passiert ist?«

»Ja.«

»Dann sind Sie ein Zeuge und gehen erst, wenn Ihre Daten ordnungsgemäß aufgenommen wurden.«

»Das ist aber meine Freizeit. Und ich war eh die ganze Zeit in der Garderobe.« Der junge Mann verdrehte die Augen.

Leidendecker winkte ihn mit sich von der Bühne und wies auf die Zuschauerreihen, wo schon die Mitglieder des Ensembles und Mitarbeiter des Schauspiels versammelt waren. »Sie warten hier bitte wie alle anderen.«

Leiendeckers Handy klingelte. Es war Marianne.

»Wo bleibst du denn?«, fragte sie. »Die Kleine scharrt schon mit den Hufen. Hat es geklappt mit dem Kostüm?«

»Das wird schwierig. Wir haben hier einen Todesfall.«

»Wo?«

»Im Schauspiel.« Rasch erklärte er ihr, was geschehen war.

»Aber du bist doch gar nicht mehr im Dienst. Du hast da doch gar nichts zu suchen.«

»Meine Personalien müssen trotzdem aufgenommen werden, als ehemaliger Kriminalkommissar bin ich ein wertvoller Zeuge. Die Bühnenbildner habe ich vorhin von Mord und Totschlag flüstern hören.«

»Wittere doch nicht hinter jeder Floskel ein Verbrechen!«, flehte Marianne, »du wirst jetzt von deiner Familie gebraucht.«

»Gib mir zehn Minuten, okay? Zumindest will ich die Kollegen noch wissen lassen, dass ich vor Ort war. Dann breche ich auf.«

»Denk an das Kostüm!«

»Mach ich«, versprach er und legte auf.

Jemand packte ihn von hinten am Arm. »Na so was! Ist das nicht unser cranky Leiendecker? Was machst du denn hier?« Ein dreckiges Lachen à la Martin Semmelrogge ertönte.

Er wandte sich um. Brunner, natürlich. Sein Nachfolger beim K11 trug Latexhandschuhe. »Ich kenne den Regisseur und war zufällig zu Gast bei der Probe.«

»Ach was? Sehr umsichtig von dir, uns sofort zu verständigen.« Brunner trat näher, sein Schnauzer tanzte vor Leiendeckers Nase. »Und – was sagt der Experte? Fremdeinwirkung oder Unfall?« Er zwinkerte vielsagend, und dieses Zwinkern verriet Leiendecker, dass dieser blutige Anfänger ihn noch immer nicht ernst nahm. Weil er jahrzehntelange Erfahrung mit Betriebsblindheit und Selbstüberschätzung gleichsetzte.

»Keine Ahnung, was dahintersteckt, da vertraue ich ganz auf dein Können. Ich würd nur noch einen Moment bleiben. Mein alter Freund braucht mich, der steht unter Schock.« Mit dem Kinn zeigte er auf Nolte, der auf den Boden starrend seine Kappe knetete.

»Es geht doch nichts über alte Männerfreundschaften, was?« Brunner zog ein paar Handschuhe aus seiner Gesäßtasche. »Die zieh dir aber lieber über, solange du hier bist. Mal sehen, als was sich dieser vermeintliche Unfall hier noch entpuppt. Sieht so aus, als wäre der Tote an seinen inneren Verletzungen gestorben. Aber verrat mir mal einer, wieso der Typ sich unter die Gitter gelegt hat, um dort auf seinen Einsatz zu warten. Wir machen auf jeden Fall eine Autopsie. Und wir warten natürlich ab, was der Gutachter meint. Falls die Technik manipuliert wurde, laden wir alle Mann aufs Präsidium vor.« Er klopfte Leiendecker auf die Schulter. »Gut gemacht, dass du uns gleich informiert hast, wirklich.«

Leiendecker hatte genug von Brunners falschem Gesülze und wandte ihm den Rücken zu. Falls es sich um ein Verbrechen handelte, zählte jede Minute. Er zog sich die Handschuhe über. Je frischer die Erinnerungen der Zeugen, umso verwertbarer.

Nachdem Brunner wieder abgezogen war, hielt er Ausschau nach den beiden Bühnenbildnern. Er fand sie am Rande des Zuschauerraums. Der Jüngere trug nagelneue Sneaker – ziemlich ungewöhnlich für dieses trübe Wetter. Nicht weit von ihnen hatte der Maskenbildner Platz genommen. Mit leerem Blick streichelte er den rosafarbenen Quast des Schminkpinsels.

Leiendecker redete bei den Bühnenbildnern nicht lange um den heißen Brei herum. »Ich helfe den Kollegen bei der Befragung aus. Sind Ihnen hier irgendwelche Misstöne zwischen den Schauspielern aufgefallen?«

Die beiden Männer hoben die Schultern. »Wir kümmern uns ums Bühnenbild. Was die Schauspieler miteinander treiben, ist uns egal.«

»Und so ganz allgemein, wie ist die Stimmung?«

Der Ältere kraulte sich den Bart. »Keine Ahnung, worauf Sie anspielen.«

Leiendecker setzte ein Lächeln auf. »Während der Probe war bei Ihnen von Mord und Totschlag die Rede.«

Die zwei wechselten einen Blick. »Das war doch nur so dahingesagt.«

»Worum ging es?«

Der Jüngere seufzte. »Um Nolte und Bettina. Nach der Premiere schmeißt sie garantiert hin. Er ändert ständig die Regieanweisungen und treibt damit alle in den Wahnsinn, aber sie ist der Herold und erntet den ganzen Frust. Die Clara meinte letztens, sie könnte schon ihr eigenes Geschreibsel in ihrem Textbuch nicht mehr lesen. Dass Gruni als Mäusekönig da aus dem Boden kommen sollte, war auch so eine seiner letzten Vorgaben.«

Leiendecker horchte auf. Hatte Bettina sich nicht darüber gewundert, dass der Schauspieler unter dem Gitter gewartet hatte? Ihm fiel Grunewalds Textbuch ein. Mit einem Dank wandte er sich von den Männern ab und arbeitete sich in der Reihe an den Wartenden vorbei, schaute unter seinen Sitz. Da lag es noch. Erleichtert klemmte er es sich unter den Arm und ging zurück. Am Ende der Reihe saß noch immer Kaschinski, der ungeduldig mit dem Fuß wippte. Leiendecker musterte ihn. Als Maskenbildner bekam er gewiss viel von der Stimmung am Set mit.

»Darf ich?« Er wies mit dem Textbuch auf den freien Platz neben ihm. »Ich würde Sie gern etwas fragen.«

»Meinetwegen.«

Leiendecker setzte sich. »Die Schauspieler kommen mit ihren Sorgen und Nöten doch sicher gern zu Ihnen?«

Kaschinski betrachtete das Skript auf Leiendeckers Schoß. »Schon, ja. Das ist aber alles vertraulich.«

»Zweifellos. Aber es ist wichtig. Würde Ihnen irgendjemand einfallen, der durch Grunewalds Tod einen Vorteil hätte?«

Der Mann fummelte an einem seiner Ohrringe. »Ich will echt über niemanden schlecht reden, schon gar nicht über Tote.«

»Das kann ich verstehen. Aber Sie sind ein besonders wichtiger Zeuge.«

»Na ja, Gruni hatte für keinen aus dem Ensemble auch nur ein nettes Wort übrig – die waren alle regelmäßig auf hundertachtzig wegen ihm. Besonders Friedrich, der ja ganz heiß auf die Rolle vom Mäusekönig war. Aber gegen Grunewald hatte er meistens einfach keine Chance. Klar kommt es da zu Stress. Schauspieler drehen ja auch ziemlich leicht durch. Aber bevor Sie weiterfragen: Friedrich ist aktuell auf den Kanaren – in diesem Stück wurde er nicht besetzt.«

»Und sonst so? Weitere Eifersüchteleien und Querelen?«

»Wie gesagt, Schauspieler.« Zur Unterstreichung seiner Worte riss er die Augen auf.

Einer der Schutzpolizisten gab Kaschinski ein Zeichen, er sei an der Reihe. Mit einem »Wird aber auch Zeit« zog er ab. Leiendecker sah ihm hinterher. Schade, er hätte gern mehr erfahren, aber das würde dann wohl Brunner klären müssen. Zögernd schlug er das Textbuch auf und blätterte durch die Seiten.

Wie aus dem Nichts tauchte Brunner neben ihm auf. Sein Nachfolger bedeutete ihm, aufzurutschen. »Was gab's denn da eben mit dem Maskenbildner zu tuscheln?«, raunte er und setzte sich. »Wolltest du dich nicht um deinen Freund kümmern? Oder spielst du stattdessen Kommissar?«

Verstohlen klappte Leiendecker das Textbuch zu. »Ich habe den Mann nur zu seinem Berufsalltag befragt. Rein interessehalber.«

Brunner lehnte sich näher. »Dann interessiert es dich vielleicht auch, dass dein Freund Nolte im Ensemble als pain in the ass gilt. Nicht sehr beliebt, der Gute.«

»In dem Fall wäre ja wohl eher er tot als dieser Grunewald.«

»Dachte ich auch, bis ich erfuhr, dass unser Opfer hinter Noltes Rücken Stimmung gegen ihn gemacht hat. Hat ihn als unfähig bezeichnet. Das wird dem Regisseur nicht gefallen haben. Ihr seid doch best buddies. Weißt du was darüber?«

»Nein, das sagt mir nichts.« Marianne fragte ihn auch immer nach Noltes Privatleben, aber darum ging es in ihrer Freundschaft nicht. Eher um alte Bundeswehrzeiten. »Was willst du überhaupt damit sagen? Dass Nolte – falls es kein Unfall war – auf der Liste deiner Verdächtigen steht?«

»Wie du weißt, ist erst mal jeder verdächtig. Die Spusi ist

übrigens inzwischen eingetrudelt. Die haben was Interessantes gefunden.«

»Was denn?«

»Ein Haar.«

Leiendecker lachte auf. »Von Nolte? Was für ein Beweis soll das sein? Er kommt hier ziemlich vielen Leuten nahe, nehme ich an. Da kann das schon mal passieren.«

»Absolut.« Brunner breitete die Hände aus. »Es ist aber allem Anschein nach ein Haar von *dir*. Es sei denn, es springt hier sonst noch jemand mit so 'ner wirren Krause rum. Ein Barthaar von diesem Bühnenbildner ist es jedenfalls nicht.«

Verlegen suchte Leiendecker nach Worten. »Ich hab da vorhin runtergeschaut, musste ja gucken, ob man noch was für den Mann tun könnte.« *Scheiße*. Was für ein Anfängerfehler. Tatortkontamination.

»Hm, hm.« Brunner nickte bedächtig. »Von den Bühnenbildnern hab ich dann erfahren, dass du 'ne Weile weg warst während der Probe. Und danach war der Mann tot.« Er zwinkerte amüsiert, dann legte er ihm die Hand aufs Knie. »Was ich damit sagen will: The show is over, my friend. Ich dachte erst, du könntest vielleicht sogar ganz nützlich sein, aber letztendlich hast du hier nix zu suchen.«

Zerknirscht musste Leiendecker sich eingestehen, dass er das früher genauso gesagt hätte. Sein Handy klingelte. Marianne schon wieder. O Mann, er hatte vollkommen die Zeit vergessen. Seufzend nahm er ab. »Ich hatte noch keine Gelegenheit, danach zu fragen. Zur Not verkleidest du dich eben als Christkind.«

»An Nikolaus?«

»Ich tu, was ich kann, ja? Vertröste die Kleine noch etwas. Nikoläuse sind eben auch mal unpünktlich.«

Nachdem er aufgelegt hatte, musterte Brunner ihn. »Probleme daheim?«

Er winkte ab. »Alles unter Kontrolle.«

»Nee, sag doch mal. Hab ich das richtig aufgeschnappt, du sollst den Nikolaus geben und dir fehlt noch ein Kostüm?«

»Genau. Das ist ja überhaupt der Grund, warum ich hier bin, weil ich mir eins aus dem Fundus leihen wollte, aber mein Freund war bisher noch nicht darauf ansprechbar. Und nach dem ganzen Zinnober natürlich erst recht nicht.«

»So 'n Kostümchen könnte ich dir leihen.«

»Wie kommst du denn an so was?«

»Als mein Neffe klein war, hab ich im Kindergarten den Nikolaus gespielt. Hat mir sogar richtig Spaß gemacht.« Brunner grinste verschmitzt und deutete mit dem Kinn auf das Textbuch in Leiendeckers Hand. »Das Ding erinnert mich an die Zettelwirtschaft dieser Regieassistentin. Was hat es damit auf sich?«

Leiendecker schlug es auf. »Das hab ich auf dem Klo gefunden, als ich austreten war. Es gehörte Grunewald.«

Brunner schürzte die Lippen. »Witzig, mir wurde nämlich gerade berichtet, dass der Kollege ständig seine Regieanweisungen gesucht und damit alle genervt hat. Überhaupt war er ziemlich zerstreut. Hat das Ding wohl überall liegen lassen. Und du hast es eingesteckt? Alte Marotte, was?«

»Gut möglich. Ich hab mich gefragt, was es auf dieser Gästetoilette verloren hat, die Künstler haben doch eigene Klos.«

»Vielleicht hatte er dort mehr Ruhe für du weißt schon was und hat dabei seinen Text geübt.«

Sie grinsten sich an. So übel war Brunner eigentlich gar nicht. Nun blätterte sein Nachfolger durch die Seiten, gemeinsam entzifferten sie die Notizen. Einige waren durchgestrichen, ersetzt durch neue.

»An welcher Stelle des Stücks waren die denn gerade, als es passiert ist?«, fragte Brunner.

»Die waren in diesem Zauberwald.«

Sie blätterten weiter, und Brunner fand die Stelle. Ursprünglich hatte der Mäusekönig hinter einem Baum hervortreten sollen, doch diese Anweisung war durchgestrichen. Stattdessen stand dort: *Zugang durch Podest. Unter den Streben warten.*

Brunner schnalzte mit der Zunge. »Da haben wir es schwarz auf weiß, die Anweisung kam von der Regie. Und wie mir gezwitschert wurde, überbringt die die Regieassistenz.«

Leiendecker schüttelte den Kopf. Bettinas verzweifelter Ausruf vorhin hatte authentisch gewirkt. *Sie* hatte das Grunewald jedenfalls nicht mitgeteilt. Und Nolte? Der war zwar ein Ekelpaket von Chef, aber …

»Guck mal genau hin«, sagte er zu Brunner. »Diese letzte Eintragung … hat das kleine e nicht einen leicht anderen Schwung?« Leiendecker beugte den Kopf übers Papier, um noch besser sehen zu können. An einer Stelle wies es einen feinen rosafarbenen Film auf. Wie von … Er hob den Blick und hielt nach Marcel Kaschinski Ausschau.

»Der Puder hat Sie verraten«, sagte er wenig später zu dem jungen Maskenbildner. »Und ich schätze, auch die Fingerabdrücke sowie die Schriftprobe, die wir von Ihnen anfertigen lassen werden, werden Sie überführen. Also sagen Sie schon, was war los? Warum hatten nicht nur die aus dem Ensemble, sondern auch Sie einen Brass auf Grunewald und haben ihn unter die Streben dirigiert, wo Sie sicher sein konnten, dass er in seiner Zerstreutheit nicht merkt, dass er das gar nicht dahin geschrieben hat und dass es ihn erwischt? Das war Mord!«

Der junge Mann verbarg das Gesicht zwischen den Händen. »Das war doch kein Mord, das war ein Prank! Ich bin doch davon ausgegangen, dass der Sicherheitsmechanismus anspringt, wenn da irgendwas blockiert!«

Brunner schaltete sich ein. »Nur, wenn sich die Luke nicht öffnen sollte. Ansonsten fährt das Ding ungehindert hoch.«

»Warum wollten Sie ihm denn einen Schrecken einjagen?« fragte Leiendecker.

»Er hat ja nicht nur gegen seine Kollegen, sondern auch gegen mich geschossen. Dem Arschloch war ich zu divers! Er meinte, ich wäre nur wegen der Quote hier. Wieso konnte er denn nicht einfach rausklettern, ich meine …«

»Ein Teil seines Kostüms hatte sich verhakt«, erklärte Brunner. »Der Gürtel seines Filzmantels … er kam da nicht weg.«

Kaschinski versenkte abermals das Gesicht in den Händen. »Ich tauge zu gar nichts. Noch nicht mal zu Pranks!«

Brunner gab der Schutzpolizei einen Wink, Kaschinski wurde abgeführt. Weitere Befragungen würden auf dem Präsidium erfolgen.

»Was ist denn ein Prank?«, flüsterte Leiendecker Brunner zu.

»Eine Art Aprilscherz. Nur ein bisschen grober. Sagt man heute so.«

Leiendecker nickte. Eigentlich war es ja ganz gut, dass er mit diesem ganzen neumodischen Kram nichts mehr zu tun hatte. Alles hatte seine Zeit. Und seine war um. Buchstäblich.

»Du bist mir was schuldig, das weißt du«, raunte er Brunner zu. »Ohne mich hättest du diese Nuss niemals so schnell geknackt.«

Brunners Schnauzer zuckte. »Was kann ich für dich tun?«

Leiendecker lehnte sich in seinem Fernsehsessel zurück. Evi saß auf seinem Schoß, sie war schon im Schlafanzug. Als es an der Wohnzimmertür klopfte, krallte die Kleine sich an ihn und verbarg ihr Gesicht in seiner Halskuhle. Zärtlich strich er ihr über den Kopf. In der Rolle des Großvaters fühlte er sich inzwischen viel wohler als in der des Kommissars. Diesen allerletzten Fall hatte er trotzdem mit Vergnügen gelöst.

Der Nikolaus trat ein. »Hohoho!«, rief er und zwinkerte Leiendecker zu.

# 16. Schneekristall

Elsa Dix

Im schummrigen Licht der Straßenlaterne weiche ich zu spät einer Pfütze aus. Eisiges Wasser dringt durch meine Socken bis auf die Haut.

In der Krippenfeier hat der Pastor über Schneekristalle gesprochen. Jeder von ihnen sei einzigartig, ein vergängliches Gebilde aus Licht und Eis. Menschen, sagte er, seien wie diese Kristalle – niemand könne ihre wahre Natur vollständig erfassen.

Malte hüpft neben mir. »Glaubst du, ich bekomme die Playstation?« Er fragt das jetzt zum dritten Mal. Seine Wangen sind rot vor Kälte, die Mütze sitzt schief auf seinem Kopf.

Ich ziehe sie ihm zurecht. »Nein.«

»Aber Papa hat gesagt, er kauft mir eine.« Er springt mit Wucht in einen Haufen Schneematsch, das Wasser spritzt seitlich hoch.

Vor drei Jahren glaubte er noch an das Christkind, hatte dieses leuchtende Glitzern in den Augen. Drei Jahre sind eine lange Zeit, wenn man ein Kind ist.

Ich versuche, ihn auf andere Gedanken zu bringen. »Mama holt bestimmt gerade die Plätzchen aus dem Ofen.« Zimtsterne, unsere Tradition. Wir versammeln uns vor der geschlossenen

Wohnzimmertür, jeder nimmt sich ein noch warmes Plätzchen. Wenn der letzte Krümel verschwunden ist, läutet Papa heimlich das Glöckchen.

Als wir zur Krippenfeier aufbrachen, standen die Zutaten unberührt auf der Küchenarbeitsplatte. Mama saß im Wohnzimmersessel, neben sich einen Glühwein.

Ich schließe die Haustür auf, es riecht nach Schimmel, nicht nach Plätzchen und Zimt. Der Ofen ist kalt, neben der Spüle sehe ich die leere Flasche Glühwein.

Malte setzt sich auf die Küchenbank, zieht sein Handy heraus, schaut TikTok-Videos. Ich höre in schneller Abfolge schrille Musik, kichernde Menschen, wieder Musik.

Am Weihnachtsbaum im Wohnzimmer hängt nur die halbe Lichterkette, der Rest baumelt von einem Ast. Die Kiste mit Christbaumschmuck steht auf dem Boden, daneben ein umgekippter Becher. Der Glühwein hat einen Fleck auf den Dielen hinterlassen.

Die Tür aus dem Garten öffnet sich. Papa kommt herein, durchnässt vom Schneeregen, die Wangen gerötet.

»Da seid ihr ja wieder! Wie war's in der Kirche?« Er zieht seine Regenjacke aus, das Wasser tropft auf die Fliesen im Flur.

»Mama ist nicht da«, sage ich. Ich versuche, neutral zu klingen, aber es gelingt mir nicht. Mama wollte Plätzchen backen. Mama wollte den Baum schmücken. Sie ist nicht da. Mein Herz pocht vor Wut – und Angst.

Papas Blick fällt auf die Backzutaten. »Vielleicht holt sie noch etwas für die Plätzchen.«

Eine schwache Erklärung. Der Supermarkt ist seit Mittag geschlossen, das weiß Papa genauso gut wie ich.

Malte wischt mechanisch durch die Videos.

»Oder sie ist zur Tankstelle. Wein ist alle.« Für einen Elfjährigen hat er ein scharfes Auge.

»Sie kommt bestimmt gleich.« Papas Stimme klingt belegt.

Wir schmücken den Baum, warten. Irgendwann setzen wir uns ins Auto, suchen sie. Als Erstes fahren wir zur Tankstelle. Rachid steht hinter der Kasse. Er war in der Schule zwei Klassen über mir, wir waren zusammen in der Theater-AG.

»War meine Mutter hier?«, frage ich ihn nach einer kurzen Begrüßung.

Er schüttelt den Kopf. »Nur der alte Overbeck. Hatte mächtig Kurze gekippt.«

Wir setzen uns wieder ins Auto. Inzwischen regnet es, und der Scheibenwischer zieht Schlieren. »Vielleicht ist sie ja längst zu Hause«, sagt Papa.

Als wir in unsere Straße einbiegen, glaube ich, Lichter in unseren Fenstern zu sehen. Ich stelle mir vor, wie Mama auf uns wartet, die Tür aufreißt und uns fragt, wo wir waren. Aber als wir vorfahren, ist das Haus dunkel. Es waren nur Lichtreflexe von gegenüber.

Malte packt seine Pakete aus, er bekommt tatsächlich eine Playstation. Als er ins Bett geht, dämmert es bereits. Gegen den grauen Morgenhimmel zeichnet sich im Garten das neue Gewächshaus ab. Papa baut es seit Tagen auf, sein Geschenk für Mama, etwas, was sie sich immer gewünscht hat.

Ich denke an Mamas müde Augen und den bitteren Zug um ihren Mund. Letzte Woche haben Papa und sie in der Küche gestritten. Ihre Stimme war voller Verachtung. »Das Haus verfällt, dein Malerbetrieb wirft nichts ab, wir sind die ganze Zeit am Schuften. Das ist doch kein Leben.« Dann hat sie gezischt: »Nur weil du die Augen zumachst, ist das Elend trotzdem da.« Sie will weg. Weg von diesem Haus. Weg vom Schimmel. Weg von der Trostlosigkeit. Sie sagte, sie würde nach Weihnachten gehen.

Papa hat das Gewächshaus trotzdem gebaut. So ist er. Voller Hoffnung.

Am nächsten Morgen kommt ein Kommissar, setzt sich mit Papa in die Küche. »Ihre Handtasche ist nicht mehr da«, sagt Papa. Auch nicht die blaue Winterjacke, die Einkaufstasche und das Smartphone. Ich habe das gestern schon gemerkt.

Der Kommissar lässt sich beschreiben, was sie getragen hat. »Jeans. Einen hellen Islandpullover. Die Haare zum Pferdeschwanz.« Ich suche auf meinem Handy ein Foto von ihr. Mama oben an der Steilküste, den Wind im Gesicht. Um den Hals hat sie die Kette mit dem Schneekristall, die ich ihr geschenkt habe. Die trägt sie immer, sie sagt, die Halskette sei das Schönste, was sie jemals bekommen habe.

Ihr Bild im Smartphone verschwimmt vor meinen Augen.

## *Neun Tage*

Der Januar bringt eisigen Wind. An einem klaren Nachmittag versammeln sich Nachbarn und Freunde vor unserem Haus. Wir wollen den Wald durchkämmen, von uns bis zur Steilküste. Malte ist bei seinem Freund Piotr. Es ist besser, Malte weiß nichts von der Suche.

In der letzten Woche hat es gefroren, trockenes Laub raschelt unter meinen Füßen. Wir bilden eine lange Kette, schauen in Mulden, unter einen umgestürzten Baum. In der Nähe der Steilküste plötzlich ein Ruf. »Fund!«

Unter einem Brombeerbusch blitzt etwas Blaues. Mein Magen krampft sich zusammen. Mamas Wintermantel. Aber dann sehe ich, was es wirklich ist.

Eine Plastiktüte. Nur eine Plastiktüte.

Irgendwann brechen wir ab. Die anderen gehen in die Dorfkneipe zum Aufwärmen. Ich höre Lachen, entspanntes Plaudern. Papa und ich setzen uns schweigend in den Wagen, holen Malte ab. Der reißt die Tür auf, kaum dass wir in der Einfahrt bei Piotr stehen. Seine Augen sind weit geöffnet. Fragend. Er hat es gewusst, natürlich.

Ich schüttle den Kopf. Malte sackt zusammen. Sein Gesicht erstarrt.

## *Achtundzwanzig Tage*

Die Sonne wirft hartes Licht durchs Fenster. Der Weihnachtsbaum steht noch immer im Wohnzimmer, braune Nadeln liegen wie ein Teppich auf den Dielen. Mit einem Mal kann ich seinen Anblick nicht mehr ertragen. Ich reiße die Kugeln herunter, packe den vertrockneten Stamm, zerre ihn nach draußen. Mit einem dumpfen Knacken landet er auf dem Kompost. Papa taucht aus dem Gewächshaus auf. Davor blühen Christrosen. Mamas Lieblingsblumen, er hat sie für sie gepflanzt.

Ich gehe wortlos zurück, räume weiter auf. Die Zeitschriften auf dem Wohnzimmertisch kommen in den Papiermüll, anschließend wische ich über den Schrank. Im Regalfach stoße ich auf Mamas Kalender, in den sie immer schrieb. Ihre Handschrift ist hastig hingekritzelt, es gibt mir einen Stich, als ich sie sehe. Am 23.12. steht: »Aufhören zu trinken. Neu anfangen. Für die Kinder.«

Ich weiß, dass sie das wollte. Aber wollen reicht nicht.

## *Elf Monate, fünf Tage*

Am ersten Advent stellt Papa eine Christrose ans Wohnzimmerfenster, für Mama. Ich kann den Anblick nicht ertragen, ziehe die Gardine davor.

Das Telefon klingelt, Papa geht dran. Es ist Maltes Klassenlehrerin. Malte war wieder nicht in der Schule. »Er ist unkonzentriert und aggressiv«, sagt sie.

Letzte Woche hat er sich mit einem älteren Schüler geprügelt. Worum es ging, wollte Malte mir nicht sagen, aber ich habe seinen Freund Piotr gefragt. Der meinte, der andere habe eine blöde Bemerkung gemacht: *»Bei so einem Scheißsohn wäre ich auch weg.«*

Die Lehrerin empfiehlt, Malte psychologisch betreuen zu lassen. Papa notiert eine Nummer, die er anrufen soll. Als er auflegt, lässt er den Zettel neben dem Telefon liegen und verschwindet im Gewächshaus.

## *Zwei Jahre, elf Monate, dreiundzwanzig Tage*

Ich stehe im grellen Licht des Hausflurs vor meiner ersten eigenen Wohnung. Es ist spät, am Nachmittag bin ich von der Vorlesung direkt zur Arbeit ins Kino, die Weihnachts-Blockbuster laufen an. Ich habe hundertsiebenunddreißig Tüten Popcorn verkauft, Rekord. Meine Finger kleben noch immer, als ich einen Umschlag aus dem Briefkasten nehme. Darauf das Logo der Kriminalpolizei. Hastig schlitze ich das Schreiben auf. Überfliege die Zeilen. Mein Herz pocht, ich fühle einen dumpfen Schmerz in meinem Magen. Obwohl es schon nachts ist, nehme ich das Rad und fahre nach Hause. Der Wind ist eiskalt, und am Ortseingang spritzt ein Laster Schneematsch an meine Beine.

In der Küche brennt Licht. Papa sitzt am Tisch.

»Die Ermittlungen werden eingestellt«, platzt es aus mir heraus.

Papa wendet nicht mal den Kopf, knibbelt am Fingernagel. »Vielleicht ist es gut, wir müssen einen Abschluss finden.«

Ich zittere. Vor Kälte. Aber mehr noch vor Wut. »Wir können nicht einfach aufgeben.«

Ein Schlüssel in der Haustür, Malte kommt herein. Er riecht nach Alkohol. »Was ist los?«

»Sie haben die Ermittlungen eingestellt.«

Malte verzieht keine Miene. »Selbst wenn die Polizei sie finden würde, sie käme ohnehin nicht zurück zu uns.« Seine Stimme klingt bitter. So bitter, wie der Zug um Mamas Mund gewesen ist.

Bevor ich etwas sagen kann, stiefelt er die Treppe hinauf.

Papa sagt nichts.

Ich gehe hinaus, nehme das Rad und fahre wieder zurück zu meiner Wohnung.

*Drei Jahre, sechs Monate, zwölf Tage*

Mein Daumen schwebt über dem Handy. Ich habe ein Foto auf Instagram hochgeladen, die Nachricht formuliert. Jetzt muss ich den Post nur noch abschicken. Ich habe lange darüber nachgedacht. Vielleicht ist es richtig, vielleicht nicht. Ich drücke auf *Senden*. Der Post erscheint, das Foto von Mama, damals an der Steilküste. Darunter: »Helft mir, meine Mutter zu finden.«

Am nächsten Morgen fahre ich in die Uni. Die Gespräche verstummen, als ich den Vorlesungssaal betrete. Alle wissen Bescheid. Manche tuscheln leise miteinander, werfen mir Blicke zu. Ich sehe Mitleid, Neugier.

Mein Handy vibriert. Es ist eine Nachricht: »Deine Mutter ist bei mir im Keller, und ich ficke sie jede Nacht.« Das Smartphone in meiner Hand fühlt sich an, als ob es brennt. Ich lösche die Mitteilung, lasse das Telefon in meiner Tasche verschwinden. Aber die Worte bleiben in meinem Kopf. Werden zu Bildern.

Abends rufe ich Malte an. Er hält meinen Such-Post für bescheuert und meint, es würden sich ohnehin nur Arschlöcher melden. Er hat recht, aber das will ich nicht zugeben.

Die neue Schule gefällt ihm nicht. »Die hätten mich ja nicht gleich rauswerfen müssen.«

»Du hast mehrere Verwarnungen bekommen.«

»Alles Wichser. Die haben doch nur nach einem Grund gesucht.« Seine Stimme klingt verwaschen.

»Hast du was genommen?«

»Was geht es dich an – du bist nicht meine Mutter.« Er legt auf.

## *Drei Jahre, elf Monate, siebzehn Tage*

Auf dem Weg zur Uni-Bibliothek vibriert mein Handy, wie so oft in den letzten Tagen. Ich schaue erst darauf, als ich schon vor der Eingangstür stehe.

»Ich hab sie gesehen, damals an Heiligabend. Kurz nach achtzehn Uhr, an der Straße Richtung Tankstelle. Bei der Kreuzung ist sie in einen weißen Bulli gestiegen.«

Ich prüfe den Absender. @Jens.Schmidt003. Sein Profil ist privat, keine Posts sichtbar. Sofort tippe ich eine Nachricht. »Ruf mich an. Bitte!«

Im Lesesaal starre ich auf meine Übungsaufgaben. Paragrafen, Urteile, Gesetze. Ich überfliege den Text einmal, zweimal, doch ich begreife nichts. Draußen herrscht Schneeregen. So wie damals.

Mein Handy vibriert erneut. @Jens.Schmidt003: »Am Kastenwagen stand was: Orchidee oder so ähnlich. Ich bin mir nicht mehr sicher. Deine Mutter ist jedenfalls eingestiegen.«

»Können wir uns treffen? Nur wir beide. Ohne Polizei.«

Keine Antwort.

Der Kommissar hat erst am nächsten Tag Zeit für mich. Er bearbeitet einen neuen Fall. Als ich ihm die Nachricht zeige, flackert sein Augenlid. »Anonyme Accounts sind schwer nachzuverfolgen. Versuchen Sie, persönlichen Kontakt mit dem Zeugen herzustellen. Erzählen Sie ihm, wie es Ihnen geht, wie wichtig es ist, direkt mit ihm zu sprechen.«

Ich schreibe @Jens.Schmidt003. Berichte von den Nächten, in denen ich wach liege, auf Geräusche achte. Von Malte, der kaum spricht. Von Papa, der mehr und mehr verschwindet. Von der Hoffnung. Der Angst. Dem Warten.

Ich sehe, dass er meine Nachricht gelesen hat.

Zehn Minuten später ist der Account gelöscht.

Am nächsten Tag besuche ich Rachid. Er hilft hin und wieder im Geschäft seines Onkels aus, nicht weit vom Wohnhaus meines Vaters entfernt. Er hat Zeit, wir trinken Tee. Das Glas zwischen meinen Händen brennt auf der Haut. »An dem Abend, als meine Mutter verschwand – hast du da einen weißen Kastenwagen gesehen?«

Er zuckt mit den Schultern. »Das ist drei Jahre her.«

»Es stand was mit Orchidee drauf, vielleicht ein Blumenladen.«

Er beugt den Kopf, gibt sich Zucker in den Tee. Die Haare fallen über seine Augen, sodass ich sie nicht sehen kann. »So einen Transporter hat doch jeder.«

Er hat recht. Natürlich hat er recht. Aber es ist das Einzige, was ich habe.

»Was macht dein Studium?« Es ist offensichtlich, dass er das Thema wechseln will.

Ich denke an meine Probeklausur, mir ist klar, dass ich sie nicht schaffen werde. Rachid schreibt dagegen bereits an seiner Doktorarbeit, könnte anschließend als Post-Doc nach Tübingen wechseln. Ich mag die Zuversicht, die sich in seinen Augen spiegelt.

Der Nachmittag wird zum Abend. Rachid erzählt Geschichten über die Kunden seines Onkels, plaudert über die Uni. Es ist so leicht mit ihm. So normal.

Der nächste Morgen ist kristallklar. Raureif liegt auf den Gräsern, als ich Rachids Wohnung verlasse. Die Sonne scheint auf die kahlen Bäume, ihre Strahlen wärmen mein Gesicht. Rachid hebt am Fenster die Hand. Ich winke zurück und lasse einen Nachbarn vorbei, der aus der Einfahrt fährt. Das Tor steht offen. Ich sehe auf dem Hof einen weißen Kastenwagen. Darauf steht der Name von Rachids Onkel.

Morchid.

Orchidee.

Ein eiskalter Wind fegt über die Straße, an meinen ungeschützten Hals. Lässt mich zittern.

Zwei Tage später hämmert es an meiner Wohnungstür. Rachid. »Die haben meinen Onkel mitgenommen. Zu einem Verhör.« Er geht in die Küche, bebt vor Wut.

»Ich wusste davon nichts«, sage ich.

Rachid macht einen Schritt auf mich zu. Er sieht mich an, mit diesem Blick, der mir bis ins Herz geht. »Weißt du, was das für uns bedeutet?«, sagt er. »Den Verdacht werden wir nie wieder los. Ab jetzt wird es immer heißen: Die haben was damit zu tun. Die waren es – wer sonst?« Seine Augen glitzern, er atmet schwer. Dann geht er ohne ein weiteres Wort hinaus. Die Tür schlägt zu. Sie hallt nach.

Drei Tage später ruft der Kommissar an. »Es haben sich keine Verdachtsmomente erhärtet.« Ich spüre einen dumpfen Schlag in meinem Magen: Es war umsonst.

## *Vier Jahre, acht Monate, neun Tage*

Ich stecke eine schmale Kerze auf den Kuchen. »Es ist nur eine, nicht fünfzig.«

Papa sitzt zusammengesunken auf dem Sofa. Den neuen Job hat er wieder verloren, er hat zu oft gefehlt. Tagsüber ist er nur noch im Gewächshaus. Im Frühling hat er Pflanzen gezogen, Wicken, Ringelblumen, Stockrosen. Inzwischen stehen nur noch vertrocknete Stängel.

Wir teilen den Kuchen, Maltes Stück bleibt liegen. Als ich gehen will, steigen zwei Polizisten vor der Tür aus einem Auto.

Es geht nicht um Mama, sondern um Malte.

Er ist in der Klinik. Überdosis.

Papa und ich sitzen auf kalten Stühlen aus Plastikschalen. Das grelle Licht im Wartebereich bohrt sich durch mein Auge in den Kopf.

Irgendwann dürfen wir zu ihm. Er ist blass, Schweiß klebt an seiner Stirn. Ich nehme seine Hand. Zuerst glaube ich, er zieht sie weg. Aber er lässt sie liegen.

Ein paar Tage später ruft der Kommissar an. »Wir können den Account von @Jens.Schmidt003 nicht zurückverfolgen.« Er klingt frustriert. »Wir haben alle Männer dieses Namens in der Gegend überprüft. Es gibt keinerlei Hinweise.«

Ich erwidere nichts. Was soll ich auch sagen? Wieder keine Spur.

»Vielleicht gibt es eine andere Möglichkeit«, höre ich den Kommissar sagen. Kraftvoller diesmal. »*Aktenzeichen XY* will eine Sondersendung zu verschwundenen Menschen ausstrahlen. Der Fall Ihrer Mutter könnte vorgestellt werden.« Er redet hastig weiter. »Der Zeuge hat sich schon einmal gemeldet. Er will Kontakt. Vielleicht ruft er während der Sendung an. Nur dass wir ihn diesmal zurückverfolgen können.« Eine Pause. »Es ist eine Chance.«

Ist es das? Sekundenschnell füllt sich mein Herz mit Hoffnung. Ich will sie nicht. Aber ich kann nichts dagegen machen. Sie ist da.

## *Vier Jahre, neun Monate, dreizehn Tage*

Ich besuche Malte in der Reha, er hat angerufen, gefragt, ob ich vorbeikommen möchte.

Wir gehen raus in den Krankenhauspark. Die Blätter an den Bäumen leuchten in der Sonne, Astern in Beeten.

»Ich habe immer gedacht, dass sie uns verlassen hat«, sagt Malte plötzlich. »Weil sie genug von uns hatte.«

Ich bleibe stehen. »Mama wäre nie ohne uns gegangen. Sie war genervt von dem Haus. Wahrscheinlich auch von Papa und seiner ewigen Untätigkeit. Aber uns hätte sie mitgenommen.« Ich sage es voller Überzeugung. Auch wenn ich mir selbst kaum noch glaube.

Malte nickt. Der Zweifel in seinen Augen bleibt.

Wir werden nie zur Ruhe kommen. Wir können uns nicht befreien. Weder Malte noch Papa, noch ich. Wir müssen sie finden, sonst zerbrechen wir daran.

Als ich nach Hause fahre, rufe ich den Kommissar an und sage ihm, dass wir die Sendung machen sollten.

## *Vier Jahre, elf Monate, fünf Tage*

Grelles Scheinwerferlicht blendet mich. Im Studio riecht es nach Angstschweiß. Der Kommissar redet. Jetzt bin ich dran. Ich schildere den Tag, an dem Mama verschwand. Wie wir aus der Kirche kamen, wie sie nicht da war. Papa sitzt neben mir. Er tut es mir zuliebe, aber reden will er nicht.

Der Aufnahmeleiter gibt mir ein Zeichen, die Fernsehkamera zoomt auf mich zu. Ich starre in das schwarze Objektiv. »Falls Sie etwas gesehen haben oder wenn Sie wissen, wo sich meine Mutter aufhalten könnte – bitte melden Sie sich. Egal, wie klein die Beobachtung ist. Wir brauchen Gewissheit.«

Ich höre, wie Papa neben mir leise schluchzt. Ich habe ihn in all den Jahren nicht weinen hören. Es schnürt mir die Kehle zu.

Nach der Aufnahme sitze ich mit Papa im Aufenthaltsraum des Studios. Es sind noch andere Familien da. Wir alle hoffen auf das Wunder, den entscheidenden Hinweis, der das immerwährende Warten beendet. Der Kommissar betritt den Raum. Automatisch studiere ich seine Haltung: Hat er gute oder schlechte Nachrichten für uns? Er ist angespannt, auch er hat in den letzten Jahren viel Energie in die Suche gesteckt. »Wir haben von den Zuschauern Hinweise erhalten, denen wir nachgehen werden.« Er vergräbt die Hände in den Taschen. »Aber nichts Konkretes.«

Nebel liegt über der Stadt, alles ist wie hinter einem Schleier. Papa fährt mich nach Hause. Als wir aussteigen, schwankt der Boden. Papa fängt mich auf. Er bringt mich in die Wohnung. Ich fange an zu weinen, kann nicht mehr aufhören.

## *Fünf Jahre, null Monate, null Tage*

Es riecht nach Tannengrün und Streichhölzern. Papa hat einen Adventskranz auf den Tisch gestellt, darauf vier dicke Kerzen. Vier Flammen, für jeden von unserer Familie eine.

Ich sitze mit einer Wolldecke auf dem Sofa und möchte schlafen. Wie schon seit Tagen.

Malte fährt gegen drei, er lebt im betreuten Wohnen, muss pünktlich zurück sein. Aber er wäre ohnehin nicht länger geblieben. »Hier ist es wie in einem Sarg.«

Papa setzt sich zu mir. Ein Geschenkpäckchen in seiner Hand, er dreht es mit den Fingern. »Mama und ich … wir haben uns gegenseitig das Leben schwer gemacht.«

Ich will ihm sagen, dass ich nichts mehr hören will. Von Mama. Ich muss sie vergessen.

Aber er redet weiter. »Ich wollte es all die Jahre nicht sehen: das vermodernde Haus, unsere geplatzten Träume. Wir haben uns gegenseitig die Schuld gegeben. Ich dachte, es sei wegen ihrer Trinkerei, sie sagte, es käme von meiner Teilnahmslosigkeit.« Jetzt liegt das Päckchen still. »Wir glaubten beide, dass alles anders werden könnte, wenn einer von uns den ersten Schritt machen würde.« Er flüstert nur noch. »Aber dadurch ist nichts besser geworden. Nur schlimmer. Viel schlimmer.«

Er atmet tief ein, schaut hinaus durch das Fenster zum Garten. »Ich habe gehofft, dass ihr darüber hinwegkommt. Dass es einen Neuanfang für uns gibt.« Jetzt sieht er zu mir. »Ich habe die Augen zugemacht, all die Jahre. Als ich deine Nachricht damals auf dem Instagram-Kanal gesehen habe, da hätte ich schon etwas tun müssen. Stattdessen war ich feige.«

Seine Hand zittert, als er mir das Päckchen gibt. »Ich habe sie reparieren lassen. Sie war gerissen.«

Ich setze mich auf, ziehe das Geschenkpapier ab. Es ist eine Schmuckschatulle. Ich öffne sie. Darin eine Halskette. Ein silberner Anhänger. Geformt wie ein Schneekristall.

Noch bevor ich begreife, noch bevor ich es fasse, steht Papa auf. »Ich gehe schlafen.«

Seine Schritte auf der Treppe klingen schwer. Das Holz ächzt unter jedem Tritt. Die Schlafzimmertür quietscht, kurz darauf ein Poltern.

Dann Stille.

Entsetzliche Stille.

In meinen Händen liegt der silberne Schneekristall.

Mamas Halskette. Die sie immer trug.

Immer.

Auch am Tag ihres Verschwindens.

Ich stehe auf. An der Treppe zögere ich. Kann nicht hinaufgehen. Ich weiß, was mich dort erwartet und dass ich es nicht ertragen werde. Stattdessen gehe ich hinaus in den Garten.

Es hat zu schneien angefangen, weiche Flocken bedecken die kahlen Äste des Apfelbaums, legen sich auf das Glas des Gewächshauses, dessen Konturen lösen sich auf.

Eine Schneeflocke fliegt auf die Haut meiner Hand, schmilzt in der gleichen Sekunde. Ich muss an die Worte des Pastors denken, in der Krippenfeier damals. »Menschen sind wie Schneekristalle. Einzigartig und vergänglich. Sie verschwinden, bevor es uns gelingt, sie in Gänze zu erfassen.«

Der Schnee fällt auf die Blüten der Christrosen vor mir. Ich beginne zu graben. Kurz darauf habe ich Gewissheit.

Meine Mutter wollte uns nie verlassen. All die Jahre war sie hier. Bei uns.

Ich hatte gehofft, wenn ich sie finde, wäre es eine Erlösung. Aber das ist es nicht. Es ist keine Befreiung.

Es ist der Sturz in den Abgrund.

# 17. Joulupukki und die wilden Zwölf

Manfred Ertel

Heftige Schläge bringen seinen Schädel fast zum Platzen. Bumm, bumm, bumm, hämmert es. Kurze Pause. Dann das Gleiche noch mal. Nur doller. Danach geht's wieder von vorn los. Der Rhythmus bringt ihn um den Verstand. Seine Hände suchen tastend den Kopf. Wollen ihn irgendwie schützen. Greifen aber unkontrolliert ins Leere. Er fegt eine Flasche vom Nachttisch, die laut krachend auf dem Boden zerbirst. Immerhin reißt ihn das Klirren aus seinem Albtraum. Matti Lipponen hebt seinen Kopf stöhnend und ächzend vom Kissen hoch. Ganz langsam, nur keine falsche Bewegung. Er ist noch nicht richtig wach. Er kommt zu sich. Das trifft es wohl besser.

»Matti, mach endlich die verdammte Tür auf!«

Er hört die Stimme von irgendwoher. Kann sie nicht einordnen. Bumm. Bumm. Bumm. Schwere Schläge gegen hartes Holz. Sein Kopf protestiert mit pulsierendem Schmerz. Das Bollern geht ihm durch Mark und Bein. »Moment!« Er hustet. Seine Stimme knarzt und krächzt. Er versucht es noch einmal. »Komm' ja schon!«

Er braucht beide Arme, um sich mühsam vom Bett hochzurappeln. Die Erinnerung kommt zurück. Wenn auch nur in Zeitlupe. Der Blick aus dem Fenster seiner Schiffskabine tut in den Augen weh. Draußen ist alles weiß. Nur Schnee und Eis. Die *Baltic Dolphin* schiebt sich mühsam durch eine schmale Fahrrinne, die ins dicke Ostsee-Eis des Finnischen Meerbusens gebrochen ist. Langsam hat er es wieder. Gut fünfzehn Stunden ist es her, da hat er im letzten Tageslicht an Bord der Fähre in Helsinki abgelegt. Zusammen mit den anderen. Auf dem Weg nach Norddeutschland. So wie jedes Jahr. Wenn er mit den Kumpels die Geschichte des Weihnachtsmanns von den Bergen Lapplands nach Hamburg bringt. Der kommt nämlich vom *Korvatunturi*, dem »Ohrenberg« am finnischen Polarkreis. Das weiß eigentlich jedes Kind. Aber um die Erinnerung daran wachzuhalten und sich gegen Konkurrenz aus Kanada, Norwegen oder sonst wo zu behaupten, muss in der Adventszeit an die Geschichte erinnert werden. Alle Jahre wieder. Sie mögen ihren Job und die strahlenden Kinderaugen. Und nennen sich »Die wilden Zwölf«. Was aber weniger mit ihrer Weihnachtsbotschaft zu tun hat als mit den feuchtfröhlichen Überfahrten. Auch diesmal war eigentlich alles wie immer. Bis auf die Eiszeit, die es sich viel zu früh zwischen den Schären bequem gemacht hatte.

»Is' ja gut, Mann!« *Ist das Samu?*, denkt er. »Hör endlich mit dem Hämmern auf. Das hält ja kein Mensch aus.« Er stützt sich an der Wand ab und tastet sich zur Tür. Die Beine zittern, die Glieder schmerzen. Sein Kopf kämpft mit einem Ungetüm, das als Kater nur ungenügend beschrieben ist. Der weiße Bart aus Kunsthaar, der lose unter seinem Kinn hängt, riecht nach Erbrochenem.

Vor der Tür steht der Weihnachtsmann. »Mensch, Samu, muss das sein?« Matti stützt sich schwer auf seine Knie und horcht in sich rein. Ob er wohl kotzen muss. Und wenn, ob er es wohl rechtzeitig bis ins Bad seiner Kabine schaffen würde.

»Reiß dich zusammen«, sagt Samu, der komplett in Weihnachtsmontur vor ihm steht. Als wenn's für ihn gleich losgeht. Sein Blick ist ein einziger Vorwurf. Matti schaut an sich runter. Auch er steckt noch in der roten Hose mit weißem Besatz und in schwarzen Stiefeln. Die Flecken auf der Büx übersieht er großzügig. »Geh kalt duschen und werd irgendwie nüchtern. Wir haben ein Problem.« Samu dreht ab und geht Richtung Aufgang. »Ich mein' das ernst. Ein echtes Scheißproblem. Also hau rein«, ruft er ihm über die Schulter zu.

Im Salon sind schon alle versammelt, als Matti dort aufschlägt. Zumindest fast alle. Es wimmelt von Weihnachtsmännern mit Mütze und Perücke. Ob ein oder zwei es vielleicht nicht rechtzeitig geschafft haben, kann er auf die Schnelle nicht feststellen. Schließlich war die Nacht lang und feucht. Und ihm fehlen immer noch ein paar Puzzleteile. Matti lässt sich schwer auf einen Stuhl fallen. »Alles klar auf der Andrea Doria?« Er leckt sich die trockenen Lippen. Ich muss unbedingt was trinken, denkt er. Sein plumper Witz tanzt durch den Raum und geht draußen über Bord. Ohne jede Reaktion. »Was is' los? War euer letztes Weihnachtsbier schlecht, oder was?« Matti ist der Chef. Er hat ein Recht auf müde Witze. Vor allem muss er wissen, was eigentlich los ist.

»Dein Kabinennachbar ist tot.« Samu übernimmt die Sprecherrolle. »Er wurde heute Morgen entdeckt.«

»Wie, tot?« Matti versteht nicht. Die Nachricht überfordert ihn. »Richtig tot? Echt jetzt?«

Samu nickt. »Mausetot. Warum, ist völlig unklar. Das muss von der Polizei untersucht werden, wenn wir an Land sind. Hast du nicht irgendwas mitbekommen? Ihr habt doch Wand an Wand gepennt.«

Matti will den Kopf schütteln, bricht aber sofort ab. Er hat seinem Schädel zu viel zugemutet. »Nee, kein Stück. War ja auch nicht mehr richtig auf Sendung.« Er versucht, sich zu konzentrieren. »Wer ist es denn?« Er kennt die meisten in seiner Truppe. Der Großteil ist schon seit Jahren dabei, wenn sie im Auftrag der Finnischen Weihnachtsmann-Stiftung Kinder in Norddeutschland beglücken. Es ist eine Tradition. Wenn auch nicht ganz selbstlos. Ihr Tourismusverband ist von ihrer Aktion besonders entzückt. Sie reisen immer im Dutzend. Aber zwei oder drei Neue sind jedes Mal dabei. »Wer fehlt von den Männern?« Seine Augen tasten die Gruppe ab.

»Aki«, sagt Samu. »Aber eigentlich ist er kein Mann.«

Matti versteht nicht. »Häh?«

»Laut Pass heißt er eigentlich Akima Juhonen und ist eine Frau.« Samu macht eine Pause. Die Nachricht muss sich setzen. Das ist ihm klar. War bei ihm nicht anders, als er vom Kapitän informiert worden ist. »Aki ist biologisch eine Frau, lebte aber im falschen Körper. So sagt man das wohl heute.« Die meisten glotzen ihn verständnislos an. »Aki ist ein Transmann.« Er ist sich nicht sicher, dass die Information bei allen wirklich angekommen ist. Er lässt ihnen Zeit.

»Die genaue Todesursache können nur die Gerichtsmediziner feststellen. Auch, ob Fremdverschulden auszuschließen ist. Alles ist möglich.« Samu macht eine Pause und überlegt, ob es noch etwas zu sagen gibt. »Haltet euch bitte alle zur Verfügung. Vor allem: Werdet nüchtern.« Er schaut seinen Chef direkt an. »Schließlich erwarten die Kids in Hamburg muntere Weihnachtsmänner.«

❄

Der Kapitän redet nicht lange herum. »Alle Ursachen sind denkbar«, sagt er. »Ihr Kollege kann am eigenen Erbrochenen erstickt sein. Es kann das Herz gewesen sein oder sonst was.« Er schaut in betretene Gesichter. Einige versuchen, seinem Blick auszuweichen. »Vielleicht wollte ihm ja aber auch jemand ausgerechnet zu Weihnachten die Kerzen ausblasen.« Es bleibt unklar, ob das als Feststellung gemeint ist oder als schlechter Scherz. »Wann oder wer hat mit ihm zuletzt gesprochen …?« Der Kapitän bricht ab. Mit ihm oder ihr, überlegt er im Stillen, was ist eigentlich die korrekte Bezeichnung?

Der kleine Raum gleich neben der Kombüse ist proppenvoll. Eigentlich dient er als Mannschaftsmesse. Sie hat Platz für nicht mehr als eine gute Handvoll Leute. Jetzt drängen sich dort elf Weihnachtsmänner dicht an dicht. Keiner rührt sich. Selbst wenn es jemand wollte, wäre es wohl auch kaum möglich.

»Ich habe ihn nachts lange mit einem Passagier an der Bar sitzen sehen. Sie haben zusammen was getrunken. Glaub' ich.« Petteri ist einer von den drei Neuen in Mattis Truppe. Er ist kein Mann lauter Worte. Matti hat mit ihm erst ein paar Sätze gewechselt, findet ihn aber ganz okay. »Ist dir sonst irgendwas aufgefallen?«, hakt er nach. Sein Ton ist zugewandt, Matti versucht, die Gesprächsführung an sich zu ziehen. Schließlich ist er ja Anführer der Zwölf. Ihm geht es inzwischen deutlich besser. Auf dem Weg zur Messe war er ein paar Minuten an Deck, sich durchpusten lassen. Der leichte Wind bei Minustemperaturen hat Wunder bewirkt.

Petteri zögert. Spult den Film im Kopf noch mal zurück. »Ich bin mir nicht sicher. Es war ja schon spät, und wir hatten alle ordentlich was intus …«

»Aber?« Matti wird ungeduldig. »Sag schon.«

»Ich glaube, sie haben irgendwann gestritten. Der Passagier hat ihn umarmt. Einmal sogar versucht, ihn zu küssen. Aki hat ihn weggestoßen und dann wütend die Bar verlassen.« Petteri schaut in die Runde, ob seine Aussage bei irgendwem was auslöst.

»Später hat er aber noch getanzt, glaub ich«, wirft Mika ein, auch einer von den Neuen. »Sah jedenfalls so aus. Mit einem Mann. Ich habe den nur von hinten gesehen.« Mika schaut Erkki Svensson direkt an. Der Student aus Helsinki ist der Einzige in ihrer Gruppe, der nicht aus der Gegend um Rovaniemi oben im Norden kommt. Er stammt von Åland und hat schwedische Wurzeln. Erkki weicht dem Blick aus und stiert Löcher in den Boden.

»Was zum Teufel ist denn daran ungewöhnlich?« Matti wischt die Bemerkung unwirsch vom Tisch. Von den anderen reagiert niemand. Sie haben genug mit sich selbst zu tun. »Wie auch immer, ihr müsst euch für eine Aussage bei der Polizei zur Verfügung halten.«

Der Kapitän übernimmt wieder. »In ein paar Stunden legen wir an. Dann sehen wir weiter. Halten Sie sich bis dahin alle zur Verfügung. Wenn möglich, nüchtern …« Er unterbricht mitten im Satz, muss husten. Als wenn seine Bitte Schluckauf bekommt.

Die Weihnachtself trottet schweren Schritts in den Salon und sucht sich dort eine ruhige Ecke. Allein sein in der Kabine will jetzt niemand. Ein Tablett mit Bieren wird gebracht, alle groß. »Ein Bier geht immer«, sagt einer aus ihrer Runde und greift zu. »Auf Aki!« Die meisten folgen seinem Beispiel und heben das Glas. Matti verzichtet dankend. Schon beim Gedanken daran wird ihm übel.

»Transmann, was ist das eigentlich genau?« Sein alter Kumpel Samu spricht aus, was manchem durch den Kopf geht. Er ist schon seit dem ersten Törn der Stiftung dabei und wohnt nicht weit weg von Matti in Rovaniemi, der Hauptstadt Lapplands. Da, wo die beiden großen Flüsse zusammenfließen. Samu ist unausgesprochen eine Art Stellvertreter und jedes Mal wieder mit Begeisterung dabei. Wegen der fröhlichen Kinderaugen, behauptet er. Es ist wenig Freude in seinem Gesicht zu erkennen. »Was ist bloß passiert?« Er schaut in sein Bierglas, als könnte er dort die Wahrheit finden. »War es Liebeskummer? Oder Rache von einem nicht erhörten Verehrer?« Er trinkt einen langen Schluck. Bevor das Bier noch warm wird.

Einer aus der Runde, den Matti nicht näher kennt, winkt ab. »Lass stecken, Mann, nicht jetzt, bitte. Das hilft niemandem mehr. Aki nicht. Und uns auch nicht.«

»Aber verstehen würde ich das schon gern.« Samu lässt nicht locker. »Er war doch einer von uns. Und keiner hat was gewusst?«

Matti hat das Gefühl, eingreifen zu müssen. »Lasst uns lieber überlegen, wie es weitergeht. Wir haben einen Job zu erledigen, genau genommen sogar mehrere. Die Kinder, die auf uns warten, können nichts dafür. Für die müssen wir fit sein. Und alles andere hinter uns lassen. Jedenfalls für ein paar Stunden. Kann ich auf euch zählen?« Er schaut in die Runde. Ein paar Köpfe nicken. Ein paar Augen stieren apathisch in die Seeluft, die vor den Fenstern des Oberdecks vorbeizieht. Leichter Schneefall hat eingesetzt. Die Küste verschwimmt hinter weißen Flocken, die tanzend vom Himmel fallen. Bilderbuchwinter greift nach der *Baltic Dolphin*. Eigentlich keine Sensation so kurz vor Weihnachten. Aber weiße Weihnacht ist in Zeiten des Klimawandels auch an nordischen Küsten längst nicht mehr selbstverständlich.

❄

»Na endlich«, sagt Benno Thalbach. Der Hauptkommissar schiebt die Spielkonsole beiseite. Der Schlitten hinter dem Rentier auf seinem Display stoppt abrupt, ein roter Stern blinkt zornig: »Warnung«. Aber es kümmert ihn nicht. »Es geht los, immerhin fast pünktlich«, ruft Thalbach seinen Kollegen von der Bundespolizei zu, die in der Garderobe ihre Uniformjacken überwerfen und nach den Mützen greifen.

Den vierten Advent hatten sich die meisten von ihnen anders vorgestellt. Wenige Tage vor Heiligabend an der Passkontrolle im Fährterminal sitzen zu müssen, hatte niemanden von ihnen zu Begeisterungsstürmen hingerissen. Schon gar nicht ihre Familien zu Hause. Bennos Frau hatte ihren Ärger tagelang an ihm ausgelassen. »Wieder mal hängen sämtliche Weihnachtsvorbereitungen an mir.« Danach begegnete ihm nur noch ihr leidender Gesichtsausdruck. Er hatte nicht mal etwas Passendes erwidern können. Was hätte er schon sagen sollen? Sie hatte ja recht. Aber irgendjemand musste den Dienst schließlich tun. Erst recht, seit die Politik verschärfte Kontrollen gegen irreguläre Migration angeordnet hatte.

»Die Festtage habe ich immerhin frei und bin zu Hause.« Er hatte es versöhnlich gemeint. War mit dem Argument bei seiner Frau aber auf Grund gelaufen. »Wie schön«, hatte sie nur gesagt, »dann ist für den Herrn des Hauses ja alles angerichtet.« Ihr Sarkasmus war ihm vor die Füße geklatscht, dass es nur so spritzte. Er hofft inständig, dass sie sich wieder einkriegen würde. Aber jetzt muss er sich erst mal konzentrieren.

Thalbach schaut prüfend aus dem Fenster. Die *Baltic Dolphin* schiebt sich vorsichtig an den Anleger ran. Die Seitenruder geben alles, um Wellen und Wind unter Kontrolle zu halten. Draußen hat es aufgebrist, Schaumkronen sitzen wie Wintermützen auf den kabbeligen Wellen. Bis zur Ausschiffung würde es noch einige Minuten dauern.

Ihn gruselt es schon vor der Ungeduld der Passagiere an der Kontrolle. Die nur noch eines wollen: endlich Boden unter den Füßen. Aber auf keinen Fall in einer langen Schlange stehen. Er kennt das zur Genüge. Es würde wieder gemurrt und geschoben werden. Die hinten würden unbedingt nach vorn wollen. Getrieben von purer Ungeduld. Es ist immer das gleiche Spiel. Eine Schiffsfahrt trägt zur Entschleunigung bei? Von wegen! Spätestens vor einer Passkontrolle ist davon nichts mehr zu spüren.

»Irreguläre Migration, was soll das eigentlich sein?« Thalbachs Frage trifft seinen Kumpel Mohammad Amiri völlig unvorbereitet. »Wie kommst du ausgerechnet jetzt darauf? Hast du keine anderen Probleme?« Amiri hasst solche Dialoge. Die ihn überfallartig herausfordern. Die beiden kennen sich schon seit der Kita vor den Toren Hamburgs. Sind seitdem ein Herz und eine Seele. Auch privat. Dass sie nach dem Abi gemeinsam zur Bundespolizei gegangen sind, hatte niemanden wirklich überrascht. Amiris Eltern, die als kleine Kinder aus Syrien nach Deutschland geflüchtet waren, hatten aus ihrem Stolz nie einen Hehl gemacht. Benno und Mohammad haben ihre Ausbildung beide mit »sehr gut« abgeschlossen. Trotzdem hat es nur Thalbach bereits zum Hauptkommissar gebracht. Amiri dagegen ist noch Oberkommissar. Eine logische Erklärung hat es dafür nie gegeben.

»Sach' doch ma'.« Thalbach lässt nicht locker. »In den Vorschriften jedenfalls gibt es den Tatbestand nicht. Und überhaupt: Sind Syrer irregulär? Oder nur Afghanen?« Er schaut seinen Freund an, als wolle er sagen: Du musst das doch wissen.

»Du nervst.« Amiri hat keinen Bock auf solche Diskussionen.

Nicht jetzt. Und nicht hier. »Ich will nur nach Hause. Alles andere interessiert mich im Moment 'n Dreck.« Er rückt seinen Stuhl zurecht und justiert die Höheneinstellung nach. Dann richtet er seinen Blick der Passagiermeute entgegen. Die wie eine Brandungswelle auf ihn zurollt. »Och nee, nicht auch das noch.« Er stöhnt laut auf und lässt sich in die Lehne sinken, die gefährlich nachgibt.

Thalbach folgt seinem Blick und hält für einen Moment die Luft an. Ganz vorn an der Spitze liegt eine Gruppe Weihnachtsmänner in Führung. In voller Montur. Gestiefelt und gespornt. Sagt man so was noch?, fragt er sich bei dem Gedanken sofort. Oder ist das schon irgendwie rassistisch? Vielleicht sogar postkoloniales Denken? Er winkt die ersten beiden Passagiere weiter, die im Endspurt noch so eben die Weihnachtsmänner überholt haben. Ihre Persos sind okay. Keine Beanstandung. Nix Irreguläres.

Der erste Weihnachtsmann steht am Schalter. Rote Mütze tief in der Stirn. Sein weißer Kunststoffbart klebt fast an der Scheibe. Irgendwas riecht streng. Thalbach versucht, aufsteigenden Ärger runterzuwürgen. »Kapuze weg und Bart ab. Inklusive Perücke. Bitte.« Sein Versuch zur Höflichkeit schafft es nicht durchs Fenster.

»Dir auch happy Christmas.« Der Weihnachtsmann grinst unablässig. Die Worte fallen ihm etwas schwer. Ob das an der Bordbar liegt oder an seinen Deutschkenntnissen, ist für den Grenzer nicht auszumachen. Auf jeden Fall hat die Laune des Clowns auf der Überfahrt nicht gelitten. Hinter ihm drängeln seine verkleideten Kollegen und albern rum. Ob die wohl die ganze Fahrt in vollem Ornat unterwegs waren?, fragt sich Thalbach, bevor er zum Pass greift. »Matti Lipponen?«, liest er laut und schaut den Typen vor ihm fragend an. »Woher?«

»Finnland.« Der Weihnachtsmann ist irritiert. Was für eine Frage an jemanden, der auf einer Fähre direkt aus Helsinki kommt. Ohne Zwischenstopp.

»Wohin?«

»Hamburg! Beruf!« Mattis »R« rollt schwer zur Trennscheibe und zurück.

»Schon klar. Als Weihnachtsmann!« Der Bundespolizist schaut sich den Typen genauer an. Sind Finnen nicht groß wie Hünen und blond? Blaue Augen und so? Thalbachs Gedanken laufen Amok. Der Kerl vor ihm ist grade mal 1,75 Meter. Wenn's hochkommt. Dunkle Haare und Augen, südländischer Typ. Sehen so Finnen aus?

»Was genau ist Ihr Reisegrund?«

Matti versteht nicht. »Grund?« Sein Gesicht hellt sich auf. »Joulupukki!« Thalbach reagiert nicht. Ist das ein schlechter Scherz? Unauffällig schaut er sich um, ob irgendwo eine versteckte Kamera zu entdecken ist. »Ich bin Santa Claus. Aus dem Weihnachtsmanndorf in Lappland. Das jeder kennt. Zu Besuch bei Kindern in Hamburg. Wir alle!« Der Typ macht eine ausladende Handbewegung, die seine Kollegen einbezieht. Sein Lächeln wirkt etwas einfältig.

»Der Weihnachtsmann! Aus dem Weihnachtsmanndorf!« Thalbach weiß nicht, ob er lachen oder verzweifeln soll. »Schon klar. Und ich bin der Osterhase, oder was?« Er hat sich entschieden.

»Was?« Matti kapiert nicht. »Wo ist das Problem? Wir kommen doch jedes Jahr. Was ist dieses Mal falsch?«

Ein Zivilist drängt sich an den Rothosen vorbei. »'tschuldigung, ich hab's eilig. Mein Zug fährt gleich.« Er schiebt seinen Pass über den Tresen. »Mein Name ist Rubrecht.« Matti lässt ihn machen. Er erinnert sich an ihn aus der Bar, wo der eine Runde geschmissen hatte.

Thalbachs Gesicht läuft rot an. Er platzt fast vor Wut. »Ach ja? Knecht Ruprecht und die Weihnachtsmänner?« Seine Worte kommen gefährlich leise über seine Lippen. Mattis Blick wandert besorgt zwischen den beiden hin und her. »Sach' ma', wollt' ihr uns verarschen, oder was?« Jetzt wird Thalbach laut. »Alle rüber an die Seite. Personenkontrolle!« Der Zivilist will noch was sagen. »Wenn ich sage ALLE, dann meine ich ALLE!« Thalbachs Feststellung lässt keinen Widerspruch zu. Der eilige Passagier klappt den Mund wortlos zu und ergibt sich. Der Weihnachtsmann aus der Leuchtreklame unter der Decke lächelt höhnisch von oben auf sie herab.

❄

Die Bar im Hotel ist ihren Namen nicht wert. Das gilt allerdings auch für die Herberge selbst. Sie liegt in einer heruntergekommenen Seitenstraße von St. Pauli, mitten auf dem Hamburger Kiez. Nicht weit weg vom Hafenrand. Sein Zimmer ist klein und schmal. Stuhl, Bett, eine Holzplatte vor dem Fensterbrett als eine Art Schreibtisch, das muss reichen. Die Betreiber haben die Bezeichnung »Einzelzimmer« sehr ernst genommen. Eine Minibar hat Hannu Rubrecht nur kurz gesucht. War ja klar. Wofür die drei Sterne neben der Eingangstür stehen, bleibt ihm ein Rätsel. Aber auf dem Zimmer hält er es ohnehin nicht aus.

Rubrecht hockt an einem schmalen Tresen, vor dem sich drei Barhocker gegenseitig im Weg stehen. Irgendwo draußen vor dem Fenster flackern ein rotes Herz und ein trauriger Weihnachtsstern um die Wette. Als hätten sie nervöses Augenzucken. Er trinkt sich den Laden mit einem Bier aus der Flasche schön. Direkt aus der Knolle. So nennen sie hier die Bierflaschen. Verstanden hat er den merkwürdigen Namen nie. Das Bier hilft, die Erinnerungen von der Fähre aus dem Kopf zu kriegen. Er hat das alles nicht gewollt. Aber dann war da auf einmal diese Wut. »Sie hat es verdient«, sagt er halblaut zu sich selbst und nimmt einen großen Schluck.

Die Grenzkontrollen haben sich gezogen. Und die Verhöre der Polizei auch. Vor allem wegen der albernen Weihnachtsmänner. Eine Oberstaatsanwältin Kameni ist aus Hamburg eigens angereist. Sie ist offenbar noch während der Überfahrt alarmiert worden. Ihn hatte die Staatsanwältin überhaupt nicht auf dem Zettel. Sie hatte nur kurz seine Personalien notieren lassen. Dann durfte er endlich gehen. Rubrecht muss bei dem Gedanken daran grinsen.

»Ist hier noch frei?« Ein Typ mit traurigem Gesicht wartet seine Antwort nicht ab und drängt sich auf den Hocker neben ihm. Er wäre lieber noch ein paar Minuten für sich geblieben. Lässt sich aber nicht ändern. »Selbstbedienung«, sagt Rubrecht. Es soll freundlich klingen. »Unter der Theke ist der Kühlschrank. Der Block zum Anschreiben liegt obendrauf.«

Er sieht sich den ungebetenen Gast genauer an, als der hinter dem Tresen steht, und stutzt, als er die roten Klamotten registriert. »Bist du nicht auch an Bord der Fähre gewesen? Einer von den Weihnachtsmännern gestern Abend an der Bar?« Der andere nickt.

»Skål.« Er hebt die Flasche in dessen Richtung. »Hannu Rubrecht. Eine Idee meiner finnischen Mutter!« Als wenn es einer Erklärung zu seinem Namen bedurft hätte. »Kannst auch Hannes zu mir sagen. Das ist Hannu auf Deutsch.«

Der andere will eigentlich nicht reden. Das strahlt er aus jeder Pore aus. »Erkki!« Er stellt sich trotzdem vor und hebt das

Glas. »Warum erzählst du mir das? Was treibt dich ausgerechnet in so eine Absteige?«

Rubrecht lässt sich Zeit mit einer Antwort. Er setzt seine Flasche an den Mund und nimmt einen tiefen Schluck. »Na ja, liegt ganz gut. Kiez und Hafen um die Ecke. Mehr brauch' ich nicht. Euch gefällt's doch offenbar auch ganz gut.«

Erkki winkt ab. »Die nordischen Seemannskirchen liegen praktisch um die Ecke, da müssen wir hin. Aber vor allem ist Hamburg vor den Weihnachtstagen unbezahlbar. Und die Weihnachtsmann-Stiftung, die uns bucht, braucht jeden Euro für die Kinder. Ihre freudigen Augen sind unser Lohn. Normalerweise jedenfalls.« Er ext sein Bier mit einem Schluck. »Wenn nicht der schreckliche Unfall auf der Fähre dazwischengekommen wäre. Das ändert alles.« Erkki steht auf und holt sich noch ein Bier aus dem Kühlschrank.

»Sie hat es verdient!« Rubrechts Stimme unterbricht die Pause. »So was von. Glaub mir.« Wut ist zwischen seinen Worten deutlich rauszuhören. Das Bier hat daran nichts geändert. »Ich habe sie geliebt. Sie hat mich nur verarscht. Wenn eine es verdient hat, dann sie.«

Erkki schaut fassungslos. »Wovon redest du?« Er fühlt sich wie im falschen Film. Eine Idee überfällt ihn aus dem Hinterhalt. Er will sie von seiner Festplatte löschen, bevor sie dort zum Leben erwacht. Möchte am liebsten den ganzen Film zurückspulen und einfach nur weg.

Rubrecht lässt sich nicht stören. »Akima. Deine Kollegin. Oder dein Ex-Kollege. Wie du's gern hättest. Ich habe es wirklich ernst gemeint. Wollte mit ihr schlafen. Aber sie wollte ein Mann sein. Mit allem, was dazugehört. Es war so peinlich.« Er trinkt. »Sie hat aus mir einen naiven Loser gemacht. Vor all den anderen. Sie hat es verdient.«

Erkki schiebt sich seine Kapuze vom Kopf, ihm ist heiß. Er muss was trinken. Nimmt noch einen Schluck. »Was meinst du mit *verdient*?«

Rubrecht grinst provozierend. »Was glaubst du denn, woran Akima zugrunde gegangen ist. Oder Aki. Oder how the fuck sie sich auch immer genannt hat. Einfach so?« Sein Ton ist verächtlich. Er zieht ein kleines Fläschchen aus der Jackentasche und stellt es auf die Theke. »Schon ein paar Tropfen wirken Wunder. Einfach in die Flasche und finito.« Ein zufriedenes Lächeln spielt um seine Mundwinkel. Er merkt nicht, dass Erkki Tränen in den Augen hat.

Erkkis Gesicht läuft vor Wut rot an. »Was hast du getan?«, schreit er.

Rubrecht rutscht vom Hocker und will gehen. Zuckt nur mit den Achseln. »Ich sag' ja, sie hat's verdient. Das war's dann mit peinlichen Nummern. Für immer.« Er will zum Türdrücker greifen, als ihn der Schlag von hinten trifft. Die Bierflasche zerschellt an seinem Hinterkopf. Er knickt in den Knien ein und knallt gegen ein Holzregal. Blut spritzt. Rubrecht gibt keinen Mucks von sich.

»Und ich hab' ihn geliebt. So wie er war«, sagt Erkki. Er schließt ohne Hast die Tür hinter sich.

❄

Matti und drei Weihnachtsmänner stützen sich schwer auf einen Stehtisch. Vor ihnen dampfen Becher mit Glögi. Der Glühwein mit kräftigem Schuss ist noch zu heiß zum Trinken. Sie wärmen erst mal nur ihre Hände an den Bechern. Die Männer stehen vor ein paar geschmückten Buden direkt am Hafenrand. Ein seltsamer Geruchsmix von Weihnachtsgebäck und klammem Hafenmief weht von der Elbe durch die Seitenstraßen. Nur ein paar Schneeballwürfe weg liegt die finnische Seemannskirche. Jedenfalls, wenn Schnee liegen würde.

Matti war diesmal dran mit einem Besuch der finnischen Schule. Seine Kumpels hatten Kinder aus ärmeren Familien in einer Jugendherberge und ein paar Seeleute in anderen Seemannskirchen beglückt. Mit Geschenken und ein paar finnischen Souvenirs aus Lappland. Natürlich Rentiere. Sie sollten die Mär von »Rudolph« mit dem Weihnachtsschlitten am Leben erhalten. »Es war wieder so schön, die Kinder zu erleben. Sie lieben unsere Weihnachtsgeschichte.« Samus Begeisterung ist ihm anzusehen. Die anderen brummen Zustimmung.

»Wusstest du eigentlich, dass ›Stille Nacht, heilige Nacht‹ das beliebteste Weihnachtslied in Finnland ist?« Samu schaut erst Matti und dann die anderen gespannt an. Er braucht die volle Aufmerksamkeit. Trinkt erst mal einen kräftigen Schluck. Der Glühwein hat jetzt die richtige Temperatur. »Dicht gefolgt von ›Last Christmas‹.« Er lacht laut. »Echt jetzt!«

Es ist so kurz vor den Feiertagen nicht mehr viel los vor den Buden. Weihnachtliche Stimmung hält sich in Grenzen. Matti will eigentlich nur noch zurück zur Fähre, die Zeit bis zur Abfahrt einigermaßen angenehm überbrücken. »Du hast vielleicht Probleme, Mann. Erst Aki und dann noch Erkki, der sich nach seinem Ausraster im Hotel gestellt hat – und du amüsierst dich hier.« Fast hätte er gesagt »zu Tode«. Kann sich aber gerade noch bremsen. »Denk lieber darüber nach, was wir den Eltern sagen!«

Samu ist beleidigt. »Du wolltest doch, dass wir gute Miene zum bösen Spiel machen.« Eine Frau tritt ungefragt an ihren Stehtisch. Matti verdreht die Augen. Die Oberstaatsanwältin hat ihm gerade noch gefehlt. »Wo kommen Sie denn jetzt her?«

»Moin, die Herren«, sagt Eleni Kameni. »Vorzustellen brauche ich mich ja offensichtlich nicht noch mal. Ich war grad in den Seemannskirchen und habe mit einigen Ihrer Kollegen gesprochen.« Sie schaut sich suchend um, ob wohl irgendwo ein Kaffee zu kriegen ist, gibt aber auf.

»Und, irgendwas Neues?« Matti will die Antwort eigentlich gar nicht hören. Er hat genug von dieser Reise. Sein Ton lässt keinen Zweifel daran. Dieser Törn war das Letzte. Und vielleicht sogar sein letzter. Der Schock sitzt noch immer tief.

»Das kann man wohl sagen.« Die Oberstaatsanwältin zündet sich eine Zigarette an und zieht gierig daran. Besser als nichts. »Ihr Kollege Aki ist eines natürlichen Todes gestorben. Ein Aneurysma in seinem Kopf ist geplatzt, genauer gesagt: ein Blutgefäß im Gehirn. Offenbar hat niemand etwas von der Vorschädigung gewusst.« Die Weihnachtsmänner gucken entgeistert. Nicht dazu fähig, etwas zu sagen. »Er hatte keine Chance. Vielleicht wäre es anders gewesen, wenn ihn jemand früher entdeckt hätte. Aber wer weiß das schon.« Sie drückt ihre Zigarette aus und trinkt ungefragt aus einem der Becher.

»Aber was ist mit seinem Getränk? Der Flasche Bier, die er mit aufs Zimmer genommen hat?« Matti findet als Erster wieder Worte. Und denkt an Erkki und seine Geschichte.

»Was soll damit sein? Weggeschüttet, was sonst. War ja völlig warm und schal. Ungenießbar!« Kameni macht sich fertig zum Gehen. »Fast hätte ich's vergessen: Wenn es gut läuft, können Sie Ihren Kollegen Erkki schon heute Abend mitnehmen. Er hat großes Glück. Sein Opfer sah mit all dem Blut schlimmer aus, als es war. Und der verzichtet auf eine Anzeige.« Sie schaut amüsiert in ungläubige Gesichter. »Das ist doch eine frohe Botschaft. So, ich muss. Fröhliche Weihnachten, die Herren. Und moin!«

Sie lässt die sprachlosen Männer einfach stehen. Matti holt frischen Glögi und stellt die dampfenden Becher freudestrahlend vor die Kollegen. »Wo bleiben eigentlich die anderen? Es gibt schließlich etwas zu feiern. Schöne Weihnachten. Ho, ho, ho!«

# 18. Weihnachten mit Tanja

Christiane Dieckerhoff

Wie immer, wenn sie Willi ins Heim begleitete, in dem seine Mutter lebte, wartete Michaela im Flur vor der Glastür. Die Küchenhilfe, die das Abendbrot vorbereitete, musterte sie und nickte ihr dann zu. Michaela erwiderte den Gruß. Sie fühlte sich als Eindringling in eine Welt, die vielleicht in zwanzig Jahren ihre wäre. Ein Gedanke, der sie frösteln ließ. Wollte sie wirklich an einem Ort wie diesem ihren Lebensabend verbringen? Sie blickte sich um. Seit ihrem letzten Besuch hatte sich viel verändert. In der Eingangshalle war eine Krippe mit lebensgroßen Tieren aufgebaut. Die Wohnbereiche dufteten nach Tannengrün und Zimt. Michaela fragte sich, ob wirklich die Gestecke mit den künstlichen Kerzen, von denen die erste leuchtete, für diesen Duft verantwortlich waren. Was jedoch gleich geblieben war, waren die Bewohner. Wie meistens lag dieser Berg von einer Frau in ihrem extrabreiten Rollstuhl neben der Eingangstür zum Esszimmer und beobachtete das Kommen und Gehen. Schon bei ihrem ersten Besuch hier im Heim war sie Michaela aufgefallen. Einfach, weil sie nicht alt genug wirkte, um in einem Altersheim zu sein. Sie hatte mit Willi darüber gesprochen, und er hatte ihr erklärt, die Frau sei zu schlicht, um eigenständig zu leben.

Ein Pfleger eilte vorbei, unwillkürlich wich Michaela einen Schritt zurück. Einer seiner Schnürsenkel schleifte über den Boden. Sie öffnete den Mund, um ihn darauf aufmerksam zu machen, die Frau im Rollstuhl tat das ebenfalls. Doch sie waren beide nicht schnell genug. Bevor sie etwas sagen konnten, war der Pfleger vorbei. Die Frau lächelte schüchtern. Michaela erwiderte das Lächeln, und da passierte es.

»Tanja ist schon sehr plötzlich verschwunden.« Die Stimme der Frau klang so ganz anders, als Michaela erwartet hatte: dunkel und – irgendwie kultiviert.

»Ist sie das?« Michaela hatte keine Ahnung, von wem die Frau sprach. Willis Mutter blieb mitten im Raum stehen, und Willi sprach den Pfleger mit den schleifenden Schnürsenkeln an. Seine Mutter stand zwischen den beiden Männern, eine schmale, über ihren Rollator gebeugte Gestalt mit knochigen Schultern und zu kurz geschnittenen Haaren. Sie blickte verwirrt von einem zum anderen. So viel wie Michaela verstand, ging es darum, wo sie sitzen sollte. Normalerweise saß Willis Mutter so, dass sie ihren Platz mit dem Rollator ansteuern konnte. Doch jetzt waren Tische zusammengestellt worden, um Platz für die weihnachtlich geschmückte Fichte zu schaffen. Und nun wusste sie offensichtlich nicht, wohin.

Wieder eine unerwartete Wendung in einem Leben, das nur noch aus Überraschungen bestand. So wie sie eine war, die neue Frau an Willis Seite.

Sie hatten eine Strategie entwickelt, um Willis Mutter nicht unnötig zu verwirren. Willi ging zunächst allein zu seiner Mutter, während Michaela sich im Hintergrund aufhielt. Noch erkannte sie ihren Sohn, er musste allerdings direkt vor ihrer Nase stehen und sie ansprechen. Wenn er sie begrüßt hatte, erzählte er ihr, dass Michaela auch dabei sei. Dann konnte seine Mutter so tun, als wüsste sie Bescheid. Wahrscheinlich erinnerte sie sich nicht einmal an Christina, die mitten in der Pandemie plötzlich und unerwartet verstorben war.

Du musst dir das vorstellen, hatte er ihr erzählt. Alle Welt hat Angst vor Corona, und in Christinas Gehirn platzt eine Arterie.

Mit ihrem unerwarteten Tod verschwand sie aus dem Leben ihrer Schwiegermutter, und zwar so komplett, als hätte sie nie existiert. *Aus den Augen, aus dem Sinn.* Wie schrecklich musste das sein!

»Wissen Sie, warum?«, fragte die Frau.

»Was?« Michaela blinzelte sich in die Gegenwart zurück. »Nein«, sagte sie schließlich.

»Das wundert mich«, sagte die Frau.

»Wie bitte?«

»Das wundert mich.«

»Nun ja.« Irgendwie hatte Michaela das Gefühl, sich rechtfertigen zu müssen. Was natürlich Quatsch war, aber so ging es ihr immer. Dann redete sie zu viel, und das tat sie auch jetzt. Sie kam sich vor wie ein plappernder Papagei, aber sie konnte nicht aufhören. »Mir hat niemand etwas gesagt«, sagte sie, und: »Es geht mich ja auch nichts an.« Unwillkürlich schüttelte sie den Kopf. Willi löste gerade die Hände seiner Mutter vom Rollator und manövrierte sie umständlich an diversen alten Damen in Rollstühlen vorbei, die bereits am Tisch saßen. Das durfte echt nicht wahr sein! Gab es hier niemanden, der auch nur einen Gedanken daran verschwendete, wie die Bewohner ihren Platz erreichen konnten? So viel zum Thema aktivierende Pflege.

»Ich kannte sie ja nicht.«

»Ich dachte ja nur«, ruderte die Frau zurück. Wenn man nur ihre Stimme hörte, klang sie wie eine Radiosprecherin.

Endlich saß Willis Mutter. Er blickte auf und lächelte Michaela entschuldigend zu.

»Weil sie doch auch immer mitgekommen ist.«

»Wer?«

»Na, Tanja«, sagte die Frau. »Mit Willi. So wie Christina und jetzt Sie!«

Bevor Michaela erfasste, was die Frau gerade gesagt hatte, stand Willi zwischen ihnen.

»Alles klar?« Er nickte der Frau im Rollstuhl zu und griff nach Michaelas Ellbogen, wie er es immer tat. Er war so fürsorglich, so besorgt. »Können wir?«

»Ja.« Auch Michaela nickte der Frau zu. Wer war Tanja?

»Dieser Pfleger hatte echt keine Ahnung.« Willi hakte die Kette aus, die vor dem Treppenhaus hing, und reichte sie ihr, bevor er die ersten Stufen hinabstieg. Auch das war typisch für ihn. Die Treppe hinauf folgte er ihr. Angeblich, um ihr besser auf den Po starren zu können. Die Treppe hinunter ging er voran. Sein Po war auch nicht ohne. Michaela hakte die Kette wieder ein und folgte ihm. Nicht zum ersten Mal fragte sie sich, wie diese dünne Kette verhindern sollte, dass ein Bewohner die Treppe hinunterstürzte.

»Der ist von einer Zeitarbeitsfirma.« Willi blieb auf dem Treppenabsatz stehen. »Seit Corona geht hier alles den Bach runter. Alles in Ordnung mit dir?«

»Warum fragst du?« Sie hatte ihn erreicht und musste den Kopf in den Nacken legen, um ihm ins Gesicht zu blicken. Noch immer verstand sie nicht, was er an ihr fand. Sie hatten sich über eine Datingplattform kennengelernt. Es war alles sehr schnell gegangen. Innerhalb von drei Monaten war sie bei ihm eingezogen, und jetzt stand ihr erstes gemeinsames Weihnachten vor der Tür.

»Du wirkst abgelenkt«, erwiderte er.

»Sorry«, entschuldigte sie sich. »Was war mit dem Pfleger?«

»Mich interessiert gerade eher, was mit dir ist.« Willi musterte sie nachdenklich.

»Nichts.«

»Wirklich?« Willi strich ihr mit der Fingerspitze über die Wange.

»Ihr auch hier?« Die männliche Stimme hallte von den Wänden wider.

Michaela wandte den Kopf und begrüßte Siegfried. Sie war erleichtert, dass er ihr Gespräch unterbrach. Sie schämte sich ein bisschen, dass die Frage nach dieser Tanja so in ihr nachhallte. Die Frau im Rollstuhl war grenzwertig debil. Also, was spielte es für eine Rolle, dass sie behauptete, diese Tanja mit Willi gesehen zu haben? Sie konnte sich irren. Diese Tanja konnte mit sonst wem gekommen sein. Vielleicht sogar mit Siegfried. *Nein*, dachte Michaela. *Nicht mit Siggi*. Sie hielt ihn für schwul, er selbst bezeichnete sich als gebranntes Kind.

Wie auch immer: Siggi war Willis bester Freund. Die beiden kannten sich seit dem Kreißsaal. Dort waren sich auch ihre Mütter das erste Mal begegnet, auch sie waren Freundinnen geworden und lebten jetzt im selben Heim, derselben Wohngruppe und wussten doch nichts mehr voneinander.

»Sieht so aus«, antwortete Willi. »Wie geht's deiner Mutter?«

»Sie will nach Hause.« Siegfried seufzte und hob die Arme.

Die Geste war zu groß für das Treppenhaus, wie alles an ihm. Michaela sah ihn direkt vor sich, wie er mit einer Hirschkuh auf der einen Schulter und der Flinte auf der anderen durch den Wald stapfte.

»Vanillekipferl mit meinem Vater backen, der seit fünfzehn Jahren tot ist«, fügte er an Michaela gewandt hinzu.

*Oh*, dachte sie. *Er spricht mit mir*. Normalerweise vermied er es, sie direkt anzusprechen. Er duldete sie, aber das war auch alles.

Sie solle ihm Zeit geben, hatte Willi gemeint. Er und Christina seien sehr eng gewesen.

»Immerhin kriegt sie noch mit, dass Weihnachten ist.« Auch Willi seufzte, wenn auch sehr viel verhaltener. Er litt unter dem zunehmenden Verfall seiner Mutter.

»Dein erstes Weihnachten mit uns.« Siegfried lächelte etwas gezwungen auf Michaela herab. »Ich habe einen ganz besonderen Braten.« Bei ihrem ersten Besuch in seinem Haus hatte er ihr die Kühltruhen gezeigt, in denen er das Wildbret lagerte. Michaela hatte sich des Gefühls nicht erwehren können, dass er auch sie lieber in einer Tiefkühltruhe als an der Seite seines Freundes sähe. Als sie Willi davon erzählte, hatte er sie ausgelacht.

»Toll.« Michaela zwang sich, Siegfrieds Lächeln zu erwidern. Sie hatte Weihnachten wegfahren wollen. Zu ihrer Tochter in die Schweiz. Aber Willi hatte nicht gewollt. Wegen seiner Mutter und auch wegen Siggi. Weihnachten sei für ihn nach der Scheidung immer besonders schwierig. Ihre Tochter und ihre Familie könnten doch zu ihnen kommen, hatte er vorgeschlagen. Platz genug sei ja. Natürlich hielt Lisa überhaupt nichts von der Idee, im Haus des Lebensgefährten ihrer Mutter, mit dessen dementer Mutter und seinem besten Freund zu feiern. Es hatte Michaela fast zerrissen, doch sie hatte sich für Willi entschieden. Lisa hatte ihren Mann und die Kinder.

»Siegfried braucht eine Frau«, sagte sie, als sie und Willi Hand in Hand durch den Park des Seniorenstiftes schlenderten. Mittlerweile war die Sonne hinter der Bergkette verschwunden, und Rentiere, die bei Tageslicht nur Drahtgerippe waren, verwandelten sich in sphärische Lichtwesen.

»Dich kriegt er nicht.« Willi drückte ihre Hand.

»Ich bezweifle, dass er das wollen würde.« Michaela schob ihren Arm unter Willis und blickte zum Himmel hinauf. Schneeflocken landeten auf ihrem Gesicht, ihren Lidern. »Meinst du, wir kriegen weiße Weihnachten?«

»Du hast mir immer noch nicht gesagt, was dich bedrückt.« Im Gegensatz zu seiner Mutter gehörte Willi nicht zu den Menschen, die schnell vergaßen.

»Es ist albern.«

»Zu albern, um es mir zu sagen?«

»Nein, es ist nur … diese dicke Frau im Rollstuhl …«

»Frau Broich?«

»Wie du dir all die Namen merken kannst«, sagte Michaela mit ehrlicher Bewunderung. Sie brauchte Eselsbrücken: Wagneroper = Siegfried, Gabel = Gabi und so weiter.

»Sie hat sich zu Anfang sehr um Mutter bemüht.«

»Ich dachte, sie wäre ein bisschen …« Michaela beendete den Satz nicht.

»Sicher, aber das bedeutet ja nicht, dass sie keine Freundschaften schließen kann. Christina hat sie zum Beispiel sehr gemocht.«

»Und Tanja?« Der Name platzte wie ein Niesen aus Michaela heraus. Logorrhöe nannte ihre Tochter solche Ausbrüche: Sprechdurchfall. In ihren knapp sechzig Lebensjahren hatte Michaela nicht gelernt, einfach mal die Klappe zu halten.

Willis Armmuskeln spannten sich an. Er blieb unter einer

Laterne stehen und wandte sich ihr zu. Schnee landete auf seiner Hutkrempe. Die Stirn gerunzelt, sah er auf sie herab. »Woher …?«, setzte er an.

Michaela sah die Verwirrung in seinen Augen. Darauf war sie nicht vorbereitet. »Es gibt also eine Tanja?«

»Ja, natürlich.«

»Warum hast du mir nichts von ihr erzählt?«

»Woher weißt du von ihr?«

»Frau Broich hat nach ihr gefragt.«

»Ich verstehe.« Willi nickte. »Die beiden kannten sich.«

»Mich würde eher interessieren, woher du diese Tanja kanntest.«

»Sie ist eine Freundin von Christina.«

»Wart ihr zusammen?« Michaela zog ihren Arm zurück.

»Nein«, widersprach Willi. »Das hätte ich gar nicht gekonnt. Sie ist«, er betonte das Adverb, »nur eine Freundin.«

»Von der du mir nichts erzählt hast.« Michaela blinzelte eine Schneeflocke von ihren Wimpern, vielleicht war es aber auch eine Träne.

»Dir ist kalt.« Willi griff nach ihrem Arm. »Lass uns das bitte zu Hause besprechen.«

Michaela wollte widersprechen, unterließ es dann jedoch. Natürlich hatte er recht. Den Rest des Weges legten sie schweigend zurück.

»Wenn das so weiterschneit, müssen wir streuen.« Willi sagte immer wir, auch wenn er sich meinte. Für ihn war dieses »wir« ebenso selbstverständlich wie das Wort »unser«. In den ersten Wochen hatte Michaela noch manchmal nachgehakt oder ihn korrigiert. Nichts außer der Kleidung, die sie mitgebracht hatte, und ein paar Büchern und Bildern gehörte ihr. Sie hatte ihr altes Leben abgestreift wie einen zu klein gewordenen

Mantel. Das »wir« hatte sich richtig angefühlt. Bis heute. Sie dachte an die Gespräche mit ihrer Tochter. Sei vorsichtig, hatte Lisa gesagt. Lass es langsam angehen. Lernt euch doch erst einmal besser kennen. Du kennst ihn doch noch überhaupt nicht richtig.

Doch, hatte sie widersprochen und es genau so gemeint. Seit ihrem ersten Treffen am Rhein war da diese Vertrautheit gewesen, dieses Gefühl, ihre Seelen hätten sich schon einmal geliebt. Willi hatte das Gleiche empfunden. Zumindest hatte er das gesagt.

Zu Hause, das sich auf einmal wieder wie Willis Haus anfühlte, fragte sie ihn noch einmal nach Tanja.

Sie sei eine Freundin von Christina, wiederholte er, und habe sich um ihn gekümmert. Mehr sei da nicht gewesen.

»Und warum hast du mir nie von ihr erzählt?« Eifersucht ist eine hell lodernde Flamme.

»Es gab keinen Anlass.« Willi versuchte, sie in die Arme zu schließen, doch Michaela wich zurück. Sie konnte seine Berührung jetzt nicht ertragen, gleichzeitig sehnte sie sich danach. Sie war wütend auf die Frau im Rollstuhl. Ihr Leben war perfekt gewesen, und jetzt fühlte es sich an wie ein Minenfeld.

»Keinen Anlass?«, wiederholte Tanja. »Du hast mir den Dackel des Nachbarn vorgestellt, der drei Häuser weiter wohnt. Ich kenne jeden deiner Freunde.«

»Sie ist Christinas Freundin.« Willi trat an den Tisch und entzündete die erste Kerze am Adventskranz.

Die Flamme knisterte leise, und der Duft von Bienenwachs stieg Michaela in die Nase. »Die dich zu deiner Mutter begleitet hat.« Sie presste die Fingernägel in die Handballen, um sich von diesem weihnachtlichen Gefühl, das die Kerze in ihr auslöste, nicht einlullen zu lassen.

»Was ist mit Siegfried?« Auf einmal ergab alles Sinn. »Kannte er sie auch?«

»Ja, natürlich.«

»Hast du ihn gebeten, sie in meiner Gegenwart nicht zu erwähnen?«

»Nein!«

Sie glaubte ihm nicht. »Warum ist sie plötzlich verschwunden?« Michaela malte Anführungsstriche in die Luft. »Habt ihr euch gestritten?«

»Nein.« Willi schüttelte den Kopf.

»Was war dann der Grund?« Michaela konnte nicht lockerlassen. Der Gedanke an diese Tanja zog ihr den Boden unter den Füßen weg. »Hast du sie abgewiesen, ihr gesagt, dass du nicht auf sie stehst?«

»Ich weiß es nicht!«

Es war das erste Mal, dass Willi in ihrer Gegenwart die Stimme hob.

»Tut mir leid.« Er ließ das Feuerzeug in die Hosentasche gleiten und trat ans Fenster. Sie sah seinen Rücken, die zu den Ohren hochgezogenen Schultern, taumelnde Schneeflocken.

»Wie?«, ätzte Michaela. »Du weißt nicht, ob du auf sie stehst?« Kaum ausgesprochen, bereute sie die Bemerkung. Sprechdurchfall! Eifersucht war ein schlechter Ratgeber.

»Wir wollten nach Lübben fahren«, sagte Willi mehr zu den taumelnden Schneeflocken als zu ihr. »Über Weihnachten.«

»Über Weihnachten?«, wiederholte Michaela fassungslos.

»Christinas Familie lebt dort.« Willi räusperte sich. Sie sah die Tränen in seinen Augen, spürte seine Trauer.

Auch davor hatte ihre Tochter sie gewarnt. Doch Michaela fürchtete sich nicht vor der Trauer, sie hatte ebenfalls einen

Partner verloren, und selbst jetzt, fünf Jahre nach seinem Tod, wurde ihr die Kehle eng, wenn sie nur an Rainer dachte. Trauer und Liebe konnten nebeneinander bestehen. Im Gegensatz zu Eifersucht und Liebe. Sie kannte dieses schmerzhafte Brennen unterhalb des Zwerchfells, dieses Flattern im Hals nur zu gut. Sie ballte die Fäuste. Mit dieser Tanja hatte er wegfahren wollen.

»Und dann ist sie verschwunden«, sagte Willi.

»Niemand verschwindet einfach so!«

»Was auch immer.« Willi hob die Schultern und ließ sie wieder fallen. »Sie ist nicht mehr an ihr Telefon gegangen und hat auch auf keine Mail mehr geantwortet. Also habe ich sie in Ruhe gelassen. Und dann habe ich dich kennengelernt.« Er lächelte sie über den Rand seiner Lesebrille hinweg an. Es war ein schüchternes, ein um Verständnis bittendes Lächeln. Doch Michaela war nicht nach Verständnis.

»Würdest du mich auch so einfach ersetzen?«

»Natürlich nicht.« Willi griff nach ihrem Arm. »Ich liebe dich.«

Michaela spürte den Druck seiner Finger. »Aber mit ihr wolltest du wegfahren.«

»Ja«, sagte Willi schlicht.

»Trotz deiner Mutter und Siggi?«

»Ja, schon. Ich dachte, wir dachten …«

»Oh«, ätzte Michaela, »es gab also ein ›wir‹?«

»Nein. Ich meine … es war nur …« Willi holte tief Luft. »Christina fehlte halt uns beiden. Also wollten wir Weihnachten mit ihrer Familie verbringen.« Er streckte die Hand nach Michaela aus, doch sie wich vor der Berührung zurück.

»Mit ihr wärst du weggefahren.« Der Gedanke ließ Michaela einfach nicht los.

»Ist es das, was du willst?« So etwas wie Hoffnung blitzte in Willis Augen auf.

»Nein«, sagte sie. »Doch.« Sie schluckte die Tränen herunter. »Ich weiß nicht.«

»Wir können das machen.« Willis Stimme klang jetzt drängend.

»Was ist mit Siggi? Deiner Mutter?« *Warum bin ich jetzt auf einmal der Bedenkenträger?* Michaela blinzelte.

»Mutter weiß nicht, dass Weihnachten ist, und Siggi …« Willi stockte. »Der kommt klar. Wir fahren zu deiner Tochter. Ich freue mich!«

»Meinst du das wirklich?«

»Wenn es das ist, was du willst, dann meine ich es.«

*Will ich das?* Michaela dachte an Lisa, ihre Enkel, den etwas stoffeligen Schweizer Schwiegersohn. Dann blickte sie sich um. Sah das Wohnzimmer, den Kranz, mit der leuchtenden Kerze, Willi, der mit hängenden Schultern vor ihr stand. Wollte sie wirklich die Verantwortung dafür übernehmen, dass er alle Pläne über Bord warf? Andererseits: Mit Tanja hatte er nach Lübben fahren wollen.

»Ja«, sagte sie schließlich. »Ich will.« Die Worte fühlten sich an, als hätte er ihr einen Heiratsantrag gemacht.

»Dann machen wir das.«

Diesmal ließ sich Michaela in seine Umarmung ziehen.

»Ich liebe dich«, flüsterte sie an seinem Hals.

»Das wird toll.« Sie hörte den Zweifel in seiner Stimme. »Ich schicke Siegfried eine SMS.«

»Nein«, widersprach sie. »Ich sage es ihm.«

»Aber …«

»Kein Aber.« Sie schüttelte den Kopf. »Du machst das meinetwegen. Also werde ich es ihm sagen.« Michaela löste sich aus der Umarmung. *Dann wird Siggi hoffentlich auch endlich begreifen, dass ich nicht einfach so aus deinem Leben verschwinden werde.* Sie würde sofort zu ihm gehen. Sicher war sicher.

Siggi wohnte zwei Häuser weiter. Also stieg Michaela einfach nur in ihre Gummistiefel. Der Schnee fiel jetzt wie ein nasser Vorhang. Michaela verfluchte ihre Impulsivität, doch schließlich stand sie vor Siggis Reiheneckhaus. Durch das erleuchtete Küchenfenster sah sie seinen Rücken. Wie es aussah, schnitt er Fleisch von einem Knochen. Sie klopfte gegen die Glasscheibe. Siggi fuhr herum. Er wirkte erschrocken, dann erkannte er sie und steckte das Messer in das wirklich große Stück Fleisch. Michaela schluckte: Wenn das der Weihnachtsbraten sein sollte, war sie doppelt froh, dass sie zu ihrer Tochter fuhren.

Sie hatte sich einige Sätze zurechtgelegt, um Siggi möglichst schonend darauf vorzubereiten, dass er seine Weihnachtspläne überdenken musste. Keiner davon kam über ihre Lippen. Stattdessen fragte sie: »Warum ist Tanja verschwunden?«

»Was?« Siggi blinzelte. »Wie?«

»Tu nicht so.« Michaela verschränkte die Arme. »Du weißt genau, von wem ich rede.«

»Komm erst mal rein.«

Sie folgte Siggi in die Küche. Es roch nach Blut und Fleischsaft, ihr Magen hob sich.

»War es deinetwegen?«

»Was?«

»Ist sie deinetwegen verschwunden?« Irgendwie hatte er es geschafft, diese Tanja zu vertreiben. Michaela war ziemlich sicher, dass Siggi heimlich und hoffnungslos in Willi verliebt war, Sohn hin, Ex-Frau her.

»Wie kommst du darauf?« Siggis Stimme klang eine Oktave höher als sonst. Er trat an die Anrichte, seine Finger schlossen sich um den Messergriff.

»Gott!« Michaela wandte sich ab. »Pack das Fleisch weg. Das sieht ja aus wie …« Sie schluckte trocken und starrte von dem blutigen Stück Fleisch zu Siggi, der auf einmal viel zu groß für die Küche wirkte.

»Ja?« Er zog das Messer aus dem Fleisch.

# *19. Ein fataler Balanceakt*

Bettina Mittelacher

Die Leiter ächzt bei jedem seiner Schritte. Mühsam hat er sie aus seiner Garage gehievt und gegen die Hauswand gelehnt. Ihm ist bewusst, dass sie schon einige Jahre auf dem Buckel hat, keine dieser modernen und ultraleichten Aluminiumkonstruktionen ist, sondern aus Holz. Ein wenig angestaubt – und damit passt sie zu ihm. Wenn er ehrlich ist, sind die Jahre, in denen er fit und behände war, schon ein wenig her. Deshalb ist es für ihn mühsam, die Sprossen zu erklimmen.

Aber er hat sich nun mal darauf eingelassen, für die Nachbarn den Weihnachtsmann zu spielen. Er ist ein netter Kerl, der niemandem etwas abschlagen kann, schon gar nicht der freundlichen Familie nebenan mit den drei kleinen Kindern, die schon seit Wochen dem großen Tag entgegenfiebern. Geschenke! Vom Weihnachtsmann!

Da muss es schon einigermaßen stilecht sein, das ist sein Anspruch. Also hat er sich überlegt, im roten Kostüm, mit weißem Rauschebart und ausgerüstet mit einem Sack voller Gaben die Leiter hochzuklettern, zum Schornstein des Nachbarhauses hinauf, und dort den Sack versenken. Lukas malt sich aus, wie die Tochter und die beiden Söhne der Familie erwartungsfroh und mit glänzenden Augen im Wohnzimmer sitzen, wenn es im Kamin raschelt. Und wenn dann der Geschenkesack zu Boden gleitet, werden sie vor lauter Ungeduld und Vorfreude kaum noch zu halten sein.

Er will sich also richtig ins Zeug legen. So wie das Wetter in diesem Jahr zu Weihnachten tatsächlich alles gibt. Er hält sich an der nächsten Sprosse fest und schaut in die Landschaft.

So ein malerischer Anblick! Lukas kann sich kaum sattsehen an den schneebedeckten Häusern, Gärten und Wiesen und der Kirche dahinter, deren Turmspitze jetzt eine pittoreske weiße Haube ziert. Allein die getigerte Katze, die beim übernächsten Nachbarn durch den Vorgarten streift, scheint die winterliche Pracht nicht zu schätzen. Alle paar Schritte bleibt sie stehen und schüttelt ein Hinterbein.

Er dagegen hat viel übrig für die kalt-weiße Schönheit des Schnees und hätte gern mehr Zeit, sie auf sich wirken zu lassen. Und um sich der idyllischen Umgebung anzupassen, hätte er am liebsten mit einem echten Schlitten vorfahren wollen, gezogen von einer Horde Rentiere. Aber bei allem Ehrgeiz: Seine Möglichkeiten sind limitiert, Rentiere nicht so ohne Weiteres verfügbar. Also musste er improvisieren. Er hat sich Langlaufskier untergeschnallt und den Geschenkesack geschultert. Denn ein Weihnachtsmann, der auf Skiern vorfährt, ist bestimmt glaubwürdiger und darüber hinaus cooler als einer, der sich zu Fuß mit den Geschenken abschleppt.

Da er sich mit der Anfahrt so viel Mühe gegeben hat, wird es wohl verzeihlich sein, dass er auf der Leiter gerade keine so gute Figur macht.

Aber was, wenn er jetzt abstürzt und sich das Genick bricht? Selbst wenn er direkt neben dem Schneemann aufkäme, den Gunnars und Sabines Kinder an diesem Vormittag so begeistert gebaut haben, wäre ein lebloser Weihnachtsmann mit blutverschmiertem Gesicht und unnatürlich verrenkten Gliedern ein verstörender Anblick. *Von wegen frohes Fest*, denkt Lukas. Die Kleinen wären sicher auf ewig traumatisiert. So weit darf es nicht kommen. Also: zusammenreißen und abliefern – im doppelten Sinne. Die Geschenke sollen schließlich durch den Kamin ins Haus der Nachbarn. Zwei Sprossen noch, dann ist der First in Reichweite.

Trotzdem muss er sich mächtig strecken, um an den Schornstein zu gelangen. Warum ist der Geschenkesack bloß so schwer und unhandlich?

Er denkt an seine eigene Kindheit zurück. Da freute man sich über Wiking-Autos und Legosteine ohne viel Brimborium. Keine Harry-Potter-Schlösser oder »Star Wars«-Raumschiffe, sondern solide Klötze, mit denen man beim Bauen seiner Fantasie freien Lauf lassen konnte.

Er weiß, dass Annika, die fünf Jahre alte Tochter des Nachbarn, eine neue Puppe geschenkt bekommt, Reitstiefel und einen Reithelm, weil sie seit Neuestem ihre Begeisterung für Ponys entdeckt hat. Ihre beiden älteren Brüder Felix und Frederik, sechs Jahre alte Zwillinge, haben sich einen Fußball und ein Computerspiel gewünscht, wie man ihm aus »gut unterrichteten Kreisen« anvertraut hat. »Keine Sorge, diese Version ist absolut kindgerecht«, hat Sabine ihm versichert. Das gilt angeblich ebenfalls für die von dem Film »Star Wars« inspirierte Waffe aus Plastik, die es auch noch geben soll. Die konspirative Übergabe der Geschenke, die Vater und Mutter der drei Kinder besorgt haben, hat vorgestern stattgefunden. »Sie sind auch schon eingepackt«, haben Gunnar und Sabine ihm dabei zugeraunt. »Du brauchst also nichts weiter zu tun, als die Geschenke stilvoll zu deponieren.«

*Stilvoll!* Das war das Zauberwort, an dem er sich orientiert hat. Doch das Verfrachten der Geschenke im Schornstein ist leichter gesagt als getan. Schließlich senkt sich allmählich die Dämmerung über die Stadt und erschwert Lukas' Balanceakt auf dem Dach noch. Außerdem ist der Sack durch die darin verstauten Pakete an mehreren Stellen unförmig ausgebeult. Er muss ein wenig nachhelfen, hier und da drücken, dann passt es endlich. Jetzt sollte der Sack im Schornstein hinabgleiten. Er lauscht angestrengt, doch das erwartete Geräusch, wenn die Fracht unten im Kamin aufprallt, bleibt aus.

*Was ist da los?* Er streckt sich, um einen Blick in den Schornstein werfen zu können. Noch ein paar Zentimeter, dann müsste er erkennen können, woran es hakt. Aber er sieht nichts, nur Schwärze. Der Kamin ist also verstopft, der Sack hängt irgendwo auf halber Strecke fest. Wie sollen die Kinder denn jetzt an ihre Geschenke kommen? Er überlegt, welche Gartengeräte er in seinem Schuppen zur Verfügung hat. Irgendetwas sollte passen, um die Sache – und den Geschenkesack – in Schwung zu bringen. Vielleicht der Rechen …

Ein Schreck fährt ihm in die Glieder. Er ist so konzentriert darauf, wie er seine »Mission impossible« zu Ende bringen kann, dass er das Klingeln, das da plötzlich zu hören ist, erst nach einigen Sekunden einordnen kann. *Mensch, ich Idiot*, schimpft er mit sich selber. Das ist doch sein Handy! In einem Anflug von bemühter Besinnlichkeit hat er vorgestern seinen Klingelton geändert und »Jingle Bells« installiert. Es erschien ihm passender zur Vorweihnachtszeit als »Smoke on the Water«, das ihm normalerweise mitteilt, dass jemand etwas von ihm will.

Hastig zerrt er sich den Handschuh von der rechten Faust und tastet in der Tasche seines Weihnachtsmannkostüms nach seinem Smartphone. Ausgerechnet Gunnar ruft an! Der müsste sich doch denken können, dass er eigentlich gerade viel zu beschäftigt ist, um Anrufe zu beantworten. Entsprechend kurz angebunden nimmt Lukas das Gespräch an. »Was gibt es?«, fragt er genervt.

»Ich wollte nur mal hören, wie du vorankommst«, flüstert Gunnar. Offenbar sind seine Kinder in Hörweite. Die Situation ist also heikel. »Meine Kleinen werden allmählich ungeduldig, wo denn eigentlich die Geschenke bleiben. Wie lange brauchst du noch? Wir haben jetzt erst mal das Feuer im Kamin entzündet, um die Wartezeit zu überbrücken … das verbreitet wenigstens eine behagliche Stimmung. Aber bitte beeil dich!«

*Den Kamin angeheizt!* Wie aufs Stichwort bricht Lukas der Schweiß aus. »Stopp!«, ruft er ins Handy. Aber Gunnar hat schon aufgelegt.

Was jetzt? Lukas ist bewusst, welche dramatischen Auswirkungen ein Kaminfeuer haben kann. Für die Familie besteht Lebensgefahr! Die Flammen, na klar. Aber fast noch gefährlicher, wenn es brennt, ist das Kohlenmonoxid. Für keinen der menschlichen Sinne wahrzunehmen. Unsichtbar. Geruchsfrei. Tückisch … und tödlich.

Fieberhaft versucht er, sich zu erinnern, was zu tun ist. Doch sein Gehirn scheint blockiert. Vor seinem geistigen Auge entstehen beängstigende Visionen.

Er hat darüber gelesen: diese Geschichten von Menschen, denen eine Kohlenmonoxid-Vergiftung zum Verhängnis wurde. War da nicht der Fall einer Familie, in deren Schornstein ein Vogel ein Nest gebaut hatte? »Eine Elster als Mörderin«: So oder so ähnlich hatte die Überschrift in der damaligen Berichterstattung über den Fall gelautet. Der Abzug war durch das filigrane, aber von den Vogeleltern sorgfältig gepolsterte Gebilde verstopft. Und so konnte das gefährliche Gas nicht aufsteigen, sondern breitete sich in den Räumen aus, nistete sich in den Betten ein – und schließlich in den Lungen der dort Schlafenden.

Außerdem gab es weitere fatale Szenarien und damit hinreichend Warnungen. Er muss unbedingt verhindern, dass jemand aus dem Haus, auf dessen Dach er gerade herumturnt, durch eine Gasvergiftung zu Schaden kommt. Wenn er das nicht hinkriegt, hat er mindestens fünf Menschen auf dem Gewissen. Voller Entsetzen malt Lukas sich schon aus, was die Überschrift in den Zeitungen sein könnte: »Der Mörder war der Weihnachtsmann!« Oder auch: »Familie tot: Es war der Nachbar.«

Mit dieser Schuld könnte er nicht leben. Erneut greift er in seine Kostümtasche, um sein Handy hervorzuziehen, und gerät dabei leicht aus dem Gleichgewicht. Im letzten Moment findet er wieder Halt, eine Hand an den Schornstein geklammert, die andere an der Leiter. Wie viel Meter mögen es bis zum Boden sein? Sieben oder acht, schätzt er. Sollte er vom First oder von der Leiter stürzen, könnte er von Glück reden, wenn er überhaupt mit dem Leben davonkäme. Der Schnee, der jetzt um die zehn Zentimeter hoch liegt, würde wahrscheinlich das Allerschlimmste abfedern. Aber selbst dann würde er beim Aufprall sicher zumindest einige Knochenbrüche davontragen.

Also: festhalten, Ruhe bewahren. Irgendwie muss er es hinkriegen, trotz seiner schwindelerregenden Position hoch über dem festen Boden zu telefonieren. Er muss unbedingt Gunnar und dessen Familie warnen. Wenigstens muss er nicht nach der Telefonnummer stöbern, sondern einfach nur auf die Rückruftaste drücken.

Ungeduldig lauscht er dem Signalton. Einmal, zweimal, dreimal … »Nun geh schon ran«, stößt er atemlos hervor. Dann ein

Knacken. Endlich! Doch er hat sich getäuscht. Gunnar hat das Telefonat nicht angenommen. Stattdessen vernimmt Lukas eine Computerstimme, die den Satz aufsagt, den er wahrscheinlich schon tausendmal bei anderen Anrufen gehört hat: »Der Teilnehmer ist nicht erreichbar.« *Verflucht!* Gunnar hat sein Smartphone also ausgeschaltet.

Wie lange braucht Kohlenmonoxid, um seine tödliche Wirkung zu entfalten? Stunden? Oder nur Minuten? Er weiß es nicht. Aber so viel ist Lukas klar: Es ist definitiv Eile geboten. Und eine zündende Idee muss her, wie er das Schlimmste verhindern kann. Da er Gunnar telefonisch nicht mehr erreichen kann, muss Lukas im Eiltempo auf dem First zurück zur Leiter und diese schleunigst runtersteigen. Vorsichtig macht er kehrt, mit rudernden Armen, um das Gleichgewicht zu halten. Endlich ist er an der Leiter angelangt, ergreift die Streben, um auf die oberste Sprosse zu steigen. Doch er ist zu hektisch und versetzt der Leiter versehentlich einen Stoß.

Entsetzt sieht er, wie sie sich in Zeitlupe zur Seite neigt und dann nahezu geräuschlos zu Boden fällt, sanft abgefedert von der Schneedecke. Lukas hofft, dass trotzdem jemand aus Gunnars Familie aufmerksam geworden ist und die Haustür öffnet. Aber Fehlanzeige. Zugleich sieht er, wie Rauch aus dem Schornstein steigt. Es sind keine dicken Wolken, es sind eher schmale Säulen – was die Sache nicht besser, sondern schlimmer macht. Das bestätigt seine Befürchtung, dass die Familie wirklich das Kaminfeuer entzündet hat und der Rauch nicht aus dem Haus entweichen kann.

Was jetzt?

Wie konnte er nur so ungeschickt sein, die Leiter umzuwerfen und damit seinen Abstieg vom Dach zu blockieren? Irgendwie muss es ihm gelingen, rittlings auf dem First Platz zu nehmen, damit keine Gefahr mehr besteht runterzufallen. Er bemüht sich, in die Hocke zu kommen, langsam, vorsichtig, erst ein Bein, dann das andere. Geschafft.

Jetzt muss er versuchen, Passanten auf sich aufmerksam zu machen, damit sie an der Haustür von Gunnars Familie klingeln und die Familie warnen. Aber so schnell, wie die Dunkelheit die Stadt einhüllt, kann er jetzt nur noch in der näheren Umgebung etwas erkennen. Und überhaupt: Wie lange würde er brauchen, einem Fremden von seinem erhabenen Standpunkt aus die Situation zu erklären und ihn dazu zu bringen, die Familie aufzusuchen? Er sieht erneut hinab auf die Straße.

Doch da ist niemand.

*Nur nicht in Panik verfallen*, beschwört Lukas sich selbst. *Handlungsfähig bleiben.* Den Bildern, die jetzt in sein Bewusstsein drängen, keinen Raum geben. Doch sosehr er sich anstrengt: Gegen die Visionen des Schreckens kommt er nicht an.

In seiner Fantasie materialisiert sich das tödliche Gas aus dem Kamin zu Gestalten, die Gespenstern ähneln. Die Geister schleichen sich an Gunnar, Sabine und deren drei kleine Kinder heran, die ahnungslos auf der Sofalandschaft vor dem Kamin sitzen und der Weihnachtsmusik lauschen. Die Arme der Gespenster werden immer länger, packen die Hälse von Eltern und Kindern und drücken zu. Verzweifelt strampeln die Geknechteten mit Armen und Beinen, versuchen, sich aus der Umklammerung zu lösen. Vergeblich. Der Griff ist zu fest. Die Gegenwehr der Kleinen erlahmt, auch die Eltern haben keine Kraft mehr. Langsam sinken ihre Hände hinab. Nun sind sie den Geistern widerstandslos ausgeliefert.

Lukas weiß, dass die Realität weniger brutal ist als seine Fantasie, aber genauso fatal. Das Gas bahnt sich den Weg in die

Körper der Menschen, ohne dass diese es spüren. Sie atmen das Kohlenmonoxid ein, werden irgendwann bewusstlos und gleiten dann in den Tod hinüber. Schmerzlos. Doch ebenso endgültig.

Das darf er unter keinen Umständen zulassen. Er versucht erneut, bei Gunnar anzurufen. »Der Teilnehmer ist …«, teilt ihm wiederum die Computerstimme mit. Hoffnungslos.

Er will sein Handy schon wieder wegstecken, als er plötzlich eine Idee hat. Warum ist er nicht früher darauf gekommen? Er kann den Notruf der Feuerwehr wählen. Mit zittrigen Fingern drückt er die 112 und schickt ein schnelles Dankgebet in den Himmel, als sich innerhalb weniger Sekunden jemand meldet. »Es gibt einen Notfall«, stößt er atemlos in sein Handy, nennt seinen Namen und die Adresse. »Eine Familie droht zu ersticken! Kommen Sie schnell!«

In wenigen Sätzen skizziert er die Situation im Nachbarhaus, den brennenden Kamin, die drohende Kohlenmonoxid-Vergiftung. Sie werde sofort einen Rettungswagen schicken, versichert die Stimme am anderen Ende der Leitung.

»Da gibt es noch eine Kleinigkeit.« Lukas weiß nicht so recht, wie er seine ganz persönliche Notlage erklären soll. »Könnte auch ein Leiterwagen zu dieser Adresse fahren? Ich bin nämlich auf dem Dach des Hauses und komme hier nicht weg. Ich bin der Weihnachtsmann, sozusagen.« Am anderen Ende der Leitung bleibt es erst mal still. Kein Wunder. Er wäre auch ratlos, wenn ihm jemand so eine scheinbar hanebüchene Geschichte auftischen würde.

»Wie darf ich das verstehen?« Die Stimme der Frau klingt reserviert. Ja – wie? Lukas bemüht sich, einigermaßen nachvollziehbar zusammenzufassen, wie es dazu kam, dass er auf das Dach geklettert und dort in schwindelnder Höhe in diese missliche Situation geraten ist. »Ich sitze hier fest«, beendet er seinen Bericht.

»Wirklich eine höchst unerfreuliche Lage«, stimmt die Frau zu, »aber die Kollegen werden Sie auf jeden Fall befreien.« Jetzt kommt es ihm so vor, als sei die Frau, die ihm gerade aufmerksam zugehört hat, eher amüsiert. »Schließlich wird der Weihnachtsmann heute Abend vielerorts noch gebraucht. Halten Sie durch!«

Er gibt sein Bestes. Doch es kostet ihn zunehmend Mühe, seinem luftigen Aufenthaltsort etwas Positives abzugewinnen. Die winterlichen Temperaturen, die er vorhin noch als stimmungsvoll empfunden hat, setzen ihm allmählich zu. Er stellt sich vor, wie eine Schneeschicht seinen Körper einhüllt und sich Eiszapfen unter seiner Nase bilden. Wie lange dauert es eigentlich, bis jemand bei Temperaturen von minus sieben Grad erfriert?

Aber noch ist es nicht so weit. Es dauert nur wenige Minuten, da meint er, von irgendwo den Motor eines Wagens zu hören. Kurz darauf sieht er ein zuckendes Blaulicht, das die Dunkelheit durchschneidet und sich immer weiter nähert. Direkt dahinter fährt ein zweites Fahrzeug. Notarztwagen und Feuerwehr mit Drehleiter. Wie gut, dass die so schnell gekommen sind!

Auf der Straße direkt unter ihm kommen beide Wagen zum Stehen. Autotüren werden geöffnet, mehrere Menschen laufen auf das Haus zu. Gleichzeitig beobachtet Lukas, dass eine Person in den Korb der Drehleiter steigt, diese nun ausgefahren und in Position gebracht wird. Noch vier Meter, noch drei, noch zwei, jetzt ist der Korb am Ende der Drehleiter für ihn fast schon in Reichweite. Der Mann in Feuerwehrmontur, der in dem Korb steht, streckt Lukas die Hände entgegen. »Ich helfe

Ihnen. Halten Sie sich an mir fest. Und jetzt langsam aufrichten.« Mit etwas wackeligen Knien steht Lukas auf und schafft es mit Unterstützung seines Retters, hinüber in den Korb zu steigen. Mit ihnen beiden an Bord wird die Drehleiter wieder eingezogen. Schließlich hat er wieder festen Boden unter den Füßen. Endlich!

Lukas zeigt auf das Haus, von dessen Dach er gerade in Sicherheit gebracht wurde. »Wie geht es der Familie?«

»Wir kümmern uns um sie«, antwortet einer der Männer. Die Haustür von Gunnars Familie steht offen, und es ist deutlich zu sehen, dass sie eilig und gewaltsam aufgebrochen wurde. Auch die Fenster sind geöffnet worden, wohl, um für Durchzug und Frischluft zu sorgen. In allen Zimmern brennt Licht, und drinnen sind mehrere Menschen zu sehen, die sich entschlossen durch die Räume bewegen, Tragen bereithalten, mit Gerätschaften hantieren.

*Wir kümmern uns um sie.* Lukas überlegt fieberhaft, wie er diese Aussage verstehen soll. Im Grunde kann das alles bedeuten: dass seine Nachbarn glücklicherweise von der toxischen Wirkung des gefährlichen Gases verschont geblieben sind. Oder dass sie schon so viel Kohlenmonoxid eingeatmet haben, dass sie in Lebensgefahr schweben und niemand weiß, ob sie noch zu retten sind.

*Ich bin mitschuldig daran*, schießt es Lukas durch den Kopf. *Wenn ich nicht auf die Idee gekommen wäre, die Geschenke durch den Kamin abzuliefern. Dabei habe ich es doch nur gut gemeint!*

Fassungslos starrt Lukas auf das Haus seiner Nachbarn. Gerade haben noch zwei Notarztwagen davor angehalten, aus denen jetzt weitere Rettungskräfte Richtung Eingangstür laufen und im Inneren des Gebäudes verschwinden. Er kann nicht mehr klar denken. Wie ferngesteuert folgt er den Helfern bis zur Haustür und nimmt nur am Rande wahr, dass der Eingang mit Tannenzweigen und roten Schleifen geschmückt ist. Auf dem Boden stehen zwei Holzpflöcke, auf deren abgeschrägte obere Enden jemand Gesichter vom Weihnachtsmann gemalt hat. In diesem Moment wird Lukas bewusst, dass er immer noch sein rotes Kostüm trägt. Er fasst sich ins Gesicht. Auch der Rauschebart hat offenbar und wie durch ein Wunder nicht gelitten. Als ob es darauf noch ankäme!

Durch das weit geöffnete Wohnzimmerfenster späht er ins Innere des Hauses. Auch wenn er geahnt hat, dass die Situation kritisch ist: Was er dort sieht, schockiert ihn zutiefst. Fünf Menschen – zwei Erwachsene und drei Kinder –, die regungslos daliegen, mit bleichen Gesichtern und geschlossenen Augen.

Sie wirken wie tot.

Andererseits: Wenn alles zu spät wäre, würden dann die Rettungskräfte noch neben den Bewohnern des Hauses knien? Würden die Notärzte Kanülen legen, Atemmasken auf Mund und Nase der Verletzten drücken – doch wohl, um sie mit allem zu versorgen, was notwendig ist, vor allem mit Sauerstoff?

Lukas versteht nichts davon. Aber er deutet diese Maßnahmen als zugleich negative und positive Zeichen. Schlecht, weil sie wegen einer Kohlenmonoxid-Vergiftung aller Familienmitglieder offenbar notwendig sind, und gut, weil sie implizieren, dass noch Hoffnung besteht. Zumindest ein bisschen. Gerade wird ein Kind auf eine Trage gelegt und von Rettern aus dem Raum und zum Notarztwagen transportiert. Es ist einer der Zwillinge. Soweit Lukas das erkennen kann, steht auch für den Vater die Einlieferung in eine Klinik bevor.

Er späht weiter in den Raum hinein. Neben dem geschäftigen, professionellen Treiben der Rettungskräfte wirkt der ganz und gar in Rot und Grün dekorierte und mit Strohsternen geschmückte Weihnachtsbaum wie deplatziert. Ein Symbol aus einer anderen, harmonischen, friedlichen und heilen Welt. Das Gleiche gilt für zahlreiche Wichtel, die die Fensterbänke zieren, den Adventskranz auf dem Esstisch und Weihnachtsmänner aus Holz in unterschiedlichen Größen und Stilen. Wird diese Familie je wieder unbeschwert zusammensitzen und das große Fest feiern können?

Den Gedanken, dass einer oder mehrere von ihnen nie wieder dabei sein könnte, erträgt Lukas nicht. Erschöpft und zutiefst traurig schleppt er sich aus dem Haus und in den Garten und lässt sich dort auf eine Bank fallen. Dass sie schneebedeckt war und jetzt sein Hosenboden nass wird, spürt er kaum. So betäubt fühlt er sich. *Wenn er doch nur etwas tun könnte, um zu helfen!*

Lukas hofft inständig, dass alle aus der Familie heil davonkommen. Er sieht, wie nach einem der Zwillinge jetzt auch dessen Vater auf einer Trage aus dem Haus geschafft und in einen Krankenwagen verbracht wird. Offenbar hat Gunnar ebenfalls so viel Kohlenmonoxid eingeatmet, dass er bewusstlos wurde. Es geht also für Vater und Sohn in die Klinik. Jetzt heißt es Daumen drücken, dass alles gut geht und sie gesund wieder zurück nach Hause kommen.

Aber was ist mit der Mutter und den anderen beiden Kindern? Befinden sie sich noch im Wohnzimmer? Oder sind sie etwa … er wagt es nicht, diesen Gedanken zu Ende zu denken. Lukas steht auf, geht zurück ins Haus und sieht sich hektisch um. Die Retter packen gerade ihre Sachen zusammen und machen sich offenbar zur Abfahrt bereit. »Das ist ja gerade noch mal gut gegangen!«, hört er einen von ihnen sagen. »Die haben alle verdammt viel Glück gehabt.«

»Allerdings«, bestätigt ein anderer. »Drei von ihnen müssen nicht mal in die Klinik. Die hatten wohl einen Schutzengel.« Er zeigt auf Lukas, der immer noch unschlüssig im Türrahmen steht. »Da ist er ja, der Schutzengel. Der Weihnachtsmann persönlich.«

Die Mission der Retter ist wohl beendet. Und die von Lukas ebenfalls. Nicht so, wie er es sich vorgenommen hatte. Er hatte seiner Rolle gerecht werden wollen. Doch bei seiner Performance war definitiv Luft nach oben – trotz oder gerade wegen der schwindelnden Höhe, in die er sich begeben hat.

Nun entdeckt Lukas auch die anderen drei Familienmitglieder, die offenbar so wenig beeinträchtigt sind, dass sie zu Hause bleiben können. Sie sitzen auf der rückwärtigen Terrasse, auf einer Bank unter dem Vordach, in der Mitte die Mutter, die ihren Sohn und ihre Tochter eng an sich gedrückt hält. Irgendein guter Geist hat ihnen Decken geholt, in die sie sich eingemummelt haben. Lukas tritt einen Schritt näher, doch noch haben sie nicht gemerkt, dass er in Hörweite ist. »Es dauert noch ein paar Minuten«, erklärt Sabine ihren Kindern gerade, »bis wir wieder ins Haus zurückkönnen.« Natürlich. Das Kohlenmonoxid. Das muss sich erst mal vollständig verflüchtigen.

Das heißt dann wohl, dass der Sack mit den Geschenken immer noch im Schornstein feststeckt. Das Feuer im Kamin ist mittlerweile aus. Nirgends ist ein bunt eingewickeltes Paket zu sehen. Heiligabend für die Kinder ohne Geschenke? Ausgeschlossen. So leise er kann, dreht sich Lukas um, geht zurück zum Vordereingang des Hauses und stößt dort beinahe mit dem letzten der Retter, der das Haus gerade verlassen will, zusammen. Der zwinkert ihm zu. »Der Weihnachtsmann kann loslegen. Die Luft ist jetzt rein.« Lukas geht ins Wohnzimmer.

Er nimmt einen Schürhaken aus dem Kaminbesteck und stochert, so gut es geht, von unten in dem Schornstein herum. Tatsächlich spürt er einen Widerstand. Mit etwas Glück könnte es ihm also gelingen, den feststeckenden Geschenkesack zu lösen. Ein weiterer Stich mit dem Schürhaken, dann plumpst der Sack auf den Boden des Kamins. Asche wirbelt durch die Luft, schwebt dann langsam ebenfalls zu Boden. Mit einem Ruck hievt Lukas den Sack aus dem Kamin, schnürt ihn auf, holt die Geschenke heraus und drapiert sie unter dem Weihnachtsbaum. So hätte es von Anfang an sein sollen, findet er. Ohne den Ausflug auf das Dach, ohne Zwischenfälle und vor allem, ohne dass freundliche Menschen eine Rauchvergiftung erleiden.

Bis der eine Zwilling und Gunnar aus dem Krankenhaus entlassen werden, kann Lukas vielleicht helfen, das Fest für die übrig gebliebenen drei Familienmitglieder doch noch zu einem guten Ende zu bringen? Schließlich ist er ja der Weihnachtsmann! Er stellt sich neben den geschmückten Baum und ruft mit tiefer Stimme: »Ho! Ho! Ho!«

Es hat funktioniert. Sabine und die Kinder schälen sich aus ihren Decken und kommen ins Wohnzimmer. Die Mutter mustert Lukas mit fragendem Blick, die Kinder sehen ihn mit großen Augen an. »Guck mal, Mama!«, ruft das Mädchen entzückt. »Da sind ja unsere Geschenke.«

»Und der Weihnachtsmann ist auch noch da«, stellt der Junge begeistert fest. »Mama, dürfen wir unsere Geschenke jetzt auspacken?« Sabine ringt einen Moment lang mit sich. Sie möchte gern mit der Bescherung warten, bis Gunnar und Felix aus dem Krankenhaus zurück sind und die Familie komplett ist. Andererseits haben auch Frederik und Annika einiges durchgemacht. Sie brauchen definitiv eine Aufmunterung.

»Okay, jeder darf sich eins aussuchen und schon auspacken. Die anderen kommen später dran. Wenn wir wieder alle zusammen sind.«

Sofort stürzen sich die Kinder auf die Pakete. Jeder beginnt eins aufzureißen. Die Tochter hat das mit der Puppe erwischt, Frederik hat sich das größte geschnappt und wickelt es aus. Es ist das, in dem sich das »Star Wars«-Sturmgewehr befindet. Fast andächtig hält er es in der Hand. »Das habe ich mir so gewünscht!« Er legt die Waffe an, macht eine Vierteldrehung und hält dann an, als er den Weihnachtsmann im Visier hat. »Peng!«, ruft er. »Du bist tot!«

Lukas fasst sich an die Brust, als sei er dort getroffen worden, sinkt so theatralisch wie möglich aufs Sofa und bleibt dort reglos liegen. Die Schauspieleinlage überzeugend rüberzubringen, fällt nicht so schwer, wie er dachte. Er fühlt sich ermattet. *Womit habe ich das nur verdient?*, überlegt er noch. *Ein Mord am Weihnachtsmann!*

# 20. Die Weihnachtslotterie

Markus Rahaus

Fiete Knudsen, rüstiger Rentner, Geizkragen und notorischer Miesmuffel, hielt das Lenkrad mit beiden Händen fest umklammert. Er lenkte den Wagen im Schritttempo auf die schmale Auffahrt vor dem kleinen Backsteinhaus am Rande von Cuxhaven. Mit einem Tritt auf das Bremspedal brachte er den alten, rostroten VW Passat zum Stehen und und stellte den Motor ab. Dann löste er den Sicherheitsgurt und stieg aus.

»Der Advent ist auch nicht mehr das, was er mal war.« Naserümpfend betrachtete Fiete den mit einer Lichterkette behängten kleinen Tannenbaum in der Mitte des Vorgärtchens. »Düvel ooch! Von wegen ›Leise rieselt der Schnee‹.«

Statt Schneeflöckchen, die im lustigen Reigen um die Lichter tanzten, blies ihm ein stetiger Wind aus Nordwest feinen Nieselregen ins Gesicht. Fiete zog sich die Kapuze seiner Allwetterjacke über den Kopf, obwohl sie bereits vor Jahren sämtliche wasserabweisenden Eigenschaften abgelegt hatte. Er öffnete die Heckklappe. Das beängstigende Knarzen der Scharniere nahm er schon lange nicht mehr wahr. Beherzt hob er den Einkaufskorb aus dem Wagen, schlug die Heckklappe zu und marschierte zur Haustür.

»Was hast du jetzt wieder eingekauft?«, fragte Sünje, seine Frau. Sie hatte im Windfang auf ihn gewartet. Hinter ihr hockte Willi, der schwarz-rote Kurzhaardackel, und winselte leise.

»Glühwein«, antwortete Fiete. »Den guten Cuxhavener Watt'n-Glüher mit Zimt, Lavendel und Orange.«

»Aber wir haben doch noch acht Flaschen«, lamentierte Sünje. »Außerdem schmeckt der wie ein Aufguss aus Mottenkugeln und ollem Rotwein.«

»Der war im Angebot.« Fiete stellte den Korb im Windfang ab. »Zahl fünf, nimm sechs – ein echtes Schnäppchen, das konnte ich doch nicht stehen lassen. Einen Krimi habe ich auch noch aufgestöbert. *Der Tote im Strandkorb*.« Fiete wedelte mit einem leicht zerfledderten Taschenbuch. »B-Ware zum halben Preis. Ich liebe Krimis. Ich hätte Geheimagent werden sollen, anstatt ...«

Sünje warf die Hände über dem Kopf zusammen. »Ihr Geister, warum habt ihr mich nicht vor diesem Mann gewarnt?«

»Weil ...« Doch bevor Fiete seine Meinung über die spiritistischen Vorlieben seiner Frau wieder einmal in Worte fassen konnte, hielt ein knallrotes Fahrrad an der Auffahrt. Von diesem stieg ein bulliger Mann mit langem weißem Vollbart und einer Jacke in der gleichen knallroten Farbe. »Moin«, rief er. »Der Pedalokurier hat ein Schreiben für Sie.«

»Für uns?« Sünje trat aufgeregt wieder vor die Haustür.

»Hat er doch gesagt«, brummte Fiete. »Pedalokurier? Der Typ sieht aus wie der Weihnachtsmann. Nur ein Brief, lohnt sich das überhaupt?«

»Der echte Weihnachtsmann bringt Ihnen bestimmt viel mehr. Aber wer weiß, vielleicht ist es der Brief, der Ihr Leben verändern wird«, kam die lachende Antwort.

»Düvel ooch«, knurrte Fiete erneut seinen Lieblingsfluch. »Bestimmt nur eine Rechnung.«

»Oder von Hanna«, quietschte Sünje hocherfreut. »Ich hoffe so sehr, dass sie über die Feiertage zu uns kommt.«

»Und mit ihrer ganzen Bagage unseren Kühlschrank leer futtert«, meckerte Fiete, nahm den Umschlag aber dennoch entgegen. »Seltsam. Besuche-die-Welt-Kreuzfahrten? Nie gehört.«

»Ich muss weiter.« Der Mann in Rot verschwand, Willi kläffte ihm hinterher.

In der Küche riss Fiete neugierig den Umschlag auf. »Mein Gott.« Er schnappte nach Luft. Seine Hände griffen nach der Stuhllehne, der Brief flatterte zu Boden.

»Was ist?«, rief Sünje erschrocken. »Dein Herz? Die Niere? Deine Bandscheiben? Lass mich dir die Hand auflegen.«

Unbemerkt von beiden schnappte sich Willi den Brief und flitzte, so schnell ihn seine kurzen Beine trugen, aus dem Zimmer.

»Ach, geh weg.« Fiete schob Sünjes Hand zur Seite. »Der Brief. Ich habe gewonnen. Willi hat den Brief. Oh … mein Herz.«

»Gewonnen? Wo ist der Brief? Dein Herz?« Sünje warf erneut die Hände in die Luft. »Willi, gib den Brief her!«

Wie aufgescheuchte Hühner verfolgten sie den Hund. Der hielt das alles für ein wunderbares Spiel und rannte noch schneller. Er kläffte begeistert und schaffte es dennoch, den Brief nicht zu verlieren. Endlich hatte der diebische Dackel sein Körbchen erreicht, plumpste auf den Stoff und sah Frauchen und Herrchen, die lauter hechelten als er selbst, siegessicher und erwartungsvoll an. Den Brief hielt er nach wie vor zwischen den Zähnen.

»Aus! Frecher Hund«, rief Fiete außer Atem. Er klaubte das Papier auf, das Willi sofort hatte fallen lassen, und hielt dem kleinen Hund einen halben Vanillekipferl hin, den er noch in seiner Hosentasche gefunden hatte. Flink wie ein Adler schnappte Willi zu und verschlang das Gebäck auf der Stelle und krümelfrei. Willi liebte Leckereien über alles, besonders Weihnachtsplätzchen. Keine Hürde war zu hoch, keine Aufgabe zu schwierig, um derartiges Naschwerk zu ergattern.

»Jetzt lies schon vor«, drängte Sünje.

*»Sehr geehrte Gewinner«*, begann Fiete, *»wir freuen uns, Ihnen mitteilen zu können, dass Sie bei unserer diesjährigen Weihnachtslotterie den ersten Preis …«*

Seine nächsten Worte gingen in Sünjes Jubelschrei unter, auch Willi beteiligte sich stimmgewaltig.

»Ich kann mich gar nicht erinnern, an diesem Preisausschreiben teilgenommen zu haben«, murmelte Fiete.

»Egal«, singsangte Sünje. »Was haben wir gewonnen?«

»Moment.« Fiete suchte nach dem entscheidenden Satz. »Hier: *Vom 24. Dezember bis zum 4. Januar unternehmen Sie eine weihnachtliche Kreuzfahrt durch die Karibik. Los geht es am Tag zuvor, denn dann hebt Ihr Flieger von Hamburg …*«

»Eine Karibikkreuzfahrt.« Abermals gingen seine Worte in Sünjes lautem Jubel unter. »Wir müssen sofort los. Du brauchst eine neue Badehose und ich einen Sonnenhut.«

»Badehose?« Erschrocken sah Fiete an seinem über die Jahre umfangreicher gewordenen Bauch hinunter.

»Natürlich.«

»Moment, hier steht noch etwas.« Fiete hielt sich das Schreiben nah vor die Augen, um die kleinen Buchstaben erkennen zu können. *»Bitte erscheinen Sie heute um vierzehn Uhr an der unten genannten Adresse, um letzte Informationen für*

*Ihre Traumreise zu erhalten und eine kleine Aufgabe zu erledigen.«* Er blies die Backen auf. »Eine kleine Aufgabe? Was soll das wieder bedeuten? Düvel ooch!«

»Reg dich nicht auf«, beschwichtigte Sünje und schaute auf die Uhr. »Du musst los, sonst kommst du zu spät, und die Reise fällt noch jemand anderem zu.«

»Jaja.« Fiete griff nach seiner Outdoorjacke. »Willi, komm. Wir müssen los.«

Keine zehn Minuten später hatten Fiete und Willi die im Schreiben genannte Adresse erreicht: ein leicht baufällig erscheinendes Ladengeschäft in der Nähe des Hafens. Die Scheiben waren mit einer undurchsichtigen Folie verhangen, nur ein handgeschriebenes Schild an der Tür bestätigte Fiete, am richtigen Ort zu sein. Er rümpfte die Nase. Die örtliche Niederlassung von Besuche-die-Welt-Kreuzfahrten, an der er seinen grandiosen Gewinn entgegenzunehmen gedachte – den einzigen, den er bislang gewonnen hatte –, hatte er sich pompöser vorgestellt. »Erwarte nichts, dann wirst du auch nicht enttäuscht«, knurrte er mürrisch. Willi kläffte.

Doch bevor er sich weitere Gedanken machen konnte, flog die Tür auf, und eine Frau mittleren Alters mit brünettem Kurzhaarschnitt, die ein graues Businesskostüm trug, winkte ihm hektisch und irgendwie nervös zu. »Wie schön, dass Sie es geschafft haben. Kommen Sie herein.« Ihre knallroten Lippen zogen sich in einem Grinsen von einem Ohr zum anderen. Sie sah seinen skeptischen Blick. »Wir renovieren gerade. In der Weihnachtszeit ist es ruhiger hier, dann können wir das machen. Aber Champagner für den glücklichen Gewinner haben wir trotzdem.«

Diese Worte, kombiniert mit ihrem rot gerahmten Lächeln, ließen Fiete alle Einwände vergessen. Er folgte der Dame in das Geschäft. Willi war längst durch den Türspalt ins Innere geflitzt.

»Willi, lass das!«, rief Fiete erschrocken.

»Huch, ist der süß.« Hocherfreut schaute die Dame auf Willi hinab. »Na, du kleiner Dutzdutziwauwau, möchtest du auch mit auf die Kreuzfahrt?«

Fiete fiel die Kinnlade herunter. So blöde hatte noch niemand mit Willi gesprochen.

»Ich bin Vanessa Gazza-Ladra. Champagner?« Sie deutete auf einen Tapeziertisch, auf dem sich drei Pappbecher, einige Lamettastränge und eine dunkelgrüne Flasche ohne Etikett befanden. Aus einem Lautsprecher plärrte »Last Christmas«.

»Nein, danke«, entgegnete Fiete. »Ich muss noch fahren. Der Blutdruck und so.«

»Ich verstehe.« Vanessa lächelte unermüdlich.

»Bekomme ich nun meinen Gewinn?«, drängelte Fiete.

»Nur Geduld. Zuerst wäre da die kleine Aufgabe.«

Fiete kniff die Augen zusammen. »Welche?«

»Sie holen bei Dr. Hansen ein Paket ab und bringen es zu dieser Adresse«, sagte Vanessa, und ihr Lächeln erreichte ihren Hinterkopf. Sie hielt ihm einen Zettel mit zwei Anschriften hin. »Sie dürfen sich auf keinen Fall im Haus umsehen.«

Fiete starrte darauf, doch als er das Papier an sich nehmen wollte, zog Vanessa es zurück. »Sie müssen sich die Informationen gut einprägen, denn ich verbrenne den Zettel.«

»James Bond lässt grüßen«, maulte Fiete, tat aber, wie ihm geheißen. »Willi, wir gehen auf geheime Mission.«

»An der zweiten Adresse warten die Tickets auf Sie«, säuselte Vanessa. »Enttäuschen Sie mich … äh … sich … äh … Ihre Frau nicht.«

Den letzten Satz hatte Fiete schon nicht mehr gehört. Überraschend behände kletterte er in den Wagen. Willi hockte sich auf den Beifahrersitz, und schon ging es los zum Haus von

Dr. Hansen. Nach wenigen Minuten suchte Fiete an der Haustür des altehrwürdigen Kapitänshauses im Cuxhavener Lotsenviertel, nicht weit entfernt vom Deich und der Nordsee, nach der Klingel. Als er keine fand, griff er nach dem schmiedeeisernen Klopfer und ließ ihn krachend gegen das Holz der Tür schlagen. Augenblicklich versteckte sich Willi hinter ihm. Fiete selbst sah sich erschrocken um. Er suchte die Fenster der umstehenden Häuser nach Bewohnern ab, die ob des Lärms zu einer nicht minder lautstarken Beschwerde ansetzen wollten – genau wie er selbst es getan hätte –, entdeckte aber zu seiner Erleichterung niemanden. Als er sich wieder der Tür zuwandte, stockte ihm fast der Atem. Lautlos war das schwere Türblatt aufgeschwungen. »Hallo? Ist da jemand?« Vorsichtig spähte Fiete ins Innere.

Willi verschwand kläffend wie der geölte Blitz im Flur.

»Willi, nein! Zurück! Böser Hund«, keuchte Fiete, wohl wissend, dass der Dackel sowieso nicht hören würde. Seufzend betrat er selbst den dunklen Flur. »Hallo?«

Keine Antwort. Fiete ging langsam weiter. Durch eine offen stehende Tür betrat er ein lichtdurchflutetes Zimmer mit einem Tisch in der Mitte. Auf diesem Tisch lag eine Holzkiste mit gut fünfzig Zentimeter Seitenlänge.

»Das ist bestimmt das Paket, das ich abholen soll.« Zufrieden schob Fiete zwei Stühle zur Seite, um die Kiste zu erreichen. Plötzlich hörte er aus einem Nebenraum erst Willis wütendes Gebell und dann ein Krachen. »Was ist denn los?«, fluchte Fiete und ging in das benachbarte Zimmer.

»Wuff.« Willi stand auf dem Esstisch. Er musste es zunächst irgendwie auf den Stuhl und dann auf die Tischplatte geschafft haben – und hatte seine Schnauze tief in einer Schale mit Spekulatius vergraben. Das Gebäck knackte, Krümmel flogen, Zähne mahlten. Willi schluckte und bohrte den Kopf erneut in die Schale mit den Leckereien.

»Willi, bös–«, wollte er gerade aufbrausen, doch die nächsten Worte blieben ihm im Halse stecken. Mitten in dem Raum lag ein Mann auf dem im Fischgrätmuster verlegten Parkettboden, neben ihm ein umgestürzter Weihnachtsbaum, umgeben von zerbrochenen Kugeln und einer schwach blinkenden Lichterkette. Neben dem Baum wiederum stand ein kleiner Tisch mit einem alten Wählscheibentelefon darauf, dessen Kabel zu einer Buchse in der Wand führte.

»Düwel ooch!« Fiete starrte auf den Mann am Boden. Genau dort, wo er das Herz des Mannes vermutete, steckte eine gläserne Christbaumspitze in dessen Brust. Das vormals weiße Hemd war dunkelrot verfärbt. Auch auf dem Fußboden entdeckte er eine tiefrote Lache. Der Mann konnte nur Dr. Hansen sein, durchfuhr es Fiete, und nach Stand der Dinge war er tot. Augenblicklich erwachten seine Krimileserinstinkte.

»Der muss schon tot gewesen sein, bevor Willi und ich angekommen sind. Deswegen sollte ich mich hier nicht umsehen«, kombinierte er messerscharf. »Selbst rammt man sich auch keine Christbaumspitze ins Herz. Tatsächlich würde diese Spitze wunderbar auf unseren Baum zu Hause passen.« Kurz spielte er mit dem Gedanken, den Baumschmuck aus der Brust des Toten zu ziehen und einzustecken. Dann brach die Erkenntnis über ihn wie ein Brecher bei Sturmflut.

»Ein Mord«, schrie er. »Ich muss die Polizei rufen.« Schlagartig wurde er blass. »Düvel ooch! Wir stehen mitten im Tatort. Die Polizei wird denken, dass wir das hier angerichtet haben.« Er drehte sich panisch im Kreis. Hatte er etwas angefasst und seine Fingerabdrücke hinterlassen? Nein! Aber Willis Pfotenabdrücke waren überall. Speichert die Polizei Hundepfotenabdrücke? Bestimmt nicht. Das FBI vielleicht, oder die Russen, aber nicht die Polizei in Deutschland. In keinem der vielen B-Ware-Krimis, die er gelesen hatte, war ihm dergleichen untergekommen. Und jetzt?

*Work smarter, not harder*, rief er sich einen Slogan in Erinnerung, den er einmal gelesen hatte und jetzt für passend erachtete. Schnell ging er zu dem Telefon auf dem Tischchen und wählte eine dreistellige Nummer.

»Polizeinotruf«, vernahm er eine freundliche Stimme. »Wie kann ich Ihnen helfen?«

»Ja, ich … also, hier liegt ein Toter«, stammelte er mit verstellter Stimme, ganz so, wie er es in dem Krimi *Ein Mord und Pikass* gelesen hatte. »Umgebracht. Ganz viel Blut. Düvel ooch! Hiiiilfeeeee!«

»Bleiben Sie ruhig«, sagte die Stimme. »Bitte nennen Sie mir Ihren Namen und die Adresse. Ich schicke sofort einen Wagen los.«

Fiete nannte die Adresse. »Mein Name ist … äh, Willi Dackel.«

»Alles klar, Herr Dackel. Der Streifenwagen wird in wenigen Augenblicken bei Ihnen sein.«

Fiete knallte den Hörer auf die Gabel und wischte mit dem Jackenärmel über das Telefon – keine Spuren hinterlassen!

»Willi, komm!«, rief er streng. Überraschend gehorchte der Dackel. Im Vorbeigehen schnappte sich Fiete die Kiste vom Tisch und verließ, Willi an seiner Seite, das Haus.

Gerade rechtzeitig saßen sie wieder im Auto, als schon ein Polizeiwagen mit Blaulicht vorbeifuhr. Fiete rutschte schnell tief in den Sitz und setzte sich die Sonnenbrille auf, die sonst am Rückspiegel klemmte. Die Polizisten schienen ihn nicht bemerkt zu haben, der Wagen hielt direkt vor der Haustür von

Dr. Hansen. Zwei Beamte sprangen aus dem Wagen und liefen mit gezogenen Pistolen ins Haus.

»Uiuiui, die waren ja schnell.« Fiete atmete schnaufend aus. Willi machte es ihm nach – allerdings musste die Luft einen anderen Weg nach draußen gefunden haben als bei Fiete, denn im Wagen roch es mit einem Mal ganz fürchterlich nach vergammeltem Fleisch. »Düvel ooch! War das jetzt nötig?«, stöhnte Fiete und kurbelte sein Seitenfenster hinunter.

Willi schaute ihn mit seinen großen schwarzen Knopfaugen an. Fiete bekam sofort ein schlechtes Gewissen und kramte in seiner Hosentasche. Doch er fand keine Vanillekipferl mehr. »Und jetzt?«, fragte er den Hund, gab sich die Antwort jedoch selbst: »Wir werden der Sache auf den Grund gehen. Düvel ooch!«

Allerdings unterbrach das jähe Schrillen des Handys seinen Gedankengang, wie genau er der Sache auf den Grund gehen solle.

»Hast du die Tickets?«, fragte Sünje. »Ich bin so aufgeregt. Karibik. Rum. Papageien. Ananas.«

»Nein, ich habe die Tickets noch nicht. Ich …«

»Warum dauert das denn so lange?«, trompetete Sünje jetzt in doppelter Lautstärke. »Jagst du wieder irgendwelchen Schnäppchen hinterher? Nicht dass uns da noch jemand zuvorkommt.«

»Nicht so laut«, zischte Fiete.

»Was? Wieso?«

»Diese kleine Aufgabe scheint ein faules Ei zu sein. Aber ich bin dran. Mir entgeht nichts«, flüsterte Fiete.

»Du spielst doch wohl nicht den Geheimagenten? Ich kann es spüren. Warte – ich empfange eine Nachricht aus dem Jenseits.« Nun sprach auch Sünje deutlich leiser. »Lass den Unsinn.

Du bist Buchhalter in Rente, kein verdeckter Ermittler, und überhaupt – was muss denn ermittelt werden?«

»Das kann ich jetzt nicht erklären.« Fiete drückte das Gespräch weg. Er musste nachdenken. Plötzlich schnippte er mit den Fingern. »Ich hab's!«

Mit der Sonnenbrille auf den Augen und tief in den Sitz gerutscht, fuhr er an Dr. Hansens Haus vorbei. So unauffällig wie möglich schielte er zuerst zum Polizeiwagen, dann auf die Haustür. Er konnte nichts Auffälliges erkennen. Ein Blick in den Rückspiegel bestätigte ihm, dass er nicht verfolgt wurde. Willi hatte den Kopf in die andere Richtung gedreht und musterte konzentriert eine mit Frauchen vorbeiflanierende Hundedame.

Kurz darauf parkte Fiete den Wagen in der Neufelderstraße auf Höhe des neuen Heizkraftwerkes auf einem Parkstreifen. Er öffnete die Heckklappe, und Willi hüpfte auf die Rückbank und streckte sich, sodass er sehen konnte, was im Heck des Wagens geschah. Die Ausdünstungen der umliegenden Fisch verarbeitenden Unternehmen forderten Fietes Nase ein weiteres Mal heraus, doch er beschloss, weder zu meckern noch sich von seiner Aufgabe ablenken zu lassen. Konzentriert betrachtete er die Kiste. Sie war aus Holz, der Deckel aufgenagelt. So einfach würde er sie nicht aufbekommen. Aber er wäre nicht Fiete Knudsen, wenn er nicht Fiete Knudsen wäre. Aus dem Werkzeugtäschchen im Kofferraum zog er einen Schraubendreher hervor. Ein Brecheisen wäre ihm lieber gewesen, aber das gehörte leider nicht zu seiner Werkzeugtaschenstandardausstattung aus dem Sonderangebot.

»Mach die Augen zu, Willi. Gleich fliegen hier die Holzsplitter«, gab er Anweisung. Ein letztes Mal sah er sich um, doch mit Ausnahme einer Möwe, die oben auf der Laterne saß, unter der er geparkt hatte, und ihn neugierig beäugte, konnte er niemanden entdecken. Ob das vielleicht gar keine echte Möwe war, sondern eine getarnte Fahndungsdrohne der Polizei?, fragte er sich, beschloss dann aber, es trotzdem zu riskieren, und setzte den Schraubendreher an. Erst geschah nichts, dann brach das Werkzeug in der Mitte durch, und Fiete rammte sich einen Splitter tief in den Finger. Willi jaulte auf, die Möwe stürzte sich kreischend vom Lampenmast und verschwand in der Dunkelheit.

»Düvel ooch! Die Sonderangebote taugen immer weniger.« Fluchend kramte Fiete einen zweiten Schraubendreher aus der Tasche und setzte erneut an. Diesmal hatte er Erfolg: Mit einem Knarzen, das dem der Heckklappe des Autos ähnelte, sprang der Deckel der Kiste ab.

Willi reagierte blitzschnell, sprang über die Rückbank und landete gekonnt in der Kiste.

»Düvel ooch!«, schimpfte Fiete. »Komm da raus.«

Sofort tauchte Willis Kopf wieder am Rand der Kiste auf, zwischen seinen Zähnen klemmte eine Packung Zimtsterne. Genervt schob Fiete den Hund wieder zurück über die Rückbank und warf dann selbst einen Blick in die Holzkiste.

»Dor brad mi een ’n Stork!« In der Kiste lag, auf Holzwolle gebettet, eine weitere Box aus Holz, jedoch auf Hochglanz poliert und mit einer Glasscheibe im Deckel. Darunter erspähte er etwas, das aussah wie das Ziffernblatt einer antiquarischen Uhr. Außerdem sah er mehrere Weihnachtskugeln, eine Packung Dominosteine, eine Tüte Spekulatius und einen verschlossenen Briefumschlag. Ganz vorsichtig nahm er die Uhrenbox aus der Kiste und betrachtete sie von allen Seiten. Als er das kleine Messingschild mit der Aufschrift *Thomas Earnshaw* entdeckte, musste er schlucken. Selbst Willi hatte von seinen Versuchen, den Beutel mit den Zimtsternen aufzureißen, abgelassen. Fiete wusste, was er da vor sich sah. »Ein Schiffschronometer von Thomas Earnshaw«, murmelte er andächtig. Sein Vater Knut, der selbst noch zur See gefahren und ein leidenschaftlicher Sammler maritimer Antiquitäten gewesen war, hatte ihm oft von solchen Chronometern erzählt und jedes Mal auf ihren immensen Wert hingewiesen. »Düvel ooch! Willi, ich halte hier locker fünfzigtausend Euro in Händen.«

»Wuff.« Für Willi waren die Zimtsterne wieder interessanter geworden.

Plötzlich ging Fiete ein Licht auf. »Von wegen Weihnachtslotterie! Das ist alles ein großer Schwindel. Diese Vanessa wollte die Uhr stehlen und brauchte einen gutgläubigen Laufburschen. Sollte etwas schiefgehen, dann ging der Laufbursche in den Knast – also ich.« Er hatte sich in Rage gemurmelt. »Der werde ich es zeigen.«

Schnell packte er die Uhr zurück in die Kiste, legte den Deckel wieder auf, schlug ihn mit der Faust fest, setzte sich in den Wagen und wendete. Nachdem er die Seeschleuse überquert hatte, bog er am Zollamt rechts ab und stoppte auf dem kleinen Parkplatz am Anleger des Lotsenstationsschiffes *Hanse*. Er holte sein Handy hervor, suchte die Nummer der Polizeidirektion Cuxhaven und wählte sie.

»Ja … hallo … hier spricht Willi Dackel«, sagte er wieder mit verstellter Stimme, als sich auf der anderen Seite jemand meldete. »Ich weiß etwas über den Mord an Dr. Hansen.«

Sofort stellte man ihn durch.

»Neonser, Kripo Cuxhaven«, erklang eine tiefe Stimme.

»Ich kann Ihnen helfen, den Mord an Dr. Hansen aufzuklären. Ich weiß, worum es geht und wer dahintersteckt«, flüsterte Fiete geheimnisvoll ins Telefon.

»Woher wissen Sie überhaupt von der Sache?«, fragte Kommissar Neonser. »Egal, kommen Sie in die Polizeiinspektion und machen Sie Ihre Aussage.«

»Tut mir leid, aber das geht nicht«, erwiderte Fiete. »Ich muss meine Kreuzfahrttickets abholen. Sie müssen sofort zu mir kommen.« Er nannte ihm die Adresse, an der er die Kiste abgeben sollte, und beendete das Gespräch. Anschließend fuhr er die letzten Meter zum Ort der Übergabe. Als er auf der Rückseite des Steubenhöfts ankam, stellte er erstaunt fest, dass die Stege der dortigen Marina auch über die Winterzeit nicht abgebaut wurden und dort sogar einige Boote vertäut lagen. Auf einem Boot ganz in seiner Nähe stand ein Bär von einem Mann. Er hatte einen langen weißen Bart und trug lustigerweise sogar eine rote Weihnachtsmannmütze mit weißem Bommel. »Knudsen, bring die Kiste hierher.«

Fiete blieb die Luft weg. Er spürte, wie sich seine Knie in mit Pudding gefüllten Christstollen verwandelten. Das war doch der Pedalokurier-Weihnachtsmann!

»Du gehörst also auch dazu«, zischte er. »Na warte.« Der ewig nörgelnde Rentner hatte endgültig dem Agenten in geheimer Mission Platz gemacht. Er zwinkerte Willi zu. »Die ist zu schwer. Mein Rücken. Sie müssen mir helfen.«

Willi kauerte mucksmäuschenstill auf der Rückbank.

Der Weihnachtsmann murrte zwar, sprang dann aber auf den Steg und kam auf Fiete zu. Hinter ihm tauchte Vanessas Kopf in einer Luke auf. »Beeil dich, Klaus.«

»Bringen Sie meine Reisetickets mit«, rief Fiete mutig.

»Her mit der Kiste«, knurrte der andere, kaum dass er den Wagen erreicht hatte.

Fiete öffnete die Heckklappe und trat einen Schritt nach hinten. Der Weihnachtsmann griff nach der Holzkiste.

*Jetzt!*, schoss es Fiete durch den Kopf. Er schob die rechte Hand unter seine Jacke, formte aus Daumen und Zeigefinger eine Pistole, trat auf den Weihnachtsmann zu und drückte ihm den ausgestreckten Finger in den Rücken. »Keine Bewegung, du Schuft«, deklamierte er. »Das Spiel ist aus.«

Kaum hatte Fiete die Worte ausgesprochen, sprang auch Willi auf der Rückbank auf und ab. Dabei fletschte er böse knurrend die Zähne, als wäre er kein Dackel, sondern ein schlecht gelaunter Rottweiler. Als Fiete etwas entfernt das Motorengeräusch eines Autos zu hören glaubte, wurde er noch mutiger. »Was auch immer du denkst – denk nicht daran. Willi ist ein Killerdackel. Der macht dich platt.«

»Verfluchter Mist«, jaulte Klaus. »Ich wusste doch, dass es eine total blöde Idee von Vanessa war. Statt in Panik wegzurennen, nachdem sie versehentlich den ollen Hansen abgemurkst hatte, hätte sie die Kiste gleich mitnehmen sollen. Dann wäre alles glattgelaufen. Aber jetzt …«

»Jetzt geht ihr in den Knast. Jawohl.« Fiete drückte mit dem Finger noch etwas fester zu, und der Mann sackte in sich zusammen. »Eins noch: Warum ich?«

»Wir brauchten ganz schnell jemanden, der für uns die Drecksarbeit macht. Jemanden, der aussieht wie ein Geizkragen – bei denen zieht die Geschichte vom Hauptgewinn einer Weihnachtslotterie immer. Sie mit Ihrer Rostkarre und dem Billigglühwein waren der beste Kandidat, den ich auf die Schnelle entdecken konnte.«

Bevor Fiete seiner Entrüstung Ausdruck verleihen konnte, kam neben ihm ein Streifenwagen mit quietschenden Reifen zum Stehen. Zwei Beamte sprangen heraus. »Polizei. Niemand bewegt sich. Was ist hier los?«

»Herr Kommissar, nehmen Sie diesen Ganoven und die

Frau auf dem Boot fest. Die beiden haben Dr. Hansen umgebracht, um dessen Schiffschronometer zu stehlen. Eine sehr wertvolle Uhr.« Fiete redete wie ein Wasserfall. »Mich haben sie unwissend zu ihrem Handlanger gemacht, aber ich habe alles herausgefunden und …«

»Bitte langsam«, sagte der Polizist. »Ich bin Hauptkommissar Neonser. Wer sind Sie?«

»Willi Dackel«, antwortete Fiete sofort. »Äh, nein … Fiete Knudsen. Willi ist mein Dackel, und der Typ hier heißt Klaus. Seine Komplizin ist auf dem Boot.«

Willi kletterte, nachdem er seinen Namen gehört hatte, geschwind über die Rückbank. Die Tüte Zimtsterne hielt er wieder zwischen den Zähnen.

Ein breites Grinsen zog sich über Kommissar Neonsers Gesicht. »Klaus Ladro und Vanessa Gazza-Ladro, unsere diebischen Elstern. Lange gesucht und nun endlich gefunden. Sie sind verhaftet.« Er wandte sich an Fiete. »Vielen Dank für die Unterstützung, Herr Dackel … äh … Knudsen.«

Fiete, stolz wie Bolle, strahlte über beide Ohren. »Ach, das war doch eine Kleinigkeit.«

Mittlerweile hatte der zweite Beamte die zeternde Vanessa vom Boot geholt. Handschellen klackten, dann wurden die beiden in den Polizeiwagen verfrachtet. Fiete erzählte noch einmal atemlos, wie er in diese Geschichte hineingeraten war, und Kommissar Neonser machte sich eifrig Notizen. »Das war großartig von Ihnen«, sagte er. »Kommen Sie dennoch zu uns in die Inspektion, damit wir Ihre Aussage noch einmal aufschreiben können. Jetzt fahren Sie erst einmal nach Hause zu Ihrer Frau und gönnen sich einen Glühwein.«

»Auf der Stelle. Komm, Willi, unser Einsatz ist beendet.«

Nachdem Fiete ein paar Meter vom Ort des Geschehens

weggefahren war, hielt er wieder an und drehte sich zu Willi. Er riss die Tüte auf und hielt ihm einen Zimtstern hin. Willi schnappte sofort nach dem Keks und knabberte genüsslich.

»Ich habe eine Idee«, sagte Fiete. »Wir kaufen jetzt eine Flasche Glühwein – zur Abwechslung mal einen guten. Anschließend gehen wir ins Reisebüro und buchen eine Kreuzfahrt. Einfach so, ganz spontan und ohne weiter darüber nachzudenken. Von wegen muffeliger Geizkragen – damit ist es jetzt vorbei. Weihnachten kann kommen.«

# 21. Totenstille Nacht

Ricarda Oertel

Obwohl ich den Weihnachtsmarkt weiträumig meide, verfolgt mich der Geruch von Glühwein, Bratwurst und Mutzen. Er verwebt sich mit dem entfernten Gesang eines Kinderchors: *Vom Himmel hoch, da komm ich her* … Nicht hinhören, einfach weitergehen.

Das Gewicht der beiden Taschen zerrt an meinen Armen. Die Einkäufe werden auf jeden Fall für die Feiertage reichen, und von dem Gulasch, das ich kochen möchte, kann ich mehrmals essen.

Schneeflocken rieseln mir auf den Schal, Nässe benetzt mein Kinn, ich fröstele. Bloß nicht in die Fenster schauen, keinen Blick erhaschen auf Christbäume, Kerzenschein und kitschige Deko.

Im Treppenhaus riecht es nach Tanne. Gemurmel hinter verschlossenen Türen, der Köter im Erdgeschoss bellt wieder. Ich steige die abgetretenen Stufen in den dritten Stock hinauf. Im Flur lasse ich die Einkaufstaschen zu Boden gleiten, die Weinflaschen geben ein leises »Klong« von sich.

Bei mir duftet es nicht nach Tanne. Aber es soll ein gemütlicher Abend werden, das habe ich mir geschworen. Auch wenn ich kaum Hunger habe, werde ich das Gulasch mit viel Paprika und Zwiebeln aufsetzen. Schließlich habe ich extra Omas Rezept hervorgekramt. Ich könnte lesen. Oder fernsehen, vielleicht *Kevin allein zu Haus,* blanke Ironie. Und auf keinen Fall gehe ich ans Telefon. Sie würden bis zur letzten Minute versuchen, mich umzustimmen. Ich höre noch Papas entsetzte Stimme: »Kind, das geht doch nicht, Weihnachten alleine! Wir würden uns so freuen.« Lieb von ihm, aber nein. Ich möchte es so.

Aus der Wohnung nebenan tönen Fetzen einer Weihnachtsmelodie durch die Wand. *Stille Nacht, heilige Nacht* … Nirgendwo ist man vor diesen Liedern sicher. Seufzend sortiere ich die Einkäufe ein. Noch immer friere ich, reibe mir die Hände. Baden wäre schön, das Kochen kann warten. Also lasse ich heißes Wasser mit viel Badezusatz in die Wanne, bis es nur so dampft, und streife die Kleidung ab. Mit nackten Füßen tappe ich noch einmal in die Küche und schenke mir das erste Glas Wein ein, das ich feierlich an den Wannenrand platziere, bevor ich in den Schaumbergen versinke.

Die Hitze schießt mir in die Glieder. Das reicht, ich drehe den Hahn zu. Ich starre zum Waschbecken. Zu der *einen* Zahnbürste. Dem *einen* Handtuch.

Der Wein schmeckt trocken, er muss noch atmen. Egal, ich trinke ein paar Schlucke, stelle das Glas ab. Für einen Moment schließe ich die Augen.

Die Türklingel schrillt. Erschrocken fahre ich hoch, das Wasser platscht. Meine Eltern? Nein, sie würden meine Entscheidung nicht derart missachten. Vielleicht ist es eine Nachbarin. Ich werde es einfach ignorieren. Wer auch immer es ist, wird schon wieder gehen.

Es schrillt ein zweites Mal. Dann folgt hartnäckiges Klopfen.

»Lea?«, dringt es dumpf an mein Ohr.

Mich trifft der Schlag.

»Ich bin es nur!«

Finns Stimme – das darf nicht wahr sein!

Mein Herz flattert. Ich steige hektisch aus der Wanne, Tropfen landen auf den Fliesen. Wie kann er es wagen …?

Rasch schlinge ich den Morgenmantel um mich, der Frottee saugt gierig die Schauminseln von der Haut. Ich knote den Gürtel fest zu, rausche barfuß aus dem Badezimmer und öffne die Tür.

Da steht er. Finn. Einfach so. Sein Blick trifft mich anders als früher. Die Augen haben an Glanz verloren, kein Funkeln mehr.

»Was willst du hier?«, fauche ich ihn an.

»Tut mir leid, ich wollte nicht stören.« Er mustert meinen Bademantel. »Aber ich muss etwas mit dir klären.«

»Nicht dein Ernst!« Ich kann nicht anders, als aufzulachen. »Es ist Heiligabend. Warum bist du nicht bei deiner Freundin? Kocht sie dir kein Festessen?«

Zu schnippisch, zu zickig. Ich bin noch immer gekränkt, dabei will ich das nicht. Aber der Schreck macht mich impulsiv. Mit einem tiefen Atemzug versuche ich mich zu fangen. Ich habe diesen Mann hinter mir gelassen. Das ist Schnee vom Vorjahr.

Zum Glück ignoriert er meine Stichelei. »Darf ich reinkommen?«

»Warum? Wir haben nichts zu besprechen.«

»Doch. Bitte, nur kurz.«

Meine Güte. Er tritt ein, mit ihm weht ein kühler Hauch in den Flur. Seufzend drehe ich ihm den Rücken zu und stapfe vor ihm ins Wohnzimmer. Ohne Christbaum, zum ersten Mal nach den Heiligabenden mit ihm, als die Festtage noch nach

Tanne dufteten. Demonstrativ setze ich mich aufs Sofa, als wäre er gar nicht da, und schlage den Bademantel eng um die Schenkel.

Er ist mir gefolgt, steht einen Moment wie bestellt und nicht abgeholt da. Dann bewegt er sich langsam durchs Zimmer. Sein Gang hat sich verändert, genau wie seine Gestalt. Er ist schmaler, etwas ist von ihm abgefallen. Keine schweren Schritte. Leichtfüßig. Nicht mal die Holzdielen knarzen, das taten sie früher immer. Vielleicht macht er Sport, mit ihr.

»Also – was gibt es?«, frage ich ihn.

Keine Antwort. Stattdessen wandert Finns Blick über die Bilder, die Möbel, die mal unsere gemeinsamen waren. Er wirkt nicht die Spur wehmütig. Seine Augen sind leer.

»Geh nach Hause«, fordere ich ihn auf. »Zu Jessica.«

Er schaut mich mit seltsam gelösten Gesichtszügen an. »Du bist immer noch verletzt.«

»Ach, weißt du«, sage ich und mache eine wegwerfende Handbewegung, »überschätz dich mal nicht.«

An der Wohnzimmerwand hängt die antike Uhr. Dort, wo er sie angebracht hat. Einst von ihm geliebt. Jetzt zurückgelassen wie mich. Das Pendel bewegt sich nicht mehr. Die Uhr ist stehen geblieben und gibt keinen Laut von sich. Seine Hand zuckt in dem Impuls, das Uhrwerk aufzuziehen, wie er das früher immer tat. Ich bereue, das Ding nicht beim Sperrmüll entsorgt zu haben.

Ich wippe mit dem Fuß.

Er zieht die Hand wieder zurück. »Ich bin gekommen, weil ich dich etwas fragen muss.«

Sein Räuspern klingt wie ein Flüstern und bereitet mir Gänsehaut.

»Gibt es etwas, das du mir nicht erzählt hast?«

Verblüfft ziehe ich die Luft ein. »Gute Frage. Das meiste, würde ich sagen, hast *du* mir nicht erzählt. Von Jessica, zum Beispiel.«

Mist. Warum stecke ich in dieser Jessica-Schleife fest? Das ist doch lächerlich. Ich stehe auf, wende ihm den Rücken zu. Fasse an den Heizkörper, der kalt ist, obwohl ich ihn aufgedreht habe. Defekt. Kein Wunder, dass ich friere.

»Stimmt. Ich war nicht ehrlich zu dir«, antwortet Finn leise. »Das war nicht fair, und es tut mir leid.«

Ich beiße mir auf die Unterlippe, starre nach draußen, die Hand auf der toten Heizung. Hinter dem Fenster fallen die Flocken immer dichter. Der beleuchtete Platz unten ist menschenleer, der Himmel schwarz. Die Stadt wirkt von oben auf einmal wie ausgestorben. Auch im Haus, aus der Wohnung nebenan, ist kein Laut mehr zu hören. Mir ist, als schwebten wir in einer Blase. Stille Nacht.

Ich drehe mich zu Finn um. Seine Wangen sind blass, fast wie der Schnee.

»Wenn du wissen möchtest, wie das damals gekommen ist, mit Jessica und mir«, sagt er, »dann frag mich ruhig.«

»Gar nichts will ich über euch wissen. *Du* willst anscheinend irgendwas von *mir* wissen.«

»Ja. Du hast mir nämlich genauso was verschwiegen.«

Wieder fröstele ich. Was soll das? *Er kann es nicht ahnen, nicht meinen.*

»Da gibt es nichts.« Mit diesen Worten lasse ich Finn stehen, gehe ins Bad, um das Weinglas zu holen, und marschiere damit in die Küche. Wenn ich ihn konsequent ignoriere, wird er schon irgendwann abhauen. Ich lasse mir diesen Abend nicht von ihm vermiesen, ich werde kochen, genau wie geplant. Wenn er weg ist, kann ich mich mit meiner Decke aufs Sofa verkriechen und endlich das Buch anfangen, das seit fast einem Jahr ungelesen auf dem Nachttisch liegt. Seit es passiert ist.

»Lea.« Er steht hinter mir in der Küchentür. »Sag mir einfach die Wahrheit. Es ist mir wichtig.«

Mein Herz hämmert. *Er kann es nicht wissen. Niemand kann es wissen.*

»Ich weiß nicht, was du hören willst.« Mir zittert die Hand, mit der ich das Weinglas zum Mund führe. Drei tiefe Schlucke, dann stelle ich es wieder ab und ziehe das Netz mit den Zwiebeln zu mir heran.

»Was du getan hast.«

»Gar nichts habe ich getan! Du bist ja verrückt.« Ich schnappe mir die Zeitung, die auf dem Küchentisch liegt, und falte sie auseinander, für die Zwiebelschalen.

»Ich bin nicht verrückt«, sagt er unbeirrt.

Ich nehme das scharfe Küchenmesser. Wir haben es gemeinsam gekauft. Auf dem Schneidebrett häute ich die Zwiebel und werfe die Schale auf das Zeitungspapier.

»Du warst schwanger.«

Es ist raus.

Ich schneide die Zwiebel. Ganz fein müssen sie werden, die Ringe. *Er kann es nicht wissen!* Ich habe niemandem davon erzählt. Von der Zeit, die ich vergessen will. Meine Augen tränen.

»Warum hast du es mir nicht gesagt?«, fragt er.

»Weil ich es erst nach der Trennung erfahren habe.«

»Es war aber doch unser Kind. Deins und meins.«

»Was willst du damit sagen?« Das Brennen in den Augen wird unerträglich. Ich lege das Messer ab. »Was hätte es denn geändert, wenn du davon gewusst hättest?«

»Wir hätten irgendwie einen Weg gefunden. Ich hätte dich damit doch nicht allein gelassen.«

»Meinst du wirklich, ich …« Die Antwort bleibt mir im Hals stecken. Ich schüttele nur den Kopf. *Nicht heulen jetzt, bitte nicht.* Ich wische mir eine Träne von der Wange. An den Fingern klebt Zwiebelsaft, es beißt noch schlimmer. Vergeblich kämpfe ich gegen den Klumpen in meiner Kehle an. Es überwältigt mich. Laute dringen hervor, die fremd klingen, als kämen sie nicht aus mir. Ich versenke das Gesicht im Küchenhandtuch, meine Schultern zucken.

»Lea.«

Er raunt meinen Namen mit einer Zärtlichkeit, die mich überfluten will. Ich möchte mich ihm an den Hals werfen, sein Hemd nass weinen, er soll mich wiegen, ins Bett tragen und sich zu mir legen. Ich möchte meinen Körper an seinen schmiegen, eng umschlungen einschlafen mit ihm, seinen vertrauten Duft einatmen und das Schreckliche vergessen. Den Tag in der Klinik, als ich das Kind hergab, dieses ungerufene winzige Wesen, das in mir wuchs. Sein Kind und meines. Ich wollte es loswerden, aus blanker Verzweiflung und Panik, das niemals alleine zu schaffen. Die Wochen und Monate danach will ich vergessen, den Kummer, die Reue. Ich will auch Jessica vergessen und den Panzer sprengen, der seither mein Herz zerquetscht.

Finn nähert sich und legt mir eine Hand auf den Arm. Meine Haut beginnt zu kribbeln. Unwillkürlich ziehe ich die Luft ein. Er riecht anders. Vielleicht nach Jessica.

Blödsinn. Er riecht nach gar nichts. Der verdammte Wein vernebelt meine Sinne.

Ich trete von ihm weg und straffe die Schultern. Es ist entwürdigend, hier vor ihm zusammenzubrechen. Schlimmer noch, mich nach seiner Nähe zu sehnen. Trotz allem, was passiert ist. Ein gefühlsduseliger Flashback. Unsere Liebe ist schon lange gestorben. So wie unser Kind.

Er wartet. Auf was? Eine Absolution – meine? Seine?

»Besser, du gehst jetzt«, sage ich. »Jessica fragt sich sicher, wo du bleibst.«

»Nein, tut sie nicht.«

Ungläubig fixiere ich ihn. »Heißt das, ihr habt euch getrennt?«

Er schweigt.

»Bist du etwa *deshalb* gekommen?«

»Nein, ich …«

»Weil du nicht weißt, wohin?«

Er runzelt die Stirn.

»Ich fasse es nicht. Nun wird mir alles klar!« Ich lache spitz. »Schon scheiße, so ein Fest alleine, oder? Da kann man ja mal gucken, was Lea so macht.«

»Du verstehst das falsch! Ich gehe fort und möchte dir Lebewohl sagen.«

»Das hast du bereits. Mir und dem Kind in meinem Bauch. Letztes Jahr, kurz nach Weihnachten.«

»Ich habe es aber nicht gewusst, Lea!«

»Macht das einen Unterschied?« Ich möchte nicht herumbrüllen, tue es aber doch. »Meinst du, ich hätte einen Mann gebraucht, der nur bei mir geblieben wäre, weil ich schwanger war?«

»Du hast unser Kind getötet«, sagt er so gedämpft, dass ich beinahe hoffe, mich verhört zu haben.

»Wie bitte?« Mir wird heiß vor Zorn. »Dafür bist du gekommen? Um mir das vorzuwerfen?« Das Zwiebelmesser blitzt vor mir auf.

»Nein, aber du hättest mich einbeziehen müssen.«

»Nicht, nachdem du mich verlassen hattest!« Ich balle die Fäuste.

Er kneift die Brauen zusammen, macht einen unbeholfenen Schritt auf mich zu.

Abwehrend hebe ich die Hand. Der Kerl soll nur noch weg. »Verschwinde endlich!« Mein Puls schlägt so kräftig von innen gegen den Hals, dass ich Angst habe, mich zu vergessen. Ich will ihn an den Schultern packen und hinauswerfen, zur Wohnungstür bugsieren, aber er weicht von allein zurück. Ohne Widerstand.

»Verzeih mir bitte, bevor ich gehe«, sagt er im Hausflur.

Ich lasse die Tür mit einem lauten Knall vor ihm zufallen. Verharre mit stolperndem Herzen, schaue durch den Spion. Er ist fort. Ich habe ihn nicht einmal weggehen hören. Geräuschlose, leichtfüßige Schritte.

Benommen trotte ich in die Küche. Die Zwiebelringe liegen noch da. Neben dem Messer.

*Du hast unser Kind getötet.*

Er hat geredet, als sei ich eine Mörderin.

Wie eingefroren bleibe ich vor der Arbeitsfläche stehen. Woher hat er überhaupt davon gewusst? Ich verstehe das nicht. Aber er hat mich so aufgewühlt, dass ich gar nicht danach gefragt habe.

*Verzeih mir bitte, bevor ich gehe.*

Seine Worte hallen seltsam in mir nach.

*Ich gehe fort.* Wohin denn?

Er wollte mir *Lebewohl* sagen. So verstaubt hat er sich doch früher nie ausgedrückt.

Die braunen Zwiebelschalen auf der geöffneten Zeitung liegen da wie eine Anklage. Mir ist der Appetit vergangen. Ich will alles wegräumen und schiebe die Schalen zusammen. Ausgerechnet die Todesanzeigen habe ich vorhin aufgeschlagen.

Schwarz gerahmte Quadrate. Reglos fokussiere ich eines davon.

*Warum?*

**Unfassbar für uns alle müssen wir Abschied nehmen von**

**Finn Weber**
**11.11.1989–21.12.2025**

**der durch einen tragischen Verkehrsunfall viel zu früh von unserer Seite gerissen wurde.**

**Im Namen aller Angehörigen und in Liebe**

**Deine Jessica**

Mir stockt der Atem.

Ich reiße die Wohnungstür auf, rufe Finns Namen, der hohl von den Wänden widerhallt. Barfuß renne ich die Stufen hinunter. Der Bademantel schlingert um meine nackten Beine, es ist mir egal. Im Treppenhaus ist niemand.

Ein Blick auf die ausgestorbene Straße. Die Laternen malen gelbe Lichtkegel in die Dunkelheit, durch die unbeirrt Flocken rieseln, in der schneidend kalten Luft. Keine Fußstapfen im Schnee.

Keuchend haste ich wieder nach oben, ins Wohnzimmer bis zum Fenster, um nach draußen zu sehen, auf den verwaisten Platz unten. Nirgends eine Spur von Finn. Der Mond wirft bleiche Streifen über den unberührten Schnee. Totenstille.

Mit zitternder Hand greife ich nach dem Handy. Sinnlos, ich habe seine Nummer schon lange nicht mehr eingespeichert. Alles gelöscht. Auch die Fotos und Nachrichten. Ich werfe es von mir.

Mein Herz sinkt, die Knie geben nach. Ich pralle gegen die Wand und rutsche zu Boden, kauere mich an der Heizung zusammen. Sie gluckert warm an meinem Rücken.

Die Uhr tickt. Leise, fast geräuschlos. Im Wohnzimmer ohne Tannenduft.

# 22. Dieser verdammte, verdammte Adventskalender

Michael Thode

Die Geschichte, die ich Ihnen heute erzählen werde, handelt vom letzten Weihnachtsfest. Dem Weihnachtsfest, das die wichtigsten Tugenden meiner Familie – Ehrlichkeit, Vertrauenswürdigkeit und Solidarität – zu leeren Worthülsen machte und mein Leben völlig veränderte.

Damit Sie mich besser verstehen, möchte ich Ihnen zunächst meine Familie vorstellen.

Bis Mitte letzten Jahres führte mein Vater die größte deutsche Reederei in neunter Generation. Wir waren stolz darauf, die hanseatische Schifffahrtsgeschichte seit über 200 Jahren zu prägen. Unser Unternehmen verfügte über drei Firmensitze: eine Zentrale in Hamburg, in der mein Vater sämtliche Fäden in der Hand hielt, eine Niederlassung in Singapur, die mein Bruder leitete, und eine Zweigstelle in Rotterdam, für die ich verantwortlich war. Wir führten unsere Geschäfte höchstpersönlich, denn die Reederei war seit jeher in unserem Privatbesitz.

Meine Mutter war die *Grande Dame*. Sie war für die Verwaltung unserer privaten Wohnsitze verantwortlich. Wenn sie zu einem Fest einlud, stand das Who's who der Hamburger Gesellschaft auf der Gästeliste – und sie kamen alle!

Mit Stolz konnten wir uns als Hanseaten bezeichnen. Wir zählten zu jenen alteingesessenen Kaufmannsfamilien, die über wirtschaftliche Macht verfügten, die sich auf strenge Werte wie Diskretion, Zurückhaltung und Aufrichtigkeit beriefen und die sich durch ein starkes Verantwortungsgefühl gegenüber Stadt und Gesellschaft auszeichneten.

Im Sommer letzten Jahres verstarb mein Vater überraschend. Mein Bruder übernahm daraufhin die Geschäftsleitung in Hamburg und ich die Verantwortung für die Niederlassungen Singapur und Rotterdam.

Zu Weihnachten war es Tradition, dass wir die Feiertage gemeinsam verbrachten. Seit 46 Jahren kannte ich es nicht anders. Mein Bruder brachte seine Frau und die Kinder mit, ich kam allein.

Zwar lebte ich mit meinem Partner schon seit einem Jahrzehnt zusammen, aber wir hatten es bisher vermieden, ihn meiner Familie vorzustellen. Sicherlich zeigte ein Beispiel wie Ole von Beust, dass Homosexualität in der Hamburger Gesellschaft kein Makel war, dennoch hielten wir die Zeit noch nicht für gekommen, um meine Familie damit zu konfrontieren.

Damit verfügen Sie, liebe Leserinnen und Leser, über alle Informationen, die Sie über meine Familie benötigen.

Nun zurück zum letzten Weihnachtsfest – und damit zu dem verdammten, verdammten Adventskalender, mit dem alles begann.

**22. Dezember**

Ich hatte meinen Flug von Singapur so gebucht, dass ich am frühen Morgen in Hamburg landete. Es war das erste Weihnachtsfest ohne meinen Vater, und ich hatte mich entschieden, ein paar Tage länger als gewöhnlich in Hamburg zu bleiben.

Der Flug hatte kaum Verspätung, und Stefan – der Fahrer meiner Familie – brachte mich ohne nennenswerten Stau durch den morgendlichen Berufsverkehr. Wie geplant war ich rechtzeitig zum Frühstück zu Hause.

Meine Mutter erwartete mich bereits und begrüßte mich herzlich.

Kaum hatte sie mich wieder losgelassen, da läutete die Glocke: das unmissverständliche Zeichen dafür, dass Verena, unsere Hausdame, das Frühstück angerichtet hatte.

Gemeinsam mit meiner Mutter ging ich durch die Eingangshalle, an deren Ende Verena bereits auf uns wartete.

Sie öffnete die Flügeltüren, und wir betraten gemeinsam das Esszimmer. Mein Blick fiel auf den reich gedeckten Esstisch und auf den Adventskalender, der wie gewohnt auf dem Kaminsims stand.

Prompt riss ein Aufschrei meiner Mutter mich aus meinen Gedanken. »Verena!«, schimpfte sie. »Wie oft soll ich dir das noch sagen! Ich will dieses … dieses … Teil hier nicht mehr sehen!«

Verena eilte zum Kamin, schloss sämtliche Türchen des Adventskalenders und wuchtete ihn herunter. Dann trug sie ihn hinaus.

»Kann ich dir helfen?«, fragte ich. »Der ist doch viel zu schwer für dich!«

»Lass sie!«, zischte meine Mutter. »Das schafft sie allein!«

Ich verstand überhaupt nichts.

»Entschuldigung!«, murmelte Verena und verließ das Esszimmer.

Ich sah meine Mutter an. Ich konnte mich nicht erinnern, sie jemals derart in Rage erlebt zu haben. »Was ist denn überhaupt los?«, fragte ich.

»Ich will den Adventskalender dieses Jahr nicht sehen!«, erwiderte sie schroff.

Unser Adventskalender war ein ganz besonderes Erbstück, das vermutlich aus Kamerun stammte und im 19. Jahrhundert durch den Kolonialhandel in unseren Familienbesitz gelangt war. Er war aus Holz gefertigt und mit aufwendiger afrikanischer Malkunst verziert. Während die Vorderseite zeigte, wie Maria und Josef in einem Stall in Bethlehem an einer Krippe standen und auf den neugeborenen Jesus blickten, war hinter jedem der 24 Holztürchen eine andere Szene der Weihnachtsgeschichte verborgen.

Dieses ganz besondere Kunstwerk war sicher einen Meter hoch, einen halben Meter breit, zehn Zentimeter tief und dementsprechend schwer.

Solange ich denken konnte, hatte mein Vater den Adventskalender für meine Mutter gefüllt. Mal waren es Krügerrand-Goldmünzen gewesen, dann handgemachte Schokolade von unserer Kakaoplantage, weiße Piemont-Trüffel, Flakons mit individuell kreierten Parfüms oder zeitloser Diamantschmuck.

»Bitte setz dich!«, instruierte mich meine Mutter.

»Gern!«, erwiderte ich und nahm Platz. Währenddessen fragte ich mich, wer diese Tradition jetzt fortführte und den Adventskalender für meine Mutter füllte. In der Hektik nach dem Tod meines Vaters hatte ich es schlichtweg vergessen. Sicherlich hatte auch mein Bruder nicht daran gedacht.

Unser Frühstück endete früher als sonst, denn Verena kam herein und sagte: »Die Chefin des Caterings ist gerade eingetroffen. Sie möchte die Silvesterfeier mit Ihnen besprechen. Wann passt es Ihnen?«

»Führen Sie sie herein«, erwiderte meine Mutter. »Mir ist ohnehin der Appetit vergangen.«

Der Rest des Tages verging wie im Flug. Mein Bruder und ich besprachen bis zum späten Nachmittag geschäftliche Dinge, danach traf ich mich mit Freunden auf dem Weihnachtsmarkt an der Alster.

An den Adventskalender verschwendete ich keinen Gedanken mehr. Ich ahnte ja nicht, was da noch auf mich zukommen sollte!

**23. Dezember**

Aufgrund der Zeitverschiebung war ich schon um drei Uhr wach. Ich versuchte gar nicht erst, weiterzuschlafen. Stattdessen setzte ich mich an den Laptop und führte erste Telefonate mit Singapur, denn dort war es bereits zehn Uhr morgens.

So vergingen die Stunden. Mit jedem Telefonat, das ich vor der großen Fensterfront führte, nahm die Betriebsamkeit im Park zu. Schon im Halbdunkeln waren zwei Dutzend Veranstaltungstechniker, Gärtner, Elektroinstallateure und Pyrotechniker damit beschäftigt, die Silvesterfeier meiner Mutter vorzubereiten.

Pünktlich um acht Uhr läutete die Glocke – das Frühstück war fertig. Ich ging nach unten und traf meine Mutter vor dem Esszimmer.

Verena erwartete uns bereits. Sie öffnete die Flügeltüren, trat beiseite und gab den Weg frei.

Mein erster Blick fiel auf den Kaminsims – und auf den Adventskalender, der wieder dort stand.

»Verena!«, schrie meine Mutter. »Wie oft soll ich das denn noch sagen? Weg damit! Das kann doch nicht wahr sein!«

»Ich bin sicher, dass er vorhin noch nicht da war«, stöhnte Verena. Sie eilte zum Kamin, schloss sämtliche Türchen des Adventskalenders, hob ihn vom Sims und trug ihn aus dem Raum.

»Ich helfe dir!«, rief ich ihr hinterher und verließ ebenfalls das Esszimmer.

»Du bleibst hier!«, rief meine Mutter.

Ich ignorierte sie und hatte Verena nach wenigen Schritten eingeholt. »Warte! Ich nehme dir das schwere Teil ab. Setze ihn bitte erst mal auf dem Schrank ab.«

Das tat sie, und sofort öffnete ich sämtliche Türchen. Was ich sah, verschlug mir den Atem. Hinter jedem Türchen steckte eine weiße Karte. Jede war mit einem einzigen Wort in schwarzer Druckschrift versehen. Es dauerte etwas, bis ich sie in die richtige Reihenfolge von 1 bis 24 gebracht hatte.

*Ihr dachtet, euer Geheimnis würde ewig ruhen. Doch das wird es nicht. In diesem Jahr endet das Schweigen. Die Wahrheit wird euch Heiligabend einholen.*

Ich schaute Verena an. »Was soll das denn?«

Sie zuckte mit den Schultern. »Anscheinend möchte Ihnen irgendjemand etwas mitteilen. Jeden Morgen ist es das gleiche Spiel. Während ich im Esszimmer den Frühstückstisch decke, ist der Kaminsims leer. Dann treffe ich in der Küche die letzten

Vorbereitungen und betätige um acht Uhr die Glocke. Wenn Ihre Mutter das Esszimmer dann betritt, ist der Adventskalender plötzlich wieder da. Das geht seit Anfang Dezember so.«

»Kennt meine Mutter den vollständigen Text?«

»Ja, am ersten Tag hat sie alle Türchen geöffnet und die Nachricht gelesen. Sie war außer sich vor Wut. Seit drei Wochen wiederholt sich das nun jeden Morgen.«

»Ist Ihnen in der Zeit irgendjemand aufgefallen, der dafür verantwortlich sein könnte?«

Verena runzelte die Stirn. »Seit Mitte November laufen die Vorbereitungen für Silvester. Die Fassade wurde ausgebessert, die Fensterputzer waren da, und die Maler haben die Eingangshalle gestrichen. Außerdem sehen Sie ja selbst, was draußen gerade los ist. Die Namensliste wäre ellenlang.«

Ich seufzte. So würde ich nicht weiterkommen. Ich ging wieder zurück ins Esszimmer und setzte mich zu meiner Mutter.

»Ich habe die Nachricht gelesen, Mama. Welches Geheimnis könnte gemeint sein? Welches Schweigen? Welche Wahrheit soll uns zu Weihnachten einholen?«

Ich sah, dass ihre Oberlippe zitterte. Sie lehnte sich zurück und verschränkte die Finger ineinander. Dann legte sie die Hände in den Schoß und sah aus dem Fenster.

»Mama, du hattest drei Wochen Zeit, darüber nachzudenken. Was ist das Geheimnis?«

Sie schwieg.

»Mir ist klar, dass du das eigentlich mit Papa besprochen hättest. Aber er ist nicht mehr da. Wir zwei müssen das jetzt klären. Wir dürfen den Fortbestand der Reederei auf gar keinen Fall gefährden!«

Sie starrte weiterhin hinaus in den Park.

»Hast du mich verstanden?«

»Ja, das habe ich«, erwiderte sie harsch und wandte sich mir zu. »Dein Vater hatte im Sommer 1994 eine Affäre.«

»Okay«, murmelte ich und schaffte es dabei kaum, meine Überraschung zu verbergen.

»Dabei ist ein Kind entstanden.«

»Oh.«

»Das habe ich durch einen Brief erfahren, den mir die … die … Mutter des Neugeborenen geschickt hat. Wir haben gemeinsam nach einem Weg gesucht, wie wir damit umgehen wollten.«

»Wir?«

»Papa und ich.«

»Wie habt ihr es denn gelöst?«

Sie schwieg.

»Mama! Wie habt ihr das gelöst? Mit Geld?«

Sie schüttelte den Kopf länger als nötig. »Nein, der Säugling ist eine Woche später verstorben.«

»Wie bitte?«

»Eine Hirnhautentzündung.«

Mir wurde übel. »Mit … mit … Absicht?«

Sie senkte den Blick.

Ich schlug mit beiden Fäusten auf den Tisch. »Ist das dein Ernst? Habt ihr den Säugling absichtlich umgebracht?«

Sie atmete tief ein und ließ sich Zeit mit ihrer Antwort. »Papa hat das geregelt.«

»Dann sprechen wir über Mord!«

»Nenn es, wie du willst. Jedenfalls kennst du jetzt das Geheimnis!«

Ich hielt mich an der Tischkante fest, um das Gleichgewicht nicht zu verlieren. »Könnte vielleicht noch etwas anderes als Geheimnis infrage kommen?«

»Nein!«

Ich kniff die Augen zusammen und bemühte mich, das Karussell in meinem Kopf zu stoppen. »Laut Adventskalender wird uns die Wahrheit Heiligabend einholen. Also morgen. Wer könnte euer Geheimnis kennen?«

»Keine Ahnung. Ich weiß nicht, ob Papa mit jemandem darüber gesprochen hat. Ich selbst habe all die Jahre eisern geschwiegen.«

Jedes ihrer Worte nahm mir die Luft zum Atmen. Ich fühlte mich, als hätte ich einen Marathon hinter mir. »Du sagtest, die Mutter des Neugeborenen hat dir damals einen Brief geschickt?«

»Ja.«

»Gibt es diesen Brief noch?«

»Keine Ahnung.«

»Wie hieß die Mutter?«

»Das weiß ich nicht mehr.«

»Wo ist das Kind zur Welt gekommen?«

»Wenn ich mich recht erinnere, kam der Brief aus dem Marienkrankenhaus. Jetzt möchte ich nicht mehr über dieses Thema sprechen. Nimm doch bitte von dem Rührei, ansonsten wird es kalt.«

Ich ließ die Tischplatte los, rückte den Stuhl nach hinten und stand auf. Vor meinen Augen verschwammen die Konturen des Esszimmers, und ich beeilte mich, den Raum zu verlassen. Ich zog mich rasch in mein Zimmer zurück und überlegte, was ich jetzt tun sollte, denn gemäß dem Adventskalender blieben uns nur noch ein paar Stunden Zeit.

Zunächst nahm ich mir alte Dokumente und Unterlagen meines Vaters vor und suchte nach Anhaltspunkten, die auf seine damalige Affäre und das Kind hinwiesen – erfolglos.

Dann sah ich mir die Aufnahmen der Überwachungskameras der vergangenen Tage an. Sie zeigten neben dem Grundstück zwar auch sämtliche Außentüren sowie den vorderen Teil der Eingangshalle – es existierten allerdings keinerlei Aufnahmen, die zeigten, wie jemand den Adventskalender in das Esszimmer trug. Auch damit kam ich keinen Schritt weiter.

Ich fuhr in unsere Firmenzentrale am Ballindamm und sprach mit meinem Bruder. Er hörte sich die Geschichte an, dann dachte er kurz nach. Schließlich sagte er: »Erstens glaube ich nicht, dass dieses Märchen wahr ist. Außerdem sollten wir uns nicht durch diesen dämlichen Adventskalender ins Bockshorn jagen lassen. Sollte diese Geschichte tatsächlich wahr sein, wäre das nicht unser Problem. Papa ist tot, und den Rest übernehmen unsere Anwälte.«

»Aber …«

»Nein! Kein Aber! Wir sehen uns morgen zum Weihnachtsmittagessen!«

Am Nachmittag betrat ich das Marienhospital. Am Empfang nannte ich meinen Namen und erklärte, dass ich nach einer Frau suchte, deren Säugling im Sommer 1994 kurz nach der Geburt an einer Hirnhautentzündung verstorben war.

Die Dame winkte ab. »Keine Chance! Das unterliegt dem Datenschutz. Ich schlage vor, Sie schicken uns eine schriftliche Anfrage. Dann bekommen Sie unsere Ablehnung dazu schwarz auf weiß.«

Ich war nicht bereit, das zu akzeptieren. Also erwiderte ich: »Meine Familie pflegt allerbeste Beziehungen zum Ersten Bürgermeister der Stadt Hamburg und selbstverständlich auch zur Gesundheitssenatorin. Ich verlange, dass Ihr Geschäftsführer oder der Ärztliche Direktor sich sofort mit meinem Thema beschäftigen. Ansonsten sorge ich dafür, dass Sie ein äußerst unangenehmes Weihnachtsfest erleben werden!«

»Einen Moment«, murmelte die Dame. Sie bat eine Kollegin, den Empfang kurz zu übernehmen, dann ging sie.

Während ich auf meinen neuen Gesprächspartner wartete, plagte mich das schlechte Gewissen, denn bisher hatte ich mich noch nie derart arrogant benommen und meine Macht so aggressiv eingesetzt, um ein Ziel zu erreichen.

Tatsächlich erschien der Ärztliche Direktor wenige Minuten später. Er begrüßte mich freundlich und bat mich, ihm in sein Büro zu folgen. Dort bot er mir einen Platz an.

»Ich möchte mich kurzfassen«, sagte er und legte ein Diktiergerät zwischen uns auf den Tisch. »Meine Mitarbeiterin hat mich kurz über das Gespräch informiert, das Sie beide geführt haben. Ich habe mich anschließend mit meiner Frau ausgetauscht. Sie ist Staatsanwältin und sehr an Ihrem Fall interessiert. Da ich selbst nicht einordnen kann, wie Ihr Verhalten gegenüber meiner Mitarbeiterin strafrechtlich zu bewerten ist, zeichne ich unser Gespräch auf. Damit übergebe ich das Wort an Sie. Wie kann ich Ihnen helfen?«

Wir sahen einander an. Die Hitze, die in mein Gesicht stieg, war unerträglich. Ich musste aussehen wie ein roter Alarmknopf. »Ich wollte Ihnen gern persönlich ein frohes Weihnachtsfest wünschen. Sie müssen mich nicht hinausbringen, ich finde den Weg allein.«

**24. Dezember**

In dieser Nacht war nicht an Ruhe und Erholung zu denken. Stundenlang wälzte ich mich schlaflos im Bett. Gegen drei Uhr stand ich auf, nahm meinen Laptop und setzte mich ins Esszimmer. Der Kaminsims war leer. Selbst wenn ich nur wenig

Hoffnung hatte, würde ich den Unbekannten hier vielleicht beim Hereintragen des Adventskalenders überraschen.

Im Laufe der nächsten Stunden durchsuchte ich online sämtliche Ablagen, Dokumente und Konten der Reederei, um einen Hinweis zu finden, der auf das Jahr 1994 zurückging und mich weiterbringen konnte. Ich fand nichts.

Um sieben Uhr begann Verena, den Tisch zu decken. Pünktlich um acht Uhr läutete sie die Glocke zum Frühstück.

Ich packte meinen Laptop ein.

Kurz darauf erschien meine Mutter.

Ich fragte sie: »Hatte Papa ein Bankschließfach?«

Sie nickte. »Ja, ich habe es nach seinem Tod übernommen.«

»Ich würde es mir gern anschauen.«

»Kein Problem«, erwiderte sie. »Ich gebe dir die Schlüssel und fülle die erforderliche Vollmacht aus.«

Eine Dreiviertelstunde später führte mich eine Mitarbeiterin der Hamburger Sparkasse in den besonders gesicherten Bereich der Filiale.

Ich öffnete das Schließfach und war maßlos enttäuscht. Dort lagerten lediglich Schmuckschatullen und Uhrenboxen. Auch hier sah ich keine Möglichkeit, dem Geheimnis, das uns sehr bald einholen sollte, auf die Spur zu kommen.

Mir blieb noch eine letzte Möglichkeit: Constantin, der Privatsekretär meines Vaters. Im vergangenen Jahr hatten wir eine Feier anlässlich seiner 40-jährigen Betriebszugehörigkeit ausgerichtet. Er war das wandelnde Lexikon der Reederei und hatte meinem Vater auch in turbulenten Zeiten loyal zur Seite gestanden.

Ich fuhr erneut zum Ballindamm, traf ihn tatsächlich in seinem Büro an und erzählte ihm die gesamte Geschichte.

Constantin hörte sie sich an. Er unterbrach mich nicht und verzog keine Miene – genau so, wie ich ihn seit Jahrzehnten kannte. Ich schloss meine Ausführungen mit dem Satz: »Ich fürchte, dass die Tat meines Vaters das Ende der Reederei bedeuten könnte.«

Constantin dachte längere Zeit nach. Schließlich rieb er sich die Stirn, beugte sich hinunter und öffnete eine Schublade. Er nahm einen prall gefüllten DIN-A3-Umschlag heraus und legte ihn vor mir auf den Tisch. Er erklärte: »In den vergangenen dreißig Jahren hat Ihr Vater jedes Jahr zu Weihnachten einen ganz besonderen Brief bekommen. Der letzte kam gestern hier an. Ihr Vater hat mich damals gebeten, die Briefe für ihn aufzubewahren. Ich denke, ich kann sie jetzt an Sie übergeben.«

Ich nahm den Umschlag und zog den obersten Brief heraus. Ich öffnete ihn und blickte auf eine wunderschöne Handschrift.

*Lieber Papa,*
*das ist nun leider mein letzter Weihnachtsgruß.*
*Ich danke dir für alles und vermisse dich sehr!*
*Deine Seute Deern*

Die Erleichterung ließ mir nicht nur einen Stein vom Herzen fallen, sondern auch Tränen über meine Wangen fließen. Der Säugling war gar nicht gestorben, sondern dreißig Jahre lang die *Seute Deern* meines Vaters gewesen.

Das sah ihm ähnlich.

Ich wandte mich wieder an Constantin und fragte: »Kennen Sie sie?«

Er nickte.

»Können Sie mir ihren Namen nennen?«

»Nein, es tut mir leid, das würde nicht dem Wunsch Ihres

Vaters entsprechen. Ich kann Ihnen jedoch sagen, dass Ihr Vater hervorragend für Ihre Halbschwester gesorgt hat. Mittlerweile ist sie eine außerordentlich erfolgreiche Unternehmerin. Sie hat von Ihrem Vater eine Reihe von Aufträgen erhalten.«

»Kenne *ich* sie?«

Er ging darauf nicht ein, sondern sagte: »Ich kann garantieren, dass Ihre Halbschwester die Reederei nicht gefährden wird.«

Dann stand er auf, wünschte mir frohe Weihnachten und reichte mir zum Abschied die Hand.

Mir blieb keine Zeit mehr, um über diese Information nachzudenken. Ich beeilte mich, nach Hause zu kommen. Dort kam ich gerade rechtzeitig zum Weihnachtsessen an.

Mein Bruder stand mit seiner Familie und meiner Mutter bereits im Esszimmer. Sie unterhielten sich angeregt.

Kurz darauf trug Verena die Vorsuppe auf, und meine Mutter forderte uns auf, Platz zu nehmen. Verena ging hinaus.

Wir wünschten einander einen guten Appetit und begannen zu essen. Kaum hatte ich den ersten Löffel der Spargelsuppe im Mund, da öffneten sich die Flügeltüren erneut. Die Chefin des Caterings für die Silvesterfeier meiner Mutter kam herein. Verena folgte ihr und deckte für sie ein.

Meine Mutter war irritiert. »Wir haben keinen Termin, Frau Hoffmann. Ist es wichtig?«

»Nennen Sie mich doch bitte Marie«, erwiderte sie und setzte sich.

Zwar fielen die Puzzleteile in meinem Kopf nicht sofort an die richtigen Plätze, doch dann wurde mir klar, um wen es sich handelte: die *Seute Deern*!

Ich kannte Marie Hoffmann gut, denn meine Eltern legten das Catering für Familien- und Firmenfeste schon seit Jahren in ihre Hände. Sie hatte sich in ihrem Restaurant, das ich bei jedem meiner Hamburg-Aufenthalte mindestens einmal besuchte, mittlerweile einen Michelin-Stern erarbeitet.

»Ich verstehe nicht«, sagte meine Mutter und legte ihren Löffel beiseite.

»Es gibt ein Geheimnis, das seit Langem darauf wartet, gelüftet zu werden. Ich denke, heute ist der richtige Moment dafür.«

In den Gesichtern meiner Familie war völliges Unverständnis abzulesen.

Ich lächelte und fragte Marie: »Ich wüsste gern, wie du es geschafft hast, den Adventskalender zu präparieren und hier im Esszimmer aufzustellen.«

Sie schmunzelte kurz, dann erklärte sie: »Verena war eine meiner besten Mitarbeiterinnen. Als eure frühere Hausdame in den Ruhestand gegangen ist, hat Papa mich gefragt, ob ich eine geeignete Nachfolgerin wüsste.«

Diese Geschichte, liebe Leserinnen und Leser, ist nun ein Jahr her. Ich habe nicht nur eine Halbschwester gewonnen, sondern auch erfahren, dass meine Mutter und mein Bruder Seiten an sich haben, die ich zuvor nicht kannte.

Nächste Woche fliege ich wieder ins weihnachtliche Hamburg. Dieses Mal habe ich meinen Partner dabei, und wir haben für das Weihnachtsessen einen Tisch bei Marie reserviert.

# 23. Heile Welt

Stefanie Gregg

Über ihren Köpfen schaukelte das blinkende Rentier bedrohlich im eiskalten Schneewind.

»Morgen sind wir im Warmen«, sagte seine Mutter, beugte sich zu Lars und zog ihm die dicke Winterjacke ein wenig enger um die Schultern, obwohl Lars das Rumgezupfe an ihm nicht leiden konnte.

Sein Vater nahm ihn und seine Mutter in die ausgebreiteten Arme. Heile Welt. Papa spielte immer heile Welt, wenn es in den Urlaub ging.

»In ein paar Stunden liegen wir am Strand und wünschen uns ein wenig Kühle.« Sein Vater lachte übertrieben laut. Die Heile-Welt-Stimmung endete meist am ersten Urlaubstag, wenn Mama zu lange brauchte, um sich morgens fertig zu machen, oder zu viele Menschen am Frühstücksbuffet standen oder der Tauchlehrer ausgebucht war oder was auch immer. Lars nahm die ihm angebotenen Mandeln an. Weihnachtsmarkt im Zentralbereich des Münchner Flughafens war quasi ihre Tradition. Am 23. wegfliegen, am 24. in der Sonne sein, kein Weihnachtsessen kochen, kein Familienbesuch, alle beneideten sie.

Letztes Jahr hätte er beim Abflug hier noch daran geglaubt, dass jetzt ein wundervoller Urlaub anstünde. Mit zehn ist man noch naiv. Dieses Jahr nicht mehr. Er mochte keine Mandeln. Das hätte seine Mutter wissen müssen. Die war aber vollständig damit beschäftigt, nur auf keinen Fall schlechte Laune aufkommen zu lassen, und lächelte die ganze Zeit, als ob sie das Rentier übertrumpfen müsse.

Er würde nicht der Erste sein, der die Laune vermieste. Lars aß einfach eine der scheußlich pappsüßen Mandeln.

❄

Sam saß am offenen Fenster und war glücklich. Der Schneefall hatte soeben aufgehört und einem Wolkenloch Platz gemacht, durch das sich die Sonne bahnte. Fast zum Greifen nahe startete ein Flugzeug auf der Landebahn durch, und er sah ihm nach, bis es hochflog und weit entfernt einen feinen weißen Kondensstreifen im hellblauen Winterhimmel hinterließ.

Noch nie hatte er so eine gute Sicht auf die Start- und Landebahn eines großen Flughafens gehabt. In der letzten Stunde waren an die zwanzig Flugzeuge hier gestartet und gelandet.

Morgen war Weihnachten, und zwar das schönste in seinem ganzen Leben. Draußen klirrte die Luft vor Kälte, aber Sam hatte das Fenster weit geöffnet und sog die kalte Luft tief in seine Lungen ein. Sie schmeckte klar und hell und ruhig. Noch ein Schluck Luft.

Dann spürte er die Hand seiner Mutter auf seiner Schulter, die dort sofort ein warmes und sicheres Gefühl verbreitete. Wobei es nicht nötig gewesen wäre. Das ganze Zimmer strömte Sicherheit aus. Sein Bett war mit einem hellblauen Laken und dunkelblauer Bettwäsche bezogen. Wie der Himmel, hatte sein Vater gesagt. Gleich wollte er mit ihm eine Runde Kicker im Aufenthaltsraum spielen.

Morgen würden sie Weihnachten feiern. Unten war eine Krippe aufgebaut mit Holzfiguren, kunstvoll geschnitzt und bunt angemalt. Josef und Maria beugten sich über das kleine Jesuskind. Sam hatte vorsorglich Ochs und Esel vor die Tür gestellt und ihnen aus Pappe einen zweiten kleinen Stall gebaut. So schien ihm die heile Welt perfekt, in der er doch war.

Jetzt noch einen weiteren Schluck dieser Luft einnehmen. Luft, die einen mit kleinen Kältewolken durchströmte und ganz und gar auffüllte. Luft, die einen zu reinigen schien.

Mama schloss das Fenster. Dabei streifte ihre Hand die Gitter davor.

❄

Lars hatte sich geirrt. Das Drama begann nicht am ersten Urlaubstag, sondern am Check-in. Dort nämlich bewegte sich nichts, kein Bodenpersonal weit und breit, stattdessen gähnende Leere hinter den Schaltern. Obwohl es bereits zwei Stunden vor Abflug war, sie schon eine Stunde in der Schlange anstanden und die grässlichen Mandeln seit einer weiteren Stunde in Lars' Magen gärten. Vater flippte aus. Sein Schimpfen war so laut, dass die gesamte Schlange zuhörte. Zwei Männer gaben ihm recht. Ein Ehepaar wandte ein, dass man doch warten könne, was seinen Vater lautstarke Attacken auf diese ausstießen ließ. Lars sah auf den Boden. Ob er warten müsste, bis er achtzehn war, sieben weitere Jahre, bevor er nicht mehr mit ihnen reisen musste?

❄

Sam konnte nicht mehr mit seinem Vater Kicker spielen, denn der Mann und die Frau kamen herein. Vater, Mutter und er mussten ihnen in einen Büroraum folgen, wo die beiden hinter einem Schreibtisch und sie drei vor dem Schreibtisch Platz nahmen. »Verhöre« kannte Sam, »Anhörungen« nicht. Vermutlich war es dasselbe. Man musste antworten, aber nichts Falsches. Er war erst elf Jahre alt, aber das wusste er.

Iranische Verhörräume sahen anders aus. Auf dem Schreibtisch hier standen Blumen in einer Vase. In einer Ecke des Raums gab es sogar einen Tisch mit vier gemütlichen roten Sesseln, daneben eine kleine Küchenzeile mit Tee und Kaffee. Dennoch trennte der große Schreibtisch Sams Familie und die anderen, die Offiziellen, die Verhörer – das kannte Sam.

Neben dem Mann und der Frau saß ein Dolmetscher, der, wie sich schnell herausstellte, nicht sonderlich gut Persisch sprach. Sam hatte in der Schule Englisch gelernt, sodass der radebrechende Dolmetscher seine Sätze auch noch einmal auf Englisch wiederholte und Sam eine weitere Übersetzung ins Persische übernahm. Sams Mutter sprach gar kein Englisch. Sein Vater verstand ein paar Brocken, doch er schien unfassbar müde. Die fünf Tage auf der Flucht hatte er kaum geschlafen. Seine Hände zitterten die ganze Zeit. Zehn Stunden Fahrt waren es von Teheran bis nach Salmas zur iranisch-türkischen Grenze gewesen. Drei Tage Fußmarsch in den Nächten durch die Berge. Dort, wo die alte Frau einfach am Wegrand tot liegen geblieben war. Vater hatte Mutter und ihm das viel zu wenige Brot gegeben, das sie dabeihatten, denn sie hatten nicht mit so vielen Tagen gerechnet. Von einem Dorf auf der türkischen Seite aus ging es weiter nach Istanbul, zu zwölft kauernd auf dem Boden des Minibusses, fast zwanzig Stunden. Dazwischen immer wieder warten, verstecken. Vater war den Anweisungen der Menschen am Telefon gefolgt, die sie dann über verschiedene Flughäfen bis nach München gelotst hatten. Jene Menschen, die jetzt all ihr Geld hatten. Vater schien absolut erschöpft. Sams Mutter hatte einfach nur panische Angst.

Schließlich kam eine Frau herein, die sich einen Stuhl heranzog und sich auf ihre Seite des Tisches setzte, direkt neben Sam. Sie stellte sich als etwas vor, das er nicht verstand, Sozialarbeiterin. Lächelnd gab sie ihnen allen dreien die Hand, als wäre sie auf ihrer Seite, aber Sam wusste, dass es bei Verhören immer jene gab, die vorgaben, freundlich zu sein, nur um dazu zu verleiten, das Falsche zu sagen. Dennoch musste er sie ständig ansehen, auch wenn er Angst vor ihr hatte. Sie hatte goldenes Haar. So etwas hatte er zwar auf Bildern gesehen, aber noch nie in Wirklichkeit.

Als der Mann die Krippe holte, auf den Tisch stellte und sich direkt an Sam wandte, wusste er, was er zu tun hatte. Das hatten ihm seine Eltern schon vor Jahren beigebracht.

Wie der Holz-Mann hieße, fragten die beiden hinter dem Schreibtisch. Wisse er nicht, sagte Sam. Die Frau? Er schüttelte den Kopf. Das Kind in der Krippe?

Auf gar keinen Fall. So dumm war er nicht. Niemals darüber sprechen. Nicht über den Messias. Über keine biblische Geschichte. Nicht darüber, dass sie spätnachts den christlichen Hausgottesdienst besucht hatten. Dort hatten sie dann auch die Revolutionsgarden erwischt. Mit ihren Tarnanzügen, mit den grünen Schirmmützen und mit den riesigen Maschinengewehren.

Sie hatten ihn und seine Mutter verprügelt. Ihr gebrochener Arm hing seitdem an ihrer Seite und war unbenutzbar. Nicht einmal der Arzt in ihrer Straße wollte sie danach behandeln. Jede Nähe zu ihrer Familie war für die anderen gefährlich.

Seinen Vater hatten sie mitgenommen. Dass er nach drei Wochen wieder nach Hause kam, war ein seltener Glücksfall. Die meisten kehrten aus dem Evin-Gefängnis in Teheran nie wieder zurück. Auch wenn Vater danach anders war als zuvor. Bei jedem Geräusch zuckte er zusammen, duckte sich. Entweder er wimmerte und schrie im Schlaf, oder er schlief überhaupt nicht mehr. Nur noch Haut und Knochen war er gewesen, und seitdem brachten sie auch fast nichts in ihn hinein. Sam wusste nicht, warum er nichts mehr essen konnte.

Die blonde Frau sah ihn an. Sam fragte sich, ob sich ihr Haar wohl so anfühlte wie die goldenen Drahthaare bei seinen Engelsfiguren zu Hause.

Aber es schien weich. Das alles irritierte ihn. Zudem trug sie die Haare offen. Sie flossen auf ihre Schultern und kringelten sich in leichten Locken. Er würde sich vor ihr hüten. Dennoch musste er immer wieder zu ihr sehen. Diese goldenen Haare, er würde sie so gerne anfassen. Sie beugte sich zu ihm und lächelte ihn an. Das war zu nahe, das war wie ein lockender Dämon. Sie nahm das aus Holz geschnitzte Baby in die Hand und hielt es ihm ganz nah vor sein Gesicht. »Wie heißt das Kind hier in der Krippe?«, übersetzte der Dolmetscher ins Persische. Sie war ein Dämon, sie versuchte, ihn zu verlocken. Sam drückte sich tiefer in seinen Stuhl.

»Du weißt doch, wie das Kind heißt«, säuselte die blonde Frau noch einmal auf Englisch.

»نه« – Er wusste, dass das persische Wort ähnlich wie das englische »No« klang und das Gleiche bedeutete.

»Nein«, übersetzte der Dolmetscher. Dieses deutsche Wort hatte er nun schon öfter gehört. »Nein.« Das würde er schon mal können, wenn er bald hier leben würde, in diesem Land der klaren, freien Luft. Noch waren sie nicht nach Deutschland eingereist. Auch wenn sie im Abschiebegefängnis des Münchner Flughafens waren, doch nur im Transitbereich, das hatte Sam verstanden. Das »هلب«, »Ja«, wollte er bald lernen. Wenn er ganz nach Deutschland eingereist war.

Wenn sie ihn weiter fragten, würde er nicht einmal den Ochsen und den Esel als solche erkennen. Sie fragten nicht weiter. Aber sie reagierten genau so, wie Sam es erwartet hatte. Sie blickten sie alle drei missmutig an. Sam freute sich, dass er sie hinters Licht geführt hatte, er würde nicht zulassen, dass sie sie des christlichen Glaubens überführen konnten, er war doch nicht dumm.

Er nannte ihnen den Namen des Imams aus ihrem Viertel, daran konnte nichts Falsches sein. Früher waren sie doch auch zu ihm in die Moschee gegangen, bevor sie heimlich den christlichen Gottesdienst besuchten.

Drei Stunden lang stellten sie Fragen, deren Grund er oft nicht verstand. Aber er hatte das Wichtigste geschafft, da war er sich sicher.

Ob sein Vater im Gefängnis gewesen war? Er antwortete ausweichend.

Ob er selbst je verletzt worden sei. Welche Freunde sie in Teheran hätten. Ob es jemals ein Bild von ihnen, mit Namen, in Zeitungen gegeben habe.

Manchmal antwortete er die Wahrheit, manchmal einfach gar nicht. Sein Vater sagte auch immer weniger und manchmal das Falsche, so schien es Sam. Vater war zu müde, um aufzupassen, was er sagte. Die Engelsfrau beugte sich so oft zu Sam und fragte nach. Irgendwann war ihm schlecht vor lauter Fragen und Anstrengung. Wie alt er sei? »Elf Jahre.« Das konnte er doch auf jeden Fall ehrlich beantworten. Oder?

Warum sie die Pässe im Flugzeug zerstückelt und in die Toilette geworfen hätten. Das wusste er doch auch nicht genau. Die Männer am Telefon hatten es Vater gesagt, von »sicherem Herkunftsland« war die Rede, Sam wusste nicht, was das bedeutete. In der Türkei sollten sie sagen, sie seien Afghanen. Was sein Vater hier in Deutschland behauptet hatte, wusste Sam ebenso wenig.

Ob sein Vater im Gefängnis gewesen sei, weil er jemanden beraubt habe, fragten sie weiter. Oder jemanden erschossen. Oder eine Straftat begangen habe. Das konnte er wahrheitsgemäß beantworten. Natürlich nicht. Die Frau hinter dem Schreibtisch sah den Mann an und schien ganz kurz den Kopf zu schütteln. Nicht freundlich. Ablehnend. Sie konnten doch nicht wirklich glauben, dass sein Vater ein Straftäter war?

Er solle ihr Haus, die Straße, die Stadt beschreiben. Er tat es.

Immer wieder, einfach so zwischendurch, fragten sie ihn nach seinem Namen. Sam Rashidi. »Saaaam«, mit langem ›a‹, wie der Anfang von Samuel, dem Propheten aus der Bibel. Kein englisches »Säm«.

Sie fragten nach dem Namen seiner Mutter, nach dem des Vaters, immer wieder. Ihm wurde schlechter. Nach den Geburtsdaten seiner Eltern. Er verwechselte wohl die Zahlen. Er korrigierte sie. Nun sahen der Mann und die Frau hinter dem Schreibtisch ihn mit seltsamem Blick an. Sie schwiegen. Die Engelsfrau blickte traurig. Ihm war so übel. Er würde gleich auf den Tisch brechen. Sein Vater hatte die Augen zusammengezogen, seine Mutter lächelte. Draußen war die klare, freie Luft.

❄

Im Warteraum vor dem Gate herrschte eisiges Schweigen zwischen Lars' Eltern. Seine Mutter plapperte nicht mehr wie zuvor von der Gucci-Tasche und dem Dior-Schal, den sie in Dubai kaufen wolle. Sein Vater erzählte nicht mehr von dem Wahnsinnshotel, in dem sie wohnen würden. Lars holte sein Handy heraus und spielte Minecraft. Er baute sich seine eigene Welt auf. Nicht einmal das verboten sie ihm. Sie sagten einfach gar nichts mehr.

Nur kurz hob er den Blick, und vor Schreck blieb ihm die Luft weg.

❄

Als sie seiner Mutter Handschellen anlegten, wusste Sam, dass es nicht gut gelaufen war.

Zwei Stunden waren der Mann und die Frau fort gewesen, während sie im Büro bleiben mussten und die beiden Polizisten an der Tür stehen blieben. Dann öffneten sie wieder die Bürotür und hielten ein amtliches Dokument in die Höhe. »BAMF« und »Abschiebung« bemerkten sie dazu.

Seine Mutter begann zu weinen, zu schreien und sich zu wehren, worauf beide Polizisten sie hart festhielten. Sam sah Hilfe suchend zu seinem Vater. Doch auf den redeten die Engelsfrau und der Übersetzer ein. Heftig, nachdrücklich, aber so leise, dass weder der Mann und die Frau vor der Tür noch die Polizisten, die mit seiner Mutter beschäftigt waren, es merkten. Sein Vater schüttelte den Kopf. Die Engelsfrau packte ihn am Arm, nickte heftig. Das durfte keine Frau. Sam wollte hinrennen, aber einer der Polizisten hielt ihn fest und legte nun auch ihm Handschellen an. Die Frau flüsterte weiter auf seinen

Vater ein. Kein Engel. Eine Dämonin. Der Übersetzer flüsterte auch. Sein Vater blickte entsetzt. Dann zog die Frau die Schublade der Küchenzeile in diesem Büro ein kleines Stück heraus. Sein Vater griff hinein und schob sich etwas in die Jackentasche. Sam sah es genau. Nun packten die Polizisten auch ihn und legten ihm die Handschellen an.

Der Blick der Frau war fast rasend. Dämonin.

Der Übersetzer wandte sich an Sam. »Ich soll euch sagen, dass ihr über Dubai nach Teheran fliegen werdet. Jetzt gleich.«

Sam sah zu dem Polizisten, der seine Mutter immer noch hart festhielt. Die Polizisten hier im Gefängnis waren doch bisher freundlich gewesen. Selbst wenn sie uniformiert waren, wie die Revolutionsgarde. Aber sie waren freundlich. Nicht wie die Milizen, die seinen Vater an den Füßen, mit dem Kopf auf den Boden knallend, fortgeschleppt hatten. Diese Freundlichkeit hatte Sam schon die ganze Zeit irritiert, ähnlich wie das Goldhaar der Frau. Fast vierundzwanzig Stunden lang waren sie freundlich gewesen. Jetzt nicht mehr. Das himmelblaue Bett. Nur um sie nun zurück nach Teheran zu schicken. Dort würden am Flughafen wieder Uniformierte auf sie warten. Nicht freundlich. Sam hoffte so sehr, dass sie sie dort gleich erschießen würden. Vor allem seine Mutter. Bitte. Gleich.

»Sag deiner Mutter, sie soll sich sofort beruhigen. Nicht wehren. Die ganze Zeit an der Seite der Polizisten bleiben. Nicht schreien. Bitte.« Der Übersetzer redete eindringlich auf Sam ein.

Er sagte es ihr. Es war egal. Er glaubte, seinen Vater ihnen beiden zunicken zu sehen.

Der Übersetzer richtete nun eine Bitte an die Polizisten. Die warfen einen Blick auf den Mann und die Frau an der Tür. Sie nickten. Dann nahmen die Polizisten ihnen die Handschellen wieder ab und führten sie an den Warteschlangen vorbei direkt ans Gate. Das Flugzeug würde gleich starten, hatte der Übersetzer noch erklärt.

❄

Zwei Polizisten. Mit Pistolen. Normalerweise hätte Lars sie sich jetzt genau angesehen. Er mochte Polizisten. Aber sein Blick war auf die drei Personen dazwischen gerichtet. Ein Mann, eine Frau. Beide am Arm gehalten von je einem Polizisten. Dazwischen ein Junge. Sein Alter.

Die Frau hatte Augen voller Angst. Todesangst. So etwas hatte Lars nie zuvor gesehen, aber er erkannte es. Todesangst.

Die Polizisten führten die drei Personen zu der Bank ihnen schräg gegenüber, wo sie sich alle hinsetzten.

Die Augen des Mannes. Verzweifelt. Am Ende.

Lars sah den Jungen an. So alt wie er. Er hatte keine Mandeln gegessen. Warum nur dachte er das jetzt?

Die Augen des Jungen. Voller Dunkelheit. Lars konnte es sehen: dunkles Wissen über das, was ihn erwartete.

Dann reckte der Junge den Kopf, als wolle er die Luft einatmen, tiefer, noch tiefer.

Lars fing seinen Blick auf, als er den Kopf wieder senkte. Jetzt sah der Junge auch ihn an. Seine Augen sagten nun etwas anderes. Sie wünschten sich, Lars zu sein.

Aus einem Lautsprecher klang »Stille Nacht, heilige Nacht«.

❄

Sam sah, wie die Hand seines Vaters in die Jackentasche glitt.

Die Engelsfrau stand nur ein paar Meter weiter fort. Sam hatte sie bemerkt, aber sie schien sich vor den Polizisten verbergen zu wollen.

Ihm gegenüber saß ein Junge mit einem Handy in der Hand. Der ihn ansah.

Seiner Mutter liefen lautlos Tränen über das Gesicht. Dann ein Blitzen. Silbern. Sam erkannte ein Küchenmesser in der Hand seines Vaters. Der hob es an und rammte es mit einem Ruck in Sams Bein. Sam sah auf das Blut, das aus seinem Bein quoll, ohne einen Ton von sich zu geben. Er spürte keinen Schmerz. Wieder hob sein Vater das Messer und trieb es ebenso tief in den Oberschenkel seiner Mutter hinein. In Sekundenbruchteilen hob sich das Messer ein drittes Mal, und Vater schnitt über die Innenseite seines eigenen Arms. Mit ungeheurer Kraft. Aus der Pulsader schoss Blut. In einem Strom. Sam konnte sich nicht bewegen. Er konnte es nicht verstehen. Nicht erfassen. Es hatte keine Sekunde gedauert, in der der Polizist genauso erstarrt war wie Sam. Dann erst warf er seinen Vater auf den Boden und presste sein Knie auf dessen Rücken. Der zweite legt ihm Handschellen an.

Sein Vater lag in einer Blutlache und bewegte sich nicht mehr.

❄

Lars erbrach sich einfach auf den Boden. Seine Eltern sagten nicht mal etwas dazu. Keiner in diesem Raum sagte etwas. Alle sahen die drei Menschen an – und das Blut.

Von hinten legte sich eine Hand auf Lars' Schulter, die ihn beruhigend tätschelte, wie eine Mutter ein Kind beruhigen sollte, das sich gerade übergeben hatte. »Das ist gut«, flüsterte sie. »Wer blutet, darf nicht fliegen.«

Lars sah sie an. Eine blonde Frau.

»Kein Schnellverfahren. Nicht über Dubai nach Teheran. Nicht zurück ins Abschiebegefängnis am Flughafen, sondern in ein Krankenhaus nach München. Dann kommen die drei raus aus dem Transitbereich, dann sind sie in Deutschland eingereist. Kein Schnellverfahren mehr, sondern ein faires, längeres Verfahren, mit Rechtsanwalt. Ich helfe ihnen. Das verspreche ich dir.« Vielleicht hatte sie dies mehr zu sich selbst gesagt oder zu seinen Eltern. Lars verstand nicht wirklich, was sie sagte, aber es klang tröstlich.

Die Frau nahm ihre Hand von seiner Schulter und verschwand, bevor etwa zehn weitere Polizisten hinzukamen.

Als der Junge neben der Trage ging, auf der zwei Sanitäter seinen Vater forttrugen, sah er Lars wieder mit seinen dunklen Augen an. Kurz. An seinem Bein lief Blut hinunter. Humpelnd lief er, gestützt von zwei Polizisten, in Richtung Ausgang.

Er schien es nicht zu verstehen. Es war nicht zu verstehen.

Der Junge reckte den Kopf und atmete tief ein.

# 24. Einmal das Christkind sehen

Isabella Archan

Eine unbekannte Stimme riss Mike aus seinem Nickerchen.

»Den Sack, den verdammten Sack. Gib ihn mir. Du hast ihn doch nicht im Auto gelassen, oder?«

Da sein Sichtfeld durch die Bretter links und rechts eingeschränkt war, spitzte er wenigstens die Ohren.

»Na logo hab ich den Sack. Bin ja net deppert. Also red' nicht so mit mir. Verfluacht noch amol eini. Was willst denn hier?«

Eine zweite Stimme gesellte sich zur ersten.

Beide klangen gepresst, gehetzt, und der Flüsterton gefiel Mike nicht.

Oder – spontan wurde Mike aufgeregt – sein Zeitgefühl hatte ihm einmal mehr einen Streich gespielt, und der Heilige Abend stand vor der Tür.

Mit dem Vergehen der Tage im Advent hatte Mike bereits öfter Probleme gehabt. Er war nicht mehr der Jüngste, und das Wegnicken nach einer Jause war obligatorisch geworden. Manchmal knabberte er nur ein wenig, und schon schlossen sich seine Augen von selbst.

Mit wenigen Schritten war Mike vorne am Gatter und warf einen Blick zu Otto hinüber. Wenn einer wachsam und stets bereit war, dann Otto.

Auch das entsprach schon länger nicht mehr der Wahrheit, wie Mike zugeben musste. Ottos Sinne hatten seit dem letzten Jahr nachgelassen.

Wie um Mikes Überlegungen zu unterstreichen, konnte er nur Ottos Hinterteil erkennen. Otto stand seelenruhig in seiner Lieblingsecke, den Kopf an die Backsteinmauer gelehnt, und döste offensichtlich vor sich hin.

Mike überlegte, ob er ihn aufscheuchen sollte, entschied sich aber dagegen. Otto sollte das Ausruhen gegönnt sein.

Seit langer Zeit waren sie die Einzigen, die hier wohnten. Manchmal langweilig, aber immerhin eine trockene Unterkunft mit Verpflegung.

»Was ich hier will?«, zischte jetzt der erste Flüsterer wieder. »Bist du bescheuert? Ich warte auf dich. Keiner soll uns zusammen sehen, und wir lassen die Uhren nicht im Auto, niemals. Aber wir brauchen jemanden, der uns mit dem Platten hilft.«

»So ein Schas! Jetzt is' alles im Arsch.«

»Was redest du? Du regelst die Sache mit dem Bauern am Haupthaus, machst mit seiner Hilfe den Karren wieder flott. Ich wette, der kann dir helfen. Dann drehst du eine Runde, kommst über den Feldweg hierhergefahren, damit man dich nicht zurückkommen sieht. Da lädst du mich ein. Fertig.«

»Was, wenn einer Verdacht schöpft? Unser Überfall beim Juwelierg'schäft Peter in der Rabenhofstraß'n is' schon in den Schlagzeilen. Da schau am Handy in die News. Grad heut muss der Reifen platt werden. So ein Mist! Lass uns lieber weiterfahren.«

»Eine ganz schlechte Idee. Mit einem platten Reifen fallen wir auf. Das geht erst recht nicht.«

»Alles is' perdu, und wir sind die Deppen.«

»Nichts ist perdu. Reiß dich zusammen, Idiot.«

Mehrere Beschimpfungen und Flüche, abwechselnd von beiden, folgten, bei denen sich Mike am liebsten die Ohren zugehalten hätte, wenn das möglich gewesen wäre.

Mike drückte Kopf und Hals durch zwei Querstreben, um den großen Eingangsbereich einsehen zu können. Nichts war vorne aufgebaut, was einer Krippe ähnelte. Der 24. Dezember ließ demnach auf sich warten. Dazu war weder einer der Männer, die sich dort stritten, der Bauer Johann, noch einer der Helfer beim Aufstellen der weihnachtlichen Kulisse.

Aber den Juwelier Peter aus der Rabenhofstraße kannte Mike, der freundliche Mann holte regelmäßig am Hof Marillen und half Johann beim Tragen der gestapelten Kisten. Jedes Mal begrüßte er auch Mike und Otto. Mike stellte sich vor, dass sich Peters Kunden im Geschäft Marillen um den Hals hängten oder ins Ohr steckten. Er war erstaunt, dass es wertvollere Dinge als die saftigen Früchte dort zu kaufen geben sollte.

Schade aber, dass es noch dauerte bis zum Heiligen Abend! Mike blähte seine Nasenlöcher auf und stieß ein Seufzen aus, das zusammen mit ein wenig Spucke aus seinem Mund kam.

Er liebte Weihnachten. Nicht die dunkle Jahreszeit, in der es schon am Nachmittag dunkel wurde. Auch nicht die kalten und manchmal klammen Tage, die er in seinen Knochen spürte.

Der Winter war großteils eine langweilige Zeit, die er hauptsächlich in seiner Unterkunft verbrachte. Im Gegensatz zum Frühling, wenn überall die Marillenbäume blühten und der Wind weißen Blütenregen durch die Luft wirbelte. Den ganzen Tag draußen sein und nach frisch geschlüpften Mücken schnappen, herrlich!

Bauer Johann war schon in Mikes Jugendjahren ganz auf die Obstwirtschaft umgestiegen, die ertragreicher für den Hof war.

Der Sommer war ebenfalls eine schöne Periode. Es war die Zeit der Marillenernte, in der die Familie und die Helfer alle Hände voll zu tun hatten. Johanns Oma Gerti backte den besten Marillenkuchen der Welt, hatte Mike Gäste sagen hören. Schade, dass er immer vergessen wurde beim Verteilen. Verschmerzbar, gab es in diesen Monaten doch das perfekte Gras. Von dem er allerdings nicht zu viel zu sich nehmen durfte, weil das Bauchschmerzen geben konnte.

Genauso war es mit den Äpfeln am Boden im Herbst. Lieber ein Häppchen weniger, hatte er gelernt. Dafür mochte Mike die Stürme dieser Jahreszeit, wenn es hier drinnen knarrte und knisterte. Sich erheben und mit den Wolken fliegen zu können, wie manch andere am Hof, war eine herrliche Vorstellung.

Der Abschnitt rund um den Heiligen Abend war schließlich im öden Winter eine wunderbare und besondere Abwechslung.

Die lebensechte Krippe, die Bauer Johann bereits seit Jahren im offenen Bereich des Stalles aufbaute, hatte sich von Anfang an großer Beliebtheit erfreut. Die ganze Familie machte am Weihnachtstag mit und teilte sich die Rollen beim Krippenspiel. Gleich mehrmals hintereinander führten sie es auf, um allen Gästen gerecht zu werden.

Johanns Schwestern wechselten sich in der Rolle der Maria ab, Johanns Cousin Flori hatte sich für seinen Josef extra einen Bart wachsen lassen, obwohl ihm seine Frau angedroht hatte, ihn bei dem kratzigen Urwald nie wieder zu küssen. Die Erntehelfer kamen aus der Umgebung und liebten es, die Hirten darzustellen. Der stellvertretende Bürgermeister gab einen der Heiligen Drei Könige, die anderen beiden waren die Oma Gerti und Johann selbst.

Nur das Christkind in der Krippe war eine von Johann selbst geschnitzte Figur eines Neugeborenen.

Sogar die lokale und überregionale Presse berichtete regelmäßig über das lebende Krippenspiel, das im Stall zu bestaunen war. Zeitungsausschnitte aus dem Vorjahr waren noch an die vordere Holzwand gepinnt. Johann hatte Flori zwei Artikel stolz laut vorgelesen, und Mike hatte ganz genau zugehört.

Das i-Tüpfelchen und zugleich die Lieblingsfiguren der Kinder aber waren eindeutig Ochs und Esel. Die beiden waren ebenfalls lebensecht. Beim ersten Mal hatte Johann noch drei Schafe vom Nachbarbauern dazugeholt, aber die hatten so laut und ohne Unterlass geblökt, dass kaum einer der Darsteller mit seinem Text verständlich gewesen war.

Jedes Kind, das zu Besuch kam, musste davor eine gute Tat nennen. »Wer etwas Gutes im Advent tut, der erblickt bei der Bescherung das wahre Christkindl«, erklärte Johann jedes Mal in seiner Ansprache, bevor es losging.

Hach, dachte Mike, das Christkind sehen. Gäbe es etwas Schöneres in seinem fast erfüllten Dasein bisher? Das wäre die Krönung.

Wobei in Lilienfeld in der Wachau zu leben schon großartig war. Konnte man sich einen besseren Ort vorstellen?

Mit dem Zisterzienserstift, das eine der Hauptstationen der Via Sacra war, dem Pilgerweg von Wien nach Mariazell. Dazu die Stiftsbibliothek und die Stiftstaverne. Zu Weihnachten feierten die Mönche eine wunderschöne Christmette. Oder das Museum mit seinem spitzen Dach, die Altstadt und die Wege an der Donau entlang. Nicht zu vergessen die Wandermöglichkeiten rund um die Stadt, wie zum Beispiel auf den Muckenkogel. Eine lichtarme Region, in der man eine unendliche Zahl an Sternen sehen und erleben konnte.

Mike hätte all das, was er vom Hörensagen kannte, gern selbst besucht und erlebt, aber er war, seit er sich erinnern konnte, zufrieden damit, seinen Alltag mit Otto zu verbringen, im Sommer draußen und im Winter meist drinnen. All die Erzählungen und Geschichten der Menschen, die sich regelmäßig im Stall aufhielten, erfreuten ihn. Er hatte Fantasie, musste nicht selbst in die Welt hinaus.

Wunschlos glücklich, hätte Mike sagen können, wenn da eben nicht diese Kleinigkeit gewesen wäre: das Christkind in echt sehen.

So hübsch die geschnitzte und bemalte Figur in der Krippe auf dem Stroh auch war, einmal dem Christkindl persönlich begegnen und sich von ihm die Ohren kraulen lassen – eine herrliche Vorstellung.

»Jetzt lass den Sack zu, du Idiot! Sonst fallen die Uhren raus. Gib ihn mir endlich. Los!«

Ach herrje, die Fremden stritten immer noch. Fast hätte Mike sie vergessen.

»Wenn du mich noch amol beleidigst, setzt es a Watschn, klar?«

»Halt den Mund. Fahr endlich vors Haus, rede mit den Leuten, erkläre, was wir brauchen. Du klingst wie ein Einheimischer, da schöpfen sie keinen Verdacht. Binde dir den Weihnachtsmannbart wieder um, das macht dich sympathisch. Erzähle, du wärst unterwegs zum Weihnachtsmarkt, um die Kleinen zu beglücken.«

»Sag mir nicht alles vor. Ich kann das. Halt einfach die Goschn.«

»Das ist das letzte Mal, dass ich mit dir etwas mache.«

»Ganz meinerseits, Oida! Sobald ich meinen Anteil hab, kannst hingehen, wo der Pfeffer wachst.«

Mike überlegte, wo der Pfeffer wachsen könnte, und betrachtete die unangenehmen Besucher genauer.

Neben der Leiter, die auf den Heuschober führte, stand ein Mann, der Mike eine spontane Gänsehaut über den Rücken laufen ließ.

Groß war der Kerl und kräftig. Er trug ein Weihnachtsmannkostüm, allerdings ohne Bart und Mütze. Das Haar war dunkel, mit einem Band hinten zusammengebunden. Am Kinn ein schwarzer Vollbart, der ihn zumindest als Josef im Krippenspiel qualifiziert hätte. Aber der Gesichtsausdruck passte ganz und gar nicht.

Grimmig, würde Mike sagen, schlecht gelaunt. Ein wenig gefährlich, wenn er das bisher Vernommene hinzuzählte. Zwei Drittel Weihnachtsmann und ein Drittel Knecht Ruprecht, fiel Mike zu der unpassenden Kombination ein.

»Genug gestritten. Wir müssen weitermachen.«

»Okay. Was meinst, was sind die Uhren diesmal wert?« Der andere war kleiner, gedrungener. Mit einer rot-weißen Wollmütze am Kopf und rötlichen Koteletten, die vom Ohr bis zum Kinn reichten. Er hatte einen Umhang, der ebenfalls rot und weiß war. Nur die Stiefel waren spitz und mit Beschlägen behaftet. »Hier stinkt's echt grausig. Bäh!«

Mike hätte gern widersprochen und sich eingemischt. Es duftete nach Stroh, und ungebetene Gäste, die den Geruch von Otto und Mike nicht mochten, waren nicht erwünscht.

»Hier gibt es eben keine Räucherstäbchen. Abmarsch! Wenn wir pünktlich bei der Abgabe und über die Grenze sind, kriegen wir sicher einige Tausender in bar auf die Hand. Leicht verdiente Kohle.«

»Warum verscherbeln wir die Sachen net selbst? Das frag' ich mich schon seit dem ersten Überfall. Das war und is' ein Kinderspiel. Wir sollten alles einsacken und im Darknet loswerden. Was meinst?«

»Red keinen Stuss, Mann!« Der Große gab dem Gedrungenen einen Schlag auf die Schulter.

Mike dachte schon, es würde eine Rauferei beginnen, aber stattdessen brach der Geschlagene nun in ein Lachen aus, das spitz klang und Mike an eine Freundin von Oma Gerti denken ließ. Hilde kicherte auch stets in hohen Tönen. »Ordentlicher Hieb, Partner. Nicht schlecht, Oida.«

»Denk doch mal nach. Wenn der Zwischenhändler auffliegt, weil er an einen verdeckten Ermittler gerät, führt immer noch keine Spur zu uns. Wir rauben noch zwei Juweliere aus, und dann ist erst mal Feierabend. Du setzt dich in Wien in ein Kaffeehaus, ich fahre zurück nach Köln und gönne mir mehr als ein Kölsch. Nach einer Pause nehmen wir uns nach Niederösterreich das Burgenland vor.«

»Na schön, hast mich überredet. I bin doch weiter dabei.«

»Dann beeil dich jetzt. Bleib höflich und lass dich nicht aus der Ruhe bringen. In den Nachrichten ist von zwei Räubern die Rede, du bist allein. Wenn der Reifen gewechselt ist, bedank dich nett und fahr los.«

»Noch amol: Was, wenn wer dort Verdacht schöpft?«

»Dafür haben wir die.«

Der Große zog eine Pistole aus dem Hosenbund unter seinem Kostüm.

Mike zuckte so heftig zurück, dass er mit dem Kopf gegen eine Strebe stieß.

❄

Kaum war der Gedrungene fort, kam der Große geradewegs auf Mike zu.

Mike, der sich in den paar Minuten verzweifelt das Hirn zermartert hatte, was er gegen die beiden Eindringlinge tun könnte, startete mit einer Salve von Abwehrrufen.

Einerseits hoffte er, dass ihn vielleicht mit Glück jemand im Haus hören und sich wundern würde, warum Mike dermaßen brüllte. Andererseits galt es, den falschen Zweidrittel-Weihnachtsmann zu vertreiben.

Otto gegenüber hatte sich immer noch nicht aus der Ecke herausbewegt. Mike verstand nicht, wie man ein dermaßen tiefes Schläfchen halten konnte. Wenn die Sache vorbei war, würde Mike ihn dafür rügen.

»Was schreist du so, mein Freund?«, fragte der Große.

Ich bin weder dein Freund, noch will ich dich hierhaben, dachte Mike und brachte es auch weiterhin lautstark zum Ausdruck.

»Halt die Fresse, ja?«

Wie ein Blitzeinschlag kam die Erkenntnis über Mike, dass es für Bauer Johann und den Rest der Familie durchaus gefährlich werden konnte, wenn Mike Alarm schlug. Hatte der eine Kerl eine Waffe, dann mit hoher Wahrscheinlichkeit auch der andere.

Mit solchen Dingen kannte sich Mike ganz gut aus, denn manchmal im Sommer wurde hier drinnen eine Leinwand angebracht und Filme gezeigt, oft auch Western. Deshalb wusste Mike, welchen Schaden eine Pistole oder ein Gewehr anrichten konnte. High Noon war für ihn kein Fremdwort.

Sofort stellte er das Rufen ein und überlegte intensiv weiter. Hitze schoss ihm durch das angestrengte Denken bis in seine Ohrenspitzen hoch.

Endlich kam ihm die eine Lösung in den Sinn. Keine optimale, aber das Einzige, was er tun konnte. Es würde Mut erfordern, womöglich für Mike auch richtig gefährlich werden, aber er musste etwas unternehmen.

Inzwischen war der Große wieder zurück zum Eingangsbereich marschiert. Den Sack hatte er geschultert. Zu schade, dass da drinnen weder Äpfel noch Nüsse waren. Mike hätte beides gerne gegessen. Auch gegen eine Marille zum Naschen wäre nichts einzuwenden.

Doch nun war es Zeit zu handeln.

Mike reckte den Kopf und zog die Oberlippe hoch. Er zeigte seine Vorderzähne und das Zahnfleisch. Nicht, um besser riechen zu können, sondern um mit den Zähnen nach dem Eisenhaken zu fassen, der das Gatter verschloss. Das Eisen fühlte sich kalt an, es tat weh, es gegen seine weichen Lippen zu drücken, aber er ließ nicht locker.

Den Trick hatte er von Otto, der es liebte, selbst zu entscheiden, wann er seinen Bereich verlassen wollte, um eine Runde zu drehen. Deshalb war bei Ottos Eingang inzwischen auch eine Schnur um den Haken befestigt worden.

Zum Glück und Halleluja bei Mikes Unterkunft nicht. Er stieß mit einem Bein gegen das Gatter, das sich mit einem Quietschen öffnete. Mit einem Sprung war Mike draußen, eine weitere Drehung brachte ihn in direkter Linie zu dem Dreiviertel-Weihnachtsmann.

Der begann zu lachen, gehässig und gemein.

»Hey, du, was soll das? Soll ich dich einfach über den Haufen schießen?«

Angst und leichte Panik breiteten sich in Mike aus. Er konnte das Zittern in jedem seiner Beine fühlen. Er war wahrlich zu alt für diesen Scheiß, ein Zitat, das Mike ebenfalls aus einem der Filme hatte.

Der Revolver in der Hand des Großen schimmerte leicht silbern. Das Loch am Ende des Laufs aber sah böse aus. Schwarz und unerbittlich. Und ja, durchaus tödlich.

Das Herz sackte Mike in die Hose, nein, anders formuliert, in die Beine.

Er war ja nur der, der hinter der Krippe stand. Ganz hinten. Er war nicht die tapfere Maria, nicht der großmütige Josef. Weder hatte er eine lange Reise getan wie die Heiligen Drei Könige, um das Christkind zu begrüßen, noch war er ein Hirte, der lobpreisen konnte. Mit seinem Aussehen und seinem lauten Stimmorgan würde er das Kleine in der Krippe wohl eher erschreckt haben, wäre er damals, beim allerersten Weihnachten, dabei gewesen und hätte sich zu Wort gemeldet.

Er hatte keine Geschenke, er konnte nicht singen, nicht einmal Hände zu einem Gebet falten. Er war nur ein alter, einfältiger und dummer …

Mit einer schnellen, spontanen Drehung im Kreis unterbrach Mike sein negatives Denken. Auf keinen Fall würde er sich selbst beschimpfen. Denn in Wahrheit war er viel klüger, als die meisten ahnten. Zumindest hatte Johann ihm das öfter versichert, wenn er ihn am Hals kraulte.

Herrje, Johann und seine Familie, die Leute auf dem Hof, sie waren in Gefahr. Mike musste handeln.

»Was bist du denn für einer, ha, ha?« Das Gelächter wurde intensiver, der Große hielt sich den Bauch, das Weihnachtsmannkostüm bebte, und unter dem dunklen Bart erschienen jede Menge weißer Zähne. »Soll ich mich etwa fürchten vor dir, du verrücktes Huhn?«

Noch nie hatte ihn hier in seinem Zuhause jemand derart beleidigt. Nicht Otto, nicht die ständig meckernden echten Hühner, nicht einmal die stets übel gelaunte Gans Luise. Wobei auch bei Mike keine gute Stimmung aufgekommen wäre, hätte man über ihn immer nur »vom Braten« geredet. Er verstand Luise.

»Was willst du?« Das Lachen wechselte zu einem aggressiven Ton. »Komm nur her, ich baller dir in den Schädel.«

Was Mike wollte? Zwei Informationen und eine Erkenntnis schossen Mike gleichzeitig durch den Kopf.

Erstens musste Mike Luise noch mitteilen, dass er aus einem Handygespräch von Johann erfahren hatte, dass Erbtante Tatjana diese Weihnachten zum Essen kommen würde, eine strikte Veganerin, die es sich verbat, Fleisch jeglicher Art auf der Festtafel zu finden. Weil ihr Erbe beträchtlich war, war zu erwarten, dass die Gans Luise es ins nächste Jahr schaffen würde.

Zweitens: Er wollte, dass diese beiden falschen und bösartigen Weihnachtsmänner mit ihrem Sack verschwanden. Weit weg vom Stall, von Johanns Haus und der Landwirtschaft. Raus aus Lilienfeld mit den bösen Buben, raus aus Niederösterreich.

Dazu kam die Erkenntnis, dass der falsche Dreiviertel-Weihnachtsmann in Wahrheit niemals schießen würde, denn der Knall würde ihn verraten.

Mike hingegen begann wieder zu rufen, aber leiser, in einem jammernden Ton. Das Jammern lenkte den Bösen ab und vertrieb den Rest Angst, die Mike noch empfand.

»Halt's Maul! Ich schlag dich tot!« Er hob die Pistole zum Schlag.

Mike aber scharrte mit einem Bein auf dem sandigen Boden. Er nahm alle Empörung und allen Mut zusammen – und galoppierte los.

❄

»Alles klaro, Kumpel.« Der Gedrungene, jetzt mit dem weißen Bart um Mund und Kinn, betrat erneut den Stall.

Als er den Großen reglos am Boden sah, war seine erste Reaktion nicht, sich um seinen Partner zu kümmern, sondern er packte den Sack, der halb geöffnet einen Meter danebenlag.

Kaum hatte er ihn geöffnet und hineingeschaut, stieß er ein Wutgeheul aus.

»Kruzitürken und verfluacht noch amol eini!« Es folgten weitere wüste Wörter, die Mike noch nie in seinem Leben vernommen hatte. »Was is' das für ein Schas! Verdammt, verdammt, verdammt.«

Mike konnte die Wut und die Verzweiflung verstehen. Denn auch wenn er keine Verwendung für diese sogenannten Uhren hatte, egal, wie wertvoll und edel sie auch gewesen sein mochten, hatten sie doch eine Wichtigkeit für die zwei ungebetenen Gäste hier gehabt.

Jedenfalls war der Inhalt des Sacks jetzt praktisch Brei. Wenige Gegenstände überlebten unbeschadet ein Getrampel der Sonderklasse.

Der Große stöhnte auf und drehte sich am Boden mit einem Ächzen zur Seite. »Aufpassen!«, flüsterte er heiser. »Aufpassen!«

Der Gedrungene zückte statt einer Pistole einen schwarzen Stock, schaute sich hektisch um, bevor er sich zu dem Dreiviertel-Weihnachtsmann kniete. »Was is' g'schehen? Red!«

»Ich … er … mit dem Schädel … und gebissen hat der …«, stotterte der Angesprochene und hob die Hand, die noch vor einer kurzen Zeitspanne einen Revolver gehalten hatte. Zwei Finger wirkten wie abgeknickte Zweige. Die Waffe hatte Mike vorsorglich mit der Nase unter einen Ballen Stroh geschoben. »Der ist … böse. Wild. Der da …«

»Wer da? Keine Rätsel, Herrschaftszeiten. Erklär mir lieber, wer dich zusammeng'schlagen hat und was mit unseren Uhren passiert is'. Ich nehm' es mit jedem auf.«

»Vergiss es. Hilf mir beim Aufstehen, wir müssen weg.«

»Das Auto steht mit laufendem Motor hinterm Stall. Aber ich versteh nicht …?«

»Pass auf …! Pass auf, Idiot.«

»Worauf denn, verdammt, aufpassen?«

»Hinter dir!«

Mike hatte Position bezogen und stand mit dem Hinterteil in Richtung des Gedrungenen.

Er gestand sich ein, dass alles viel leichter durchzuführen war als gedacht. Zugleich kam ihm in den Sinn, dass er hierbei gerade seine mögliche gute Tat im Advent vollbrachte. Wenn also die Geschichte stimmte, dann könnte sein Wunsch vielleicht sogar in Erfüllung gehen.

Hier setzte eine kleine Ernüchterung bei Mike ein: Niemand würde wissen, dass er es gewesen war, der gerade die beiden bösen Buben zur Strecke brachte. Wahr war allerdings ebenso, dass der Sinn einer guten Tat darin lag, sie zu tun und nicht darüber zu reden.

Also würde er das Spektakel hier beenden und zurück in seine Unterkunft traben. Sich einen Happen genehmigen und sich ausruhen nach all der Aufregung.

Zu Mikes Erstaunen sah er aus dem Augenwinkel Ottos Hinterteil, der immer noch tief in sein Nickerchen versunken war. Unglaublich, aber eben Otto.

»Hinter mir? Was meinst mit hinter mir? Da is' doch nur ein blöder …«

Um ehrlich zu sein, machte das Hochspringen und Zutreten Mike richtig Spaß.

❄

Das Warten hatte ein Ende.

Schließlich fand an Weihnachten endlich das Krippenspiel statt.

Davor und danach gab es Punsch und Kekse für die zahlreichen Besucherinnen und Besucher. Das Hauptgesprächsthema unter den Erwachsenen war, neben Weihnachten und guten Wünschen fürs neue Jahr, die Verhaftung zweier Räuber, die in Niederösterreich und anderen Bundesländern insgesamt fünf Juweliere um ihre teuren Markenuhren bestohlen hatten.

In Lilienfeld, im Stall vom Bauern Johann, hatte die Polizei sie final gefasst und verhaftet.

Laut polizeilichen Angaben gingen die Ermittelnden davon aus, dass die zwei einen Streit gehabt haben mussten und sich gegenseitig k.o. geschlagen hatten. Der Abdruck eines Hufs auf dem Weihnachtsmannumhang des einen wurde zwar gesehen, aber nicht als für den Fall relevant angesehen. Der Sack mit der Beute vom letzten Coup wurde ebenfalls gefunden. Vor dem Stall des Ochsen Otto. Leider war keine der Uhren mehr intakt, aber wenigstens waren sie versichert gewesen.

Die Kinder jedoch, die sich mehr für die Weihnachtsgeschichte und auch für die kleinen Geschenke interessierten, waren sich einig, dass Mike in diesem Jahr besonders glücklich aussah.

Soweit man das bei einem Esel beurteilen konnte.

Eines der Kinder, der kleine Paul, meinte, der Mike, der hätte vielleicht das echte Christkind gesehen.

»I-AH!«

# *Über die Autorinnen und Autoren und die Herausgeberinnen*

**Isabella Archan** ist in Graz geboren und war nach ihrer Schauspielausbildung nicht nur auf den Bühnen von mehreren großen Häusern zu sehen, sondern ist auch auf den Fernsehbildschirmen in Serien und Spielfilmen präsent. Seit einigen Jahren führt Isabella Archan in der Welt der Bücher selbst Regie, darunter die erfolgreichen Krimireihen mit der Mörder-Mitzi und der Ermittlerin Edwina Teufel am Gardasee. Großer Beliebtheit erfreuen sich ebenso ihre MordsTheaterLesungen. www.isabella-archan.de

**Thomas Becker** ist ausgebildeter Buchhändler und seit 2020 als @der.buchhaendler auf Social Media aktiv. Er moderiert buchige Events, kooperiert mit Verlagen und Autor:innen und ist ein gefragter Gast auf Branchenveranstaltungen. 2024 wurde er für den Young Excellence Award des *Börsenblatts* nominiert und von einer Literaturagentur entdeckt. Seitdem arbeitet er erfolgreich als Literaturagent und Bookfluencer.

**Heike Denzau**, Jahrgang 1963, ist verheiratet und lebt in dem kleinen Störort Wewelsfleth in Schleswig-Holstein.

Beim Kölner Emons Verlag erscheint ihre Kriminalroman-Reihe um die Itzehoer Kommissarin Lyn Harms. Der erste Fall

»Die Tote am Deich« war direkt nominiert für den Friedrich-Glauser-Preis 2012 in der Sparte Debüt. Aktuell ermittelt Kommissarin Lyn Harms in »Flammen über der Marsch« bereits in ihrem achten Fall. In einer zweiten Krimi-Reihe lässt Heike Denzau den Privatdetektiv Raphael Freersen mit Charme und Unverschämtheit auf ihrer Lieblingsinsel Föhr ermitteln – der dritte Fall »Nordseerätsel« erscheint im Juni.

2024 erschien der Roman »Liebe von Meer zu Meer« – ein zugleich berührender wie humorvoller Roadtrip entlang der Nordseeküste. Außerdem wurden diverse Kurzgeschichten in Anthologien veröffentlicht. Bei der Vergabe des KrimiNordica Awards schaffte sie es in der Kategorie »Story« einmal auf den dritten und einmal auf den zweiten Platz.

**Christiane Dieckerhoff** schreibt Krimis, Entwicklungsromane und unter dem Pseudonym Nelly Fehrenbach dramatische Liebesromane. Sie sagt, es sei einfacher, einen Menschen umzubringen, als sich in ihn zu verlieben.

Ihr Roman »Engel der Themse« stand auf der Shortlist des *Goldenen Homer* in der Kategorie »Historischer Kriminalroman 2016« (Pseudonym Anne Breckenridge). Im Jahre 2023 wurde ihre Kurzgeschichte »Bescherkind« mit dem *GLAUSER* Krimipreis des »SYNDIKATS« ausgezeichnet.

Mehr Informationen zur Autorin finden Sie unter: https://christianedieckerhoff.de/home/

In ihren Seebadkrimis webt **Elsa Dix** packende Krimiplots in historische Gegebenheiten. Ihre Kurzgeschichten zeichnen sich durch Atmosphäre und präzise Spannungsführung aus. Mit der Kurzgeschichte »Eiswellen«, erschienen bei HarperCollins, ist sie nominiert für den Glauser 2025.

**Manfred Ertel**, geboren in Hamburg, war fast 40 Jahre lang politischer Korrespondent und investigativer Autor beim Nachrichtenmagazin DER SPIEGEL. Seitdem schreibt er Bücher, am liebsten Krimis. Zuletzt erschienen sein Politthriller »Akte B. – wenn die Möwen tiefer fliegen«, der True-Crime-Band »Orte des Verbrechens Hamburg« und die von ihm herausgegebene Krimi-Anthologie »MEER MORD – Kutter, Küsten und Kanaillen« mit zwei eigenen Kurzgeschichten. Der leidenschaftliche Fußballfan ist Mitglied des HSV und war Vorsitzender des HSV-Aufsichtsrates.

**Marie-Christin Fuchs** ist seit Jahren unter verschiedenen Pseudonymen erfolgreich als Krimiautorin tätig. Sie lebt und arbeitet in Hamburg und hegt eine große Leidenschaft für Miss Marple, die Golden Girls und guten Kaffee. Sie verbrachte ihre Studentenzeit auf St. Pauli und hat ein Stück ihres Herzens dagelassen.

**Anja Goerz**, geboren in Nordfriesland, ist nach vielen Jahren wieder in ihre Heimat zurückgezogen. Ihre Geschichte spielt am Deich von Dagebüll, wo sie als Kind viele Sommertage verbracht hat. Hauptberuflich arbeitet Anja als Moderatorin der Frühsendung bei Bremen Zwei von Radio Bremen, außerdem produziert und moderiert sie Podcast-Formate wie »Die Zeichen des Todes«. Sie schreibt Romane, Sachbücher und Krimis, allein oder als Teil von »Bente Storm« und Niemann&Goerz.

**Stefanie Gregg**, geboren 1970 in Erlangen, studierte Philosophie, Kunstgeschichte, Germanistik und Theaterwissenschaften. Sie promovierte über »Das Lachen«.

Ihren beruflichen Einstieg hatte sie im Bereich Bucheinkauf bei Bertelsmann. Als Unternehmensberaterin arbeitete sie dann bei der Top-five-Unternehmensberatung Kearney mit Schwerpunkt Medien. Nach freier journalistischer Arbeit und der Publikation mehrerer Fachbücher widmet sie sich heute ausschließlich der Belletristik. Die in München lebende Autorin schreibt Romane, Kriminalromane und Kurzgeschichten.

Schon immer interessierte sie sich nicht nur für das Oberflächliche, sondern für das Abgründige an Menschen. Sie will wissen, was hinter dem Lachen und hinter dem Weinen der Menschen steckt.

Stefanie Gregg ist Mitglied im PEN Berlin, zudem im Autorenverband »SYNDIKAT« und im Netzwerk der Krimiautorinnen »Mörderische Schwestern«.

**Kathrin Hanke** schrieb als freie Autorin über ein Jahrzehnt lang erfolgreich Krimis. Bekannt wurde sie vor allem durch ihre Heidekrimis sowie ihre True-Crime-Bücher, die in enger Zusammenarbeit mit der Polizei und Museen entstanden sind. Kathrin Hanke war Mitglied im »SYNDIKAT«, der Autorengruppe deutschsprachiger Kriminalliteratur, sowie aktiv bei den »Mörderischen Schwestern«, dem gemeinnützigen Verein zur Förderung der von Frauen geschriebenen, deutschsprachigen Kriminalliteratur.

**Franziska Henze** ist in Hamburg geboren. Die promovierte Rechtsanwältin schreibt Kurzgeschichten, Romane und Thriller und ist auch als Herausgeberin aktiv. Ihre Geschichten handeln von scheinbar alltäglichen Begegnungen, die Menschen an ihre dunkelsten Abgründe treiben. 2024 gewann Franziska Henze mit ihrer Geschichte »Grenzerfahrung« aus der Anthologie

»Tatort Nord 2« (erschienen bei HarperCollins) den renommierten Friedrich-Glauser-Preis in der Kategorie Kurzkrimi. Mehr zur Autorin unter www.franziskahenze.com

**Fynn Jacob** heißt im richtigen Leben Christian Kuhn und studierte Wirtschaftsinformatik an der Universität zu Köln.

Seit Kindertagen ist er der Nordsee verbunden, die Ostfriesischen Inseln Juist und Norderney sind die Schauplätze seiner unter bürgerlichem Namen veröffentlichten Kriminalromane »Nordseedämmerung« und »Nordseedunkel«.

Das Pseudonym Fynn Jacob nutzt er für seine aktuelle Romanreihe, die an unterschiedlichen Orten sowohl an der deutschen als auch der niederländischen Nordseeküste spielt.

Kuhn ist Mitglied im »SYNDIKAT«, dem Verein für deutschsprachige Kriminalliteratur.

Mehr unter www.kuhnchristian.de

**Ivonne Keller** lebt und schreibt in der Nähe von Frankfurt am Main. Als Autorin psychologischer Spannung hat sie mehrere Romane in renommierten Publikumsverlagen veröffentlicht und ist zudem in zahlreichen Krimi-Anthologien vertreten. Die ausgebildete Bankkauffrau war viele Jahre im Personalwesen tätig, bevor sie den Schritt in die Selbstständigkeit wagte und sich ganz dem Schreiben widmete. Unter dem Pseudonym Stina Jensen eroberte sie auch das Liebesroman-Genre und pendelt seither zwischen Krimi und Romantik. Sie ist Mitglied der Autorenvereinigungen »Mörderische Schwestern«, »Delia« und »SYNDIKAT«.

**Anke Küpper** arbeitet seit fast 30 Jahren erfolgreich als Buchautorin. Neben ihren Kriminalromanen, in denen sie ihre

Wahlheimat Hamburg zum Schauplatz macht, hat sie mehr als 100 Pixi-Geschichten und Sachbücher sowie zahlreiche Quizze und Spiele veröffentlicht, darunter einige Bestseller.

Sie hat bereits mehrere Kurzkrimi-Anthologien herausgegeben, ist in Hamburg als Literaturveranstalterin aktiv und leitet Schreibworkshops für Kinder und Erwachsene. Bei den »Mörderischen Schwestern«, im »SYNDIKAT« und im »writers' room Hamburg« tauscht sie sich mit anderen Schreibenden aus. Mehr unter www.anke-kuepper.de

**Sunil Mann** wurde als Sohn indischer Einwanderer im Berner Oberland geboren und lebt in Zürich. Er hat Psychologie und Germanistik studiert, beide Studiengänge wurden erfolgreich abgebrochen. Nach dem Abschluss der Hotelfachschule heuerte er als Flugbegleiter bei der nationalen Airline an, seit 2018 ist er freischaffender Autor.

Für sein Werk wurde er vielfach ausgezeichnet, zuletzt mit dem Friedrich-Glauser-Preis, einem Literaturpreis des Kantons Bern sowie einem halben Werkjahr der Stadt Zürich. Für den Schweizer Kinder- und Jugendbuchpreis 2020 und den europäischen Hörspielpreis Prix Europa 2021 war er nominiert.

Mehr zum Autor: www.sunilmann.ch

**Petra Mattfeldt** ist eine deutsche SPIEGEL- und »Bild«-Bestsellerautorin, die bereits unter ihrem Namen, aber auch unter diversen Pseudonymen veröffentlicht hat. Nach einer eher nüchternen Ausbildung zur Rechtsanwalts- und Notarfachangestellten arbeitete sie als freie Journalistin. Inzwischen ist die Schriftstellerei ihr Hauptberuf. Mattfeldt hat drei Kinder und lebt zusammen mit ihrem Mann in einem kleinen Ort in der Nähe von Bremen.

Die Gene haben es wohl vorgegeben: Schon als Schülerin war für **Bettina Mittelacher** klar, dass sie das Schreiben zu ihrem Beruf machen möchte. So wie der Vater und weitere Mitglieder ihrer Familie. Man könnte auch sagen: Das Schreiben liegt ihr im Blut.

Blutig sind häufig auch die Themen, mit denen sich die Journalistin befasst – und vor allem hoch spannend, mit vielen menschlichen Facetten. Als Gerichtsreporterin beim *Hamburger Abendblatt* hat die Autorin sehr häufig mit Mord und Totschlag zu tun. Von der Gerichtsreporterin zur Autorin von True-Crime-Büchern war der Schritt nicht weit. Dabei arbeitet Mittelacher im Team mit dem renommierten Hamburger Rechtsmediziner Klaus Püschel. Neben acht Titeln, in denen das Duo wahre Fälle beleuchtet, haben Mittelacher und Püschel ihren zweiten Thriller herausgebracht: »Totenmoor – ich sehe dich«.

**Ricarda Oertel** lebt und arbeitet in Schleswig-Holstein als freie Autorin und Lektorin. Ihre Kurzkrimis wurden in zahlreichen Anthologien veröffentlicht, für diverse Literaturpreise nominiert und im Rahmen des NordMordAwards ausgezeichnet. Mit ihrem ersten Spannungsroman gelang ihr der Sprung auf die Shortlist für den Glauser-Preis 2020 als bestes Debüt. Ihr aktuelles Krimiprojekt schaffte es auf Platz 2 für das Arbeitsstipendium 2024 der »Mörderischen Schwestern«. Unter dem Pseudonym Hannah Juli schreibt sie außerdem sommerliche Romane. www.ricarda-oertel.de

**Markus Rahaus**, geboren 1970 im nordrhein-westfälischen Westerholt, studierte Biologie an der Ruhr-Universität Bochum und wechselte anschließend an die Private Universität Witten/

Herdecke, wo er im Fachbereich Virologie erst promovierte und einige Jahre später auch habilitierte. Nach einer Zeit als Hochschullehrer für das Fach Virologie wechselte er in die pharmazeutische Industrie und zog mit seiner Familie nach Cuxhaven in Norddeutschland, wo er heute noch lebt.

Als Ausgleich zum beruflichen Alltag betätigte sich Rahaus zunächst ausgiebig im Bereich Fotografie und veröffentlichte zahllose Artikel in unterschiedlichen Zeitschriften aus diesem Themengebiet. 2014 erschien unter dem Titel »Nördliches Cuxland: Weltnaturerbe Wattenmeer – Küstenheide – Hochmoor« ein Foto- und Naturreiseführer über das als Cuxland bekannte Gebiet zwischen Cuxhaven und Bremerhaven. Angespornt durch diese positiven Erfahrungen, entschloss sich Rahaus, sich an einen Kriminalroman zu wagen und dabei sein Fachwissen als Virologe einfließen zu lassen. Mit Erfolg: Seit 2018 sind aus dieser Idee sieben Kriminalromane entstanden und in verschiedenen Verlagen erschienen.

**Claudia Rikl** ist geboren und aufgewachsen in Naumburg an der Saale. Sie ist ausgebildete Juristin und Literaturwissenschaftlerin und lebt seit 1991 in Leipzig. Als ihre drei Kinder größer wurden, begann sie, Kriminalgeschichten zu schreiben. Im Jahr 2018 erschien bei Rowohlt ihr erster Kriminalroman, »Das Ende des Schweigens«, im Jahr darauf »Der stumme Bruder«. Und dann kam die Pandemie … eine Zeit der Krise und der Neuorientierung. Seither schreibt sie Familienromane, die sich auf die Suche begeben nach den langen Schatten der deutschen Vergangenheit. 2023 erschien unter dem Pseudonym Liv Marie Bahrow bei Ullstein ihr Roman »Wellenkinder«, am nächsten Roman schreibt sie gerade. Und ist gleichwohl immer noch verführbar für das Schreiben einer Kriminalgeschichte …

**Michael Römling**, geboren 1973 in Soest, studierte Geschichte in Göttingen, Besançon und Rom, wo er acht Jahre lang lebte. Nach der Promotion gründete er einen Buchverlag, schrieb zahlreiche stadtgeschichtliche Werke und historische Romane.

**Henrik Siebold** ist ein Pseudonym des Hamburger Journalisten und Schriftstellers Daniel Bielenstein. Er schreibt Liebes- und Kriminalromane (Inspektor-Takeda-Reihe; »Schattenkrieger«) sowie Kinderbücher (»Die Tokio-Detektive«). Auch als Jakob M. Leonhardt verfasst er seit vielen Jahren Jugendbücher. www.henriksiebold.de

**Christian Sprenger** ist seit über 40 Jahren am Ball. Er begann als Sportjournalist beim *Kölner Express*, wechselte Mitte der 1990er zum Fernsehen, wo er u. a. bei RTL und Premiere moderierte. Er ist immer noch im Fußball und Fernsehen unterwegs, als Reporter und auch als Coach – nicht nur für den TV-Nachwuchs. Seit 2021 hostet der gebürtige Düsseldorfer, der in Köln lebt und seit der Kindheit gerne liest, den etwas anderen Bücherpodcast: sprenger spricht autorinsights.

Als Kind des Nordens (geboren 1974 in Heide/Holstein) hat **Michael Thode** sein Leben zwischen Worten und Abenteuern aufgeteilt: Jurastudium und Fachjournalismus in vier deutschen Städten, Zeitungsredakteur, Speditionsleiter, Führungskraft in der Lebensmittelindustrie und zwischendurch immer wieder Uniformträger als Reserveoffizier der Bundeswehr – einschließlich Einsätzen in verschiedenen NATO- und EU-Missionen, die ihm mehr Stoff für seine Thriller lieferten als so manches Lehrbuch.

Wenn Michael Thode nicht gerade im Verteidigungsministerium in Berlin Dienst leistet, joggt er mit seinem quirligen Gordon Setter durch die Lüneburger Heide oder widmet sich in seinen vielfach prämierten Thrillern und Kurzkrimis seiner wahren Leidenschaft: seine Leserinnen und Leser mit geballtem Nervenkitzel bestens zu unterhalten.

Seine Frau teilt seine Begeisterung – solange der Nervenkitzel auf die Seiten seiner Bücher beschränkt bleibt.

**Ben Westphal**, 1981 in Hamburg geboren, machte nach dem Abitur eine Ausbildung zum Kriminalbeamten. 2006 wechselte er ins Rauschgiftdezernat. Einige Jahre später begann er, Rauschgift-Krimis mit Hamburg-Bezug zu schreiben – und was als einmaliges Pensionsgeschenk für einen Kollegen begann, wurde zu einer Leidenschaft fürs Schreiben.